Wayne Allen Sallee

DER ERLÖSER VON CHICAGO

Bereits in dieser Reihe erschienen:

7001 Stefan Melneczuk, Marterpfahl
7002 Frank W. Haubold, Die Kinder der Schattenstadt
7003 Jens Lossau, Dunkle Nordsee
7004 Alfred Wallon, Endstation
7005 Angelika Schröder, Böses Karma
7006 Guido Billig, Der Plan Gottes
7007 Olaf Kemmler, Die Stimme einer Toten
7008 Martin Barkawitz, Kehrwieder
7009 Stefan Melneczuk, Rabenstadt
7010 Wayne Allen Sallee, Der Erlöser von Chicago

Wayne Allen Sallee

DER ERLÖSER VON CHICAGO

Aus dem Amerikanischen von
Andreas Schiffmann

BLITZ

WAYNE ALLEN SALLEE lebt in Chicago im US-Bundesstaat Illinois. Demzufolge sind alle Orte in diesem Buch real, auch wenn sie sich seit den Achtzigern verändert haben mögen. Auch für seine Charaktere hat sich Wayne von seiner Umgebung inspirieren lassen.

Seine erste Kurzgeschichte *Rapid Transit* wurde in fünf Sprachen übersetzt und achtmal verlegt. Der verstorbene Kult-Verleger Karl Edward Wagner druckte einige von Waynes Werken in der nunmehr eingestellten Reihe *The Year's Best Horror Stories* des Verlags DAW Books ab.

Sallee gelangte fünfmal in die Endausscheidung für den *Bram Stoker Award*, den die Horror Writers Association ausschreibt.

Das Gros von Waynes Schaffen beläuft sich auf Kurzgeschichten, die in über siebzig Anthologien erschienen sind. Der Comic *Dream Wolves* sowie die Comic-Biografien von Schauspieler Brandon Lee und Serienmörder Richard Speck gehen ebenfalls auf sein Konto.

Mit dem Killer John Wayne Gacy stand Wayne bis zu dessen Hinrichtung in Kontakt, bevor er in der Zeitschrift *Deathrealm* darüber schrieb. Weitere Geschichten sind in den Bänden *With Wounds Still Wet* und *Friends By Torchlight* zusammengestellt worden.

Seine Memoiren hat er unter dem Titel *Proactive Contrition* verfasst, und gegenwärtig arbeitet er an *City With No Second Chances*, einem Detektivroman.

Wayne ist unter www.wayneallensallee.blogspot.com im Netz präsent und dankt allen, die sich die Zeit nehmen, seine Arbeit zu verfolgen.

Originaltitel: Holy Terror
Redaktion: Jörg Kaegelmann
Umschlaggestaltung und Satz: Mark Freier
Druck: CPI, Clausen & Bosse, Leck
Printed in Germany

www.BLITZ-Verlag.de
ISBN 978-3-89840-020-6

Vorwort

In der Geschichte, die ihr gleich lesen werdet, wimmelt es von Geistern. Ich habe Chicago auf nicht mehr als vier Häuserblocks heruntergebrochen, von denen im Laufe der letzten fünfundzwanzig Jahre kaum ein Stein auf dem anderen geblieben ist. Wo früher Obdachlose bettelten, geht man heute ins Theater, doch der Winter fällt immer wieder so herbe aus, dass er zum Prüfstein derer wird, die von der Gesellschaft ausgestoßen wurden, ob in Windy City, Deutschland oder anderswo auf der Welt.

Haltet euch warm!

Wayne Allen Sallee
Chicago, Illinois, 17. August 2011

Danksagung

Ich widme dieses Buch den Überlebenden in dieser Stadt, die gelernt haben, sich so gut wie möglich mit dem Wahnsinn hier zu arrangieren, jeder auf seine eigene Weise. Ich widme es weiterhin all denjenigen, die sich von einem Tag zum nächsten hangeln und dabei ums Überleben kämpfen, es schaffen oder auf der Strecke bleiben.

Darüber hinaus danke ich Greg und Darcie Loudon sowie ihren Kindern Ava, Quinn und Luc. Wenn sie der Geschichten ihres Vaters über den verrückten Typen auf seinen Bildern überdrüssig werden, nehmen sie vielleicht eines meiner Bücher zur Hand und fangen an, sie zu begreifen – wenn vielleicht auch nicht die Tatsache, dass ihr alter Herr mir als bester Freund bis zum bitteren Ende beigestanden hat.

Ich möchte Jörg Kaegelmann dafür danken, dass er sich dazu bereit erklärt hat, diesen Roman zu veröffentlichen. Andreas Schiffmann hat sich gehörig ins Zeug gelegt, um meine vom Schicksal geschlagenen Charaktere auch auf Deutsch authentisch wirken zu lassen, und zwar vom gesprochenen Wort bis hin zu ihren Gefühlen. Ohne ihn würdet ihr das Folgende bestimmt nicht mit Freude lesen. Hoffentlich zieht auch ihr etwas daraus.

Letztlich möchte ich an meinen Namensvetter Wayne Henley erinnern, der am 22. Juli 2007 in Madisonville, Kentucky, verstorben ist. Seine Anekdoten über die Eskapaden meiner Eltern Jim und Delores auf Chicagos Willard Court haben einen festen Platz in meinem Herzen.

Samstag, 18. März 1989:
Flüchtige Momente der Erleuchtung

von Wayne Allen Sallee

Ich war Geschichte. Achtzehn Minuten lang weilte ich nicht mehr auf dieser Welt. Mein Unterbewusstsein hielt Ausschau nach dem Gesichtslosen, um ihm mit den Worten *Hey, mein Bus ist da!* zu winken. Leider wäre ich dazu nicht in der Lage gewesen, selbst wenn ich es gewollt hätte. Ich war nicht bei Sinnen, mein Gehirn an drei Stellen gequetscht und mein Unterarm gebrochen. Beide Knochen hatten sich durch den Stoff meiner zwei Pullis und die gefütterte Winterjacke gebohrt.

So weit zur Vorgeschichte dieses Buchs. Falls ihr mehr über den Unfall erfahren wollt, könnt ihr auch anderswo darüber lesen. Dieses Vorwort soll jedoch für sich selbst stehen und betrifft die folgenden Seiten, nicht meine Genesung. Ich will erklären, weshalb dieses Buch ursprünglich 1992 herauskam und im Winter 1988/89 spielt. Vor über zwanzig Jahren kam mir die Idee, und der Erlöser begleitet mich jetzt schon sehr, sehr lange.

Im Jahr nach der Erstveröffentlichung, die mit der zweiten World Horror Convention in Nashville zusammenfiel, baten mich Autogrammjäger, die um meinen Hintergrund wussten, häufig darum, meinen Doktor ungefähr mittig auf Seite 243 zu platzieren beziehungsweise ein Sternchen wie in der abgetippten Fassung des Manuskripts. Das wäre dann die Szene gewesen, in der sich zwei Cops in einem einstöckigen Haus (*Two Flats* nennt man die hier) auf Mohawk Street mit einer alten Frau unterhalten, während im Hintergrund zum hundertsten Mal Barney Miller über die Mattscheibe flimmert.

Jene Seite war einen vollen Monat in meine Smith-Corona gespannt und am Ende von einer dicken Staubschicht überzogen. Wegen der Kontusionen musste mein linker Arm über Wochen hinweg ruhen und konnte nicht operiert werden, bis die tägliche Kernspin den Ärzten zeigte, dass ich nicht verbluten, platzen oder sonst etwas tun würde, was sie befürchteten. Weiterhin wissen die meisten von euch vielleicht, dass ich mit rechtsseitiger Kinderlähmung geboren wurde und deshalb die andere Hand nicht gebrauchen kann, ganz zu schweigen von meinem rechten Auge. Das Zimmer im Holy Cross Hospital teilte ich mir damals abwechselnd mit betrunkenen Autofahrern, zugedröhnten Müttern mit einem Dutzend Kindern und einem toten Litauer, dessen Leiche niemand abholen wollte. Ich war wie eine Marionette, deren Fäden man gekappt hatte, musste gefüttert und gewaschen werden und bekam wie die ganz armen Schweine die Schnabeltasse vorgehalten und hinterher das Kinn abgetupft, wenn ich mich bekleckert hatte. Ihr wollt nicht wirklich wissen, wie ich es schaffte, zielgenau in den Plastiksack zu pinkeln, aber ich erinnere mich noch lebhaft daran, dass ich Mut aus diesem Geschick schöpfte.

Nach 291 Tagen, als man mir den letzten von sieben Gipsverbänden abnahm und somit endlich wieder Freiheit schenkte, konnte ich zumindest mit der Hand zucken. Meine Lebens- und Liebeslinien waren ausradiert, die Hände glatt wie die einer Schaufensterpuppe, passenderweise mit steifen Fingern. Noch Monate später konnte ich Daumen und Zeigefinger nicht krümmen, wohingegen die anderen drei wie Krallen verkrampft blieben. Entweder richtete ich in dieser Haltung also eine gedachte Pistole auf jemanden, oder ich machte dem Allmächtigen Vorwürfe, weil ich noch lebte. Als mir an jenem 18. März 1989 schwarz vor Augen wurde, sah ich ausgerechnet David

Janssen als Doktor Kimble, der mir bedeutete, ich solle stehen bleiben, weil meine Zeit noch nicht abgelaufen sei. Andererseits ergab die Erscheinung des guten Richard durchaus Sinn; immerhin war er stets auf der Jagd nach dem Einarmigen, der seine Frau auf dem Gewissen hatte. Selbst heute noch tippe ich nur mit einem Finger und habe Rücken- und Nackenschmerzen, weil ich fast ein Jahr lang mit dem schweren Gips herumlaufen musste. Die verbogene Metallplatte, die sie mir in den Schädel geschraubt hatten, bewahre ich gemeinsam mit den Röntgenaufnahmen der Fraktur, die ich heimlich habe mitgehen lassen, in einer Schachtel auf. Knapp eine Stunde habe ich gebraucht, um diese Worte einzuhacken, alldieweil ich den Winter verfluche, der gerade auf seinem Höhepunkt vor der Tür tobt und dafür sorgt, dass ich Klauen wie ein Werwolf bekomme und meiner Entschlossenheit stumm mit einem breiten, schmerzverzerrten Grinsen Ausdruck verleihen muss.

Im Laufe der letzten fünfzehn Jahre habe ich eine Menge Menschen getroffen, denen ich zu Dank verpflichtet bin, besonders Yvonne Navarro und Janet Winkler. Die beiden nahmen eine lange Auszeit von ihrer eigenen Schreib- beziehungsweise Lehrtätigkeit, um Passagen des Buches anhand meiner im Rausch des Demerols altmodisch auf Kassette aufgenommenen Worte zu transkribieren. Peggy Nadramia und Peter Gilmore von der Zeitschrift *Grue* wiesen eine Kurzgeschichte mit der Empfehlung ab, sie zu meinem Debütroman auszuarbeiten. Jeff VanderMeer ermöglichte mir den Vorabdruck der ersten Kapitel in *Jabberwocky*, Mark V. Zeising in *House Monkey*. Dennis Etchison, Joe R. Lansdale und Steve Rasnic Tem erteilten mir weitere Ratschläge, nicht zu vergessen der nunmehr verstorbene Karl Edward Wagner sowie J. N. Williamson, der mich dazu ermutigte, einen ersten Roman zu schreiben, als ich kaum mehr als eine Handvoll Kurzgeschichten veröffentlicht hatte. In der Entstehungsphase lasen Elizabeth Massie, Jeff Johnston, Joan Van der Putten, Kathleen Jurgens, Robert *Bayou Bob* Petitt und Sid Williams gegen, um sicherzugehen, dass ich nicht von meinem Thema abweiche.

Hier und heute bin ich besonders Brian Hodge zu Dank verpflichtet, der sich das Ding vor Jahren einverleibt und ein Vorwort zur Jubiläumsausgabe geschrieben hat. Wer von euch noch nicht mit seinem literarischen Schaffen vertraut ist, hat gehörigen Nachholbedarf.

Die sechs Blocks im Zentrum Chicagos, die ich auf den folgenden Seiten beschreibe, existieren in dieser Form längst nicht mehr. Statt der Gebäude, in denen Obdachlose Zuflucht fanden, prägen jetzt Eigentumswohnungen das Bild, und wo eigentlich meine fiktive Bar *Nolan Void* beziehungsweise St. Sixtus stehen sollten, liegen Grundstücke brach. Parkhäuser ersetzen den Busbahnhof, in dem sich der Erlöser vorübergehend versteckt hat, und verdammt, selbst *Dudley's*, wo man die besten Hotdogs verdrücken konnte, ist passé. Wo ich mir das Behindertenheim Marclinn gedacht habe, also zwischen dem Fine Arts Theater und einem Fastfood-Tempel, ragt nun zum Teil ein hässliches Bauskelett in die Höhe, das wahrscheinlich irgendwann von CBS bezogen wird.

In diesem Einband, irgendwann zur Jahreswende 1988/89, habe ich all jene Orte bewahrt. Gut zwanzig Jahre später ist es wieder eisig kalt, als zahlten sie mir jenen herben Winter heim – die Geister, die ich rief.

Euer Zauberlehrling
Wayne Allen Sallee
Burbank, Illinois, 17. Februar 2008

Wenn eine Prognose nur den Anfang darstellt

von Brian Hodge

Könnte man Romane beziehungsweise das Buch selbst als Medium interaktiver gestalten, und zwar auf eine dem Künstlerischen angemessene Weise, so würden die folgenden Seiten sofort verblassen, sobald ihr sie gelesen habt. Nicht dass sie es nicht wert wären, erhalten zu bleiben, sondern weil es eines der zentralen Themen widerspiegeln würde: Es handelt sich um einen Roman über Unsichtbare.

Es geht nicht um die allseits aus Filmen bekannten Phänomene scheinbar körperloser Anzüge, die wie von selbst durch die Gegend zuckeln, auch nicht um wie durch Zauberei erscheinende Fußspuren in nassem Sand oder auf trockenen Fußböden. Nein, diese Unsichtbaren wurden von nahezu ihrem gesamten Umfeld zu ebensolchen gemacht.

Falls ihr nicht gerade aus dem winzigsten Kaff kommt und dort niemals herausgekommen seid, habt ihr solche Menschen gewiss schon einmal gesehen – und vorgegeben, es nicht zu tun. Vermutlich wart ihr einer der zahllosen Fußgänger, denen sie einen Pappbecher vorhielten in der Hoffnung auf einen Geldschein oder wenigstens ein paar Münzen. Vielleicht saßen sie in einem Rollstuhl oder auch nicht und humpelten stattdessen. Gut möglich ebenfalls, dass sie sich mit jemandem unterhielten, den nur sie selbst sahen. Was auch sein kann, ist, dass sie es gar nicht offensichtlich hervorkehrten, euch aber trotzdem mit einem Gefühl vor den Kopf stießen, dass etwas nicht ganz koscher ist.

Im gleichen Augenblick wurden sie unsichtbar, und zwar auf endgültigere Weise als all die anderen gewöhnlichen Begegnungen, deren Blicken wir in den Straßen einer Stadt schlicht ausweichen. Ihr seid einen Schritt schneller vorbeigegangen, als seien sie genau das – nicht da.

Ich verurteile niemanden dafür und muss beschämt zugeben, dass ich mich selbst schon so verhalten habe. Gleichfalls sehe ich mich zu der Frage gezwungen, warum genau wir es tun, wiewohl ich über die Gründe nur spekulieren kann. Es ist ja nicht so, als würden Institute Umfragen zu diesem Thema durchführen. Vordergründig hat es wohl mit unserer Abneigung gegenüber Fremden zu tun, die etwas von uns wollen. Damit meine ich jeden beliebigen Fremden, wobei allein schon die Ahnung genügt, er könne einen wie auch immer belangen. Mit einer ersten unverbindlichen Bitte mag er den Fuß in die Tür bekommen: ein paar Cent zuerst, und im nächsten Augenblick einen Teil deiner Seele. Also lieber vorsichtig sein.

Konfrontiert man uns hingegen mit ganz offensichtlich kaputten Existenzen, so geht dies tiefer unter die Haut. Wir sehen, dass etwas im Argen liegt, und hassen es, nichts dagegen unternehmen zu können. Es ist ein Gefühl der Ohnmacht, das uns überkommt, wenn wir auf Leid stoßen, das zu lindern wir nicht in der Lage sind. Wenn Physik oder Biologie uns einen Streich spielen, führt uns dies das Chaos als grundlegende Wahrheit vor Augen, und beklemmender, als der Natur dabei Böswilligkeit zu unterstellen, ist allein die Einsicht, dass wir in ihr überhaupt keine Sonderstellung genießen. Das Leben macht nicht vor Einzelschicksalen Halt.

Dinge zerfasern. Zentren brechen auseinander. Niemand von uns ist immun dagegen, und daran erinnert zu werden, sorgt für Beunruhigung. Lieber also die Zeichen ignorieren.

Ich weiß nicht, wann Wayne Allen Sallee die Heuchelei aufgab, angeblich nichts zu sehen, falls er überhaupt jemals Scheuklappen getragen hat. Vermutlich nicht. Liest man sein Buch, erhärtet sich der Gedanke, die meisten Charaktere, sowohl Haupt- als auch Nebenfiguren, beruhen auf Menschen, denen er selbst begegnet ist und mit denen er lange Gespräche geführt hat, wobei er jeden Einzelnen persönlich getroffen und aus nächster Nähe gesehen hat, ohne auch nur einmal wegzuschauen.

Die Ausdrücke, die er zu ihrer Beschreibung verwendet, mögen überraschen: Behinderte. Krüppel. Der Roman entstand und erschien in einer Zeit, als furchtbare Euphemismen wie *anders begabt*, *körperlich herausgefordert* oder *beeinträchtigt*, die ohnehin nichts an der Realität zu ändern vermögen, noch nicht zum Medienwortschatz gehörten. Für eine Neuauflage hätte Sallee seine Ausdrucksweise überarbeiten können – aber aus welchem Grund? Nichts in diesem Bereich hat sich geändert, und Schriftsteller dürfen sich der Sprache bedienen, die ihnen am aufrichtigsten vorkommt.

Eine Zeit lang war ich mir nicht sicher, inwieweit ich mich hier diesbezüglich auslassen sollte. Diesen wichtigen Faktor darf man weder unter den Tisch kehren noch bloß am Rande ansprechen. Das Hauptaugenmerk muss andererseits auch nicht darauf liegen: Wayne Allen Sallee weiß sehr gut, wovon er spricht, wenn es um Behinderung und Krankheit geht. Durch eine Hirnblutung beim Entbinden schlägt er sich ein Leben lang mit Auswirkungen einer Zerebralparese herum. Kurz nachdem ich ihn vor knapp zwanzig Jahren kennenlernte, wurde er obendrein angefahren und gegen einen Bus der Chicago Transit Authority geschleudert. Ich könnte eine beliebige Handvoll anderer Bekannter herauspicken, doch alle zusammen haben nicht so viele Operationen oder Therapien über sich ergehen lassen müssen oder so viel Pein durchlitten wie er. Mit einigem Abstand, aber auch aus unmittelbarer Nähe heraus habe ich beobachtet, wie er all dies mit Galgenhumor und verbissener Beharrlichkeit durchsteht, ohne je Selbstmitleid oder Zorn das Heft zu überlassen. Vielmehr wandelt er alles Negative um und lenkt es in kreative Bahnen. Seine Arbeit umfasst wie die eines jeden Schriftstellers, den die richtigen Beweggründe antreiben, eine gewisse Bandbreite. Ob ihn nun ein Schrei, ein ausgestreckter Mittelfinger oder eine Obduktion motiviert haben: Alle seine Geschichten zeichnen sich durch eine besondere Vorliebe für Horror aus, welcher er auf ungeahnt tiefgründige Weise Rechnung trägt.

Sein Einstand wurde ganz offensichtlich frei von der Leber weg geschrieben. Das ist bei vielen Romanen der Fall, doch nur wenige fallen dabei so gut aus. Die Protagonisten – Kriegsgefangene in zum Schlachtfeld umfunktionierten Körpern, um den O-Ton zu bemühen – legen größtenteils körperliche Gebrechen an den Tag und leben auf der Straße, nehmen jedoch nicht die exaltierte Rolle (sie rollen höchstens selbst) von Vorbildern ein, die mit dem stoischen Gleichmut eines Heiligen hinnehmen, was immer ihnen widerfährt. Genauso wenig handelt es sich um Karikaturen aus der Feder eines Schreibers, der ihre Welt nie mit eigenen Augen betrachtet hat. Stattdessen sind sie liebenswert, fehlbar und tapfer, als Menschen gelegentlich sogar albern, wenn sie ihren Weg humorvoll bestreiten, dann wieder verbittert oder traurig, immerzu aber fest entschlossen und bisweilen nicht ohne Anmut, da sie stets aufeinander achtgeben. Niemand außer ihnen wäre besser darauf geeicht, zumal sie zusammenhalten müssen, umso fester im beschriebenen Szenario.

Auf die behinderten Obdachlosen Chicagos hat es nämlich

der Erlöser abgesehen, ein Serienmörder, wie ihr ihn noch nicht kennt. Seine Vorgehensweise ist so einzigartig wie die Quelle seiner Motivation: Gott. Zweifellos lässt er sich von irgendetwas leiten, doch was dies angeht, liegt die Interpretation in eurem Ermessen. Genauso stimmig klingt die Erklärung von Vic Tremble, dem guten Gewissen im Buch: Er entwirft einen alternativen Himmel, in dem die Götter der Qual und Glückseligkeit walten.

Als ich Waynes Debüt 1992 zum ersten Mal las, hatte ich noch nie etwas von Amma beziehungsweise Mata Amritanandamayi gehört, die als Art heilige Mutter mittlerweile rund dreißig Millionen Menschen umarmt haben soll. Was ich von Leuten erfuhr, die ihr auf diese Weise begegnet sind, nachdem sie selbst, wie ihr euch sicher vorstellen könnt, jahrelang von niemandem berührt worden waren, hat mich teilweise zu Tränen gerührt. Erst beim Wiederlesen neulich dachte ich an sie. Ich finde, man kann kaum schöner *Ja* zum Leben sagen als Amma mit ihrer simplen Botschaft von Liebe und vorbehaltloser Akzeptanz. Sie nimmt ihr Gegenüber einfach als die Person wahr, die gerade auf sie zukommt. Die Mission des Erlösers stellt jedoch das genaue Gegenteil dar: Er ist nicht feindselig, sondern mordet aus Mitleid in einer grotesk pervertierten Form.

Am gleichen Tag, als ich das Buch wieder zur Hand nahm, stieß ich auf der Website von ABC News auf einen Artikel über den Chinesen Huang Chuancai, der an der seltenen Erbkrankheit Neurofibromatose leidet. In seinem Gesicht wuchern Tumoren von ungefähr fünfzig Pfund. Mehrere Fotos begleiteten den Bericht und unterstrichen die Schwere der Erkrankung so eindringlich, wie es die nüchternen Fakten allein nicht vermochten. Stellt euch einen gewichtigen Hautbalg vor, den man über einen Schädel mit nur noch vagen menschlichen Zügen gestülpt hat. Seine Hände hingegen waren unbescholten wie die eines Pianisten oder Cellisten wie Yo-Yo Ma. Selbst ein Mann, dessen Entstellung für mich auf der Welt ohnegleichen war, bezeugte so etwas wie Schönheit, falls man willens war, sie zu entdecken.

Manche taten es. Die meisten Kommentare waren wohlwollender Natur, wenngleich sich wenige Kleingeister zu dummen Witzen hinreißen ließen. Die überwiegend warmen Worte zeugten von Mitgefühl; man wünschte Huang viel Glück bei der Behandlung, was er wohl selbst nie zu lesen bekam. Andererseits möchte ich gern glauben, dass zumindest ein Teil davon bis zu ihm vorgedrungen ist. An eine Bemerkung erinnere ich mich besonders gut, vielleicht nicht einmal aus naheliegenden Gründen. Darin hieß es, Menschen wie Huang stellten unsere Herzen auf die Probe, indem sie offenbarten, ob wir kalt oder gutmütig sind. Der Gedanke an eine Prüfung ließ mich nicht los, weil er voraussetzt, dass jemand uns selbige auferlegt – jemand, der bewertet. Entweder wir bestehen oder fallen durch. Vor allem aber muss jemand als Testgegenstand auserkoren worden sein, ob zufällig oder nicht. Damit wären wir wieder bei Biologie und Physik oder den Göttern der Qual und Glückseligkeit.

Seid ihr wahlweise einfühlsam oder hartherzig, in jedem Fall aber mutig genug, um euch auszumalen, wie man sich in einer solchen Rolle vorkommt, so lest weiter. Ihr werdet in jemandes Fußstapfen treten, der den Weg sehr gut kennt.

Brian Hodge
Boulder, Colorado, Januar 2008

Veitstanz, der erste und der letzte

Chicago, Near North Side, Freitag, 1. Dezember 1958
Sie kicherten schon eine ganze Weile in der letzten Bank. Für Frühreife wie sie gab es wichtigere Dinge zu besprechen, etwa die Frage, ob man sich ohne Knochen in der Hand an der Nase kratzen kann, als ihre Nacherzählungen des Gleichnisses vom barmherzigen Samariter, aus denen Schwester Kara Veronica gerade vorlas. Dann brach das Feuer aus, in dem fünfundneunzig Kinder und drei Nonnen ums Leben kamen. Es war 14:37 Uhr.

Die Hausaufgabe vom Vortag für die sechste Klasse lautete: Denke dir selbst eine Geschichte über Nächstenliebe aus und schreibe dreihundert Wörter dazu. Die drei Jungen in der hinteren Reihe hatten sich die erste nur angehört, weil Frankie Haid, der unter ihnen saß, sie verfasst hatte. Der kleine Schwarzhaarige besaß ein pummeliges Gesicht, dem man den Babyspeck noch ansah, und zugekniffene, blaue Augen, die wie horizontale Daumenabdrücke in den Höhlen ruhten. Vor allem aber verstand er es, sich mit Worten auszudrücken, und umso besser, wenn es darum ging, Bibelverse zu verunglimpfen.

Der Aufsatz zeigte Frankie einmal mehr von seiner besten Seite und war fein säuberlich auf hellbraunem Kanzleipapier abgefasst worden. Die Kringel des kleinen *e* und des kleinen *a* berührten allesamt die punktierte waldgrüne Linie, die jeweils zwischen den durchgezogenen verlief. Schon im vorangegangenen Jahr hatte die Schule aufgehört, weitere Bestände dieses Papiers zu kaufen, doch die Nonnen von St. Vitus dachten nicht an die Anschaffung von neuem, solange das alte nicht aufgebraucht war.

Jim McCoppin und Freddy Gorshin hatten nie Zweifel am

Talent ihres Freundes gehabt und klopften ihm sprichwörtlich auf die Schulter, während der Pinguin Haids kleines Meisterstück zum Besten gab. Der Wohltäter darin half einem Jungen, der unter seinen Nachbarn als Satansbraten verschrien und jetzt mit seinem Fahrrad auf die Fresse gefallen war. Während er ausgestreckt dagelegen hatte, war allerdings ein anderer Halbstarker mit dessen Plattenkiste voller Singles von Brunnenvergiftern – so nannte sie der Pinguin – wie Eddie Cochran, Elvis Presley und Chuck Berry abgehauen.

Die gute Frau bemerkte, Frankie habe zwar zu salopp formuliert, jedoch erneut bewiesen, dass er *christliche Meilensteine schlüssig in einen aktuellen Kontext setzen* könne.

„Mit anderen Worten", gackerte McCoppin neben seinem Kumpel, als die Schwester mit ihrem Gelaber fertig war, „der gleiche Quark wie immer." Dies sollte die letzte Weisheit bleiben, die er über das Leben verzapfte; drei Tage später starb er auf der Verbrennungsstation des Lutheran Deaconess Hospital.

Freddy Gorshin zog eine Grimasse. „Oh, der kleine Francis ist Pinguins Liebling. Wette, du gibst einen Spitzenmessdiener ab. Machst doch alles, um Schwester Hängetitte zu gefallen!" Der blonde Junge, der seit Februar, als die Daily News Bilder von Charles Starkweather über den Äther laufen ließen, das Haarwasser seines Vaters benutzte, diskreditierte Haid mit einer schlaffen Handbewegung als Weichei. Als dieser daraufhin den Bezug zu knochenlosen Fingern herstellte, begann erwähnte wissenschaftliche Diskussion der drei, die wenige Minuten dauerte, bevor die Hölle losbrach.

Veronica hatte begonnen, die Arbeit von Billy *Giraffenhals* Dulcette zu lesen, während Frankie den Blick gelangweilt und ohne Interesse über die Lernkarten des oberhalb der Tafel angebrachten Alphabets schweifen ließ. *A wie Apfel, B wie Buch …* Freddy sann unterdessen über seine Idee nach und drückte sich mit dem Finger gegen die Nase.

Als der Feueralarm losging, verbargen fast alle ihre Freude hinter einer unschuldigen Maske. Mit etwas Glück dauerte die Brandschutzübung länger als bis halb vier, wenn es wieder läuten würde, und dann wäre der Tag gelaufen. Drei Dutzend Stühle wurden beinahe gleichzeitig nach hinten gerückt und schrappten dabei lautstark über das rotbraune Schachbrettmuster des ungewachsten Fußbodens. Haid verlor seine Freunde sofort aus den Augen, während Veronica mit der von Altersflecken marmorierten Hand fuchtelte, damit sich alle ordentlich in einer Reihe aufstellten. Frankie hörte amüsiert zu, wie die Himmelsbraut etwas von *angemessener Disziplin in katholischen Grundschulen* verzapfte, von wegen ihre braven Englein würden nie so ausfallend werden wie die Rabauken in öffentlichen Einrichtungen wie Wells oder Peabody. „Immer schön zwei und zwei. Hopp, hopp!", sagte sie und klatschte dabei. „Wäre doch gelacht, wenn wir es den Spritzenrittern nicht zeigten, was?"

Haid starrte verdrossen aus dem Fenster auf das verlassene Basketballfeld im Humboldt Park gegenüber der California Avenue. Drei Mal blätterte der Wind die weggeworfene Zeitung um, die auf dem Beton lag, bis die Nonne endlich die Tür von Saal 217 öffnete. Auf dem Flur herrschte reger Betrieb, gleichwohl gesittet dank der Erwachsenenautorität der Schwestern Vesna und Beatrix. Das Quietschen der Ledersohlen echote durch den Gang, was Frankie an Ratten im Kanal erinnerte.

„In einer Reihe, wie wir es geübt haben." Veronica schaute verkrampft drein. „Billy, du hältst deinen Klassenkameraden zusammen mit Phillip Morror die Flügeltür auf. Hurtig,

Jungs!“ Für Haid sahen die beiden Arschkriecher urkomisch aus, wie sie zum anderen Ende des Flurs dackelten. Sie zogen die Tür auf wie die Diener im Blackstone Hotel. Unter der zweiten stiegen Rauchschwaden auf wie ein Atemhauch im Winter.

„Okay, Kinder. Nur artig weitergehen!“, blaffte Veronica, als unten urplötzlich Schreie losbrachen. Haids Augen irrten umher und blieben an der Alarmglocke über seinem Kopf hängen, die ihm wie eine rote Riesentarantel vorkam. Die Sirene, die er in der Ferne hörte, kam irgendwo von draußen aus der LeMoyne Street. Feuerwehrautos! In diesem Augenblick begriff er, dass es sich nicht um eine Übung handelte.

Mit Vernunft war ihnen jetzt nicht mehr beizukommen. Haid sah zu, wie die Adern am Hals des Pinguins hervortraten, da sie sich, wie er vermutete, darum bemühte, nicht in Panik auszubrechen. Einen Augenblick später hatte er sie aus den Augen verloren, als die zweite Tür aufflog und ein Drittel der Schüler in graubraunen Qualm gehüllt wurde. Er hörte jemanden das Vaterunser flüstern. Doch nicht etwa er selbst?

Wer in einer scheu gemachten Herde noch atmen kann, lässt den Verstand fahren und wirft sich gegen Türen, die eigentlich nach innen aufgehen. Rund sechshundert Menschen kamen 1903 bei einem Brand im Iroquois Theater auf der Randolph Street ums Leben, weil sich die Ausgänge der drängenden Massen wegen nicht öffnen ließen, doch auch vierundfünfzig Jahre danach hatte die Stadt noch immer keine neue Brandschutzverordnung erlassen.

Vor Haid spielte sich alles wie in der Fernsehwerbung für Prell Shampoo ab, das in Zeitlupe aus der Flasche tropfte. Ein Junge neben ihm fing an, wie ein Hund zu winseln. Ein anderer namens Mahl hatte seinen Schließmuskel nicht mehr unter

Kontrolle. Klumpig braun lief es ihm an den Hosenbeinen seiner marineblauen Schuluniform hinunter. Veronica sah jetzt aus wie Frankensteins Braut und schien am Boden festgewachsen zu sein, während ihre Schützlinge um sie herumstolperten, entweder mit wie zur Kreuzigung ausgestreckten oder vor ihren Mondgesichtern zum Schutz übereinandergelegten Armen. Sie stießen gegen Spinde oder Wasserspender und standen sich gegenseitig im Weg, derweil der Rauch und die allgemeine Konfusion sekündlich zunahmen.

Seltsamerweise fiel Haid gerade jetzt ein, was Veronica ihnen just eine Woche zuvor über Frankreich vorgelesen hatte. Vor allem dort hatte man in den Gemeinden ungefähr Ende des 13. Jahrhunderts begonnen, den Johannistag traditionell mit rauschhaften Tänzen zu feiern. Diese dauerten, bis die Gläubigen erschöpft zu Boden fielen und ekstatisch zuckten, was man mit dem sogenannten Veitstanz beziehungsweise Chorea Sancti Viti gleichsetzte, der eigentlich auf ein Krankheitsbild zurückging. Jedenfalls sahen nun alle aus, als ergingen sie sich gerade darin, bloß dass es krasser ablief. Die Kinder mochten streng katholisch erzogen worden sein, doch dies bedeutete nicht, dass sie sich genauso verhielten wie die französischen Bauern von einst. Janet Mandeen erbrach sich über den Schließfächern zu ihrer Rechten; sie hatte ihr Mittagessen, Fischstäbchen und grünen Wackelpudding zum Nachtisch, anscheinend noch nicht verdaut, und nun klebte die ganze Schweinerei dick am Holz sowie an den Metallteilen der Tür. Neben ihr heulten einige so heftig, dass ihnen der Rotz wie milchige Seifenblasen aus der Nase quoll.

Frankie brach selbst in Tränen aus. Das hasste er, weil er sich dabei wie ein Baby vorkam. Er erinnerte sich daran, wie Mom das Gestänge seines Gitterbetts hochgezogen und ihm den Kissenbezug locker um das Gesicht gewickelt hatte, damit er nicht laut wurde, wenn sie den Postboten hereinließ. Indem er sich ihrer entsann, dieser Schlampe Doreen Madsen Haid, vergaß er die Panik, die in ihm aufwallte, also konzentrierte er sich darauf. So abgrundtief hasste er sie, obwohl sie verstorben war. Während sein Vater für Thillens mit dem Geldtransporter durch die Stadt gefahren war, hatte sie es entweder mit dem Briefträger und dem Jungspund getrieben, der für *Ricky's* Sandwiches ausfuhr, oder mit sonst irgendeinem Typen. Nachdem sie aufgeflogen war, hatte Dad sich von ihr getrennt, woraufhin Frankie mit ihr im Two Flat seines Onkels Vince in der Potomac Street hausen musste. Von dort aus war es nicht weit bis hierher in die Crystal Street, wo er die Schulbank drückte. Haid hatte sie derart verabscheut, dass es ihm überhaupt nicht nahegegangen war, als sie mit ihrem Chevrolet Biscayne in eine Straßenbahn auf der Division gebrettert war. Obwohl Onkel Vince Janssen Frankie manchmal dazu zwang, Dinge zu tun, die ihm wirklich sehr unangenehm waren, nannte er ihn jetzt seinen Vater. Er versuchte sich gerade vorzustellen, wie sein neuer Dad grinste, wenn er ein Bad einließ und ihn anständig einseifte, da lief er schon durch die Doppeltür. Die Stopper aus Gummi klemmten noch darunter, und Haid trat einen los, sodass ein Flügel zufiel. Ein mit Buntstift auf Bastelpapier gemaltes Winterbild klebte in einer Ecke der Bleiglasscheibe. Darauf machte Frosty der Schneemann gehörigen Terz wie in *Garfield Goose*, der Fernsehshow mit Frazier Thomas. Wer auch immer das Gekritzel verbrochen hatte, war die Bäume im Hintergrund mit Orange angegangen, weshalb es so aussah, als liefe Frosty vor dem Sonnenlicht davon. Eine der senkrechten Kanten des Papiers hatte sich zu kräuseln begonnen wie die L&Ms von Frankies Mutter. Sie hatte sich nie die

Mühe gemacht, die Zigarette aus dem Mund zu nehmen, wenn sie mit ihm schimpfte.

Dulcettes Umrisse im Qualm lenkten ihn von seiner seligen Gebärerin ab. Sein begriffsstutziger Klassenkamerad hatte die Standardkrawatte aufgedröselt, die zur Uniform der Katholikenschule gehörte, und sich das gestärkte Standardhemd über sein Standardgesicht gezogen. Die Stirn glänzte vor Schweiß. Haid hielt Dulcette für ziemlich dämlich, derart den Helden spielen zu wollen. Wie ein Wachmann hatte er sich genau dorthin gepflanzt, wo der Rauch am dichtesten stand. Wen wollte er damit beeindrucken? Vielleicht legte er es darauf an, als Märtyrer in die Geschichte einzugehen wie Veit, der Namenspatron der Schule und Schutzheilige der Jugendlichen und Epileptiker. Tolle Kombination übrigens. Frankie sah Onkel Milty beim Abendgebet auf Knien. Sein linker Fuß stand fest auf der ersten von sechs Stufen bis zum Absatz. Sechs weitere, und sie waren im Erdgeschoss, also so gut wie gerettet, doch dann kreischte Dulcette. Der Grund dafür? Eine Flamme war am Geländer heraufgezüngelt, und der Ärmel seiner Jacke hatte Feuer gefangen. Nur wenige Zoll von Haid entfernt gab er ein leises Wimmern von sich, während er die Augen trotz des Rauchs aufriss, bis man sie für Kuchenringe zum Backen halten konnte. Frankie war so fasziniert von den orangeroten Flammen, die am Arm seines Mitschülers nagten wie eine eifrigere Version des Blob in seiner ganzen Farbenpracht, dass er nur am Rande mitbekam, wie es denjenigen hinter ihm vor Entsetzen die Sprache verschlug. Seine Aufmerksamkeit galt allein Billy Dulcette mit seinem langen Hals, dessen Vater bei *Buler's* arbeitete und wahrscheinlich gerade über die Washtenaw Avenue preschte. Das war ein richtig cooler Dad, weil er allen Kumpels seines Sohnemanns Geld zusteckte, damit sie

Archie-, Casper- und Flash-Comics vom Kiosk direkt neben dem Getränkeladen abgreifen konnten. Billy Dulcette war eigentlich gar nicht so übel und – *Hey Gott, hörst du mir zu?* – bewegte seinen Unterkiefer gerade schmerzhaft langsam gegen den Uhrzeigersinn, als bemühte er sich geduldig um die größte Kaugummiblase in der Geschichte aller Chicagoer Grundschulen. *Verdammt, Dulcette, hör auf den Pinguin, die senile alte Schachtel, die gerade wie blöde Kyrie Eleisons und Stoßgebete an ihren Herrn austeilt!* Gleich sollte sie ihren ersten Toten aus der Nähe sehen, denn Haid wusste, noch ehe die fünfte oder sechste Feuerzunge den Schopf des Trottels mit dem richtig duften Vater erreichte, dass er hinfällig war.

Haid stand dicht genug neben ihm, um es zu riechen, als Dulcette mit einem lauten Knall lichterloh in Flammen aufging. Seine sauber nach hinten gekämmten Haare verwandelten sich in eine unruhige Schlangenmähne. Einige Strähnen fielen einfach ab wie beim Friseur, andere sahen aus wie die rot sprühenden Dochte von Feuerwerkskörpern. Der Junge bewegte sich schließlich und vollzog eine unheimlich elegante Drehung, als der Pulk an ihm vorbeiströmte wie Blut aus einem Hämatom, das jeden Moment zu platzen drohte.

Frankie war nicht schnell genug; die hibbelige Menge aufgebrachter Kids bedrängte ihn von mehreren Seiten. Auf dem Weg hinunter gaben seine Knie schon auf der zweiten Stufe nach. Er geriet aus dem Gleichgewicht und streckte die Arme aus, wobei er jemanden mit seiner Rechten gegen den Brustkorb schlug. Die Finger links hingegen glitten über das glühend heiße Geländer, und er war überrascht, sich selbst schreien zu hören, als der untere Querstab eine Verbindung mit dem Fleisch seiner Handinnenfläche einging.

Er drehte den Kopf nach links und sah Pat Carlson, einen

stocksteifen Hänfling, der es sich zur Lebensaufgabe gemacht hatte, irgendwann einmal wie Sal Mineo aus ... *denn sie wissen nicht, was sie tun* auszusehen. Jetzt stürzte er in die wandelnde Fackel Dulcette und kreischte dumpf. Mehrere Schüler waren über Frankie gestolpert, der mittlerweile kniete. Er fühlte sich matt wie im Sommer bei Tante Dot nach dem Schwimmen, wenn er zu lange unter Wasser geblieben war. Alles tat ihm weh, doch der Gedanke daran, dass es kaum schlimmer werden konnte, tröstete ihn. Dann trat jemand auf sein Bein, und er fühlte den Schmerz eindringlicher, als er es knirschen hörte.

Gebrochen. Sterben. Tod. Er biss sich auf die Lippe, die ganz trocken war vom Rauch und sofort aufplatzte. Nun musste er einen kühlen Kopf bewahren oder er würde draufgehen. Fäuste hämmerten gegen Spinde. Die Kinder, die ihn überrannt hatten, erreichten das Erdgeschoss. Ganz kurz blendete er das Geräusch zugunsten von jemandes Stimme aus, dann öffnete er den Mund wie beim Gähnen, weil das Geländer nach außen kippte und sich gefährlich weit zum Absatz hin neigte. Haid schrie lauter. Tränen brannten heiß in seinem Gesicht, als die Haut von drei Fingern abriss. Das L-förmige Geländer stürzte genau an der Stelle in die Wand gegenüber, wo eine geisterhafte Hand einen Abdruck hinterlassen hatte. Vage machte er das rote Stoppschild im Qualm aus, dessen Anweisung zum Innehalten ihm ähnlich gespenstisch vorkam. Die Mauer bröckelte an mehreren Stellen, Dunkelrot und Grau bespritzten die Hand, als das zum Projektil gewordene Metall zwei der größeren Jungen die Schädel zertrümmerte.

Frankie klammerte sich, so gut er konnte, an den Betonstufen fest. Seinen Körper, der in Schüben mit jeder Faser bebte, spürte er nicht mehr. Seine taube Linke zuckte, als noch jemand nach vorne kippte und auf seinem Unterarm liegen blieb. Er krallte sich geradezu an die Trittfläche, fuhr dabei mit seinen verkohlten Fingern über einen geschmolzenen Kaugummi. Am Rande seines vom Staub verengten Blickfeldes sah er Dulcette und Carlson, die eins geworden waren, sowie ein Dutzend weitere Gesichter wie gerahmt vom Gittermuster des Geländers, das nun auf sie niederstürzte. Der erste und gleichzeitig letzte Veitstanz war in vollem Gange.

Der Treppenabsatz brach nicht am Stück weg. Die Decke stand ebenfalls längst in Flammen und gab jetzt nach. Haid fiel ins Leere und hatte eine irre Vision von Gevatter Tod, der ihm etwas vorsang: *All of my love, all of my kissin', you don't know what you've been missin', oh boy ...*

Er landete auf seinem Hintern zwischen all den Leibern und dem Schutt, dem dampfenden Geländer und den zertrümmerten Schließfächern, halb bewusstlos in der ersten Reihe eines Buddy-Holly-Gigs im Jenseits. Nach unbestimmter Zeit öffnete er die Augen. Seine Lider waren so schwer, als hätte jemand Gewichte angehängt. Einen Moment lang nahm er alles wie zersplittert wahr, als habe ihm jemand die Netzhaut mit einer Nadel perforiert. Das Geländer und die abgerissene Tür eines Spinds klemmten seine Unterschenkel ein. Sein erster Gedanke: *Ich bin ein Krüppel.*

Neben ihm lag reglos ein blondes Mädchen. Haid schaute sie an und fand es nicht richtig, wie vorwurfsvoll ihre entseelten Augen ihn anstarrten. Sie schien ihm die Schuld für irgendetwas zuzuschieben. Die Sirenen, die Alarmglocke und das leise Stöhnen der Überlebenden, alles klang dumpf, da bemerkte Frankie die Nässe in seinen Ohren. Der Anblick des Mädchens hypnotisierte ihn. Ihr weißes Blüschen war fast ganz verbrannt; sie trug eine Goldkette um den Hals, deren Jesusanhänger auf ihrer kaum ausgeprägten Brust lag. Die Warzen sahen aus wie rohe Peperoni, und er fragte sich, wie viel Haut er selbst gelassen hatte. Als sie vor ein paar Jahren im Sommer aus Shelbyville, wo Tante Emma wohnte, zurück nach Hause gefahren waren, hatte er auf dem Weg ein Werbeplakat für Burma Shave gesehen. Die Slogans für diesen Rasierschaum reimten sich stets. *Er hat zu lang ins Feuer geschaut, und jetzt fehlt Francis Haid die Haut.* Als er das Mädel erneut anschaute, begriff er, was nicht stimmte: Das Feuer hatte ihre Lider fast komplett weggefressen. Haid stierte in das wunderbar klare und doch blinde Blau ihrer Pupillen. Im Weiß drum herum störten nur einige Staubpartikel, während er dem geschweiften Verlauf bis zu den Wulsten folgte, die den Übergang von den Augenhöhlen zum Stirnbein beschrieben. Er wiederholte dies mehrmals, bis ihm Blut aus den Ohren über die Wangen lief.

Dann wurde er zum zweiten Mal ohnmächtig.

*

Ein gedämpftes Weinen weckte ihn. Stilles Gebet. Das Loch in der Decke klaffte in der Form eines *Vs* und ließ Gips rieseln, der alles wie feine Hagelkörner bedeckte. Eine Menge unterschiedlicher Berührungen spürte er, hartes Metall und anschmiegsame Körper. Das lidlose Mädchen mit dem Zeichen des Heilands auf der Brust – *Witz gemacht, totgelacht* – lag immer noch links neben ihm vor den ersten Schließschränken. Als er den Kopf drehte, war ihm, als hacke jemand mit einem Pickel in sein Brustbein. Er kämpfte gegen eine neuerliche Ohnmacht an.

Einer der umgeworfenen Spinde war aufgesprungen. Die Tür

schwang leicht hin und her wie der Arm seines Ziehvaters aus der Badewanne, wenn sie gemeinsam ihre *Freitagabendwaschung unter Männern* vollzogen. Ein Junge hatte mit Temperafarben in Druckbuchstaben ein *Ich liebe die katholische Kirche* verewigt, doch das letzte Wort war von einem älteren Semester mit schwarzem Filzstift durch *Fotze* ersetzt worden. *Jetzt nicht mehr*, ergänzte Frankie im Geiste, als ihm eine blutige Hand gegen das Auge fiel. Er wollte sich ein Lachen abringen und stellte dabei fest, dass mehrere seiner Zähne wackelten. Der Gips regnete ihm jetzt ins Gesicht. Ganz weit weg vernahm er wieder Sirenengeheul, Bremsen und dann Rufe. Von oben segelte ein Stück Pappe herab; er fragte sich, ob dort noch jemand am Leben war. Das Schild gemahnte in Blau mit weißer Schrift: *Bitte waschen Sie sich die Hände, bevor Sie zur Arbeit zurückkehren. Reinlichkeit kommt gleich nac* Genau hier hatte das Feuer ironischerweise einen Schlussstrich gezogen. Die Mahnung des Hausmeisters landete auf Haids Arm, ohne dass er es spürte.

Nun näherten sich Fußschritte. Als ihn die Neugier wieder packte, nahm er alle Kraft zusammen, um einen weiteren Blick auf das Mädchen zu werfen, doch die Tote war fort. Er hatte sich schlicht und ergreifend nur eingebildet, dass sie dalag. Dann hörte er jemanden seufzen, und diesmal war er es nicht selbst. Er schaute in die Richtung, aus der es zu kommen schien, vorbei an dem Leichnam aus seiner Phantasie. „Vater ist da."

„Onkel Vince?" War das wirklich sein Dad? Nein, es klang nicht nach ihm. Es war ein Feuerwehrmann, es ... Frankie versuchte, seine Augen auf den Kerl zu fixieren, der sich gerade über einen verbrannten Jungen beugte. „Vater ist da, um dich mit nach Hause zu nehmen."

Es war zwar nicht sein Dad, doch jetzt wusste er, dass er am

Leben bleiben würde. Sie alle würden gerettet werden. Der Mann hob das Kind hoch, dessen Haut völlig zerfetzt war. Der Knabe sah aus wie ein schmutziger Wollteppich und atmete noch! Der Feuerwehrmann war stämmig und mit Blut besudelt, seine Brust komischerweise unbefleckt. Irgendetwas daran glühte, aber das lag an Haids Schock; zumindest redete er sich das ein.

„Komm zu Gott", fuhr der Mann fort.

Der Schmerz wurde heftiger. Haid schnitt eine Fratze, als er versuchte, sich daran zu erinnern, wie sehr er seine Mutter hasste und wie toll er sich vorgekommen war, nachdem er zum ersten Mal das Wort *Möse* auf dem Schulhof geäußert hatte. Der Mann hatte einen weißen Bart, sauber gestutzt wie der von Mitch Miller. Vater schaute sich seine Show jeden Freitagabend im Fernsehen an. Frankie gesellte sich zumeist erst später hinzu, wenn er heimkam. Bald würde es läuten.

„Der Gerechte muss viel leiden", zitierte der Bärtige, während er den Kleinen an seine Brust drückte, „aber der Herr hilft ihm aus allem. Er bewahrt ihm alle seine Gebeine, dass deren nicht eins zerbrochen wird." Dann malte er das Kreuzzeichen mit dem Kopf nach und fing an, den Jungen regelrecht zu zerquetschen. Haid wollte aufschreien, doch stattdessen verschluckte er sich am Blut, das ihm den Rachen hinunterlief. Der Kerl schob sich den Leib in seinen gottverdammten Brustkorb! Haid kam sich vor wie in *Creature Features* und hätte am liebsten losgeheult, doch die Tränen wollten nicht fließen. Weg war der Junge, genauso wie das Mädchen, Gorshin und der Pinguin. Oh, um Himmels willen ...

Frankie konnte nicht schreien, weil der Mann mit knackenden Knien aufgestanden war und nun auf ihn zukam. „Nein!", krächzte er angestrengt.

„Du sollst keine anderen Köter neben mir haben", flüsterte der Mann völlig zusammenhanglos.

Hatte Haid richtig gehört? Er schauderte, so wie das Gesicht seines Gegenübers bebte.

„Komm zu Gott." Die Hand fühlte sich warm an wie die seines Vaters, wenn er ihm die Schenkel in der Badewanne massierte. Jetzt juckte es im Schritt. Er bekam eine Erektion, also weshalb fürchtete er sich? Langsam wurde er hochgehoben wie ein Säugling zum Aufstoßen. Jetzt berührten Haids Schultern die warme, trockene Brust des Mannes. „Gott will, dass du heimkehrst, Sohn. Er steckt hier drin."

Frankie zwang sich nach einem letzten Ruck zur Entspannung. Der Feuerwehrmann würde schon dafür sorgen, dass es ihm wieder gutging. Er schaute hinunter, während er mit der Wange am Brustkorb des Mannes ruhte. Der graue Parka roch frisch gewaschen. Eine rote Träne tropfte auf seine Backe und schließlich auf das Oberteil des Mannes, um sofort zu verdampfen. Dabei zischte es, als drücke man eine Kerzenflamme zwischen den Fingern aus. Fort war die blutige Träne, verschwunden wie der verbrannte Knabe und das Mädchen ohne Lider. Verschwunden zu Gott.

Die Schreie, die er jetzt hörte, konnte er wieder nicht mit Bestimmtheit irgendjemandem zuordnen. Leute stürmten auf ihn zu. Sie würden ihn retten, denn er war noch nicht bereit, mit Gott zu gehen. Warum spielte dieser Typ sich zum Wohltäter auf und tötete die überlebenden Kinder? Welches Recht hatte er dazu, ein solches Spiel ...

„Ruhe sanft auf dem Acker des Herrn", wisperte dieser, als könne er Haids Gedanken lesen.

„Wer bist du?" Beim Sprechen quoll Blut aus Frankies Mund.

„Ich versuchte, dich heimzubringen, wie Gott es mir aufgetragen hat. Da weinte Jesus." Der Lärm, den die Männer von der Feuerwache LeMoyne Street machten, wurde lauter. Frankies vermeintlicher Retter drehte sich nun zu ihnen um. „Ich ging gerade vorbei und bemerkte das Feuer", erklärte er lapidar. Dann wandte er sich Haid zu und fügte leise an: „Ich wurde auserwählt, genauso wie du eines Tages."

„Wir bräuchten mehr barmherzige Samariter wie Sie", erwiderte ein Feuerwehrmann, woraufhin der im Parka lächelte.

Niemand achtete weiter auf ihn, weshalb er einfach so davongehen konnte. Vielleicht war es gut so, dachte er. Weil sie ihn gestört hatten, konnte er den Knaben nicht von seinen wahren Schmerzen erlösen und ihm das Paradies zeigen. Dennoch hatte er ihn lange genug gehalten, um Gottes Macht in ihm zu entfesseln. Ihm selbst war vor langer Zeit das Gleiche geschehen, als ein anderer, ebenfalls namenloser Samariter ihn nur noch flach atmend aus der Ruine des Theaters geborgen hatte. Ja, es war gut, dass er dem Kleinen Gottes Macht vermitteln konnte, eine hehre Tat.

Da weinte Jesus.

Haid weinte jetzt kein Blut mehr, und die richtigen Feuerwehrmänner begriffen nicht, warum einige seiner Brandwunden bereits mit rosiger Haut überzogen waren. Geheilt. Am Bein hatte er sich einen offenen Bruch zugezogen, doch das Fleisch unter seinem verbrannten Hemd war frisch und unversehrt.

Gott möchte, dass du sein Werk verrichtest, Sohn.

Frankie wurde zum letzten Mal an diesem Tag ohnmächtig.

*

Jahre später hockte Francis Madsen Haid vor einem Fernseher im *Massie's*, einer Bar auf dem Augusta Boulevard. Neben ihm saßen Dennis Cassady und andere Versager, die von ihrem Leben in der Tretmühle frustriert waren. Während er an seinem Gezapften nippte, wurden die Geiseln im Iran befreit. Plötzlich lief am unteren Bildschirmrand eine interessante Schlagzeile vorbei. Viele der Gäste mussten laut und Wort für Wort mitlesen, wie sie es auch bei Unwetterwarnungen taten.

Die Nachricht betraf einen Vierzigjährigen aus Bucktown, der ein Geständnis über den Brand von 1958 in der katholischen Grundschule St. Vitus in der Crystal Street zwischen California und Washtenaw abgelegt hatte. Jeffrey DiMusi hieß er und war in jenem Winter bereits vorher von einer der Nonnen gerügt worden, weil er im Treppenhaus geraucht hatte. Beim zweiten Mal hatte er seine Kippe am gleichen Ort hastig weggeschnippt, um nicht wieder erwischt zu werden. DiMusi sollte sich in der folgenden Nacht im Cook County Hospital selbst das Leben nehmen, doch bis dahin verbrachte Haid lange Stunden damit, sich an das Feuer und seinen Sturz zu erinnern. Wieder sah er Gott durch die Flammen kommen, um ihn auf den Arm zu nehmen, zu trösten und davon zu überzeugen zu suchen, mit ihm nach Hause zu kommen. Davon abgesehen wusste er kaum noch etwas.

Der Zärtlichkeit des Mannes entsann er sich, aber nicht mehr der Ehrfurcht, die ihn überkommen hatte.

Gottesfurcht.

Teil I

Chicago, South Loop, Winter 1988

This tired city was somebody's dream
Billboard horizons as black as they seem
Four level highways across the land
We're building a home for the family of man

And it's so hard whatever we are coming to
Yes, it's so hard with so little time
And so much to do
Time's running out for the family of man

Three Dog Night: The Family of Man

Kapitel 1

„Mann, hast du nicht Schiss, dass dir 'ne fette Made in den Rachen kriecht? Wie kannst du einfach so hier reinkommen?" Reginald Givens schenkte Mike Surfer einen bösen Blick, während er zusah, wie sein Freund Speichel vom Plastik wischte. Die Miene hatte sein Bewährungshelfer auch sehr gut gekannt.

„Erstens bin ich schon gut zwanzig Minuten hier." Surfers Stimme klang nicht so herb wie die des Jüngeren, der vor ihm saß, und *hier*, das war die Hard Times Lounge zwischen Randolph und Canal Street. Hoffentlich hatte er laut genug gesprochen, dachte er, damit Chet, der Mann hinter der Theke, ihm endlich eins seiner lausig gezapften Biere brachte. „Zweitens dauert es nicht lang. Siehst du? Schon wieder eingesteckt. Oh, da kommt er ja. Gib Chet deine Bestellung, Reggie, ich hab heute meine Monatsrente kassiert."

„Schon scheiße, dass du hier nur Old Style vom Fass saufen kannst." Givens besaß nach wie vor das lose Mundwerk, wegen dem er damals im Joliet hatte einsitzen müssen, als er kaum alt genug gewesen war, um sich aufrecht auf einem Barhocker zu halten, geschweige denn Alkohol zu trinken.

„Sei still!" Surfer klopfte mit der flachen Hand auf den Tisch. „Kostet dich immerhin nichts." Er hob zwei Finger und nickte seitlich in Richtung seines zu kurz geratenen Freundes.

„Ja, ich weiß, aber gehst du nicht besser aufs Klo, um das Ding da sauber zu machen?"

Givens gab keine Ruhe deswegen. Beide waren schwarz, und beide saßen im Rollstuhl. Drei Jahre nach seinem letzten Aufenthalt in der Besserungsanstalt hatte sich jemand Reginald Givens vorgeknöpft. Schließlich war er auf den Schienen der

Kinzie Bridge gelandet, wo die Bahn nach Ravenswood, die überall anhielt, ihm das rechte Bein sauber über dem Knie amputiert hatte. Michael Surles, der sich selbst Mike Surfer nannte, weil er sich so behände durch die Straßen des Geschäftsviertels und der West Side manövrierte, war wasserköpfig und ein Syphilis-Baby, wie es etwa auch Crack-Kinder gibt, weshalb er Zeit seines Lebens – er war jetzt siebenundvierzig – einen Shunt am Hals tragen musste. Über eben dieses Plastikrohr regte Givens sich gerade auf.

Beim Hydrocephalus, wie es die Medizin nennt, kommt es zur Stauung der Hirn-Rückenmarks-Flüssigkeit im Kopf. Surfers Shunt war im Grunde genommen ein Schlauch, der aussah wie ein billiges Halsband aus einer Science-Fiction-Serie der Sechzigerjahre und über einen Klettverschluss in eine per Luftröhrenschnitt unmittelbar unter seinem Adamsapfel eingesetzte Kanüle führte. Mit diesem Gebrechen ließ es sich leben, doch Surfers Halsmuskeln waren schwach, und wegen der vorstehenden Stirn war er gezwungen, nach unten zu schauen. Gerade Letzteres kam ihm gelegen, wenn er in den Spiegel schaute und sich für eine schwarze, coolere Version von Romandetektiv Steve Carella hielt. Surfer lebte wie Givens in einem Heim, dem Rainey Marclinn auf der Randolph Street. Wilma Jerrickson, eine Mitbewohnerin, gab ihm regelmäßig Krimis von Ed McBain und Elmore Leonard zu lesen.

„Trink einfach", sagte er nun mit einem Bärtchen aus Bierschaum über seinem eigenen grauen, „und sei froh, dass du dich nur damit placken musst." Dabei trat er Givens unter dem Tisch leicht gegen den Beinstumpf.

„Um dir draußen in die Eier zu treten, wenn du mir dumm kommen willst, reicht es, Mann."

„Entspann dich ..."

Eine Weile schwiegen die beiden und tranken. Der Name Hard Times Lounge führte ein wenig in die Irre, denn abgesehen von einzelnen Verrückten von der Pennermeile Halsted Street zwei Blocks weiter westlich hinter der Überführung des Kennedy Expressway rekrutierte sich die Kundschaft überwiegend aus Angestellten des Geschäftsbezirks River Plaza, wo auch Sozial- und Behindertenhilfe ihre Büros unterhielten. So war die Kneipe zum Treffpunkt für Rollis und Krückengänger geworden. Barkeeper Chet bediente sie, selbst wenn sie ihren Monatsscheck noch nicht eingestrichen hatten; zahlen konnten sie später, sobald sie flüssig waren.

„Wird scheißkalt, der Winter", bemerkte Givens. „Das Bein pocht schon wie doof, obwohl es erst November ist."

Irgendwo im Schatten ging jemand zur Seeburg-Jukebox und wählte Luckenbach, Texas.

„Waylon und der gute alte Willie", schwelgte Reggie.

*

Nachdem sie auf dem Wacker Drive über den Fluss gefahren waren, trennten sie sich. So penetrant Reginald auch der Kälte wegen quengelte, blieb er im Herzen ein Gauner. Es war erst zwei Uhr nachmittags, also noch zwei Stunden lang hell. Surfer einigte sich mit seinem Freund auf eine baldige Runde Kümmelblättchen. Der Gewinn würde Givens einen satten Bonus zu seinem Invalidengeld garantieren. Er winkte ihm hinterher. „Halt die Ohren steif, Mann."

„Genau, die Ohren ... und was sonst noch absteht", entgegnete Surfer. Dabei legte er einen Finger auf den Shunt, weil er den Halunken auch hinter solch salbungsvollen Worten durchschaute. Ohnehin hatte Reg wahrscheinlich gar nicht hingehört, und deshalb musste er auch nicht laut antworten. Die meisten Stammgäste des Hard Times kannte er. Niemand machte sich etwas daraus, wenn er sich das Plastikding beim Sprechen zuhielt. Wie bei den meisten Bewohnern des Marclinn liefen viele seiner Bewegungen unbewusst ab. Genauso gut kannte ihn der Großteil der Ladenangestellten und Leute, die sich um diese Zeit nachmittags hier herumtrieben. Manchmal, wenn Surfer sich selbst leidtat, glaubte er, sie lächelten ihm nur aus Erleichterung zu, weil er gerade nicht um Almosen bettelte.

Nun, da die Steigung des North Wacker Drive hinter ihm lag, nahm er seinen Walkman aus der weißen Gepäcktasche, auf der in Blau der schablonierte Schriftzug eines jährlich abgehaltenen Wettkampfs im Behindertensport prangte, in diesem Fall zum zehnjährigen Jubiläum, während seine Adresse von damals, als er noch auf der Keystone gewohnt hatte, in Rot auf der Klappe stand. Er legte ein Tape mit alten Klassikern zum Wellenreiten ein. „Ride, ride, ride the wild surf", sang er, als er am Gebäude von United Cerebral Palsy auf der West vorbeirollte. Er winkte Miss DeWalt, die gerade eilig aus der Mittagspause zurückkehrte. Vor den Randolph Towers einen Block weiter östlich, buhlte der alte Chubby Lovell um die Gunst der Touristen, die das McDonald's im Erdgeschoss besuchten. Surfer hatte dem guten Chubby nahegelegt, nicht gerade vor einer Attraktion wie Al Capones Bismarck Hotel aufzulaufen; entlang der Einkaufsmeile State Street machte er mehr Kohle.

Sobald er den Block mit den 100er-Straßennummern erreichte, konnte er sich freier bewegen. Das silberne Rund des James R. Thompson Center links, schräg gegenüber das Rathaus. Surfer wünschte sich bloß, die Unterführungen der beiden Blöcke auch als Rollstuhlfahrer nutzen zu können.

Nicht selten fragte er sich, mit welchem Recht sich jeder neue Stadtrat brüstete. Auch wenn man Richard Daley Jr. im April wählte, das wusste er, würde sich nicht viel zum Besseren wenden. So begnügte er sich mit dem breiten Weg, derweil er versuchte, sich von den Liedern von Jan & Dean oder The Hondells wärmen zu lassen, damit er nicht allzu arg schlotterte. Blackstone Shatner klaubte gerade Kleingeld an der Greyhound-Haltestelle zusammen. Der Kerl soff seinen Wein aus der Dosierkappe einer Reinigungsmittelflasche, und das war keineswegs Show. Wie gut Givens wohl zurechtkam? Die drei gusseisernen Skulpturen über dem Eingang des Marclinn waren kaum mehr einen Block weit entfernt. Dort musste er nicht frieren.

Kapitel 2

Heute würde er den Trickbetrüger retten und ins Paradies befördern. Der Mann, den die Zeitungen morgen *Erlöser* nennen sollten, war sich dessen gewiss und freute sich. Um zwanzig nach drei an jenem Donnerstagabend ging Francis Madsen Haid wie schon oft an einem orangefarbenen VW Käfer vorbei, den jemand in einer Gasse am Tooker Place stehen gelassen hatte. Die Kiste blockierte quasi den Eingang zu seiner Erdgeschosswohnung, doch seit Onkel Vince im September verstorben war, musste er ja nicht mehr mit dem Rollstuhl vor die Tür. Zudem hielt das ausgediente Auto etwaige Streuner auf Abstand, sodass niemand etwas riechen und dumme Fragen stellen würde.

Er rechnete sich noch eine gute Stunde Tageslicht aus. Zeit genug, um sich den Kartenleger zur Brust zu nehmen. Unter all den Rollis, die der Rettung bedurften, hatte dieser es am bittersten nötig. Zu dem Schluss jedenfalls war Haid kürzlich gekommen. Dad schien ihm zuzustimmen, und da er jetzt schon zwei Monate auf der Suche war, sich Gesichter und Treffpunkte merkte, wusste er genau, dass der Typ sein Spielchen in der Couch Street treiben würde, einer kaum erwähnenswerten Gasse hinter dem Gebäude von United Cerebral Palsy. Jetzt befand er sich auf dem Weg dorthin.

Vom Michigansee her wehte ein kräftiger Novemberwind, der sein schütteres, blondes Haar über die Stirn ins Gesicht peitschte. Haid machte mehrere große Schritte bis zur Dearborn Street, bevor er noch einmal umkehrte und sicherging, dass er abgeschlossen hatte. Richtig, zweimal, aber er musste es trotzdem genau wissen. Nachdem er die Straße hinunter und an der Chicago Avenue vorbeigegangen war, befand er sich auf der Superior und kämpfte wieder gegen den Drang an, umzukehren und die Tür zu checken. Indes war der hellgraue Fleck am wolkenverhangenen Himmel tiefer hinter die Sozialbauten der Chicago Housing Authority gesunken. Heute sollte der Tag sein, an dem er Vater stolz machte.

*

Es gab kein geeigneteres Datum für diesen Krüppel, dessen war er gewiss. Da schon seine eigenen Gräten bei diesem Wetter höllisch wehtaten, musste der andere hundertmal üblere Schmerzen ausstehen, und das gefesselt an das verchromte Gestänge seines Stuhls. Ja, der Mann würde ihm für sein Kommen danken. Auf dem Weg zur Couch Street – sie lag ein kurzes Stück hinter der Brücke, also nur einen Katzensprung entfernt – blieb Haid auf der North Clark im 400er-Block vor einem Striplokal der Sorte stehen, in denen man sein bestes Stück in ein Wandloch steckte, damit eine Nutte auf der anderen Seite daran lutschte. Er blieb stehen, weil die verwitterte Holztür aufgegangen und ein Weißer im Rollstuhl die Stufe heruntergefahren war. Haid hielt ihn für einen Veteranen aus dem Vietnamkrieg, auch wegen seines buschigen braunen Bartes. Das violette Neonlicht um die Fenster machte seine Züge unkenntlich. Die Beleuchtung warb mit nackten Leibern und Sex auf der Bühne. Ein weiterer Mann im etwa gleichen Alter mit schulterlangem, blondem Haar und schwarzer Wildlederjacke folgte und ging an ihm vorbei die Straße hinunter Richtung Einkaufszentrum Merchandise Mart. Er drehte sich ständig nach dem Fahrenden um, der ihn langsam wieder einholte, allerdings wurde Haid anhand seines Blickes klar, dass die beiden nichts miteinander zu schaffen hatten. Als sie Hubbard erreichten, trennten sich ihre Wege.

Haid kannte keinen von ihnen, doch einen Rollstuhlfahrer aus einem solchen Etablissement kommen zu sehen, warf ein paar Fragen auf. Zudem verfolgte er die gleiche Route wie er selbst, also behielt er ihn weiter im Auge und fragte sich, welche Frau pervers genug war, sich die schlaffe Nudel dieses Typen in den Mund zu stecken.

*

Sämtliche Nachteulen hockten entweder in der Regionalbahn oder nahmen irgendwo an einer Happy Hour teil. In Chicago hatte dies früher bedeutet, dass man sich billig besaufen konnte, doch jetzt galt es als illegal, und alles, was die Gaststätten in den Stunden kurz vor Ladenschluss im Geschäftsviertel anbieten konnten, war Pizza für lau oder ähnlichen

Stuss. Alles wahrscheinlich nur für die polnischen Putzfrauen, denn die blieben sowieso abstinent. Reginald Givens konnte also nicht wirklich viel reißen, sich allenthalben Flaschen oder Pfanddosen zusammenschnorren. Das Kartenspiel mit dem Logo des Caesar's Palace Casino auf dem Rücken hatte er noch nicht in die Schachtel zurückgesteckt. Es lag in seinem Schoß, natürlich inklusive der roten Dame mit dem leichten Knick, durch den der Trickser seinen Mitspielern stets eine Nasenlänge vorausblieb.

Francis Haid beobachtete, wie der Mann einen runden Mülleimer durchstöberte, an dem in Kniehöhe ein Wahlsticker von Bürgermeisterkandidat Edward Vrdolyak klebte. Er selbst stand an der Ecke Wacker und Couch; ungefähr ein Viertel des Wegs den Block hinunter trennten ihn von dem krummen Hund. Der Schwarze tastete im Abfall herum wie ein Kurzsichtiger, der seine Brille auf den Wohnzimmerteppich fallen gelassen hatte. Da die Tonne nichts Wertvolles enthielt, blickte er am Ende nur angewidert hinein.

Seit zwei Tagen schon sah es aus, als bräche jeden Augenblick ein Regenguss los, und jetzt fielen die ersten Tropfen. Die beiden Männer verfluchten jeweils ihre höheren Instanzen, wobei Haid kurz darüber nachsann, dass manch einer den Regen für eine Art göttlicher Fügung halten mochte. Die wenigen Nachzügler auf dem Wacker Drive spannten die Schirme auf oder hielten sich die *Tribune* beziehungsweise den *Enquirer* aufgefaltet über den Kopf, während sie Fersengeld gaben; jetzt hatten sie wieder etwas, worüber sie nörgeln konnten. Diese Bastarde verstanden nichts vom Schmerz, glaubte Haid. *Egal, jetzt bin ich am Zug.*

Die Gasse war höchstens ein besserer Schleichweg und hatte ihren Straßennamen wohl nur bekommen, damit Zubringer den Wareneingang der anliegenden Gebäude fanden. Haid war wenige Schritte vorwärtsgegangen. Jetzt atmete er ein, wieder aus und wiederholte es ein zweites Mal, um seinen Herzschlag zu beruhigen. So musste man sich seiner Vorstellung nach fühlen, bevor man entjungfert wurde. Er näherte sich dem Falschspieler. *Besser im Schatten bleiben.* Die Geräuschkulisse entsprach ungefähr dem Treiben in Chicagoer Hinterhöfen bei Nacht: Zeitungen raschelten, Flaschen klirrten, und er konnte hören, wie das Gestell des Rollstuhls an der Müllpresse kratzte.

Givens hob den Kopf, als Haid den Reißverschluss seiner Jacke aufzog und die Hand fest um den Hals seines Geschenks legte, eine grüne Flasche mit einem Rest Wein. Der Penner schenkte Haid ein Grinsen mit Zahnlücke.

„Hallo!" Jetzt stand er da, beide Hände in den Hosentaschen. Sein Schatten ragte lang gestreckt an der bröckligen Backsteinfassade hinter ihm auf. Das erste Wort kam einem Angebot gleich. Er empfand tiefstes Mitleid mit diesem Kerl, der sich nach ein paar lumpigen Tropfen Alkohol verzehrte. Vater hatte recht. *Dein Wille geschehe*, das hatte man ihm in der Konfessionsschule eingebläut, ehe das Feuer ausgebrochen und alles anders geworden war.

„Im Großen und Ganzen ein Scheißtag heute", hob Givens an, um Rechenschaft über seine Suchaktion abzulegen. „Ich mach hier aber keinen solchen Müll wie die anderen."

Haid lächelte. *Er erwartet, dass ich ihn anbrülle.*

Givens interpretierte seinen Gesichtsausdruck als gutes Zeichen. „Kann ich dich vielleicht zu 'nem Spielchen bewegen? Pass nur auf, wo die Herzdame ist und ..."

„Nein." Haids Unterbrechung klang nicht unhöflich. „Lassen Sie uns einfach eine Minute ... reden, okay?"

„Na ja, wenn du 'nen Plan hast, wie ich mir den Abend versüßen kann, dann nur raus mit der Sprache!" Er fixierte die zwei Fingerbreit Night Train am Grund der Flasche. „Hallo, hallo, was bist du denn Feines?" Er schien mit dem Fusel zu sprechen.

Haid hatte ein schwarzes Büchlein aus seiner Innentasche gezogen, fast schon gewohnheitsmäßig, denn er lernte die Psalmen auswendig. Givens leckte an der Öffnung der Flasche, nachdem er sie mit dem Ärmel abgewischt hatte, wobei er grinste wie ein Kleinkind, das die Hosen voll hat und es für unheimlich lustig hält, seine Mutter auf diese Weise darüber in Kenntnis zu setzen. Haid hatte sich Psalm 51 wortwörtlich zurechtgelegt und trat vor. Er fand in einem Werbespruch auf den Bussen in der Division Street Verwendung und gehörte zu Vaters liebsten. Der vom Abzocker zum Säufer Verwandelte steckte die Zunge in den Flaschenhals und schmatzte. Dann schob er die Unterlippe rechts über die obere wie ein Pennäler, der während einer Klassenarbeit über einer schwierigen Frage brütete. „Heiße Reggie", stellte er sich Haid vor.

„Lass mich hören Freude und Wonne ..."

„Ich kenne einen Cop ..."

„Und ich den Vater." Haid zog ihn dichter heran, sodass er seinen Atem am Unterbauch spürte, und sagte den Vers zu Ende auf: „Dass die Gebeine fröhlich werden, die du zerschlagen hast. Tröste mich wieder mit deiner Hilfe, und mit einem freudigen Geist rüste mich aus." Dann zog er den Mann weiter vor, nicht hoch, und ächzte, da er ihn für leichter gehalten hatte. Es war eben das erste Mal; es sollte ihm eine Lehre sein. Was Givens noch an Lauten äußerte, hörte man kaum. Haid durfte ihm nicht die Knochen brechen, weil Vater ihn unversehrt haben wollte. Zwischen seiner Brust und Givens' Gesicht glühte es hell. Als das Fleisch – Reggies Fleisch – schwach wurde, wollte er schreien, und im Bruchteil der Sekunde, bevor Haid in ihn fuhr, spürte er, dass der Mann versuchte, ihm in den Pullover zu beißen.

Sogleich steckte sein Kopf in Haids Brust, während Vater ihm gebot, nicht aufzuhören. Also streckte er sich zur heiligsten aller Umarmungen aus, indem er die Schultern des Mannes noch dichter heranzog. Dabei machte er selbst einen Buckel, und hätte jemand zugesehen, wäre er diesem wie Dr. Jekyll vorgekommen, der gerade an seinem Trank genippt hat. Er war erstaunt, wie leise alles vor sich ging. Das Fleisch des Verkrüppelten drang mitsamt den Kleidern in ihn, und schon war der Oberkörper verzehrt. Seltsam bloß, dass Givens seine dicke Jacke und alles andere darunter mit ins Jenseits nahm; Vater hatte doch immer behauptet, im Himmel wandle man nackt. Er hatte sich nicht einmal gewehrt, und als Givens bis zur Hüfte in Haids Brust steckte, waren seine Beine sogar noch schlaffer und kälter als zuvor. Er hielt inne, um durchzuatmen, da bemerkte er, dass es zu regnen aufgehört hatte. Vielleicht bekam er diesen Eindruck aber auch nur wegen des sanften Lichts, das ihn umgab. Für alles Weitere musste er improvisieren, also schob er den Stuhl vorsichtig gegen die Müllpresse. So konnte er sich schlicht gegen ihn stützen, um sich auch die Beine des Geretteten einzuverleiben, nachdem er sie auf die Sitzfläche gewuchtet hatte.

Darauf, dass es so lange dauern würde, war er nicht gefasst gewesen, doch Vater stand ihm bei, wie er es immer getan hatte. Als nichts mehr übrig war von Reginald Givens, klopfte Haid sich auf die Brust, zog den Reißverschluss zu und wischte sich den Schweiß von der Stirn. „Das ist mein Leib, der für euch hingegeben wird“, sprach er.

Kapitel 3

Schmerzensbringer haben viele Gesichter. Ich weiß, wovon ich spreche, denn ich bin einer von ihnen. Mit fünfzehn schlitzte ich mir mit einem Damenrasierer den rechten Arm auf, direkt unter dem Ellbogen, sieben Mal. Ich tat es einfach nur aus dem Grund, um besser zu verstehen, was es mit der Pein auf sich hat. Jetzt sehe ich Licht am Ende des Tunnels, dieser verdammten Röhre, die mein Leben ist.

Victor Anthony Tremulis verließ die Erwachsenenbuchhandlung in der Hubbard Street. Er hatte die Fäuste fest in die Taschen seiner Levi's gerammt, derweil die leidliche Erektion, die er aus der Peepshow auf dem Weg den Block hinunter mitgenommen hatte, allmählich erschlaffte. Er war gleich hinter einem Bärtigen im Rollstuhl gegangen. Etwas verstand er wohl besser als die meisten: dass auch solche Typen sexuell aktiv sein können. Tremulis hatte ihn in der Kabine neben sich stöhnen gehört und fragte sich, wie er seinen Schniedel im Sitzen überhaupt in eine der Wandöffnungen stecken konnte. Nun ja, Beine schien er ja noch zu haben, und vielleicht ließen die sich doch noch zu etwas gebrauchen. Eine der Kabinen war mit drei Löchern ausgestattet, damit sie ihre Blowjobs simultan verrichten konnte. Vor Aids schien sich niemand zu fürchten. Welchen körperlichen Schmerz das Virus wohl nach sich zog?

Er versteifte sich in Gedanken umso mehr auf seinen Körper, weil ihn so viele Leute in seinem Umfeld als Fall für die Klapsmühle betrachteten. Dreiunddreißig war er und hatte mittlerweile eine hohe Stirn, aber wenn er sich über sein Notizbuch beugte, fielen immer noch blonde Strähnen auf die blau linierten Seiten. Vic Trembles Fronttagebuch nannte er es. Seinen Krieg kämpfte er gegen einen spindeldürren Körper und vertraute wie fremde Arschlöcher in den Pendlerbussen. Eigentlich gegen jeden, der Menschen nur dann für Krüppel hielt, wenn sie eher humpelten als aufrecht gingen und immerzu sabberten, als eiferten sie um eine Rolle im nächsten Zombiefilm von Romero. Vorübergehend hatte er in den Siebzigern unter chronischen Schulterschmerzen gelitten, die auch seine Arme betrafen. Sein Vater klotzte auf der Hütte ran und hatte dank der Gewerkschaft eine gute Krankenversicherung. Er schickte Victor auf eine heitere Odyssee durch verschiedene Kliniken für Alternativmedizin, die bundesstaatliche von Illinois, dann die von Billings und Cook County. Irgendein Wichser von Neurologe wollte ihm sogar weismachen, sein Leiden sei psychosomatisch, weil er seinen Speichelfluss im Zaum hielt und sich nicht nur wie eine zerknüllte Zigarettenschachtel in der Senkrechten hielt, von wegen Weiber in ihren Stadtflitzern erschrecken, indem man mit dem Schwengel gegen ihre Fensterscheiben klopfte ...

1986 veröffentlichte die Gesellschaft für Arthritis eine Broschüre über die dubiose Gelenk- und Muskelkrankheit Fibromyalgie. Zu jener Zeit glaubte seine ganze Familie, er sei nur einer von vielen Pubertierenden mit ihren Problemchen und heuchle den Schmerz bloß, um auf sich aufmerksam zu machen. Dr. Baseheart verschrieb ihm das Antidepressivum Elavil, die gleiche Wunderdroge, die man Krebspatienten ohne Überlebenschancen verabreicht, damit sie ... na ja, trotz ihrer Schmerzen ein bisschen Frohsinn verbreiten konnten. *Für den alten Tremulis tun es auch ein paar Gläschen Jack Daniel's.* Beim Verlassen des Buchladens auf der Hubbard spielte er mit dem Gedanken, sich den einen oder anderen Bourbon im *Shelter* hinter die Binde zu kippen, einem Speckschuppen auf der anderen Seite des Flusses. Das wollte er immer noch, doch jetzt war er auf ein Heft gestoßen, das ihn sein Tagebuch zücken und einen Eintrag machen ließ.

Die Buchhandlung war nach den Lieblingssünden der Kundschaft unterteilt: Männlein mit Weiblein, Rollenspiele mit Postbeamten, Rettungsschwimmern, Vermietern oder den strammen Jungs der Marineinfanterie. Auch Sodomiten wurden bedient, wobei ihm besonders der Titel *Mein Dackel, mein Schatz* gefiel. Was ihm jedoch zuerst ins Auge gefallen war, hieß *Spreu*: Fotos nackter Amputierter oder von Menschen mit Kolostomiebeuteln. Das faszinierte ihn im gleichen Maße, wie es ihn abstieß. In gewisser Weise beflügelten die Bilder seine Phantasie, weshalb er an der Ecke Hubbard und Franklin, wo das schwache Licht aus einer Suppenküche ein wenig Helligkeit spendete, eben zu seinem Notizbuch griff.

*

Als Kind hatte ich mir vorgeblich den Unterarm verbrannt, als ich mit einem Bügeleisen spielen wollte, doch eigentlich war es Charlene gewesen, eine unscheinbare Babysitterin. Ja, ich glaube, so lautete ihr Name, aber wie dem auch sei: Sie hatte einen Topf mit siedendem Wasser auf den Küchenboden gestellt und mein Ärmchen bis über den Ellbogen hineingehalten. Wir wohnten in den Sechzigern ganz oben in einem dreigeschossigen Wohnhaus auf der Honore in Wicker Park. Das war kurz vor den Ausschreitungen im Zuge des Mordes an Martin Luther King, und so kam es, dass ein Baby, das man im März selbst durch geschlossene Fenster schreien hörte, niemanden stutzig machte.

Meine Mutter traf sich nachmittags an mehreren Tagen mit ihren Freundinnen Flo und Cel zum Kaffee in Sophie's Busy Bee.

Die Sache mit dem Wasser war der einzige sadistische Anfall der Aufpasserin, der auch sichtbare Anzeichen an meinem Körper hinterließ. Sie hatte mir in Aussicht gestellt, meiner Mutter schlicht und ergreifend zu erzählen, ich sei hinter die Heizung im Wohnzimmer gerutscht, falls ich ihr nicht die Geschichte mit dem Bügeleisen verkaufen wollte. Ich reibe heute noch jedem unter die Nase, dass die Brandnarben auf meine eigene Dummheit zurückzuführen sind. Zuletzt hörte ich von Charlene, sie arbeite als examinierte Krankenschwester im Hospital St. Luke der Presbyterianer.

Das Licht am Ende des Tunnels. Ich frage mich, ob ich wirklich den Schneid habe, mich auf den U-Bahn-Schienen der Washington Street vor einen Zug zu werfen. Ganz ruhig und langsam gehen. Vielleicht kann ich noch die Augenfarbe des Schaffners erkennen, wenn er kurz vor dem Aufprall überrascht aufschaut. Ob die Fahrgäste wohl auch Schaden nehmen? Ich glaube nicht. Vielleicht druckt dieses Heft ja ein Foto von meinem zerstückelten Leib ab, und ich komme posthum zu Centerfold-Ehren.

Um noch einmal auf die Brandnarben zurückzukommen: Ich schlich in den Keller, während mein Vater vor dem Spiel der Bears gegen die Packers eingeschlafen war. Mutter vergnügte sich mit ihren Freundinnen im alten Freizeitpark Riverview, und es kann gut sein, dass die Enttäuschung darüber, sie nicht begleiten zu dürfen, mich noch betrübter machte. Gern wäre ich Achterbahn gefahren oder ins Gruselkabinett Aladdin's Castle gegangen; so musste ich mir eine andere Spielwiese suchen.

Als ich im Schatten von Vaters Werkbank stand, erinnerte ich mich daran, wie sie mir 1959 den Verband von der Wunde gewickelt hatten. Ich war sehr ungeduldig gewesen, während Doktor Schmidtke den Mull abnahm, und wenn ich mich recht entsin-

ne, glotzte ich gerade Der Tod hat schwarze Krallen *im Fernsehen, unserem alten Schwarzweiß-RCA. Die Kleine, die beim Sport Spagat machte, hatte es Michael Landon schwer angetan.*

Ich biss mir auf die Lippen, als sich ein Teil meiner Haut abschälte, weil der Arzt Vaseline oder so etwas in der Art unter dem Verband aufgetragen hatte. Allerdings wollte ich unter keinen Umständen vor meinen Eltern heulen. Das Gleiche galt übrigens auch fürs Beten. Ich ritzte mich. Das war dann 1968, hatte aber nichts mit der üblichen Selbstmordkoketterie zu tun. Ich schnitt in den dreieckigen Hautwulst, weil ich wissen wollte, ob diese uralte Narbe blutete, mehr nicht. Das tat sie dann tatsächlich, wenn auch nur schwach. Es sah aus wie die Spucke eines Babyvampirs. Ein paar Pflaster genügten, und zur Halbzeit war ich bereits wieder oben. Niemand fragte nach, aber für diesen Fall hätte ich ihnen gesagt, ich sei beim Zusammenrechen der Blätter im Garten gestürzt. Keiner schien etwas zu bemerken; zumindest schwieg man sich aus. Das ist jetzt neunzehn Jahre her, und die Wunden, die die Rasierklinge hinterlassen hatte, sind natürlich längst verheilt.

Mein ganzes Leben lang habe ich versucht, dem Schmerz auf die Spur zu kommen. Ich glaube nicht, dass es der gleiche Gott war, der uns sowohl Jonas Salk als auch Richard Speck beschert hat. Der eine rettete zahllose Leben mit dem Polio-Impfstoff, der andere raffte neun dahin, indem er mit dem Messer in einem Schwesternwohnheim wütete. Sicher, das sind verhältnismäßig geringe Verluste, aber nicht für die Angehörigen. Nur für die Hitlers und Gaddafis, von deren Sorte unser Heiland viel zu viele erschaffen hat.

Ich neige dazu, an andere Instanzen zu glauben, die Götter der Qual und Glückseligkeit. Es sind geringere Götter, und ich bin kein Egoist, wenn ich bete; vielmehr geht es mir darum, dass sie mich als Medium gebrauchen, um den Schmerz durch mich zu zerstreuen. Für mich selbst bete ich nie.

Der ärgsten Qual bislang habe ich mich vor etwas über zehn Jahren ausgesetzt, als ich einen Freund im Norden besuchte, irgendwo zwischen Sheridan Road und Cuyler. Es passierte im Bad. Wieder interessierte mich bloß, wie es sich wohl anfühlte. Ich war noch nackt und nass, nachdem ich mich geduscht hatte. Meine Hoden sahen verschrumpelt aus. Ich öffnete den Weidenkorb gegenüber dem Waschbecken und klemmte meinen Penis mit Gehänge ein. Dann schloss ich den Deckel langsam und fing an, mit den Händen Druck auszuüben, wobei sich die Schamhaare an einigen Stellen spannten. Indem ich den Korb so fest wie möglich verschlossen hielt, bemühte ich mich gleichzeitig darum, mein Ding durch den schmalen Spalt herauszuziehen. Das war, als versuchte man, die Zunge zwischen zusammengebissenen Zähnen hinauszustrecken. Die sieht dabei ziemlich blutarm aus, und genauso verhielt es sich mit meinem Penis. Panik beschlich mich, als ich mir vorstellte, der Sack könnte platzen, sodass meine Klöten auf die Boxershorts meines Kumpels unten im Korb fielen. Hätte mich in Erklärungsnot gebracht. Der rechte Testikel war wochenlang geprellt, aber zumindest kannte ich das Gefühl jetzt. Die Götter der Qual und Glückseligkeit hatten sicher Verständnis dafür. Vielleicht darf ich eines Tages selbst Entrückung erfahren.

Was empfinde ich, wenn ich mein Jochbein mit einer Knochensäge bearbeite? Machen die stiebenden Knochensplitter mich blind? Was wäre schlimmer: die Qual, plötzlich nichts mehr sehen zu können, oder der Schnitt in meine Wange? Es dürfte niemanden wundern, dass ich niemals für mein eigenes Wohlsein bete.

*

Tremulis klappte sein Büchlein zu und sah auf die Uhr. Letzten Sommer hatte er einen Job im *Hard Rock Café* gefunden; klar beschränkte es sich darauf, Gläser zu spülen und Stühle zu rücken, doch es klang immer gut, wenn man sagen konnte, man arbeite in einem Club. Ferner mochte er es, Mädchen anhand der Lippenstiftabdrücke und Zigarettenstummel einzuschätzen, die sie hinterließen. Persönlich bevorzugte er solche, die sich nicht durch Schminke oder Rauchen hervortaten, aber es war nicht so, dass er im letzten Jahr Frauen geküsst hatte, die nicht zum engen Kreis seiner Familie gehörten. Er kam aus einer verschworenen Gemeinschaft polnischer Immigranten. Seine Großeltern mütterlicherseits stammten aus einem obskuren Kaff in den Karpaten und waren in den Dreißigern zunächst auf die Pennsylvania Avenue gezogen, 1947 dann auf die Division, den polnischen Broadway. Diedre Tremulis mochte es nicht, dass ihr Wiktor sich in einer Bar verdingte. Sie hatte als Spielbegleiterin im *Orange Lantern* auf der Wolcott gearbeitet und eine Menge Anekdoten aus jener Zeit auf Lager. Sohnemann konnte ihr nicht begreiflich machen, dass die Verderbtheit heutzutage andere Ausmaße annahm, aber er war froh, so ein wenig von zu Hause wegzukommen.

Er kehrte nach Osten um. Das Café befand sich an der Ecke Dearborn und Ontario, ein ungefähr zehnminütiger Fußweg.

Kapitel 4

Es traf ihn wie ein Hammerschlag in die Magengrube. Damals in der Grundschule St. Vitus hatte Gorshin ihn immer ganz unvermittelt verprügelt, aber er war nur ein Waschlappen gewesen und sein Punch dementsprechend schwach. Dennoch hatte Haid sich immerzu gekrümmt, weil ihm die Luft völlig weggeblieben war, und genauso erging es ihm auch jetzt. Nach der Tat in der Couch Street war er mehr als nur ein bisschen hibbelig. Das Gefühl ähnelte eher dem Adrenalinschub, den er nach mehreren Cortisonspritzen ins Kreuz erfahren hatte. Es kam ihm in etwa so vor, als kämpfe sein Immunsystem gegen neue Fremdkörper an.

Ja, ein Hammerschlag in die Magengrube. Es tat so weh, dass er aufhörte, Vater zu löchern, weshalb er ihm genau dies vorenthalten hatte, diese Reinwaschung, Buße oder was auch immer sonst. Nein, um Himmels willen: Vater hatte ihn nie davor gewarnt, dass es so zermürbte.

Er strauchelte, trat sich selbst auf den Fuß und torkelte wie jemand, der es sich gerade mächtig gut gehen hatte lassen. Bloß bekam das niemand mit, weil die Straßen wie leer gefegt waren. Psychopathen und Bandenmitglieder trieb es nie so weit in den Osten der Stadt, wohingegen die Szenegänger noch ein paar Stunden Zeit hatten, ihre Haare aufzudonnern und sich vor dem Spiegel herauszuputzen, ehe sie ganz stylish in den Kneipen auftauchten, die sich allmählich füllten. Sogar der Washington Square Park war verlassen. Die Einheimischen hatten ihm wegen der Demonstrationen dort während der Fünfziger den Beinamen *Bughouse* gegeben, ein anderes Wort für eine Nervenheilanstalt. Die Alleen im Grünen kreuzten sich just einen Block weiter nördlich von dem Apartment aus gesehen, dessen Miete immer noch auf Onkel Vince zurückfiel. Später in der Nacht würden sich dort alte wie junge Männer einfinden und auf den Bänken betatschen. An diesem Ort hatte sich Ende der Siebziger auch John Wayne Gacy mit vielen seiner Opfer getroffen, bevor er mit ihnen zu seiner Bude gefahren war, um ihnen den ultimativen Kick zu vermitteln.

So sah also niemand, wie Haid in Sichtweite seiner Wohnung auf den Bürgersteig vor der Baptistenkirche kotzte, einen langen, kräftigen Strahl, dunkel und blutig. Er wirkte wie ein fleischgewordener Sprenger zur Bewässerung der Dearborn Street. Was war schiefgelaufen? Hatte Vater nicht versprochen, alles würde glattgehen? Sein Körper stieß den schwarzen Taschenspieler ab, ganz einfach. Bloß warum? Haid ging zuerst in die Knie und sackte schließlich ganz zusammen wie ein Kind, das aus heiterem Himmel Sturzanfälle bekommt. Seine vereinzelt schon silbrigen Haare wurden im Dreck am Bordstein noch grauer, sodass die Frisur, nachdem er sich endlich aufgerafft hatte, einem Staubwedel ähnelte. Er wischte sich den Mund an der Jacke ab. Als er dabei den Arm beugte und vor sein Gesicht hielt, fiel das Buch der Psalmen aus der Innentasche ins Erbrochene. Im Augenwinkel blitzten blaue Flecken auf.

Erneut krümmte er sich und würgte trocken, ehe er die Wohnungstür erreichte. Als er wieder zusammenbrach, kühlten die Fliesen der Küche seine Wange. Jetzt fühlte er sich so richtig beschissen wie in den alten Tagen, als er mit Cassady und Barre im *Massie's* abgehangen hatte. Seine Zwangsneurose brach sich Bahn: Haid horchte auf ein Geräusch aus dem einzigen anderen Zimmer des Apartments. Hoffentlich hatte er Dad nicht aufgeweckt. Dann fiel ihm wieder ein, dass er ja nun in ihm selbst lebte, also blieb er auf dem angenehmen Küchenboden liegen. Die Entspannung war allerdings nur von kurzer Dauer, denn kaum hatte er sich beruhigt, geriet sein Darm in Bewegung. Er schleppte sich hastig in das kleine Bad mit den geschmacklos pastellfarbenen Kacheln, knipste das Licht an und stürzte erneut, diesmal direkt auf die Schüssel. Szenenbild: Mann mit bis zu den Knöcheln herabgelassenen Hosen und starrem Blick auf die gelbbraunen Flecken, die seine Unterhosen versauten. Er entleerte sich lange und stetig. Dieses Kreuz musste er tragen.

*

Haid war auf dem Klo eingeschlafen, sein Kopf nach links geknickt wie bei den Schichtarbeitern in der E1-Bahn. Er träumte sich Vaters Erklärung zurecht.

Die Nacht des 27. September. Ärzte und Schwestern versuchten, ihn mit Elektroschocks wiederzubeleben, aber er war tot. Haid wusste es im Grunde seiner Seele. Schreien konnte er jedoch nicht. Im Fernsehen auf der Station für posttraumatische Belastungsstörungen im Krankenhaus Henrontin lief gerade der Pilotfilm zu einer Polizeiserie, die im Chicago des Jahres 1963 spielte, als Vince Janssens Herz zu schlagen aufhörte. Die Streifenwagen stammten von Ford, Modell Mercury, und der Horizont erstrahlte während des Vorspanns in wolkenlosem Blau. Im Traum wie in der Wirklichkeit hörte Haid den Titelsong von Del Shannon: *Watching all the planes go by, some live and others die, well I wonder ...* Andere sterben. *Others die.* Da verstand er, was getan werden musste. *Dein Wille geschehe!,* hatte der Mann im Fegefeuer ihm ins Ohr geflüstert. Haid war auf die heilende Kraft gestoßen worden, die in ihm geschlummert hatte – bis zu jenem 27. September im Jahr unseres Herrn 1988.

Der Sohn heilt den Vater.

Da weinte Jesus.

Er vermochte Gott zu retten.

Der Traum wandelte sich. Wenn er doch befolgte, was Vater ihm auferlegt hatte, weshalb war ihm dann übel geworden, nachdem er die Couch Street verlassen hatte? Weshalb nur? Flackernd kehrten die Bilder zurück. Haid sprang zu dem Fenster, das auf die Oak Street zeigte, und starrte auf ein Firmament, das die Sterne bereits vor langer Zeit ausgelöscht hatte. An diesem verdreckten Himmel erkannte er das schwarze Gesicht des Trickbetrügers wieder, der ihm falsch zugezwinkert hatte. Auch hörte er das Pumpen der Maschine. EKG, EMG oder wie auch immer es hieß. Onkel Vincents Herz war wieder stehen geblieben. Das Gerät fiel aus. Plötzlich roch Haid versengtes Fleisch und Haar. Stumm schrie er sein Spiegelbild im Fenster an, während er unaufhörlich mit den Fäusten auf das Sims trommelte. Der Rollstuhlfahrer flüsterte ihm zu, als sich sein Gesicht über die Baumwipfel hinweg näherte. Mit seinem hinterlistigen Blinzeln schien er ihn nun zum Mitwisser machen zu wollen. Vor der Heilung, erklärte er, stünde zunächst die Pein. Haid verstand es. Oh ja, er verstand es, nachdem er sich den Mittelfinger gebrochen und sie gespürt hatte, diese wundersame und freudige Pein. Da wusste er, dass sein Vater – sein Gott – leben würde. Ja, dank ihm existierte er weiter. Trotzdem wollte er sich vergewissern, also brach er sich die andere Hand und kratzte so fest an der Wand, dass die Kacheln zersprangen und die Splitter sich durch die Nägel in die oberen Fingerglieder bohrten. Als er die Stirn in einer wiegenden Bewegung am Sims rieb, bis sein Blut die löchrige Zementoberfläche befleckte, kam eine Krankenschwester und packte ihn, um ihm die verkrampften Hände seitlich am Körper festzuhalten.

„Some live and others die, well I wonder“, grölte Haid im Einklang mit Del Shannon. „Der Fernseher blutet. Why, why, why? Warum, warum, warum?“ Während er erbrach, was er seinem Brustkorb zuvor einverleibt hatte, jauchzte er vor Verzücken und sah, wie sich zwei Schwestern abklatschten. Eine hielt einen vollen Klistierbeutel fest und lachte, während sie den Kot des noch Lebenden in der Handfläche der anderen verschmierte. Da erstarb Del Shannons Gesang für einen Werbespot von Maybelline. Die Schwestern scherzten weiter, und die Ärzte patschten sich gegenseitig auf den Rücken. Haid schaute hoch auf den Bildschirm; das Kardiogramm verzeichnete gesunde Ausschläge. Die Nacht im Hintergrund zwinkerte ihm weiter zu.

*

Levelle Thigpen war zweifellos übergewichtig. Vor sechsundzwanzig Jahren war er mit fünfzehn Pfund zur Welt gekommen und seitdem immer fetter geworden. Chubby nannten sie ihn allerdings nicht deshalb, sondern seines Frauengeschmacks wegen. Wann immer er eine Wohlbeleibte sah, stieß er Mike Surfer oder Glühwurm-Willie an und meinte so etwas wie: „Hey, mit dem Brummer mach ich heute noch einen Ausflug."

Wenn Chubby jedoch nicht gerade den Pausenclown für die anderen spielte, bettelte auch er. Als das McDonald's auf der Randolph um acht dichtmachte, klimperten drei Dollar und zwölf Cent Wechselgeld in seinem Pappbecher von 7-11 Big Gulp. Auf dem Weg zurück zum Heim der Benediktiner wollte er noch ein wenig im Müll stöbern. Nachdem er den gepflasterten Gehweg der Couch Street betreten hatte, der beiderseits von grünen und grauen Eimern flankiert wurde, nahm er sich gleich den Erstbesten vor und entdeckte dabei einen schwarzen Koffer, der an einer der kleineren Tonnen lehnte. Als er sich danach bückte, was an sich schon eine Leistung darstellte, weil Thigpen von der Figur her einem Menschen entsprach, der eine Schubkarre verschluckt hatte, bemerkte er jemanden im

Dreireiher, der gerade gegen die Wand pinkelte, an der er sich mit beiden Händen abstützte. Für Chubby sah das aus, als werde er von einem Unsichtbaren gefilzt. Er konnte sich nicht verkneifen, eine Bemerkung über die eine Sache abzugeben, zu der er sich noch nicht in aller Öffentlichkeit herabgelassen hatte. „Hab eigentlich gedacht, die hätten eingebaute Donnerbalken in den Karossen, mit denen deinesgleichen heimfährt."

„Finger weg davon", erwiderte der und deutete mit dem Kinn auf seinen Koffer. „Bin nur zufällig vorbeigekommen, also bleib locker, Bruder."

„Ich bin nicht dein Bruder!" Chubby achtete gar nicht mehr auf ihn, da seine Aufmerksamkeit nunmehr dem verlassenen Rollstuhl etwas weiter die Gasse hinunter galt. Für einen Obdachlosen, der seine Siebensachen transportieren wollte, war ein solches Gefährt fast so praktisch wie ein Einkaufswagen. Chubby hörte, wie der Kerl hinter ihm seinen Reißverschluss hochzog, aber dieser wunderschöne Flitzer war ihm jetzt wichtiger. Wenn er sich hineinsetzte, konnte er seinen Pappbecher zwischen die Beine klemmen, und wenn er zu Fuß unterwegs war, würde er seine Tüten darauf abstellen.

Linie E1 ratterte Richtung Lake Street vorbei, ein schwermütiger Klang, im Winter stets noch lauter als üblich. Der Rollstuhl schien so gut wie neu zu sein, und an einem der Handgriffe hing ein Rucksack mit dem Logo der Chicago Cubs. Auf einem Namenskärtchen in durchsichtigem Plastik, wie man sie überall zu kaufen kriegte, stand in Druckbuchstaben *Dieser Stuhl gehört Reggie Givens.* Das sagte Chubby irgendetwas; vielleicht war es der Kumpel eines Kumpels oder so, aber den Anhänger hatte er schnell entsorgt. Was auch immer es also mit diesem Reggie auf sich hatte, sein Sessel gehörte nun Thigpen.

Der Dicke ließ sich sogleich hineinplumpsen, nachdem er sich unter der ausreichend hellen Straßenlaterne vergewissert hatte, dass es nicht allzu eng werden würde. Immerhin, er bekam noch Luft, und die Tatsache, dass seine Schenkel so fest an den Armlehnen klebten wie Zahnprothesen am Kiefer, ersparte ihm jegliche Befürchtung, er könnte mit dem Ding umkippen. Etwas haftete an seiner rechten Schuhsohle, bestimmt ein Kaugummi. Der Schlipsträger hatte ihn doch nicht etwa angepisst. Er beugte sich vor und bemühte sich, an seinen rechten Fuß zu langen. Auf der Raste lag eine einzelne Spielkarte: Herzdame mit eingeknickter Ecke. Chubby schnippte sie zu den Ratten und rollte aus der Gasse.

*

Haid fühlte sich viel besser, als er wach wurde, obwohl er immer noch auf dem Pott hockte. Doktor Broonioge hatte ihm oft von der symbolischen Bedeutung der Träume erzählt. Der letzte war sehr aufschlussreich gewesen: Keine Entrückung ohne Pein, und unter Vaters leitender Fuchtel würde er zu heilen lernen, ohne sich hinterher übergeben zu müssen. Die einzige Möglichkeit, dies zu tun, bestand laut Vater darin, weitere willige Seelen zu finden. Morgen würde er nach dem Schwarzhaarigen suchen, der aus dem Stripschuppen gerollt war.

Kapitel 5

„Hat irgendwer Reg gesehen?" Colin Nutman schaute vom Schreibtisch an der Rückmeldestelle auf. „Seine Miete ist bald fällig, und ich sehe gerade, dass er sein Postfach mindestens zwei Tage nicht leer gemacht hat."

„Ihr kennt ihn doch", knarzte Mike Surfer. Selbst wenn er sich den Shunt mit zwei Fingern zuhielt, fühlte Nutman sich bisweilen an jemanden erinnert, der Glasscherben gurgelte.

„Genau", pflichtete ihm Glühwurm-Willie hinter dem niedrigen Billardtisch bei. „Lässt sich manchmal drei, vier Tage nicht blicken. Gerade denkt man, er hat sich in Luft aufgelöst, schon steht er wieder auf der Matte."

Surfer fuhr zu einem der drei Farbfernseher. Im Foyer des Marclinn saßen zwei weitere Bewohner. Den bärtigen Schriftsteller Etch nannten sie so, weil er ständig Notizen auf einen Block kritzelte, der an seiner Gehhilfe baumelte. Wilma Jerrickson, eine kleine Grauhaarige, kannten die meisten schlicht als Großmutter oder Gramma.

Colin rief in ihre Richtung: „Falls irgendwer ihn trifft ..."

„Wir lassen es ihn wissen", unterbrach Surfer, indem er über die Schulter blickte.

„Genau", warf Willie erneut ein, während er die Kugeln aufbaute in der Hoffnung, jemanden zum Spielen zu bewegen.

Etch und Gramma waren zu sehr mit einer Folge *Cheers* beschäftigt und reagierten deshalb nicht.

*

Vic Trembles Fronttagebuch:
15.11.88

Time, see what's become of me, dichtete Paul Simon. Eine hehre Frage: Was ist aus mir geworden? *A Hazy Shade of Winter.* Meine Fresse, mir geht's wie Jesus, dem tat sein Kreuz auch verflucht weh. Ich hab immer gelacht, als der Blechmann in *Der Zauberer von Oz* darum bettelte, dass Dorothy ihn ölte, und jetzt fühle ich mich so im Arsch wie er. Meine Schultern scheinen aus unbiegsamem Metall zu bestehen. Warum zum Henker bewege ich sie überhaupt noch? Aus Hochachtung? Vor wem? Mir selbst? Wen will ich damit beeindrucken?

Als ich am Midland Building auf der Adams vorbeiging, sah ich einen Polizisten im Schatten des Börsengebäudes, der den Verkehr regelte. Wahrscheinlich hatte er den Verlockungen der Korruption nicht widerstehen können und war deswegen für ein paar Monate strafversetzt worden. Cops sind zu beneiden. Ich wäre gern gesund genug, um Uniform und Marke zu tragen. Mit übertriebenem Ehrgeiz hat das nichts zu tun. War nie mein Ding. Schätze vielmehr, es liegt daran, dass die Bullen auf der Straße arbeiten, wo auch ich mich am wohlsten fühle und besonders schnell anpasse. Könnte ich nur noch auf der Straße leben, käme ich bestimmt auch endlich mit mir selbst klar.

Hab mir Mentholsalbe ins Kreuz geschmiert, die riecht wenigstens nicht so ätzend wie Bengay. Vor ein paar Wochen kräuselte dieser Latino die Nase, als hätte ihm jemand einen Hundehaufen unter sein Duncan-Rinaldo-Menjou-Bärtchen gerieben. Dann meinte er: „Kollege, weißt du, dass du stinkst? Wasch dich!“ Am liebsten hätte ich ihm aufs Arbeitshemd gerotzt, diesem Sackgesicht.

Mehr noch als die Cops beneide ich die Rollis an den Straßenecken, Typen wie John und Slappy. Wenn ich einen Vierteldollar abzwacken kann, kriegen sie ihn, weil sie keinen Hehl aus ihrer Behinderung machen. Selbst die dämlichsten Schnösel unter den Fußgängern zur Mittagszeit begreifen, dass es ihnen mies geht. Ich frage mich, ob Leute wie Laurie Dann, der im Mai ein Kind in einer Vorschule in Winnetka umgebracht hat, oder American Dream, wie die Zeitungen den Typen nennen, der mit einer Heizdecke als Umhang durch die Gegend rennt und gegen die Vermüllung ankämpfen will, Gutes tun oder Böses, weil sie unter chronischen Schmerzen leiden und sich nicht anders Linderung verschaffen können? Mir hingegen helfen diese Einträge.

Das Schicksal ist grausam.

*

„Ich weiß nicht, warum Mutter Winona mir gestern Abend nicht erlaubt hat, *Crime Story* zu schauen", sagte Wally Grogan zu Eddy Diedzek, als sie an der Baptistenkirche in der Clark Street vorbeigingen. „Ich meine, Torello knallt ständig Leute ab, und ich weiß, dass es nicht echt ist, Herrgott noch mal! Außer der Part, in dem Luca auf eine Lady eindrischt."

„Vielleicht lässt sie dich nicht gucken, weil sie dich für eine Heulsuse hält", erwiderte Eddy und machte sich darauf gefasst, die Schläge seines Freundes abzuwehren.

„Nein, du Arsch!"

Die beiden Zehnjährigen blieben stehen, um dem Pastor zu winken. Mom Winona hielt ihnen stets vor, es könne nicht schaden, mit einem Geistlichen zu reden, wenn es sich nicht gerade um irgendwelche Straßenprediger handelte. Marvin Melone – sein vollständiger Name stand handschriftlich auf einem Schild an der Tür – schenkte zu Halloween die leckersten Bonbons; allein schon deswegen grüßten die Knaben ihn jeden Tag.

„Immer schön dick eingepackt bleiben, Jungs", mahnte der Reverend, als er die Eingangstreppe hochging. „Ihr müsst zwar nur noch einen Block bis nach Hause gehen, aber euch ist klar, dass man sich in Sekundenschnelle eine Erkältung einfängt."

„Ja, Sir." Die zwei zeigten ihm ihre roten Schals und zogen sie fester um den Hals, während sie die Kirche passierten. „Komm, lass uns das Lied singen, das wir in der Schule gelernt haben", schlug Eddy vor.

„Welches meinst du?"

„Du weißt schon: Skokie's Got Rhythm."

„Du fängst an", sagte Wally und trat eine rostige Blechbüchse vom Gehsteig auf die Straße.

„Skokie's got rhythm, rhythm all over, boom, check it out, boom boom, check it out", sang Eddy und äffte dazu naiv anzügliche Tanzbewegungen nach, wie es nur Kinder tun können. In der Klasse sangen sie den Song reihum und setzten statt Skokie den Namen eines Mitschülers ein. „Wally's got rhythm ..."

Just in diesem Augenblick trat Eddy auf einen Pflasterstein mit dem Namen des Herstellers. Wally schnappte ihn auf. „Reingetreten!", prustete er, sodass Eddy erschrak und zu Boden sah. *Yerkes and Sons, 1965* stand dort direkt neben einem Flecken getrockneter Kotze. Wally, der offenbar mit seinem Schatten wetteifern wollte, stolperte gegen seinen Freund.

Kapitel 6

„Erzähl keinen Quark!“ Francis Haid hatte sich nach reiflicher Überlegung dazu durchgerungen, ganz offen mit dem Mann zu reden, aber Robert Dolezal spielte nicht mit. „Glaubst du, ich bin bescheuert? Komm, klemm dich hinter mich und schieb an.“

Haid hatte im diesigen Hellgrau gewartet, das nun schon seit drei Tagen die Dämmerung bestimmte. Er konnte den Inhaber der Peepshow nicht über den Behinderten ausfragen; auf den Straßen passte man aufeinander auf. Vor Jahren war das noch anders gewesen, wie Vater ihm berichtet hatte. Seinen Worten zufolge musste sich früher niemand um seinen Nächsten kümmern. Früher, das waren jene Jahre vor sehr, sehr langer Zeit, als die Bierschilder allesamt auf Polnisch für Old Style warben und man in der E1 noch einschlafen durfte mit der Chance, die Augen auch wieder aufmachen zu können

Haid hatte für kaum jemanden viel übrig, also brauchte man ihm nicht mit Nächstenliebe zu kommen. Was er dem Rollstuhlfahrer mit dem schwarzen Bart anbieten konnte, war Ehrlichkeit. Er hatte weiten Abstand gehalten, um nicht sofort aufzufallen. North Clark Street war nicht mehr die heruntergekommene Gegend, als die man sie in den Siebzigern gekannt hatte, jedoch immer noch ziemlich verlassen. Nur Verfechter haariger Sexualpraktiken verirrten sich hierher in die Ledergeschäfte oder das *Baton*, wo es Rollenspiele unter Weibchen zu bestaunen gab.

Der Mann war nach Norden in die Ontario Street gefahren und dann Richtung See abgebogen. Ausdauer hatte er, so viel war gewiss; zudem stimmte Haids Vermutung, es handle sich um einen Kriegsveteranen, denn hinten an der Kopfstütze seines Stuhls klebte Oliv auf Weiß ein Schriftzug: *Mekong River Yacht Club*. Bestimmt hatte er genug von der Welt gesehen. Mehr als genug.

Haid dachte nicht ans Aufgeben. Über neun Blocks hinweg war er dem Ex-Soldaten gefolgt, während die Kälte seine Knochen geradezu krebsartig peinigte. An der Ecke Ohio und Wabash, im Neonlicht des Cass Hotels, hatte er sich endlich gezeigt, zumal er sicher war, dass der Kerl dort absteigen würde. „Ich habe die Macht, Sie zu heilen."

„Und wozu noch? Mich in den Himmel zu schicken?" Der Mann grinste verschmitzt und ließ mit einem trockenen Husten durchblicken, dass er rauchte. „Da hab ich schon angeklopft, aber die haben mich wieder hierher zurück in die Hölle geschickt, also verzieh dich. Geld hab ich keins, aber wenn du unbedingt willst, nimm meine Essensmarken."

„Wovon reden Sie?" Haid war verblüfft. Glaubte er etwa ...? „Sie erwarten, dass ich sie ausraube?"

„Jeder muss zusehen, wo er bleibt", antwortete der Veteran. „Als ich drüben stationiert war, hab ich viele Unschuldige kaltgemacht, also ..."

Die beiden hielten inne und verfolgten das einzige weitere Lebenszeichen an der Kreuzung: Ein Yellow Cab raste auf dem Weg in die Südstadt am Medinah Temple vorbei.

„Ich bin nicht hier, um über Sie zu urteilen." Haid nutzte die Gelegenheit, um ein wenig näher zu treten. Vielleicht verschätzte er sich bezüglich der Größe des Mannes, doch er sah muskulös genug aus, um ihn zu packen und ordentlich durch den Wolf zu drehen.

„So drückt man sich heutzutage unter Taschendieben aus? Sorry, aber es scheint, als hätte ich die überarbeitete Auflage des Wörterbuchs für Euphemismen verschlafen."

„So nennt Vater es." Der Starrsinn des Mannes stieß Haid so sehr vor den Kopf, dass er darüber das Buch der Psalmen vergaß. Indem er sich der Rolle erinnerte, die er als Dreikäsehoch gespielt hatte, gelang es ihm einigermaßen, sich wieder zu fassen. Nervensäge. Schläger. Problemkind. „Und ich rette dich doch", zischelte Haid zwischen zusammengebissenen Zähnen hervor, dann schnellte er mit dem Arm nach unten und drückte die Faust gegen die Brust des Sitzenden, dessen Augen sofort hervortraten. Seine Hand glühte heiß, und schon drangen alle fünf Finger durch die Kleidung, dann die Haut. Mit der anderen hielt Haid dem Verkrüppelten den Mund zu, damit er nicht schrie. Bei jemandem mit so wenig Gottesfurcht konnte man nie wissen. Innerhalb weniger Sekunden verschwanden beide Hände im Körper, sodass Haid ihn wie eine Gliederpuppe hochheben und an sich drücken konnte. An seiner Brust begann das Schwelen und Zischen erneut.

*

Mehrere Körperteile waren auf den Boden gefallen, doch Haid hatte Angst davor, noch länger zu verweilen und sie aufzulesen. Vater drängte ihn zum Aufbruch. Den Wind vom Wasser her nahm er nicht mehr wahr, weil Brust und Arme kitzelten und ihn wärmten. Der Veteran frohlockte über seine Auffahrt in den Himmel. Haid begab sich auf die State Street, um einen Bus zur Chicago Avenue zu nehmen; hoffentlich befuhr man die Strecke auch nachts. Diesmal hatte die Heilung noch länger gedauert. Die Ablaufgitter im Rinnstein vibrierten, als die U-Bahn nahte. Sie kreiste unermüdlich unterhalb dieser an die Oberfläche beförderten Hölle.

Kapitel 7

„Hier sitze ich wieder und mache mir meine Gedanken." Dean Conover warf Aaron Mather, der heute Nacht mit dem Fahren an der Reihe war, einen Blick zu. „Zum Beispiel darüber, warum die Polizeikammer uns schon wieder wegen kugelsicherer Westen am Arsch klebt. Drei Mann hat's dieses Jahr zerrissen, und nur weil der Letzte, dieser Doyle von der Wentworth ... der kriegt eins in die Brust verpasst, bumm, und schon geht das Gejammer über die Jacken wieder los." Er schüttelte verärgert den Kopf. Keiner von ihnen musste gesondert hervorheben, dass Willett und Selfridge, Kollegen aus Grand Crossing weit unten im Süden, durch Kopfschüsse den Tod gefunden hatten.

Unter den Cops in Chicago war man gespaltener Meinung, wenn es um Kevlar-Westen ging. Erstens waren die Teile zu jeder Jahreszeit unbequem, zweitens kräuselten sich die Klettbänder mit der Zeit und hielten nicht mehr richtig. Wenn man eine neue brauchte, musste man sie aus eigener Tasche bezahlen. Die Fragwürdigkeit der Westen ergab sich schlussendlich aus folgender Tatsache: Selbst die letzten Straßenköter und Gangmitglieder auf der unteren Sprosse von Chicagos Evolutionsleiter hatten längst kapiert, dass sie auf die Rübe oder die Achseln der Cops zielen mussten. Und Eltern waren immer noch verblüfft, weil ihre Kids sich so schnell an den neuen Videospielkonsolen zurechtfanden ...

„Weißt du noch, der Detective aus Area 1, wie hieß er gleich? Na ja, jedenfalls nahm er die Links-Rechts-Kurve auf dem Drive nicht richtig mit, als er einen Dealer jagte." Mather gehörte erst seit sieben Jahren zur Truppe, wusste aber genauso gut wie sein Partner über alles Bescheid, was sich auf den Straßen zwischen Goose Island und Seneca Park abspielte.

„Stimmt." Diesen Kollegen hatte Conover vergessen. Der Blonde gehörte nach zehnjähriger Dienstzeit zu den Alteingesessenen. „So eine Weste hilft dir ganz gewiss nicht, wenn du in den Michigansee plumpst."

Mather wendete südlich unterhalb der Wabash Street, als der Funkspruch für ihren Wagen, Nummer 1844, hereinkam. Vor dem Cass Hotel sei gerade ein Überfall im Gange. In der Ferne sahen sie schon das matt rosafarbene Neonlicht. Mather nickte beiläufig nach rechts. „Sieh mal, das C ist ausgebrannt."

„Vielleicht mit Absicht, um die Heteros zu vertreiben."

„Schon klar, Dean."

„Und weißt du schon das Neueste? Ich kann mir selbst einen blasen." Während ihrer Albernheiten schweifte Conovers Blick kein einziges Mal von der Straße ab. Einige der Leute auf der Wache des 18. District, sowohl Kollegen als auch Festgenommene, schworen Stein und Bein, dass der Mann niemals blinzelte, sondern die Augen höchstens kurz zu Schlitzen zusammenkniff.

Wie sich herausstellte, hatte nicht der Bedienstete am Nachtempfang im Cass 911 gewählt, sondern ein Barkeeper im *Murdy's* nebenan, einer Kneipe mit gemischtem Klientel. Die beiden vierstöckigen Backsteingebäude waren durch eine kurze Sackgasse voneinander getrennt. Ein hochgewachsener Blonder kam aus der Bar; das Warnlicht des Streifenwagens färbte seine Züge abwechselnd rot und blau ein. „Mick Desmond ... Ich habe angerufen." Als die Polizisten nicht antworteten, schluckte er.

Conover und Mather hatten längst bemerkt, dass hier nichts auf einen Überfall hindeutete, und in der Absteige war es so ruhig, dass auch dort keine Schlägerei im Gange sein konnte, es sei denn, der Mann bediente Pantomimen.

„Ja, bei mir ist gerade nichts los. Vielleicht hätte ich Ihrem Telefonisten sagen sollen, dass es sich dort in der Gasse abgespielt hat." Er zeigte über seine rechte Schulter in einen dunklen Winkel, woraufhin Mather einen Schritt in die Richtung machte. Conover indes nahm sich die Zeit, Desmond zu mustern. Er war ohne Weiteres sechs Fuß groß, hatte schulterlanges, wasserstoffblondes Haar und gekringelte Ohren, die wie mutierte Cantaloupe-Melonen aussahen. Dazu trug er schwarze Lackhosen und ein T-Shirt mit der Aufschrift *Lounge Lizard* – ein echter Salonlöwe also, aber er wirkte nicht allzu ... verdreht. Conover fragte sich, aus welchem Grund so jemand schwul werden mochte. Musste wohl an den Ohren liegen.

„Wissen Sie, ich habe gerade die leeren Perrier-Kästen hinten vor die Tür gestellt, als ich Stimmen hörte. Da habe ich den Kopf um die Ecke gestreckt und sie dort im Licht unserer Reklame gesehen."

„Sie? Die Leute waren Ihnen bekannt?"

„Nein, nein ... so meinte ich das nicht." Der Barkeeper verschränkte die Arme vor der Brust. „Ich meinte, dass ... nun, der eine hat den anderen bedroht, einen Rollstuhlfahrer, und ..."

„Moment", unterbrach Conover. Mather näherte sich der Einfahrt. „Vielleicht war der Mann genervt, weil der im Stuhl schnorrte."

„Nein, da liegen sie falsch. Der ist grundanständig und wohnt im Cass. Ist definitiv kein Penner."

„Ja, gut. Erzählen Sie weiter." Conover fluchte innerlich. Keine Schüsse, der Kerl war vermutlich längst über alle Berge. Da der andere im Rollstuhl hockte, handelte es sich eher nicht um eine Beziehungskiste. Er zog ein schwarzes Notizbuch heraus, um ein paar Daten festzuhalten und den Anschein von Kompetenz zu wahren, während er Desmond bedeutete, er möge weitersprechen.

„Ich habe kein Messer gesehen, aber es sah einfach so aus, als bedrohte er den Behinderten. Dole oder Dolby heißt der, glaube ich."

Conover hatte ihn längst ausgeblendet und konzentrierte sich auf seinen Kugelschreiber: *15.11.88, 23:07 Uhr. Betr. mutmaßl. tätl. Angriff vor 642 North Wabash. Zeuge: Mick Desmond, Angest. v. Ort.*

„Der komische Typ ähnelte Ihrem Partner. Also, er hatte dunklere Haare, bisschen meliert, und eine ziemlich raue Stimme."

„Mehr haben Sie nicht zu sagen, Mick?", fragte Mather.

„Mann, ich musste wieder rein! Murdy ist zwar zum Drehen nach Milwaukee gedüst, aber das bedeutet nicht, dass er keinen Spion auf mich angesetzt hat."

Ben Murdy hatte es während der vergangenen zehn Jahre zu lokaler Berühmtheit und Dutzenden Werbespots gebracht; die für alkoholfreies Bier oder die Hähnchenkette *Church's* wurden sogar überall in den Staaten ausgestrahlt. In Chicago betrieb er drei Kneipen, und über den menschlichen Abschaum, den seine Läden anzogen, wusste Mather bestens Bescheid. Er hatte in der *Tribune* sowie im *Reader*, einem alternativen Wochenblatt, mehrere Artikel über Murdy gelesen. Der Schwule arbeitete zurzeit im Knast in Milwaukee an einem Pilotfilm für eine Produktion des Fox Network.

Mather wollte gerade zum Wagen zurückkehren, als er ein Geräusch aus der Seitenstraße hörte. Wahrscheinlich war es nur eine Ratte, doch er zückte trotzdem seine Waffe und trat vorsichtig näher. Conover folgte in bemessenem Abstand. Später gab Mather dem Morddezernat Area 5 an, er wisse nicht, weshalb er sofort an einen Serienmörder gedacht habe. Im Laufe der beiden Fälle von Mord aus niederen Beweggründen, an denen er bisher gearbeitet hatte, waren nur zwei Opfer unidentifiziert geblieben. Mehrere Hundert Arbeitsstunden hatte er in die sogenannten Schnellzugmorde gesteckt, ehe er Dennis Cassady dingfest machen konnte, und beinahe genauso viel Zeit in die Serie im Juni 1982, als sieben Menschen an mit Zyanid vergiftetem Paracetamol gestorben waren, was bis heute ungeklärt geblieben war. Später würde er seinen naseweisen Kollegen erzählen, der Gestank verkohlten Fleisches habe ihn völlig aus der Bahn geworfen. Mather waren Cassadys Hinrichtungen schon brutal vorgekommen, aber das jetzt ...

Nachdem er seinen Partner gebeten hatte, näher zu kommen, trat er selbst einen weiteren Schritt vorwärts und sah die Umrisse eines großen Rades mit Speichen. „Hat der nicht gerade eben gesagt, der Rollstuhlfahrer wohne im Hotel?"

„Mhm", brummte Conover. Er stand nun neben ihm.

„Aber er hat nicht gesehen, wie er wieder hineinfuhr?"

„Nein, konnte er nicht. Er hatte ja Schiss, dass sein Chef ihn beim Däumchendrehen erwischt. Stell dir vor, der Typ hat einen Knastporno für Homos im Joliet gedreht. Das Ding heißt *Ein Romeo im Joliet.*"

Mather hatte inzwischen seine Taschenlampe herausgenommen und leuchtete auf das Rad. „Jesus, Maria und ...", keuchte er, da ihm die Luft wegblieb, als er den Toten sah.

Oder was von ihm übrig geblieben war.

*

Mather war überrascht, dass man die Leiche so schnell identifizieren konnte. Er hatte nicht erwartet, dass sich die Überreste überhaupt noch mit einem Menschen in Verbindung bringen ließen. Ende des Monats würde Koko Taylor im Kingston Mines auftreten, und er wollte das Komplettprogramm bezahlen; Essen, Drinks, alles eben. Conover war die Wette mit ihm eingegangen und hatte dagegengehalten, man könne auch Wasserleichen zuordnen, die man nach langer Zeit ohne Fingerabdrücke und mit aufgeschwemmten Gesichtern auf Bahren aus dem Fluss ziehen musste, damit sie nicht platzten. Zweitens erinnerte er seinen Kollegen daran, dass die Polizei in Cleveland sogar zwei der Opfer des Torso-Mörders identifiziert hatte. Mather wandte ein, in ihren Akten seien nichtsdestoweniger elf Leichen unbekannt geblieben, nicht zu vergessen die beiden Zerstückelten, die man damals in den Dreißigern zur gleichen Zeit in Youngstown und Toledo gefunden hatte.

Zunächst schien es, als würde Mather die Wette gewinnen. Eine Stunde, nachdem er und Conover am Tatort angekommen waren, standen ein paar Schaulustige vor dem gelben Begrenzungsband, das jeder, der sich die Chicagoer Abendnachrichten anschaute, nur zu gut kannte. Die angerückten Beamten von Einheit 1823 hielten die Menge auf Abstand. Unter dem Windfang auf dem Gehweg zwischen den beiden Gebäuden kam Detective Lieutenant Jake Daves aus der Abteilung für Gewaltverbrechen Area 3 zu Conover und Mather, außerdem ein Polizeifotograf, ein Reporter von *United Press* namens Shaun McCoppin, der zufälligerweise zu Gast im *Murdy's* gewesen war, und der stellvertretende Gerichtsmediziner Frank Bervid. Der junge Arzt war zuletzt eingetroffen, während die Cops die Leiche von verschiedenen Blickwinkeln aus betrachteten, um sich einen Reim auf die mögliche Tatwaffe zu machen.

Conover vermutete einen Flammenwerfer, McCoppin eine Handaxt. Lieutenant Daves machte ihm keine Hoffnungen auf Abzüge der geschossenen Fotos. Übrig geblieben waren ein Oberkörper, der rechte Unterarm sowie beide Unterschenkel mit Knien und Füßen. Falls Desmond nicht selbst betrunken gewesen war, als er die Notrufnummer gewählt hatte, handelte es sich um den Behinderten aus dem Cass. Der Rollstuhl, ein altes Modell von Everest & Jennings, lag umgestürzt zwischen den Polizisten und der Leiche. Alles musste unberührt bleiben, bis die Spurensicherung das Gefährt auf Fingerabdrücke untersucht hatte, doch die Herren ließen auf sich warten. Der Tote hatte ein graues Sweatshirt und Jeans getragen. Beides war teilweise verbrannt, weshalb Conover dem Flammenwerfer gegenüber der Handaxt den Vorzug gab. Was sie alle verstörte, war der Umstand, dass die Beinstümpfe so dalagen, als habe das Opfer bis zum Umkippen ruhig im Stuhl gesessen. Dass der Mörder ihn hilflos dasitzend abgeschlachtet hatte, war eine furchtbare Vorstellung.

Nachdem Bervid in seinem Chevrolet Impala mit Wunschkennzeichen AUTO-PSY vorgefahren war, warf er einen Blick auf den Boden, erklärte die Fleischklumpen offiziell für tot und empfahl sich mit dem Hinweis, er werde sich jetzt die Filmnacht für Schlaflose auf Kanal 7 genehmigen, weil er unmöglich ein Auge zumachen könne, ohne von dieser Sache zu träumen. Seine Mitarbeiter nahmen Abstriche vom Stuhl sowie dem Betonboden drum herum. Dann zeichnete man ein Kreidedreieck um Gestell und Leiche.

Mather und Conover standen auf einem Heizungsschacht, um aufzutauen. Den blonden Cop grauste vor allem das

Schlüsselbein des Toten. Der Knochen hatte an der zusammengeschmolzenen Stelle, wo der Kopf abgetrennt worden war, aus der verkohlten Gewebemasse hervorgeragt. Conover war einmal mit einer jungen Frau aus Louisville in Kentucky liiert gewesen, die ihn immer ganz kirre gemacht hatte, wenn sie vom Brustbein her mit ihrer Zunge über diesen Knochen gefahren war. Eine Ewigkeit schien seitdem vergangen zu sein; zu jener Zeit hatte er für nichts anderes gelebt, als jeden Abend im Vogue Theater abzuhängen. Die teilweise hervorgetretenen Knochen sahen aus wie Hähnchenschenkel.

Lieutenant Daves sprach mit dem Pressefritzen, während der Fotograf und die Kriminaltechniker ihre Sachen packten. Der Leichenwagen stotterte heran, man steckte die Überreste in einen Sack und brachte sie ins Schauhaus von Cook County, wo man die Nummer 47-88-Unbekannt an den dicken Zeh hängte.

Kapitel 8

Da Lieutenant Daves den Vietnam-Aufkleber am Sitz des Rollstuhls bemerkt hatte, erwartete er, dass man die entwickelten Bilder durch die Militärdatenbank jagen würde. Das geschah letztendlich zwar nicht, doch als man sie mit der Straftäterkartei von Illinois abglich, spuckte der Computer unter anderem Folgendes aus:

Robert Hodge Dolezal, gen. Hodge
Männl. Kauk.
Geb. 11.04.47, Camden, NJ
Letzte bek. Adr. Hotel Waldrop, 12 South Halsted

Vorstrafen:
1974: 1 Woche County-Gefängnis – geringfügiges Vergehen
1979-81: Besserungsanstalt Joliet – vors. Körperverletzung, Tatw. Brecheisen, Streit wg. Ausschank z. Sperrstunde, 112 West Van Buren
1984: 6 Monate – vers. Falschangabe
Bewährungshelfer Isadore Eugene

„Bingo." Zunächst freute sich der Detective, doch dann relativierte er. Da die Informationen der Datenbank in den seltensten Fällen von der gleichen Person aktualisiert wurden, wusste er nicht, welche Einträge für seine Zwecke relevant waren, falls überhaupt. Die Kartei versprach in etwa so viel Kontinuität wie das Suchnetzwerk für vermisste Kinder. Die Datenbank des Staates Illinois bereitete jedem Chicagoer Polizeibeamten Bauch- und Kopfschmerzen. Dazu brauchten sie nicht einmal Ahnung von Computern zu haben, was ohnehin nur auf wenige zutraf. Daves vermutete bereits, dass der Kopf irgendwo in einem Abfallcontainer entlang der Einkaufsmeile State Street auftauchen würde, wenn irgendeine Stadtstreicherin ihn sich mit der Hakenprothese an ihrem Arm angelte. Vor dem Reporter hatte er sich laut gefragt, wer wohl Interesse daran hätte, einen Krüppel niederzumetzeln. Die Nachrichtenagenturen würden ihn zitieren, und ein geschäftstüchtiger Schreiber vom Schlage eines Rupert Murdoch bei der *Sun-Times* sollte den Spitznamen *Erlöser* prägen.

Der Detective stand allein draußen, nachdem sein Partner ins *Murdy's* gegangen war, um etwas zu trinken. Daves war an den Ermittlungen im Andriot-Dolenz-Fall beteiligt gewesen und hatte auch den Kult um Robin Gecht sowie die Korkaralis-Brüder miterlebt, die die abgeschnittenen Brüste ihrer

Opfer verzehrt hatten. Er war mit Banden ins Gehege gegangen und mit Schlägern, die es auf Schwule abgesehen hatten. Einem Medizinstudenten musste er den Riegel vorschieben, der mit 16-Jährigen schlief und ihnen beim Orgasmus einen Betonblock auf dem Kopf zertrümmerte, und erst letzte Woche hatte eine Drogenabhängige ihr cracksüchtiges Baby auf der Willard Court mit dem Kopf zwischen einen Heißwasserboiler und die von Kakerlaken zerfressene Wohnungswand gesteckt, weil sie ihren Schuss nicht teilen wollte. Das hier wiederum ...

Er durfte nicht vergessen, die Gerichtsmedizin den Stuhl auf Säurereste hin untersuchen zu lassen. Die E1 polterte unter der State Street hinweg wie ein Donnerwetter in der Ferne. Irgendwo auf dem U-Bahn-Steig spielte jemand die Melodie von Bachs Menuett in G-Dur.

*

Die Reaktionen der Presse auf den Mord an der Wabash Avenue fielen unterschiedlich aus. Die konservative *Tribune* brachte die Story am nächsten Morgen in Fettschrifttype Century Roman Größe 26 auf die Titelseite des Lokalteils: *Abscheulicher Mord am Hancock Center. Polizei bleibt ratlos.*

Die *Sun-Times* – immer noch so sensationslüstern wie die *New York Post*, obwohl Rupert Murdoch das Blatt anderthalb Jahre zuvor aufgegeben hatte, um mit Fox im Fernsehgeschäft mitzumischen – widmete dem Vorfall die ganze erste Seite: *Obdachloser Nähe Gold Cost zerstückelt.*

Auf ähnliche Weise, wie einst ein Reporter den Ausdruck *Fliegende Untertasse* etablierte, nachdem er Kenneth Arnold bezüglich der Scheiben interviewt hatte, die im Juni 1947 über dem Mount Rainier gesehen worden waren, paraphrasierte nun Nora Chvatal von der *Sun-Times* eine Bemerkung von Detective Lieutenant Jake Daves aus der Abteilung für Gewaltverbrechen im District Harrison: *Offenbar treibt sich jemand auf Chicagos Straßen herum, der sich für den Erlöser hält.* Der betreffende Artikel ging über die erste Seite des Zeitschriftenformats hinaus; die Fußnote lautete: *Lesen Sie alles Weitere zur Zerstücklung auf Seite 7.*

Phases, ein alternatives Blatt, das sich in erster Linie an die Clubszene der North Side richtete, war über unbekannte Quellen an eines der Fotos vom Tatort gelangt. Der Chefredakteur ließ es über dem Falz der Ausgabe vom 18. November abdrucken und hatte zwischenzeitlich aus den Vorgaben der *Sun-Times* schöpfen können. Die Fakten kamen in blendend weißer Baskerville-Type über einer kaum erkennbaren Szene auf den Tisch, die von Schwarz und Grau in unterschiedlicher Abstufung geprägt war: *Chicago hat einen leibhaftigen Erlöser.*

Die *Tribune* schnappte das Schlagwort nicht auf, bevor fünf Tage später ein weiterer Behinderter verschwand. Genauso hatte zuvor irgendein Schreibtischhengst in New York begriffen, dass die Absatzzahlen in die Höhe gingen, wenn man David Berkowitz nicht den *.44er-Killer* nannte, sondern *Son of Sam.*

*

Erlöser klang nicht nach einem Psychopathen. Wie im Falle von Mondgesicht Berkowitz oder schon Jack the Ripper ein Jahrhundert zuvor, umgab den Namen eine geheimnisvolle Aura, weshalb die Öffentlichkeit umso neugieriger wurde. Manch einer bekam gar nicht genug davon, das Wort wiederholt laut auszusprechen, um den Klang auf sich wirken zu lassen.

Kapitel 9

Am Tag nach dem ersten bekannt gewordenen Mord gab es kaum jemanden, der sich durch Worte und Bilder nicht auf die kalte Wirklichkeit in der Stadt gestoßen vorkam. Victor Tremulis sah davon ab, sein Tagebuch mit Mutmaßungen zu füttern, wie es wohl wäre, wenn er sich zuerst selbst befriedigte, dann die Pulsadern aufschnitt und das Blut in den just entladenen Penisschaft laufen ließe. Stattdessen las er, was die distanzierten Berichterstatter und Redakteure zu erzählen wussten, über den Mörder – oder die neue Sau, die man durch die Stadt trieb, wie Tremulis dachte.

Er hockte vor dem *Wendy's* auf Quincy Court, ließ die Sport- und Wirtschaftsseiten im Novemberwind davonflattern wie lästige Kletten, damit er sich gebannt auf die Story stürzen konnte. Mord und Zerstücklung, beides sprach ihn gleichermaßen an.

*

Mike Surfer hatte sich mit Wilma Jerrickson im Foyer des Marclinn etwas nach hinten gesetzt, weil er seinen Shunt säuberte, wie er es dreimal am Tag tun musste. Das Absauggerät Marke Impact lag auf seinem Schoß, und Surfer machte gerade nichts weiter, als mit den Einzelteilen zu spielen wie bei einer Bestandsaufnahme. Wilma beziehungsweise Gramma hielt Mikes Benehmen für kindisch, als wehrte er sich beharrlich dagegen, sein Zimmer aufzuräumen. Als er es leid war, an den in Plastik gehüllten Schläuchen des Saugers zu fummeln, kam er auf den ermordeten Rollstuhlfahrer aus dem Cass Hotel zu sprechen. Die *Sun-Times* hatte seinen Namen genannt: Robert Dolezal. Surfer las für gewöhnlich den *Defender*, eine Tageszeitung der schwarzen Minderheit. Das selbst für die Zielgruppe bisweilen arg propagandistische Boulevardblatt schwieg sich jedoch über den Mord an der Wabash Avenue aus und wetterte stattdessen gegen den frisch wiedergewählten Präsidenten Bush. Das Opfer war eben nicht schwarz gewesen.

Mike Surfer verdrängte den Gedanken an Reggie Givens, den schon seit Tagen niemand im Marclinn gesehen hatte. Beim Aufstehen am Morgen, noch ehe ihm die Zeitung in die Hände gefallen war, hatte er sich fest vorgenommen, zum Hard Times zu fahren. „Schöne Scheiße mit dem Rolli, den sie niedergemacht haben."

Wilma war es gewohnt, dass Mike Unterhaltungen stets mit einem relativ unverbindlichen Statement einleitete. „Kaum zu glauben, wie viele Einzelheiten die Zeitungen heutzutage in Erfahrung bringen", entgegnete sie und drückte mit eingeknicktem Finger auf das Absauggerät, damit Surfer mit dem Saubermachen endlich fertig wurde. „Weißt du, ich schau mir die Nachrichten im Fernsehen nicht mehr an."

„Ich weiß, Gramma."

Wilma, die ihren Nachnamen in allen Bereichen des Alltags schon Ende der Siebziger abgelegt hatte und nur noch für den Briefverkehr gebrauchte, war fünfundsiebzig und weiß. Sie hatte Haare so seidig wie der Schleier, der sich im Winter gelegentlich um den Mond legt, traute keinem und hatte deswegen nie erklärt, warum sie an den Rollstuhl gefesselt war. Zudem lebte, abgesehen von ihr, nur noch eine weitere Frau in diesem Heim, Katharina Townsend, die ebenfalls weiß war, indes gut zwanzig Jahre jünger als Wilma, und immerzu Cat genannt werden wollte. Schwarze Torerohosen trug sie noch beinahe täglich, dazu leicht durchsichtige, weiße Wadenwärmer bis knapp unter die Knie.

„Immer bedauerlich, wenn jemand stirbt", floskelte Wilma, während sie auf das Trinkgefäß schaute, das neben ihnen auf dem Tisch stand. Es war ein größerer Becher, von dem sie Footballstar Walter Payton angrinste. Wenn man ihn drehte, standen dort zehn Leistungen beziehungsweise Rekorde des Runningbacks der Chicago Bears in einer Liste. Sie nahm den Gin Tonic – ihren *Muntermacher*, wie sie es nannte – und leerte ihn zu zwei Dritteln, bevor sie ihn wieder abstellte. Der Pegel zeigte nun die meisten 100-Yard-Spiele 1977 an.

Mike Surfer schaute auf; er dachte vermutlich immer noch an Givens. „Kannte den Kerl nicht, aber die Zeitungen behaupten, er hat mal krumme Dinger gedreht." Geistesabwesend fuhr er mit seinen extrem schwieligen Händen über den rechten Reifen des Stuhls. Unterhalb des kleinen Fingers war seine Haut fast graubraun nach all den Jahren, in denen er die Räder jetzt schon anpackte. „Aber echt jetzt, Gramma. Das gönne ich wirklich keinem."

Die zwei hätten ein vortreffliches Liebespaar auf einer Parkbank abgegeben; ihre Stühle berührten sich fast, und Wilmas Reifen zeigten leicht in seine Richtung, wie um den Eindruck zu unterstreichen. An ihrer Armlehne klebte der Wrestler Honky Tonk Man. Ihr gefiel dieser Sport und sie hatte den Sticker aus einer Schachtel Crispy Critters, die sie immer noch aß, obwohl die Weizentierchen ständig zwischen ihren Dritten stecken blieben. Als ihr Sohn Herbert noch klein gewesen war, hatte er dieses Krümelzeug gemocht. Da hatten sie noch auf der Monticello gewohnt, ehe die Puerto Ricaner sich dort breitmachten.

„Denk dir, es wäre wirklich leicht für jedermann, uns allen

mit 'nem Flammenwerfer den Garaus zu machen!" Dass sie aufbrauste, hatte nichts mit ihrem Morgendrink zu tun. „Und jetzt, junger Mann, putz dir den Rachen!" Sie machte eine Handbewegung, als bedeutete sie einem Kellner im Drake, er hätte ihr eine ungenießbare Mahlzeit serviert.

Surfer öffnete den Verschluss des Shunts, sodass er sich vom Hals löste. Dann steckte er den Plastikschlauch in eine Halterung am Sauger. Als er Wilma in der Hoffnung auf einen wohlwollenden Blick anschaute, starrte sie ins Leere. Sie grübelte wohl weiter über all die fürchterlichen Dinge nach.

Tatsächlich rasten in diesem Augenblick tausend Bilder an ihrem geistigen Auge vorbei. Sie hatte stets geglaubt, dem Orkan, der sie fortwehen wollte, einige Schritte voraus zu sein, aber sie konnte nicht mehr laufen, und zwar nicht erst seit gestern. Hier im Marclinn versteckte sie sich im Schatten einer trüben Hoffnung und zog sich am seltenen Besuch ihres Neffen hoch. Surfer und die anderen wie Etch, Karl, Willic und Slappy, ja sogar Cat, lenkten sie von den Gedanken an einen Sohn ab, von dem niemand wusste, weil ihm 1974 in der E1 nach Ravenswood in den Hals gestochen worden war. Oder von der Erinnerung an all die Jahre, in denen sie unter Dekubitus litt und Mahlzeiten bekam, die immerzu nach Haftcreme oder Abführmittel schmeckten, an kranke Geister und kranke Herzen, an die nahezu völlige Abwesenheit jedweder emotionaler Wärme. Keine Liebe außer jetzt jener ihrer Mitbewohner im Behindertenheim Rainey Marclinn, die genauso waren wie sie.

Nun ja, eigentlich nur fast wie sie. Der Grund dafür, dass sie sich seit 1974 freiwillig in einen Rollstuhl zurückzog, war ein beängstigend schlichter gewesen, medizinischer Natur zwar, doch nicht auf ein körperliches Gebrechen zurückzuführen.

Indem sie sich hier in ihre rotorange Strickdecke hüllte, würde es sie ungleich mehr Überwindung kosten, eine Schlinge zu knüpfen und sich an welcher Lampe auch immer aufzuhängen, das Gleichgewicht auf den Fotoalben noch zu halten, auf denen sie stand, dann abzurutschen und wie ein Derwisch beim finalen Tanz um sich zu schlagen.

Dann war der Groll vorüber. Sie befand sich wieder im Hier und Jetzt. So schnell ging es mit ihr; solche Stimmungsschwankungen adelten jeden Manisch-Depressiven. „Ich meine es ernst, Michael. Ich weiß, dass meine schwachen Hände nicht dazu taugen, mich vor der Flamme zu retten." Würde sie es überhaupt versuchen? Sie hielt sich die Hand vor die Brust, als habe man ihr gerade ein anzügliches Angebot gemacht.

Surfer hatte das Röhrchen des Saugers nun ein Dutzend Mal durch die Kanüle in seinem Hals geschoben, ein gründlicher Morgenputz. Er drückte den Verschluss zu und hielt den Finger darauf, als handle es sich um den Auslöser einer Wasserpistole oder etwas ähnlich Unwichtiges. „Traurige Welt." Sein Mund glich nunmehr einem schmalen Strich mit dem Kohlestift. Die Worte erklangen nach dem Reinemachen aber deutlicher. „Ich pass auf dich auf, wenn du dich draußen sonnst und solange die Sache ungeklärt bleibt."

Wilma winkte ab. „Sei nicht albern, Michael. Ich fahre höchstens bis vor das Theater." Damit meinte sie das kürzlich renovierte Chicago Theater an der Ecke State und Lake Street. Vom Marclinn aus konnte man es sehen.

„Trotzdem." Surfer versuchte, außerordentlich besorgt zu klingen.

„Michael, wenn ich hier sitzen bleibe, gehen gegen Feierabend mehr Menschen an mir vorbei, als ich je irgendwo treffen könnte." Sie sagte immer, sie müsse nicht zum Ufer fahren, weil der Michigansee angeblich genauso roch wie die Luft aus den gekachelten U-Bahn-Schächten entlang der Washington Street – klamm, aber irgendwie doch frisch, und zwar das ganze Jahr über. Als sie es einmal vor Karl wiederholt hatte, einem alternden Biker mit ALS, wusste der bloß seine Standardantwort zu beinahe allem abzugeben: „Passt wie der Arsch auf den Eimer."

„Michael, du bist ein echter Gentleman und blitzgescheit." Sie trank ihren Muntermacher leer. Auf dem Becher konnte man jetzt auch lesen, dass Payton im Laufe seiner Karriere 16.726 Yards gerannt war. Neuneinhalb Meilen. „Jetzt ist es Zeit für das alte Ross, den Arsch in Bewegung zu setzen. Ich hab zu Colin gesagt, ich würde heute Morgen nach den Lottozahlen sehen, und mit Cat wollte ich später den Katalog von Sears durchblättern."

„Bin mit dem letzten Krimi fertig, den du mir gegeben hast." Er wollte sie wenigstens ein paar Herzschläge länger um sich haben. „Den von Ed McBain." Er zog den Nachnamen in die Länge.

„Ach, welcher war das noch gleich? Ich verwechsle sie, denn es sind so viele ..."

„*Ausgetrickst*. Der mit den Kleinwüchsigen, die sich an Halloween als Gespenster verkleiden und Geschäfte ausrauben."

Wilma wollte wegfahren, doch zuvor schenkte sie Mike noch ein strahlendes Lächeln und legte ihre Hand auf sein Knie. „Weißt du, mein Neffe Henry wird mir den neuesten Roman zu Weihnachten mitbringen. *Stirb, Kindchen, stirb* heißt er, glaube ich."

„Charmanter Titel", erwiderte Surfer. „Wie in dem Wiegenlied. Gib auf dich acht, Gramma. Ich will das Buch auch noch lesen." Beim letzten Satz bemühte er sich darum, die Finger vom Shunt zu lassen. „Sei einfach um Gottes willen vorsichtig!“

„Mensch, Michael, wenn du nicht den Aufpasser spielst, dann tut es Evan, sobald er sich als American Dream verkleidet hat.“ Dieses Mal patschte sie ihm auf die Hand. Nachdrücklich beugte sie sich vor, während sie ihre Decke mit einer Hand festhielt, und küsste Surfer auf die stoppelige Wange. Da er so dunkle Haut hatte, war sie sich nicht sicher, ob er errötete, als sie ihn verließ.

Der Billardtisch stand nur wenige Fuß vor Surfer. Als Wilma Jerrickson verschwunden war, blieb es kurz still, bevor jemand anstieß und damit eine neue Partie ins Rollen brachte. Im Fernseher über dem Tisch wurde gerade ein neues Kopfschmerzmittel angepriesen. Hart arbeitende Yuppies massierten sich die Schläfen, um kurz für den Jingle innezuhalten: *I Haven't Got Time for the Pain* von Carly Simon.

*

Frank Haid las den Artikel in der *Tribune*, aber schon im dritten Abschnitt war ihm die Lust vergangen. Er hatte eigentlich nie gern gelesen oder sich Nachrichten angeschaut. Im Schlafzimmer brannten Kerzen, die die Schatten der Kruzifixe wie mahnende Finger an die Wände über Vaters Leichnam warfen. Der saß immer noch im Rollstuhl. Haid ging ins Bett, nachdem er Gary Larsons Cartoon zweimal gelesen und immer noch nicht verstanden hatte.

Kapitel 10

Victors erster Besuch in einer der Kirchen in der Innenstadt fiel auf einen Tag mit für Chicago nur allzu typischer Witterung. Der Donnerstagmorgen hatte für die Zeit kurz vor Weihnachten außergewöhnlich heiter ausgesehen, doch der Wettergott, so dachte Victor später, verarschte nicht nur ihn nach Strich und Faden. Um zwanzig nach sieben ließ sich die Sonne erstmals am Himmel blicken, der so blau und rein war wie das Hemd eines Polizeirekruten. Dieses Blau wirkte fast so blass wie ... nun, Victor schrieb auf dem Weg ins Geschäftsviertel in sein Tagebuch, ein hauchdünner Wolkenschleier sorge für diesen hellen Farbton. Wenn die Städter nicht kollektiv mit dem Stock im Arsch herumgelaufen wären, hätten sie auf der Straße getanzt.

Gegen elf Uhr ließ man sich unter ebenmäßig grauer Wolkendecke allenthalben zu einem *Wenigstens schneit es nicht, und der Wind kommt nicht vom See* hinreißen. Tremulis hörte drei Leute auf der gleichen Straße so etwas in der Richtung äußern, und kein einziger Meteorologe wollte sich später die Schuld zuschieben lassen. Als gegen Mittag völlig unspektakulär die erste lieblose Flocke in den Rinnstein unter den Schienen der Hochbahn auf der Lake Street segelte, prophezeiten alle Radio- und Fernsehsender ein Szenario, von dem jeder Regisseur träumte, der einen Katastrophenfilm drehte. Man erwartete Temperaturen zwischen minus 25° C in den Vororten und milden 4° C plus mit Tendenz nach oben, abhängig davon, welches Programm man gerade einschaltete.

Als Victor Tremulis zufällig an St. Sixtus vorbeiging, die auf der Madison zwischen LaSalle und Clark Street stand, war es knapp unter null, und er trug seine Herbstjacke. Zuletzt hatte er an einem Gottesdienst im weitesten Sinn im August teilgenommen anlässlich des Festes der Schwarzen Madonna von Tschenstochau. Dies war ein polnischer Feiertag, aber davon abgesehen besuchten er und seine Mutter gelegentlich Messen in den Kirchen des Heiligen Bonifaz oder Johannes von Krakau. Er liebte die Frau wirklich, ganz tief am Grunde seines Herzens, wo ihn der Drecksgestank der Stadt nicht erreichte.

Wie gesagt: Ganz zufällig geschah es, dass er sich vor dieser Franziskanerkirche wiederfand. Jesus schaute Ehrfurcht gebietend vom Kreuz auf Taxifahrer und Fahrradkuriere herab, die sich gegenseitig und auch allen anderen Verkehrsteilnehmern den ausgestreckten Mittelfinger zeigten. An der U-Bahn-Haltestelle Milwaukee und Douglas vor der Kanzlei von Bell hatte Victor die Treppe nach oben genommen. Er hatte Sodbrennen, weil der Schmerz mal wieder einen Hexentanz auf seinem Rücken aufführte. Der Wetterumschwung im Vergleich zu vorhin, ehe die Bahn an der Ashland Avenue untergetaucht war, tat sein Übriges. Krämpfe schüttelten ihn, während er die First National Plaza überquerte und an einen Streit mit seiner Mutter um zehn Dollar dachte. Warum musste sie ständig so ein Theater aus allem machen? „Weshalb hat sie Angst, ich könne gewalttätig werden?" Er murmelte laut genug, um die Blicke derer auf sich zu ziehen, die ihn streiften. *Wohl, weil ich aggressiv bin*, antwortete er sich gleich selbst. Er platzte ins *Wendy's* auf der Gegenseite der Plaza und verfluchte seine Eingeweide dafür, dass sie ihm ständig Kummer bereiteten. Hinterher passierte er die Synagoge im Viertel mit einem dünnen Schweißfilm auf der Stirn, bog ab und ging die Madison hinunter. Der gewaltige Heiland aus Stein beeindruckte ihn. Die Kirche besaß vier Eingänge; eine Frau mit blauer Haube redete vor der am weitesten westlich gelegenen Treppe mit sich selbst, obwohl sie noch eine Zigarette im Mund hatte. Tremulis stand bloß da und ließ die Augen rundgehen.

„Was für eine Schnecke, nicht wahr?"

Als Tremulis sich umdrehte, stand da ein Mann mit schulterlangem, braunem Haar. Er trug eine lässige Sportjacke und eine weinrote Mappe. Victor wollte gerade den Mund öffnen.

„Genauso wie du, abgefuckter Freak!", legte der Kerl nach. „Kannst nicht einmal geradeaus latschen. Hab gerade versucht, an dir vorbeizukommen, du Pisser. Mann, Mann ..."

Die Frechheiten des Mannes hatten Tremulis so unvermittelt getroffen, dass er gar nicht reagieren konnte. So sah er bloß zu, wie er an der Überdachung zwischen dem Breevort-Gebäude und der Kirche vorbeiging, und im gleichen Moment rollte ein Schwarzer im Rollstuhl aus der Gasse. Die Vorderrädchen schienen die Luft zu durchschneiden, als er sich dem Typen in den Weg stellte. „Halblang, Söhnchen. Hast ein loses Mundwerk."

Tremulis beobachtete, wie der Behinderte ein Plastikding an seinem Hals zuhielt, das man über seinem grauweißen Schal kaum erkannte. Er starrte geradeaus auf die Brust des Hitzkopfs mit der Sportjacke, der ihn seinerseits anschaute, als sei er ein Mahnmal gegen den Konsum von Nikotin. Möglicherweise hatte er zuerst Bedenken, dann jedoch hielt er einen Mittelfinger hoch, sodass er den blauen Parka des Rollstuhlfahrers beinahe berührte. Schließlich musste er wie gerade eben erst ausweichen, wobei er entrüstet den Kopf schüttelte ob solcher Frechheit auf offener Straße.

Der Schwarze hielt Tremulis seine schwielige Hand hin und fuhr sich erneut an den Hals, als er sprach. „Mike mein Name. Mike Surfer." Später erklärte er Victor seinen Spitznamen. „Hey, pass auf, dass der Clown dir nicht die Fresse verbiegt.

Das bringt's nicht, Mann." Tremulis ließ sich ein Grinsen gefallen. Mikes Zähne wirkten unpassend weiß im Vergleich zum gegen Mittag besonders eindringlichen Kanalgestank. Hinter ihnen zündete die Frau mit der Haube eine weitere Kippe an, räusperte sich und brabbelte weiter Nonsens.

*

Als sie zu zweit in der Kirche waren, freute Tremulis sich über die Wärme. Schon im Vorraum roch es vertraut wie in allen Gotteshäusern, obwohl er den Duft nirgendwo einzuordnen wusste. Vergilbtes Papier und Gewürze fielen ihm ein, aber das traf es nicht wirklich. Hinter der nächsten Tür am Ende der Marmorstufen hörten sie Lobgesang: „Alle-lu-ia-ia. Alle-e-lu-u-ia." Mike bemerkte flüsternd, er habe einmal eine Votivkerze umgestoßen und sich dabei den Ärmel versengt. Tremulis tauchte die Fingerspitzen ins Weihwasser, Surfer tat es ihm gleich, ehe er sich aufrichtete und Victor anschaute wie ein Knabe, der gleich Münzen auf die Theke im Laden an der Ecke legte, um Lakritze zu kaufen.

„Der Herr steige herab und erlöse uns. Offenbare dich, auf dass wir alle gerettet werden."

Gegenüber der Souvenirbude gab es einen Fahrstuhl, der Tremulis nicht mehr losließ. Wenn die Tür aufging und er das Goldkreuz wenige Zoll über dem Glasrahmen des Eingangs zum Hauptschiff sah, bekam er die Zwangsvorstellung, es mit der Faust bearbeiten zu müssen, sobald die Gemeinde zum gemeinsamen Gebet unter sich schaute.

„Herr, zeige deine Güte und spende uns Seelenheil. Gott wird uns nach seinem Gesetz richten. Er ist unser König und Bewahrer."

Zu Hause benahm er sich genauso, hatte Angst davor, irgendjemandem mit der leisesten Bewegung auf die Füße zu treten – eine graue Maus, die dem erdrückenden Konformitätszwang nachgab, den seine Eltern ihm auferlegt hatten.

„Erhebt eure Stimme und verkündet die Frohe Botschaft. Er gibt den Müden Kraft, und Stärke genug dem Unvermögenden. Lasst den Gerechten auf die Erde herabregnen, und sie wird einen Retter gebären."

Eine ältliche Frau hielt einen roten Medikamentenschieber fest umschlossen, während sie den Kreuzweg im rechten Seitenschiff abging und zum Gebet vor jeder Station stehen blieb. Ihre Lippen sahen zerknittert aus wie eine alte Zeitung, während sie ihre demütigen Worte sprach.

*

„… und sie wird einen Retter gebären." Haid war fertig mit der Lesung zum ersten Dezember aus dem Messbuch von St. Joseph. Sein Publikum beschränkte sich auf einen einzigen Menschen, den er zum Zuhören genötigt hatte. Dementsprechend verängstigt war der Mann. Sie hielten sich in einer Gasse zwischen Van Buren und Plymouth Court auf, und abgesehen von der Straßenlampe gab es nur noch eine weitere Lichtquelle, die Bibliothek im Obergeschoss der Marshall Law School einen halben Block weiter nördlich.

Der Schwarze im Rollstuhl war beinamputiert und hatte getrunken, um gegen die Kälte anzukämpfen. Mondlicht, sanft und trügerisch gleichermaßen, strahlte ganz kurz von einer leeren Flasche Night Train Express auf seinem Schoß ab. Die Furcht hatte ihn jedoch schlagartig ausgenüchtert.

Die Temperatur war im Laufe des Tages drastisch gefallen.

Einmal mehr bezeugten die Beschäftigten der Chicago Loop ihr Schwarmverhalten, indem sie auf der Flucht vor dem Wind scharenweise in den Pendlerzügen von Metra und CTA durch die Betonlabyrinthe davonrasten. Gegen sieben Uhr am Abend war der Letzte im Gewölbe der Union Station verschwunden. Zeigte das Wetter sich wochentags von seiner fiesesten Seite, blieben sogar die Kneipen leer. Der Wind war am späten Nachmittag vom Michigansee her aufgefrischt. Während Mike Surfer im Marclinn Gramma und Cat Townsend seinen neuen Freund Vic vorstellte, zog das Tief von Kanada auf. Diese Art Unwetter braute sich zumeist von den ländlichen Gegenden her über Illinois zusammen, weitab vom Schlag, wie man so schön sagte. In jener Nacht brachte der Sturm die Schienen der Hochbahn zum Wackeln und jagte heimtückische Wirbel über die Lofts von Printer's Row sowie die Terrassen in Dearborn Park. Letztlich fand er auch das Gässchen, in dem der Erlöser sich zur Entrückung anschickte.

Die gefühlte Temperatur betrug dank der Böen fast minus 25° C. Haids Kapuze blähte sich abwechselnd auf oder peitschte ihm um den Kopf, aber er fror nicht. Der Mann im Stuhl, der sich vor einer geschätzten Ewigkeit – eigentlich waren es nur Sekunden – als Hutch ausgegeben hatte, war so tief in die Polster gesunken, wie sein unterkühlter Hintern es erlaubte. Seine Goldzähne schienen den Sturm quasi weiter heraufzubeschwören, obwohl sie nicht vordergründig der Kälte wegen klapperten. Weit und breit würde ihn niemand schreien hören. Hutch wusste das.

Und als es dazu kam, roch auch niemand verbranntes Fleisch.

Kapitel 11

Der Befehl ereilte die Officers Rizzi und Morisette an der Ecke Van Buren und Dearborn vor einem Lebensmittelladen namens *The Dill Pickle*. Als Streife hatte man sie dem ersten District zugeteilt. Es war zwanzig vor sieben in der Früh, als Morisette durchgab, sie seien unterwegs. Der Wind hatte etwas abgeflaut, aber die Finger des älteren Cops waren allein vom Fummeln am Funkgerät taub geworden, und das trotz seiner Wollhandschuhe.

Der Mann, den sie aufsuchen sollten, stellte sich als Nachtwächter des Metropolitan-Gefängnisses heraus, das nur einen Steinwurf von einem kleineren Bunker auf dem Congress Parkway entfernt war. Dem Beamten war auf dem Weg über die State Street bis zum Bus Richtung Hyde Park ein stehen gelassener Rollstuhl in einer Zufahrt aufgefallen. Gleich darauf hatte er Körperteile unter dem zugefrorenen Überdach entdeckt. „Wissen Sie, ich hab das in den Zeitungen mitverfolgt", sagte er jetzt.

Zu dumm, dass Rizzi gerade Kohldampf schob und sich schon darauf gefreut hatte, in dem Eckladen etwas zwischen die Beißer zu kriegen. „Wer wird denn gleich grün im Gesicht werden?" Morisette gelang es nicht so recht, witzig zu klingen.

„Ach komm, als wärst du hier der abgebrühte Profi", konterte Rizzi grinsend.

Um die Wahrheit zu sagen: Ihnen war schon Schlimmeres untergekommen, etwa als Gecht und die Korkoralis-Brüder *angeblich*, wie die Verteidigung behauptete, den Prostituierten 1982 bei irgendwelchen Teufelsritualen die Brüste abgeschnitten und gegessen hatten. Die beiden Cops waren dabei gewesen, als man das letzte Opfer in der Nähe des Hafens Burnham gefunden hatte. Morisette war zudem eine Weile bei den Berittenen im Einsatz gewesen und hatte beim Durchstreifen des Naturreservats die Überreste des jungen DeSouza entdeckt, der fünf Jahre lang vermisst gewesen war.

Dass Rizzi eben erst die ganzen Wurstwaren in der beleuchteten Auslage des Ladenfensters gesehen hatte, war alles andere als günstig. Jetzt stand er bis zu den Knöcheln im Müll und schaute hinab auf ein abgerissenes und leicht verbranntes Bein neben einem Rollstuhl sowie den Teil einer Hand vor dem der Straße zugewandten Reifen. Beide Glieder waren bereits steif gefroren und grau von dem ganzen Unrat beziehungsweise Staub, den der Wind nun wieder durch die Gasse wehte.

*

Gegen acht hatten sich die Männer, die immer dann zusammenkamen, wenn jemand den Löffel abgegeben hatte, ob aus freien Stücken oder nicht, in der Zufahrt eingefunden. Bervid, der assistierende Gerichtsmediziner, schloss anhand der Verfärbung und mutmaßlichen Muskelkontraktion, dass derjenige, zu dem die Körperteile gehörten, verstorben war. Er unterbreitete ihnen dies ganz trocken, denn es war grotesk genug, dass sie in dieser perversen Kälte hatten warten müssen, damit er andackelte und ihnen verzapfte, was sie sowieso längst wussten.

Da sich nur wenige Blutspuren fanden und leichte Verbrennungen auf den Körperteilen zu finden waren, lag der Gedanke an einen Mörder mit Flammenwerfer sehr nahe, es sei denn, der Kerl war so durchtrieben und hatte die Leichenteile nach dem Mord dorthin zurückgebracht, wo er sein Opfer zuvor entführt hatte. Der Fotograf knipste eifrig, während der Laborant an einer Mauer lehnte und sich zur Strafe eine Kakerlake im Kragen einfing. Der Wirt, der tagsüber im *Rialto* bediente, hatte Morisette gesteckt, ein Rollstuhlfahrer lungere immer mal wieder hinter der Bar herum, um sich an den Entlüftungsrohren zu wärmen. Hatch oder Hutch hieße der Kerl, und ja, er kaufe fast immer eine Flasche Night Train, wenn er die 98 Cent plus Mehrwertsteuer zusammenkratzen konnte. Als der Officer mit der möglichen Identität des Verschwundenen zurückkehrte, suchten die Detectives Daves und Petitt von der Abteilung Gewaltverbrechen die Gasse nach Spuren ab, wobei sie mehrere Beweisstücke eintüteten, die die Kriminaltechnik bereits präpariert hatte.

*

Das forensische Labor befand sich im fünften Stock des James G. Riordan Polizeihauptquartiers zwischen der Elften und State Street. Man hatte es 1981 umbenannt, nachdem der Beamte mit dem höchsten Dienstgrad, ein stellvertretender Lieutenant, bei einer Schießerei im Gebäudekomplex Marina City umgekommen war.

Während er im Erdgeschoss auf den Fahrstuhl wartete, hörte ein Fernsehreporter, der wegen möglicher Korruption im District Marquette nachforschte, wie der Mann von der Spurensicherung sich mit dem Fotografen über den neuesten Mord unterhielt. Diese Informationen kochten die Abendnachrichten hoch und krönten das Ganze mit einer herzerweichenden Bitte der hellblonden Sprecherin an den Erlöser, er möge davon absehen, Menschen anzugreifen, die sich nicht wehren konnten. Im weiteren Verlauf der Sendung kündigte die gleiche Frau – wieder unverhofft frisch im Gesicht, weil es sich um eine Aufzeichnung handelte – den ersten von fünf Teilen eines Enthüllungsberichts über Diättrends an.

Kapitel 12

„Ich wünschte, du könntest hier sein, wenn wir feiern." Das Klicken der Billardkugeln begleitete Mike Surfers rauchige Stimme. Er fuhr links neben Gramma über den rotweißen Teppich auf dem Hauptgang des Marclinn.

An einem der Tische, den man nicht für die Sitzenden gekürzt hatte, spielten Reve Towne und Evan Shustak eine Runde Pool. Die beiden machten häufig Besorgungen für die Bewohner. Reve war zwanzig und sah atemberaubend aus. Sie hatte sich das Haar mit Henna gefärbt und strebte eine Karriere als freiberufliche Schriftstellerin an, nachdem sie im Frühling von der Universität Columbia gekommen war. Evan hielt sich für einen Superhelden und hörte als solcher auf den Namen American Dream. Reve sah vor, eines Tages über ihn zu schreiben, aber weder der Liebe noch des Geldes wegen, obwohl sie sich durchaus zu dem Neunundzwanzigjährigen, der unter zerebraler Kinderlähmung litt, hingezogen fühlte. Für die Story, die er letztlich inspirieren sollte, würde sie ihn aber nicht ausnutzen.

„Still jetzt, Michael!" Wilmas Hand sah auf der von Surfer aus wie ein ausgebleichter Fisch. Rechts neben ihr schwang Etch leidenschaftlich den Griffel, um etwas auf seinem Notizblock zu verewigen. „Bei denen hier bist du bestens aufgehoben. Reve und Evan sind auch dabei, richtig?" Die Frage stellte sie unverbindlich in ihre Richtung, woraufhin die beiden nickten. „Und dieser Bekannte, den du erwähnt hast ... Vic heißt er, nicht wahr?“

„Ach, ich hätte wissen müssen, dass es genau in die Zeit fällt, wenn du außer Haus bist.“

„Mensch, du wirst mich gar nicht vermissen, Mister Moderator.“ Sie fuhr fort, ihn als Nachrichtensprecher darzustellen: Die Stars des Vorabendprogramms wurden ständig von den Wilma Jerricksons dieser Welt unterbrochen, gemaßregelt und ganz allgemein auf ihre billigen Plätze zurückverwiesen. „Außerdem ist deine Surf-Party hier nicht die letzte, die ihr Jungs schmeißt!“

„Weiß auch nicht, wie ich die Feier für den neunten Dezember planen konnte ...“

„Ist jetzt gut, Michael.“

„Aber ich vergesse Madee'yas Tag ja auch nicht und weiß sogar noch, wann ich zum letzten Mal mit Chubby und Reggie darüber geredet hab.“ Sein Kopf wippte vor und zurück, weil er seine Dummheit – als solche empfand er es – nicht fassen konnte. „Ich muss deine wichtigen Tage doch kennen, Gramma!“

„Ich sagte, lass gut sein.“ Sie legte ihm einen Finger auf den Shunt und zog ihn genauso rasch wieder weg. „Ist dreckig. Sieh zu, dass du ihn nach dem Essen sauber machst, Michael.“

„Mann!“ Surfers Stimme entsprach einem leisen Krächzen, wenn er das Plastik unbedeckt ließ. Er durchschaute ihren Versuch, das Thema zu wechseln.

„Selber *Mann*“, nörgelte sie. „Achte nur ja darauf, dass Karl anständige Fotos macht. Er soll dich unter dem Plakat ablichten, das ich gemalt habe.“ Sie drehten sich nach dem ungefähr einen halben Meter im Quadrat messenden Anschlag um, der über einer Reihe Topfpflanzen hing. Kräftige Rot- und Blautöne stellten die Einladung an der mausgrauen Wand besonders deutlich heraus: *Surf City – Kommt alle! Freitag, 9. Dezember 1988. Hang Ten!*

Erst als Wilma das Datum in Rot aufgemalt hatte, war ihr bewusst geworden, dass es sich um den zehnten Todestag ihres Gatten Herbert handelte. Später wollte sie hinausfahren zu ihrem gewohnten Ausflugsziel vor dem Chicago Theater schräg gegenüber dem Heim. Bloß würde sie dieses Mal nicht so schnell wieder zurückkehren, denn heute holte sie ihr Neffe Henry, der beim Straßenbau- und Abwasserentsorgungsverband arbeitete, nach der Schicht ab. Wilma hatte stets einen Heidenspaß, wenn er sie ins Führerhaus seines blauen Lasters hob.

Surfer und Gramma blieben noch zusammen und schwatzten über andere Dinge. Bald winkten sie Reve und Evan zum Abschied; Surfer würde die beiden ja später wieder auf der Feier sehen. Als er zu Wilma schaute, schnarchte sie leise. Er dachte nun an den zweiten August, seinen eigenen besonderen Tag, an dem seine einzige große Liebe gestorben war.

Mike hatte Madee'ya Stonewell 1972 kennengelernt, ein junges Mädchen mit Muskelschwund, das einen Abschluss in Wirtschaftswissenschaften am City-Wide College anstrebte. Er hieß Mike Surles und arbeitete als Kurier für Lassa Services. Der Kosename *Surfer* lag damals noch in weiter Ferne; die zersetzende Arthritis, die den zahllosen Stürzen im Laufe seiner Kindheit geschuldet war, sowie die kalten Winter zu gleichen Teilen in Chicago und Gary, Indiana, hatten Hüfte und Knie noch nicht in Beschlag genommen. Und da sich niemand Gedanken um Mikes körperliche Verfassung machen musste, wurde er als Person weitläufig ignoriert. Madee'ya, hellhäutig mit umso dunkleren Augen, war der erste Mensch, der sich körperlich zu ihm hingezogen fühlte. Dass sie sich rasch eine gemeinsame Wohnung besorgten, war typisch für jene Zeit, als man sich in leichtfertig gegebenen Versprechen verstrickte. Fast zwei Jahrzehnte war sie her, diese vergleichbar vorsintflutliche Ära, als Banden sich noch für gesellschaftliche Vereinigungen hielten und nicht wie religiöse Organisationen zersplitterten. Damals teilten sie sich ein Apartment auf der Federal Street in der Nähe der nach Roger Taylor benannten Sozialbauten in Bronzeville. Die Rassendiskriminierung lag in ihren letzten Zügen – zumindest in ihrer unverhohlenen Form. Gewalttaten der Schwarzen untereinander sollten indes wohl auf ewig ein Problem dieser Stadt bleiben.

Die Kugel, die Madee'yas Leben nahm, galt jemand anderem – wie alle, nicht wahr? – und machte Surles zum Krüppel. Bald schon gab er den Kampf gegen sein Gebrechen auf und landete auf der Straße. Die garantierte ihm Unabhängigkeit. Er konnte nachvollziehen, weshalb Reggie Givens sie so gern hatte, manchmal tagelang Karten auf ihr legte und über mehrere Wochen hinweg in einem anderen ihrer Hotels sein Lager aufschlug. Surfer hatte auf diese Weise die Siebziger ausklingen lassen, und zwar mit allen Höhen und Tiefen. Zehn Jahre lang war er in der Umgebung des Viceroy auf der West Madison geblieben, eine Zeit des Hungers, der Tränen und Alkoholexzesse. Wäre er nicht auf das Marclinn und auf Gramma gestoßen, hätte ihn das gleiche Schicksal ereilt wie Screaming Mimi oben in der Siedlung der Benediktiner oder Blackstone Shatner, der sein Dasein im Schatten der Ausfahrt vom Congress Parkway fristete und Johnny Walker aus einem abgegriffenen Messbecher für Reinigungsmittel trank. Einst hatte Mike dem Herrgott für Madee'ya gedankt. Wäre er jedoch nicht auf Gramma gestoßen ...

Er betrachtete sie beim Schlafen und wie die dunklen Härchen über ihren Lippen vibrierten, wenn sie sanft ausatmete. An dem geweißten Pfeiler hinter ihr hing in Brusthöhe ein Bronzeschild, das Randall Andrew Sink dem Heim fünf Jahre zuvor geschenkt hatte, ein ehemaliger Bewohner, der nach Torrance in Kalifornien gezogen war, nachdem er seinen literarischen Einstand *Schmerzgrinsen*, einen Roman in Tagebuchform, herausgebracht hatte. Während Wilma Jerricksons Brust sich stetig hob und senkte, streifte ihr Haar das Metall. Surfer dachte an Sonne und Mond. Das Schild zitierte einen der persönlichen Einträge aus dem Schinken: *Lover Doll. 23:00 Uhr. Rendezvous mit der Leere. Wie lange ist es her, seit ich entjungfert wurde? Randolph Andrew Sink. Chicago, 5. März 1984.*

Einmal mehr dachte Surfer bei diesen Zeilen an Madee'ya. Wilmas Schnarchen wurde plötzlich laut. Sie klang wie ein Flugzeug beim Überziehen, und als die Maschine dann auf ihre Brust zu krachen schien, wachte sie auf. „Ich hab dir gesagt: Werde Herbert von dir grüßen und ihm erzählen, dass du über mich wachst, Michael." Sie nahm seine schrundige Hand und küsste sie zärtlich.

*

Er war die State Street etwas nördlich der Madison Avenue hinuntergegangen und guter Dinge, da er sich gerade ein lachsfarbenes Hemd von Chess King gekauft hatte. Sogar der jungen Verkäuferin war er ein paar Worte wert gewesen. Candie hieß sie; seine Outdoorjacke hatte ihr gefallen.

Hier lief er nun grinsend durch die Gegend. Die Hauptverkehrszeit hatte gerade begonnen, weshalb er sich umso sicherer fühlte. Wenn man sich nur ein wenig schneller durch die trottende Masse bewegen und gegen die Pendler behaupten wollte, die auf dem Weg zu Bus und Bahn nur sich selbst kannten, musste man ausdauernd und grazil sein wie Walter Payton oder Brian Piccolo. Der Linebacker, der an Krebs gestorben war, hatte zu Vaters Lieblingsspielern gezählt. Im Sommer erschwerten Bongotrommler und Möchtegern-Hiphopper mit ihrem sinnlosen Breakdance das Vorankommen zusätzlich.

Er stand neben dem Kiosk über der U-Bahn Washington Street, als er die nächste Auserwählte entdeckte. Er litt nicht unter plötzlichem Fieber wie jemand mit Entzugserscheinungen unter den Dämonen Alkohol und Drogen. Nein, er drückte sich nicht schmerzhaft den Finger in die Backe oder halluzinierte drei Meter große Clowns, die von den Feuertreppen des alten State Lake Building baumelten. So prosaisch war es nicht; tatsächlich befand er sich im Gottesrausch. Haid hatte einmal ein Lied mit dem Titel *Drop Kick Me, Jesus* gehört, und in den Text konnte er sich sehr gut einfinden. Sein wahrer Vater, der Herr, erfüllte ihn mit einem unvermittelten Hochgefühl, kaum greifbarer Weisheit und Verständnis, rüttelte ihn wie ein gurgelnder Orgasmus oder ein davonrasender Zug. Es war ein außerweltliches Gefühl und vielleicht so ähnlich wie jenes, das Onkel Vince beim Saufen überkommen hatte oder wenn Frankie halb nackt durch die Wohnung am Tooker Place laufen musste. Er genoss es, beherrscht zu werden, und jetzt mit dieser ... Macht. Ja, er wurde von einer höheren Gewalt erfasst, was bedeutete, dass er zum Märtyrer werden musste. Bloß gab es noch eine Menge zu tun und so viele mitzunehmen.

Die alte Frau überquerte gerade die Randolph Street im Rollstuhl. In Haids Brust würde sie glücklicher sein, dem Himmel nur einen Atemzug weit entfernt. Hinter ihm plärrte in einem Elektronikladen und Pfandleihhaus das gleiche Radioprogramm aus einem Haufen Stereoanlagen. Cutting Crew schwelgten in ihrem *I just died in your arms tonight, it must have been something you did ....* Er ging über die Straße, um der Alten zu folgen. Dabei schnappte er Gesprächsfetzen auf: Zwei schwarze Frauen unterhielten sich über ihren Job in einem Kreditbüro auf der Michigan. Sie unterbrachen ihr lautes Gerede nur, um noch penetranter Popcorn mit Karamellüberzug zu zerknirschen. Es ging um die Börsengeschäfte von General Motors. In ihren schwarzen Mänteln sahen sie aus wie Raubtiere, wenn ihre rot lackierten Finger gierig in die Knabbertüten langten. Ein Radkurier für eine der Kanzleien sang *Spread your wings and fly*, während er über eine rote Ampel weiter nach Süden schlingerte. Die Damaszenerrosen vor dem Blumengeschäft Callen dufteten streng, beinahe obszön im eisigen Zwielicht.

Die Frau im Stuhl musste sich nicht mehr lange mit der Kälte plagen, dachte Haid.

*

Wenige Minuten zuvor hatte Mike Surfer hinter der Glastür des Marclinn gesessen und die Hände gegen die Scheibe gedrückt, während er Wilma Jerrickson hinterherschaute. Zuerst kauerte sie vor der Bordsteinrampe und hielt sich mit der Linken an einer Telefonzelle von Illinois Bell fest, bis das letzte Taxi gerade noch über die gelbe Ampel gehuscht war. Dann wartete sie vor Shopper's Corner, wo das grelle Rot der lippenförmigen Magikist-Reklame ihr Haar künstlich tönte. Hinter ihm debattierten Karl und Etch über irgendwelche Sporttabellen.

Gramma wirkte winzig klein und geriet schließlich außer Sichtweite, als sie nach Norden abbog und unter einem Plakat verschwand, das LaCroix-Mineralwasser anpries. Surfer nickte Nutman am Empfang zu, der gerade in einem Thriller von Joe R. Landsdale schmökerte. Dann verzog er sich auf sein Zimmer. Er musste den Shunt wieder säubern. Reumütig erinnerte er sich an Grammas Schelte, obwohl es so oder so nicht schaden würde, sich auch ein wenig frisch zu machen. Hoffentlich kam Victor Tremulis heute Abend. Surfer hatte ihn an jenem Tag eingeladen, als der zweite zerstückelte Rolli gefunden worden war. Er wusste, welche Schwierigkeiten es Victor bereitete, neue Leute kennenzulernen.

*

Dieser Michael!, dachte Wilma, während sie hinter Walgreens ein schnelleres Tempo anschlug. *Er macht sich zu sehr einen Kopf um mich. Was soll mir unter so vielen Menschen schon passieren?* Auch nach der Rushhour würde es immer noch von Bummlern und Passanten wimmeln, die später von der Arbeit kamen. Während Jane Byrnes Amtszeit als Bürgermeisterin Anfang der Achtziger war die State Street zur Einkaufsmeile geworden, nachdem die Gute die Politik ihres Vorgängers Michael Bilandic zur Verschönerung von Chicago aufgegriffen und die Ost-West-Achse der Stadt einer notwendigen Sanierung unterzogen hatte. Zahllose Bäume waren auf dem Abschnitt von einer halben Meile gepflanzt worden, der die Geschäfte umfasste, den Gehweg hatte man verbreitert und mit grauen, achteckigen Steinen gepflastert. Der Bereich zwischen den Hochbahnschienen an der Haltestelle Van Buren im Süden und der Lake Street im Norden war nunmehr verkehrsberuhigte Zone.

Wilma hielt an der schmalen Straße Benton Place an, die an der Südseite des Chicago Theater vorbeilief. Die Beleuchtung der Schrifttafel war bereits lange vor der Dämmerung eingeschaltet worden. Gregg Aliman trat heute Abend auf, wer auch immer er war. Also, hätte Sinatra ... Als sie in die Straße hineinfuhr, hörte sie, wie eine Frau ihrem Begleiter erzählte, ihr Kätzchen habe A-a auf ihre Pelzstola gemacht. Vor Shopper's Corner tippte der schwarze Straßenpfaffe, den sie im Marclinn als Brother Preacher Man kannten und der allabendlich vor den Übeln Tabakkonsum, Unzucht und Crack warnte, an sein brummendes Mikrofon, um sich zu vergewissern, dass es funktionierte. *Noch ein netter Mensch, der anderen hilft*, dachte sie. *So wie Michael.*

Mit jedem Windzug erhaschte Wilma den Geruch frischen Brotes von Skolnick's Bäckerei. Sie fummelte ihr Kopftuch aus der Tasche, weil sie beschlossen hatte, sich den fliederfarbenen Stoff zusätzlich um den Hals zu binden. Henry sollte jede Minute vorfahren. Ihr Neffe, ein hagerer Mann der sich kleidete wie einer der Unbestechlichen von Eliot Ness während der Prohibition, arbeitete bereits seit achtzehn Jahren für die Stadt. Er holte Gramma jedes Jahr am neunten Dezember ab, um seiner Tante einen Gefallen zu tun, weniger seines Vaters Bernard wegen. Auch zu anderen Gelegenheiten trafen sie sich, wann immer die Ferienzeit es ermöglichte. Tags darauf wollte sie die Messe in St. Adelbert besuchen. Vor lauter Kälte wurde ihr ganz schwindlig, obwohl sie sich in ihre Jacke hüllte, Pulli und lange Unterwäsche unter der grauen Hose trug. *Mensch, Henry, wo bist du?* Dann dachte sie, einfach um sich vom Wind abzulenken: *Hättest du den Sweater mit Woolite gewaschen, würdest du jetzt besser aussehen ...*

*

Im Heim plauderte Colin Nutman mit Surfer bei einer Flasche Cola. „Mike, du willst losfahren und Gramma beschützen, nicht wahr?“ Der Engländer hob seine deformierte Hand. „Das frisst dich auf, was?“

„Sie ist so schutzlos, Colin.“

„Mike, die Zeitungen schreiben, der Typ benutzt einen Flammenwerfer. Wie soll er mit dem Ding vor dem Theater hantieren, hm?“ Nutman sprach häufig sehr direkt.

„Sie ist so schutzlos“, wiederholte Surfer.

*

In der Durchfahrt Benton Place trat Francis Haid vor, um *Hallo* zu sagen.

Kapitel 13

„Halt mich nicht für bescheuert, Mann!“, sagte Conover zu einem Kleingauner, der im Eingang des *Ronnie's* lehnte. „Ich komm nicht aus dem Busch wie du und deine Freunde. Klar, Erwin? Schreib dir das hinter die Ohren.“ Er hatte dienstfrei und stand neben einem abgewrackten Gran Torino. Jedes Mal, wenn er einen solchen Wagen vorbeifahren sah, dachte er, nur verschissene Latinos kauften diese Kisten. Mischte er sich unter das *gemeine Volk*, wie sich die Cops von Chicago Avenue oder Saloon Street mit Bezug auf die Innenstadt ausdrückten, legte er es immerzu darauf an, mit den Schwarzen auf Tuchfühlung zu gehen ... vermutlich zwanzig Jahre zu spät.

Erwin *Smooth Tee* Truvillion hatte nun das Pech, als Versuchsobjekt herhalten zu müssen. *Der Blondschopf sollte besser den Verkehr regeln*, fand er. Dass er hier aufkreuzte und den Dicken machte, lag einzig daran, dass er das weiße Täubchen beeindrucken wollte, das just in diesem Moment brav auf sein Steak zum gemeinsamen Dinner wartete. Tee ließ seine braunen Augen kurz in den Fresstempel wandern und sah Conovers Bullenkumpel Mather weiter hinten in der Reihe bei den Warmhaltetischen stehen. *Meine Fresse.* Reve Towne sah hinreißend aus, das musste er zugeben.

Vermutlich plusterte Conover sich derart vor Erwin auf, weil er besonders verwegen vor der Braut erscheinen wollte. Offenbar ließ Mister Weißbrot sich hier immer nur dann blicken, wenn sie die Krüppel gegenüber besuchte. Aber gut, der Kerl ging recht in der Annahme, dass Tee seinen Lebensunterhalt damit verdiente, ahnungslosen Fahrgästen auf der E1 die Goldketten vom Hals zu pflücken, um sie hier wieder zu verticken, sobald es dunkel wurde.

„Alter, glaub mir", erwiderte er unschuldig, wie nur seinesgleichen klingen konnte. „Gehören meiner Schwester, aber die steht nicht mehr drauf, klar?" Der Mann hatte das Neueste vom Neuen an: schwarze Anzughosen von Perry Ellis mit doppelter Bügelfalte, dazu passend Krawatte und Wollschal sowie ein dezentes hellblaues, aber etwas zu großes Hemd von Girbaud mit einer Art Morsecodemuster in Punkten und Strichen auf der Brust. Sein schwarzer Ledermantel reichte bis zu den Füßen und stand offen. Die unzähligen Goldketten seiner *Schwester* steckten zum Verkauf bereit in einem halben Dutzend praller Innentaschen.

Man hätte lachen können, wenn es nicht so armselig gewesen wäre.

*

Endlich erschallte die Stimme des Verkünders: „Haltet ein, ihr Sünder!“ So fing seine Litanei jedes Mal an. „Erliegt nicht dem Cannabis und dem Fusel, entsagt der Fleischeslust außerhalb der Ehe, des heiligsten aller Bündnisse. Tut Buße!“

Der Prediger Charles Latimore und Erwin Truvillion gehörten gewissermaßen zum gleichen Schlag, wenn auch unter verschiedenen Vorzeichen. Zwischen den Vorbeigehenden erblickte er jetzt die alte Frau von gegenüber, aber ihr Name fiel ihm nicht mehr ein. Sie sprach mit einem großen Kerl mit Steppjacke. Es sah ganz danach aus, als schiebe er sie zurück, und das war ganz und gar nicht in Ordnung.

*

„Krümel“, lautete ihr erstes Wort, als er vor sie trat. Beim Näherkommen merkte er, wie klein sie wirklich war; er selbst wirkte im Vergleich riesenhaft. Zwischen ihren mit Gold verplombten Zähnen klebte geschmolzener Käse. Sein Kopf musste ihr so unerreichbar vorkommen wie ihm die Programmtafel des Theaters. Sie zeigte auf den Boden hinter ihm.

„Äh ... wie bitte, Ma'am?“ Höflich bleiben, wie Vater es ihm aufgetragen hatte.

„Krümel“, wiederholte Wilma, als könne das Wort sie beide sattmachen. Er schaute in ihre großen Augen. „Ist lustig, junger Mann.“ Sie musste laut reden, da der Wind wieder aufbrauste. „Ich bin zu alt und sehe so schlecht, dass ich nicht einmal das Schild der Buslinie lesen kann. Aber egal, nicht einmal die Hälfte der Dinger ist behindertengerecht.“ Sie drückte gewollt trotzig die Zunge von innen gegen die Wange. „Die Krümel sehe ich allerdings."

Haid erkannte nichts am Boden, das Krümeln auch nur ähnelte. Vielleicht meinte sie den gefrorenen Schnee. Ansonsten lag dort nur der übliche Dreck im Rinnstein vor dem Bürgersteig und zwischen den achteckigen Steinen. Verpackungen, ein halb verzehrter Schokoriegel, dessen orangefarbene Füllung in der Dämmerung aussah wie ein fluoreszierender Hundehaufen, zerknüllte Kippenschachteln und zwei Handvoll Flugzettel, die zehn Prozent Rabatt auf Schmuckteile versprachen. Auf der rechten Seite des Sträßchens stand ein Pflanzengefäß, in dem ein toter Vogel lag.

„Sehen Sie sie nicht, mein Sohn?" Wieder dieses unverfrorene Lächeln, und sie hatte ihn *Sohn* genannt. „Dort drüben links. Erkennen Sie sie nicht? So schauen Sie doch!"

Sie erlaubte sich bloß einen Spaß, den üblichen Gag von wegen frühzeitiger Erblindung. Sie wollte überspielen, dass ihr kalt war. Haid war drauf und dran, ihr Spiel mitzumachen, als er den angebissenen Bagel neben dem Vogelkadaver entdeckte. *Ätzend*, dachte er. *Was für eine letzte Mahlzeit.* „Ich muss zugeben, Ma'am, Sie haben bessere Augen als ich."

„Wie süß, wie süß." Wilma wiegte den Kopf hin und her wie eine Verliebte. Der Erlöser wollte ihn ihr auch tatsächlich in absehbarer Zeit verdrehen. Haid musste noch eine Menge üben, bis er alles richtig machte, exakt so, wie Vater es von ihm erwartete. „Aber darum geht es eigentlich gar nicht."

„Wie bitte?" Frank schüttelte verwirrt den Kopf. Seine Strähnen waren schmierig, weil er sich mehrere Male täglich zwanghaft Haarwasser über den Schopf kippte, damit seine Frisur hielt.

„Nein, mein Sohn."

Er lächelte, als sie das Wort erneut benutzte.

„Was ich meine, ist Folgendes: Warum kann ich die verfluchten Busschilder nicht mehr lesen? Wenn bloß Michael das nicht spitzkriegt. Wer erwartet ernsthaft, dass ich mich in dieser Stadt zurechtfinde, geschweige denn sonst jemand, dem es noch viel schlechter geht? Manchmal denke ich ... Sie wissen es, oder?"

Haid zuckte mit den Achseln.

„Ich denke an eine Stadt, die genau meinen Vorstellungen entspricht. *My Kind of Town*, verstehen Sie? Es ist an der Zeit, dass Sinatra aus seinem Tagtraum aufschreckt."

„Ich kann Ihnen helfen, wirklich." Haid hörte sich an, als zweifle er an seiner eigenen Aussage. Er streckte die Hände aus und legte sie fest auf ihre Schultern. Sie fühlte sich an, als seien ihre Knochen hohl. Er zögerte, sie zu massieren.

„Ach, dieses Leben. Ich bin geschafft", seufzte sie, wobei das letzte Wort verpuffte wie ein sprühender Feuerwerkskörper in einer Pfütze des Ghettos. Sie klang unglaublich müde.

Das Blut pochte in seinen Händen. Ein Schauer fuhr in Schüben über seine Haut, den Arm hinauf und wieder hinunter. Unter dem billigen Band seiner Armbanduhr kribbelte es; die Flossen kamen ihm vor wie heiße Backsteine. Drei Herzschläge wartete er ab, ein jeder wie das Klicken einer Kanone mit leerer Trommel.

„Sicher, die Sonne geht immer auf, und auch die Tage werden irgendwann wieder länger, aber der Winter nimmt uns vorerst noch eine Weile in Beschlag."

Sie plauderte ungerührt weiter; ihr Lächeln blieb ungebrochen. Was kümmerte es ihn, wenn die Tage wieder länger wurden? Dennoch ließ er sie reden; sie beide befanden sich auf dem Weg ins Grab. Er konnte sich nicht vorstellen, ihr Alter zu erreichen, und fragte sich, wie kalt sie wirklich schon war. Für ihn roch die ganze Umgebung nach Tod. Jeder Zentimeter seines Arms juckte jetzt. Die Hauptstraße lag ein paar Schritte hinter ihnen, und direkt rechts von ihnen kreuzte der bedeckte Überweg von Marshall Fields zum Trailways-Busbahnhof. Dort standen ein paar rote, zerbeulte Mülltonnen neben einer Flügeltür, auf deren Scheiben schmutzige Hände Kreuzmuster hinterlassen hatten.

„Nein, die Kälte macht mir nichts aus. Ich lebe schon lange hier." Wilma Jerrickson schnalzte mit der Zunge. „Schon sehr lange."

Haid schaute in ihr faltiges Gesicht und fand, die Haut an ihrem dürren Hals sah aus wie tropfendes Wachs an einem Kerzenstummel. Das Fleisch ergoss sich förmlich in die Falten ihrer dicken Jacke. „Ja", entgegnete er. „Ich lebe auch schon lange hier."

„Ich habe früher mal in einer besseren Gegend gehaust, echt." Sie zählte etwas an Daumen und Zeigefinger ab. „Davor haben wir vielleicht sechs Jahre im Südwesten zwischen der 43. Straße und Whipple gewohnt."

Man hörte den Lärm von der Hauptstraße nicht mehr, da wusste Haid, dass es Zeit für sie wurde, Frieden mit seinem Gott zu schließen.

Kapitel 14

„Pass auf, so ist das abgelaufen: Tee will einfach nur chillen und es locker angehen. Du weißt schon, ruhige Kugel schieben. Dann kreuzt diese abgehalfterte Teigfresse Conover auf und meint so: *Mann ...* – also richtig weinerlich wie ein Baby –

Mann, ich klatsch dich, bis du als nasser Lappen in der Ecke liegst. Klar, dass es Tee juckt wie Sackratten, bis Brother Preacher Man antanzt und *Komm drüber weg* sagt oder so ähnlich. Dann will Brother runter ans Theater und checken, ob bei Gramma noch alles okay ist, weil er was im Urin hat, verstehst du? Also lässt er Tee beim Showdown mit Bleichgesicht allein. Weißt ja, Tee ist Brother was schuldig, also lässt er ihn ziehen und klemmt sich selbst hinters Mikro. Der Cop grinst sich eins, als Mather aus dem Steakhaus kommt. Tee wispert noch, schnappt sich dann aber das Mikro und spuckt ihm ein *Motherfucker!* vor die Füße. Jetzt kann er den Leuten freudig die Kauleiste zeigen."

*

Haid spürte seine Hände nicht mehr auf ihren zarten Schultern. Er knetete das weiche Fleisch, als sei jeder Wulst eins der polnischen Bierwürstchen, die Vater freitagnachmittags immer von Mitch und Janina mitgebracht hatte. Wilma schien nicht wahrzunehmen, dass ihre Entrückung unmittelbar bevorstand, obwohl ihr rechtes Auge wissend zuckte und genauso schimmerte wie ihr chromfarbenes Haar. „Wissen Sie, mein Sohn ..."

„Ich bringe Sie jetzt nach Hause." Die Worte kamen stoßartig wie in Wellen. Er wollte verhindern, dass seine Stimme sich überschlug. Seine Brust war angespannt wie der ganze Rest des Körpers, dem er keine weiteren Gedanken schenken durfte, obwohl Vater behauptet hatte, es gebe überhaupt keinen Anlass, sich deshalb zu fürchten. Er biss auf die Zähne, bis diese ebenfalls pochten.

„Also gut." Die Frau schaute zu ihm auf. Er beugte sich vor. Jahrzehnte spiegelten sich wider in diesen dunklen Augen. „... Sohn", fügte sie noch an und vergoss damit eine Träne, die von ihrer rechten Wange auf seine graue Jacke tropfte und zischend zwischen den Falten verdampfte.

Kurz trat er zurück, um Halt zu finden, und richtete sich auf. Jetzt folgte der finale Stoß in seine Brust. Ins Paradies. *Meine Lungen sind wie der blaue Himmel*, dachte er. Dann hörte er sie. Nein, nicht Vaters Stimme aus seiner Brust. Sie kam von hinten, klang sowohl außer Atem als auch auf der Hut und nassforsch. „Ma'am? Sind Sie da, Ma'am?"

Die Frau schien die Stimme wiederzuerkennen. Die Flügeltür befand sich unmittelbar gegenüber. Die Mülltonnen stanken gleichermaßen süßlich wie nach altem Fett. Türkisfarbene Anschläge am Türrahmen kündeten von der Kneipe *Nolan Void*. Der Stuhl ließ sich mühelos drücken, also schob er ihn zurück, während er gleichzeitig einen Blick über die Schulter wagte. Dabei kippte er das Gefährt versehentlich seitwärts.

Vater, es misslingt!

Die Alte sah nun aus wie eine Elfe oder ein ähnliches Fabelwesen, zuckte hin und her, da sie die Glückseligkeit bereits spürte.

Vater!

Falls es sich bei dem Stein, über den er den Stuhl manövriert hatte, um ein Zeichen von oben beziehungsweise innen handelte, steckte Böswilligkeit dahinter. Vielleicht wollte Vater ihn prüfen ... und scheitern sehen.

Fünfzig Fuß hinter ihnen stand nun Brother Preacher Man. Wahrscheinlich konnte er die Umrisse des Stuhls und der gebückten Gestalt davor nur undeutlich sehen. Haid biss sich fest auf das Fleisch seiner linken Backe. Vater tadelte ihn. Es war falsch, jemanden bereits jetzt in das Wunder der Entrückung und die Herrlichkeit Jesu Christi einzuweihen. Der linke Reifen des Rollstuhls rumpelte über den Stein und kippte nach vorne. Da er in der Hektik nicht mehr Herr seiner Hände war, übte er an der falschen Stelle Druck aus. Wilma Jerricksons Schlüsselbein brach an zwei Stellen, als er ihre Schultern quetschte. Auch das rechte Schulterblatt gab seiner Urgewalt nach, der Kraft des Erlösers. Er war nicht mehr dazu in der Lage, sie loszulassen, also durchstachen seine Finger Haut und Muskelbänder. Als einer ihrer Schleimbeutel am Knochen platzte, fühlte er die warme Gelenkflüssigkeit an den Fingerspitzen. Noch blutete sie nicht. Er neigte sich ein Stück vorwärts und saugte weitere Haarsträhnen der Frau in seine Brust.

*

Reverend Latimore hörte das metallische Quietschen des Stuhls im Dunkeln. Er kannte die Nachrichten, zumal jetzt sogar der Defender schrieb, der Killer verätze seine Opfer mit besonders aggressiver Säure. Als er versengtes Fleisch roch, rannte er los.

*

Haid betrachtete die Frau, die wegen des Winkels entsetzt war, in dem ihre Schultern und Unterarme nun abstanden. Das war jedoch noch nicht alles. Ihr Kopf war nach rechts geknickt, als er ihr Schlüsselbein gebrochen hatte, und steckte schon halb in ihm. Er musste ihr in die Augen schauen, was er nie zuvor getan hatte, während er sie weiter hineinzog. Ihre linke Wange klatschte gegen seine Brust wie ein glatter Kiesel, den man über eine ruhige Wasseroberfläche springen ließ. Er hörte das Keuchen des Mannes hinter sich. Er kam näher, und als sich das Gesicht der Alten in ihm auflöste, stieß Haid den

Stuhl mit einem letzten Handgriff zwischen zwei der Mülltonnen. Was vom Gesicht übrig geblieben war, sah wie die verzerrte Fratze eines Gauklers aus. Seine Oberschenkel berührten nun die gepolsterten Armlehnen des Stuhls. Die Arme der Frau hingen schlaff an den Seiten. Als die übrigen Haare aufflammten und in ihm verschwanden, zuckten blaue Blitze, die ihm das zerfasernde Gesicht noch deutlicher zeigten. Ihr rechtes Auge fehlte.

Haid hoffte, dass sie das, was sie jetzt in ihm sah, beruhigen würde, damit ihr Leib endlich aufhörte, so erbärmlich zu schlottern. Leider stellte sich dies nicht ein, doch er zwang sich dazu, weiter nach unten zu schauen. Ein Fehler, und jemand erwischte ihn, der wahrscheinlich nicht begriff, was gerade geschah. Das Nasenbein und der andere Wangenknochen splitterten mit einem gediegenen Geräusch, als breche man Brot.

„Alles wird gut." Gescheiteres wusste Haid nicht zu sagen. Für ihn spielte sich alles ganz langsam ab. Sie reagierte nicht. Wie sollte sie auch? Ihre Lippen waren zu drei Vierteln in ihn übergegangen. Vielleicht sprach sie schon zu Vater. Der letzte Rest verschwand sogleich und zog den Mundwinkel nach wie einen leeren Wetterballon. Ihr linker Augapfel war herausgefallen, der Bereich um die Höhle ragte aus Haids Brust wie eine Vulkaninsel im Pazifik, ein zu Knochen gewordenes Atoll. Ähnlich einem Stehaufkreisel rollte das Auge über seine Haut fast bis in die Einbuchtung über dem Brustbein und dann zurück um die rechte Brustwarze, bis es endlich mit ihm verschmolz, als sei es nie mehr gewesen als eine minderwertige Kerze aus der Haushaltswarenabteilung.

„Großmutter Wilma?" Die Stimme des Predigers klang sehr präsent, da merkte Haid, dass er ihn nicht entdeckt hatte. Latimore blieb vor der ersten Tonne stehen und legte seine raue

Hand auf den Deckel, um sich zu fassen. Er fürchtete sich kein bisschen davor, sich möglicherweise in etwas einzumischen, das ihn nichts anging, aber völlig außer Atem wollte er sich nicht ins mutmaßliche Getümmel stürzen. Francis Haid nutzte die Verzögerung, um sich quasi bäuchlings auf Wilma Jerricksons Rumpf zu werfen, der nachgab wie eine aufblasbare Puppe, aus der man die Luft entweichen ließ. Dann drehte er sich auf dem Sitz um. Rasch musste es jetzt gehen, er bückte sich und ...

„Schön ruhig bleiben, Mann! Lady Gramma, sind Sie in Ordnung?"

Jetzt sah er den Straßenpfaffen. Er wollte kämpfen, falls es darauf ankam. Haid schaute im Sitzen auf. „Musste mir schon einige Namen in meinem Leben anhören, aber *Gramma* war bislang noch nicht dabei, Mann." Er hoffte, überzeugend arglos zu klingen.

Latimore betrachtete den hellhaarigen Mann im Stuhl, dessen Kopfhaut im Licht der Straßenlampe grau wirkte. Von den Hüften an abwärts hatte er sich mit Zeitungen zugedeckt. Er starrte ihn dumpf an. „Ich bin wirklich ... Tut mir furchtbar leid. Entschuldigen Sie bitte." Der Glaubensbruder rang nach Worten. „Es ist bloß, weil ... Wissen Sie, diese Frau ... Ich dachte ..."

Haid fielen die gelben Zähne des Mannes auf. „Ja, ja, die Frauen", erwiderte er. „Heute Nacht müssen Sie aber mit mir vorliebnehmen." Er war wieder so weit Herr der Lage, dass er die E1 hinter sich auf der Wabash hörte.

Der Prediger war wegen Haids letzter Bemerkung verwirrt. „Nun gut, wie gesagt: Tut mir leid, wenn ich sie gestört habe."

Haid tat es schulterzuckend ab. „Geschenkt."

„Ich bin Reverend Charles Latimore. Vielleicht haben Sie eine meiner Predigten am Oriental gehört. Manchmal spreche ich auch vor dem Pathway Financial." Dies nur, wenn die Polizei ihn dazu zwang, vom Theater zu verschwinden, doch das sparte er wohlweislich aus.

„Stimmt." Haid saß nicht eben bequem. Der Stuhl war eindeutig zu klein für ihn, was seinem Gegenüber nicht auffallen durfte. „Also ..."

Latimore rutschte ein Stück zurück. „Wird arg frisch werden heute Nacht. Tun Sie doch etwas zu Ihrer religiösen Erbauung und fahren Sie zur Pacific Garden Mission."

„Nennen Sie mich Vince." *Verdammt!* Warum hatte er das gesagt?

„Gut. Vince also."

„Nein, mir geht es gut hier, wirklich." Haid verlagerte sein Gewicht, wobei das Papier raschelte. Eine Schlagzeile über stillzulegende Luftwaffenstützpunkte im Süden des Bundesstaates flatterte auf seinem rechten Oberschenkel. „Kann sein, dass ich mich mal dort blicken lasse. Danke für Ihre Umsicht."

Der Reverend wusste, dass ein Obdachloser, der nirgendwo Unterschlupf suchen wollte, ob aus Scham oder Angst, von niemandem umgestimmt werden konnte – weder von Geistlichen noch von Streifenbeamten mit Schlagstöcken, statt eines Psalms. Er hätte schwören können, es sei die alte Dame aus dem Marclinn gewesen, die er gesehen hatte. „Nun denn, Gott schütze Sie", verabschiedete er sich leise.

„Oh, das tut er, danke."

Der Prediger wollte sich nichts aus dem offensichtlichen Zynismus machen, den der Behinderte seinem Schöpfer entgegenbrachte, und ging.

Haid zählte bis zwanzig, ehe er einen Seufzer ausstieß. Die Zeitungsseiten rutschten zu Boden und offenbarten das Wenige, das von Wilma Jerrickson unter ihm übrig geblieben war:

Das linke Bein war noch bis zum Knie vorhanden, und fast genauso viel vom rechten. Der Schuh war ihr vom bestrumpften Fuß gerutscht und stand senkrecht an der Trittbank des Stuhls. Haid war erschöpft, blieb jedoch hellhörig, falls der Mann sich noch nicht verzogen haben sollte. Wie Nadelstiche kribbelte es in seinen Fingerspitzen. Als er den Blick auf seine Hände richtete, staunte er, wie fest er die Armpolster umklammerte. Eine weitere Bahn raste in umgekehrter Richtung vorbei nach Ravenswood. Haid drehte sich, um einen flüchtigen Eindruck der Gesichter hinter den ovalen Fensterscheiben zu erhaschen. Welche Leben diese Menschen wohl führten?

Als die Waggons verschwunden waren und erneut völlige Stille eintrat, schob er den verwaisten Schuh spielerisch vor und zurück.

Kapitel 15

„Du Idiot!“ Der Prediger ließ sich in Gedanken von Mr. T verfluchen, ehe er sich selbst still ins Gewissen redete: *Deine Augen spielen dir Streiche, alter Mann.* Latimore hatte den Schauspielstar persönlich kennengelernt, als er noch Lawrence Tero geheißen und in der Diskothek *Mr. Ricky's* auf dem Garfield Boulevard als Türsteher gearbeitet hatte. Der Reverend war mit diesem Etablissement bestens vertraut gewesen – bis er zu Gott fand, natürlich.

Jetzt schüttelte er den Kopf. Diesen Vince hatte er noch nie gesehen. Vielleicht gehörte er zu den Querschnittsgelähmten, die unten am Fluss herumlungerten. Er würde Mike Surfer fragen, der ja überall Detektiv spielte. Mit welch unflätigen

Worten Tee sein Mikrofon gerade befeuchtete, wusste nur Gott selbst. Es war wirklich verflixt kalt.

Er verzog sich mit großen Schritten und fand gerade wieder zur Hauptstraße, als er mit seinen Florsheim-Tretern Größe 9 auf einen kleinen, eckigen Gegenstand stapfte. Ein schwarzes Büchlein. Es war dicker und größer als ein Adressblock. Er wischte den Einband mit dem Daumen seines Christian-Dior-Handschuhs ab. Es fühlte sich glatt an, die Schrift war verwittert und rissig. Am Theater trat er vor ein Neonschild. Schielend – ein Tick, der stets losgelöst in seinem rechten Auge begann – las er die verblassten Buchstaben: *Psalme für jeden Tag.* Als er eine Polizeisirene hörte, hoffte er, dass sie nicht wegen Tee anrückten, der Schindluder mit seinem Mikro trieb. Das hatte er schon einmal abgezogen, aber andererseits: Er würde es nicht wieder wagen, weil er dieses Mal nicht mehr mit einem blauen Auge davonkommen würde.

Latimore spielte kurz mit dem Gedanken, zu Vince zurückzukehren und ihn zu fragen, ob er das Buch verloren hatte, doch dann erschien es ihm doch dringender, Tee abzulösen.

*

Haid rutschte erneut auf dem Sitz herum. Sein schrumpeliger Hintern wurde langsam taub, weil er schon zu lange auf den Beinstümpfen der alten Frau hockte. Er wollte sich dort kratzen, zögerte aber aus Ekel vor dem, was er dabei berühren mochte. Womöglich sah man ihr sogar in den Schritt, wo der Herr ihre Hose verbrannt hatte. Er dankte Vater für den Wind, der verhindert hatte, dass der ungebetene Zuschauer die verglühende Seele bemerkte.

Jetzt fühlte sich Francis müde und satt. Ein Bild drängte sich seinem benommenen Geist auf, doch der Rahmen wurde mit jedem weiteren Herzschlag kleiner. Was er sah, war eine aufgeschwemmte Ratte, die ins Kanalsystem trieb, gleichmütig angesichts ihres Schicksals. Das Wasser stieg immer höher, das Rohr verengte sich klaustrophobisch. Konnte ein Nagetier sich als Märtyrer begreifen? Er fand keine Antwort. Sein Kopf bewegte sich auf und ab wie der Kadaver auf den Wogen. Einmal. Zweimal. Dann ein weiterer halbherziger Versuch, sich aufzurichten. Endlich geschafft.

Haid vergrub das Kinn im Kragen seiner wunderbar warmen Jacke. Die Ratte zappelte nicht mehr; der Erlöser schlief ein und träumte.

*

Zwei Bissen.

Im Traum legte Vater den Vierteldollar auf das schmale Tablett neben die leeren Drewy's-Bierdosen und seine Männermagazine. Auf deren abgegriffenen, klammen Titelseiten prangten Namen wie *Torso* oder *Gentlemen's Gentlemen*. Die zwei Bissen waren einfach, zumal er Vater so gern den Gefallen tat. Die silberfarbene Münze und das pechschwarze Haar, nach hinten gekämmt von Vince Janssen selbst. Es roch nach Glover-Haarwasser, Honig gemischt mit irgendeinem widerwärtig künstlichen Gestank. Die Dosen zierte ein rotes Logo; Jahre zuvor hatte er einmal eine trinken dürfen, da war ihm der Schaum aus der Nase getreten. Haid, ein kleiner Racker. Zwar hatte er in der Schule geraucht, doch mit Bier war er lange Zeit auf Kriegsfuß gestanden. Zeitschriften mit schwarzem Cover, der Himmel blau, die Körper braun gebrannt. Männerkörper.

Er mochte noch sehr jung gewesen sein in diesem Traum;

um Vaters Kopf zu streicheln, musste er sich nämlich langmachen. In der alten RCA-Flimmerkiste – sie und wenige andere Möbel hatten sie später nicht mit in die Erdgeschosswohnung am Tooker Place mitgenommen – lief gerade eine von Norman Lears Serien. Dennoch hielten sie sich jetzt in diesem Apartment auf. Nachbarn, die die Nase in ihre Angelegenheiten steckten, gab es hier nicht. Frankie fasste dem älteren Mann ins Haar, allerdings nur mit dem ersten Gelenk seiner Finger an der Rechten. Vince Janssen stöhnte lang gezogen. Auf dem Bildschirm suchte jemand nach einem Mann namens Stretch Cunningham, wahrscheinlich Archie Bunker. Zu seinen besten Zeiten, als der Alkohol ihm noch nicht in die Glieder gefahren war, hätte man Vater auch Stretch nennen können. Haid überwand sich und schaute an seinem eigenen Körper hinunter.

Er muss in diesem Traum schon ein Teenager gewesen sein, denn Schamhaare wuchsen bereits recht üppig zwischen seinen Beinen. Zudem trug er ein braunes Shirt mit den goldenen Lettern von *Jesus Christ Superstar*. Ende der Siebziger hatte er so eins gehabt. Es roch schwach nach Marihuana. Überhaupt nahm er viele Gerüche im Schlaf wahr, und tagsüber, ob draußen oder in der Wohnung, verhalf ihm ein bestimmter Duft häufig zu einem Déjà-vu.

Behutsam fuhr er nun mit der Linken in Vince Janssens schönes Haar und fing an, die Kopfhaut zu massieren. Wie er sich verrenkte, um hinter den Sessel zu greifen und seinen Sohn anzufassen. Schlimm genug, dass er halb nackt im Haus herumlaufen musste, aber so wollte Dad es eben.

Eine vorbeifahrende E1 quietschte in seinem Unterbewusstsein, während der Prediger immer noch den Einband des Psalmenbuchs abwischte. Das Rattern der Waggons verkündete: „Das ist mein Leib, der für euch hingegeben wird."

„Schön reiben. Ja, mein Sonnenschein. Ah!" *Kratz, kratz auf seinem großen alten Kopf. Sieh an seinen strammen Beinen hinunter. Er hat die Hose weit hochgezogen über den Saum seiner Socken – weiße Socken, braune Hose. Kratz, kratz.* „Ah! Weiter, Sonnenschein." *Löcher in den Socken vorn an den Zehen. Gelbe Nägel, die sich wölbten, weil sie zu lang waren.* Von den Socken und Zehennägeln, die Frankie an Kartoffelchips von Frito-Lay erinnerten, hin zu den Pharisäern in der Glotze.

Haid hasste Moralapostel, es sei denn, Vater fand es rechtmäßig, dass jemand von ihnen gemaßregelt wurde. Auch nannte er ihn oft DP, einen dummen Pollacken, genauso wie seine Mutter. Jane. Die fette Kellnerin im *Triangle Grill* bezeichnete ebenfalls jeden so, der ihr kein anständiges Trinkgeld spendierte. Sie meinte es aber auch wirklich gehässig, als seien alle Polen faul und minderwertig.

Vater blätterte häufig in den Magazinen, während Frankie ihn massierte. Dafür kriegte er immer den Vierteldollar. Er rieb Vaters Skalp wie wild ein, als müsse er Kleider auf einem Waschbrett schrubben. Dad genoss es aber auch unheimlich. In der Sitcom knutschte Fleischkopf gerade Gloria. Frankie erschrak, als Vater ihn plötzlich an den Hoden packte. Beim letzten *Ah!* kam es dem Jungen vor, als gingen seine Hände unter die Haut, und er vernahm ein Geräusch, wie wenn jemand Eier aufschlug. Vince Janssens Kopfhaut. Er spreizte die Finger beider Hände. Die rechte war nass, als er sie wie eine Kralle hochhob und betrachtete. Edith Bunker hielt sich gleichfalls die Hand vors Gesicht, weil ihr Seriengatte sich taktlos verhielt.

Er hatte Streifen auf Vaters Skalp hinterlassen, tiefere Furchen als solche, wie sein Kamm sie hinterließ. Oh Gott, er hielt einen Teil von Dads Gehirn! Sein Kiefer klappte herunter, als er das schleimig graue Gewebe zwischen seinen Fingern sah.

Es ähnelte dem Samen, den er beim Masturbieren donnerstagabends ejakulierte, doch heute war Samstag, und als nächstes kam *Bridget und Bernie*, gefolgt von *Oh Mary* und der *Bob Newhart Show*. Vaters Hirn klebte an seiner Hand. Hätte jemand den Traum als Außenstehender beobachten können, wäre der Gesichtsausdruck des halb nackten Teenagers der gleiche gewesen wie der eines auf frischer Tat, mit der Hand im Süßigkeitenschrank, ertappten Kindes. Dazu passte dann auch die Tatsache, dass seine Linke halb im Schädel des Mannes steckte.

Haid fuhr aus dem Schlaf auf und stellte fest, dass es ein wenig zu schneien begonnen hatte.

Kapitel 16

Aus dem Patrouillenbuch von American Dream:

Freitag, 9. Dezember 1988. 7:00 Uhr
Bespr. mit Vater Marvin Melone i. d. Baptistenkirche. Auf d. Weg State u. Superior Street kontrolliert. Mann geholfen aus Dillinger, Michigan. Suchte Parkmgl. b. LaSalle Motor Lodge. Mehrere ungeöffn. Schachteln Zigaretten Marke Pall Mall neben ihm auf blauem Vinylsitz. Auto z. alt f. manuelle Schaltung, vielleicht Mercury, aber n. sicher. Habe Autos und die, die sie fahren, nie verstanden.
7:15-7:45 Uhr
Streife. Superior n. Westen. Mann Mitte 40 i. blauen Anzug m. Gesicht wie Comicschwein kurbelt Scheibe v. geparkt. Auto u. lacht. Kann nur schlimmen Lebensweg eingeschl. haben. Weiter Gegend um Superior u. Clark Street patrouilliert. Fest überzeugt, d. schlimmer Mann v. d. Achten hässliche Fratze

zeigt, w. Sonne aufgeht. Sein Schicksal, so früh zuzuschlagen. Bin bereit f. ihn.

8:00-9:00 Uhr

Clark und Erie Street kontrolliert. Keine bes. Vorkommnisse.

9:00-10:00 Uhr

State Street Bus 29 n. Norden, Nr. 4211. Frühstück Division Street, Minipfannk. m. Glas Milch u. O-Saft. Zeitung lesen lassen v. Mann neben mir. Momentan kein Krieg. Name v. Restaurant Joe's.

10:20 Uhr

Bespr. mit Lynch i. Marino Park, Rush Street. 3. Seine Pennbank, sagt er. Meinetwegen. Habe ihn verlassen, um Verdächt. z. verfolgen, vermutl. Drogendealer. Strähnige Haare.

10:36 Uhr

Mann verloren, während ich Rüstung justierte. War aber nötig.

11:00 Uhr

Bummelbahn n. Clark, Division, Chicago u. Dearborn. Traf Ben Murdy, m. Auto zurück z. Speiselokal. Guter Mann. Zahlte Wasser für m. Haldol. Soll alle i. Marclinn grüßen u. Etch erinnern, verl. Superbowl-Wette v. 1986 z. begleichen! Werde ich, weil Murdy freundlich u. hilfreich, Klettverschl. m. Rüstung festzumachen. Freiwillig!

14:15 Uhr

Betrunkener i. Holiday Liquors verlangt ½ Pint Bumpy Face. Sieht aus w. Lynch m. Bart. Muss Officer Morisette fragen, ob Bumpy Face Codewort f. Drogen.

16:15 Uhr

Clarl Street Bus. Sah Mädchen Buch lesen. Story v. Stephen Crane über Revolverheld. Hab erklärt, Spuren wie Stundengläser i. Sand bedeuten, er geht unter i. Sand d. Zeit. Mädchen glaubte mir, muss aber wohl an s. inneren Einstellung arbeiten.

Notizen:
Reve fragen wg. Schmerzsalbe aus Apotheke.
Neue Rüstung kaufen f. Surfers Geburtstag, Januar.
Vizepräsident Dan Quayle schreiben wg. Hilfe f. Opfer v. Verbrechen.

Zusammenfassung f. Freitag, 9. Dezember, Nachmittag u. Abend:
Keine schlimmen Vergehen.
Zeitungen sagen, Bandenkrieg zw. Latin Kings und Insane Unknowns geht weiter, aber Situation u. Kontr. v. Polizei Wood Street. Keine Unschuldigen z. Schaden gekommen.
Washington Square Parkway, gebrauchte Spritze gefunden. Nachforschen, weil vielleicht Aids od. schlimmer.
Muss weiter lernen, Verhalten v. Leuten z. verstehen.
Behindert und mit Spleen, ich bin American Dream.

Anmerkung:
Gesammelte Patrouillenberichte veröffentl. in:
Towne, Reve Bega: *Rhapsodie einer geschundenen Seele. Chicagos American Dream 1960-1989.* Ziesing: Shingletown, CA, USA. 1992.

Kapitel 17

Der Mann, der sich als Gewissen der Stadt verstand, starrte sein eigenes Spiegelbild an der schmutzigen Wand der Kneipentoilette in Grund und Boden. Uralt war er mit neunundzwanzig und er hätte nur gnadenloser beziehungsweise irrer dreinschauen können, wenn seine Lider abgeschnitten oder umgeklappt worden wären. Niemals sah man eine rote Ader im Weiß dieser Augen. Er hatte sich eben erleichtert und sorgfältig die Hände gewaschen wie ein Zehnjähriger nach dem Begräbnis einer toten Krähe im Garten hinter dem Haus. Irgendein rücksichtsloser Penner hatte vor ihm eine Stoffserviette ins Rohr des Urinals gestopft, auf dem der verquollene Schriftzug des *Nolan Void* in grellem Grün und Pink wie ein Fraktal aussah. Das Tuch bedeckte die weißen Duftsteine, welche ihn, aus welchen Gründen auch immer, an den Schneemann in *Rudolph the Red-Nosed Reindeer* mit Burl Ives erinnerten. Er schaute sich den Trickfilm jedes Jahr im Dezember in irgendeinem Kaufhaus an, weil er selbst keinen Fernseher besaß.

Sein Name lautete Evan Shustak. Er liebte die Stadt, in der er geboren war und bluten musste. Er hatte den Stoff nicht entfernt, war aber wenigstens so umsichtig gewesen, seinen Strahl gegen die rechte Beckenwand zu richten, um die Serviette nicht noch weiter aufzuweichen. Jetzt glotzte er sich in fast manischer Verzweiflung selbst an; mit diesen Augen musste er bis ans Ende seiner Tage leben. Sein einziger Anreiz, sie offenzuhalten, bestand darin, dass andernfalls noch abscheulichere Bilder an ihm vorüberzogen. Er drehte sich um und ließ sich die Hände von einem verchromten, weißen Wandtrockner anblasen. Seine Finger waren beinahe so blass wie die hell übermalten Metallteile des Geräts. Es war der 9. Dezember und draußen fast minus 30° C kalt. American Dream litt unter Arthritis.

Die Wand, an der der Trockner hing, war einem absonderlichen Schachbrett ähnlich schwarz-weiß gekachelt. Selten wich er der Reflexion seiner Augen aus, den feinadrigen Halbmonden darunter. Einsamer Held in Monochrom vor einem Handföhn. Getrocknete Bierflecken, immer noch sichtbar.

Vielleicht war es auch eine dickere Kruste Erbrochenes, die seine im Metall perspektivisch verlängerten Arme in Grautönen erscheinen ließ. Er hatte sogar einmal selbst gesehen, wie jemand so ein Gerät umgedreht und einen grünen Strahl in den Gitterrost gekotzt hatte. Die Stunden nach Feierabend an der Haltestelle Van Buren. Bisweilen taten sich Erinnerungslücken auf, weil das Haldol ihn abstumpfte, selbstzufrieden machte wie reichlich Essen einen Banker von der LaSalle Street.

„Warum sind nicht mehr Leute so wie ich?" Manchmal stellte American Dream sich diese Frage laut. Er hielt die Finger waagerecht mit dem Handrücken nach oben unter das Gebläse. So sah er aus wie ein Zauberkünstler, der gleich seine hübsche blonde Assistentin auf der Bühne zum Schweben bringen würde. Er durfte die Hände nicht hochhalten, weil er die Feuchtigkeit von den Gelenkschienen fernhalten wollte, die er für seine Kampfhandschuhe hielt. Im Spiegelbild sahen sie absurd gestreckt aus, wobei er sich an den Superhelden Plastic Man von den Police Comics aus den Vierzigern erinnerte. American Dream dachte tagsüber häufig an Superhelden; nachts, wenn die Linie E1 seine Zeit stundete, träumte er vom Sterben.

Evan Daniel Shustak war nun schon drei Jahre lang American Dream, obwohl manche, darunter auch sein Psychiater, behaupteten, er leide schon viel, viel länger unter einer Borderline-Persönlichkeitsstörung, nicht erst seit der Kopfverletzung 1986, die seine *Karriere* sozusagen losgetreten hatte.

Der Trockner schaltete ab. Der Gebläselärm erstarb wie das Motorengeräusch eines Müllautos, das auf gottverlassener Straße zurückschaltete. Er betrieb ein wenig Fingergymnastik, damit das Wasser seine Gelenke nicht noch steifer machte. Wo zuvor der Trockner geheult hatte, sangen nun The Bangles

A Hazy Shade of Winter. Der Song mahnte ihn zur Obacht: *Look around* ... Ihm war klar, dass niemand in der Bar etwas so Wichtigem wie diesen beiden Worten Aufmerksamkeit schenkte.

*

„Sieh dich um, Victor." Der Mann mit dem blonden Haar bis zu den Schultern hatte sich als Nutman vorgestellt. Der zum Totenkopf stilisierte Silberohrring unterstrich zusätzlich seine langen Läppchen und die bereits grauen Haare an den Schläfen. Er zeigte mit einer weiten Bewegung des rechten Arms in den Raum. „Mike müsste jeden Moment runterkommen."

Tremulis verschaffte sich einen Überblick über das Foyer des Marclinn. Das Klicken von Nutmans Stahlkappenstiefeln wurde nach rechts hin leiser. Tremulis guckte, wohin der Mann gehumpelt war. Auf einem Wandschild in der Nähe des Empfangstisches stand *Pein, lat. poena: Sühne, Strafe, Rache* geschrieben. *Weshalb in drei Teufels Namen mussten die sich selbst daraufstoßen?*

Weiter unten an der Mauer hing ein Gemälde der Parzen. Alle drei waren dunkelrot wie der Teppich im Mittelgang. Victor mochte Mike wirklich, aber eigentlich war er heute Abend nur hergekommen, weil er ums Verrecken nichts Besseres zu tun hatte. Dienst im *Hard Rock Café* stand nicht auf dem Plan, und seine Schwester war aus Crystal Lake zu Besuch gekommen. In den folgenden Monaten sollte es noch genug zu büßen geben für Victor Tremulis; im Augenblick wollte er sich damit begnügen, einfach die Zeit totzuschlagen. Er verglich sich selbst mit Vergil aus Dante Alighieris *Göttliche Komödie*. Dann schaute er sich weiter im Heim um. Ihm fiel ein, dass der Weg hinaus nach Auffassung der Menschen im 14. Jahrhundert durch neun Höllenkreise führte.

Kapitel 18

Sich des Stuhls zu entledigen war relativ einfach. Vater hatte ihm beigebracht, seine Beine zu gebrauchen.

So klopfte er den Schnee vom Leib und streckte sich, dass die Halswirbel krachten. Das Weiß rutschte von seinem Schoß auf die Sitzfläche. Er drehte sich und schaute nach unten. Die Frau hatte er sich zur Gänze einverleibt – zumindest hatte er das zuerst gedacht. Während des Schlummers war ihm entfallen, dass am Trittbrett noch etwas klebte. Haid rollte den Stuhl die Straße hinunter bis zum Trailways-Busbahnhof, wobei das rechte Vorderrad sich unaufhörlich drehte und so ein langes Möbiusband neben seine Fußstapfen in den Schnee zeichnete. Er hielt vor dem Seiteneingang an, wo das Logo der Buslinie in Rot auf der einzelnen Glastür mit der Anweisung *Ziehen* schabloniert war. Hähnchen und andere Essensdüfte drangen von *Mammy's*, dem Restaurant nebenan, an seine Nase.

Mit einem dumpfen Schnappen legte er die Wegfahrsperre ein und wägte ab, was er als Nächstes tun sollte. Ein Streifenwagen fuhr leise mit Blaulicht vorbei und machte ihn vorübergehend wankelmütig. Sollte er den Stuhl schlicht stehen lassen und sich verpissen? Ein Blick in den Wartesaal stimmte ihn zuversichtlich: Wenig Leute, und kein Schwein würde ihn beachten, zumal sie die Stadt wahrscheinlich allesamt verließen.

Damit lag er richtig. Niemand schenkte ihm Aufmerksamkeit, als er hineinfuhr und dabei mit den Reifen über die beigen Fliesen schrammte. Mit einer entschuldigenden Geste ließ er durchblicken, er sei fix und fertig vom Wetter. Vom Eingang aus geradewegs den Gang hinunter drängten sich mehrere Kids um einen Videospielautomaten. Ein Pubertierender kläffte etwas Obszönes. Ein älteres Gerät, eine Variante von PacMan, die der Stadt ausdauernd gute Dienste geleistet, sozusagen alles im Leben gesehen hatte wie die Landstreicher von der Leland Street, stand unberührt in einer anderen Ecke. Der Bildschirm hatte Staub angesetzt. Ausgiebig ge- und missbraucht worden war das Metallding, wohl von einer älteren Clique, bis das Interesse nachgelassen hatte wie an einer Nutte. Daran würde auch die nächste Zockergeneration nichts ändern, weil Alter im Technikbereich eben dies bedeutete: Das Spiel war hoffnungslos überholt. Im Gegensatz zum Menschen ließ es sich das wenigstens optisch kaum anmerken.

Eine gelangweilte junge Männerstimme knarzte durch die Lautsprecher: „Trailways-Bus, letzter Halt Memphis über Kankakee, Rantoul und Effingham.“ Eine Pause folgte, wohl weil der Ansager gähnte, doch dann: „Fahrscheine bitte vor dem Einsteigen am Schalter lösen. Bus nach Indianapolis über Hammond, South Bend und Staffort ...“

Haid schaute sich mit Absicht auffällig um und warf einen Blick auf die Wanduhr. Dann begab er sich auf die Empore und ging durch die schokoladenbraune Tür der Herrentoilette. Er hatte es auch dringend nötig.

Unter der Tür der dritten Zelle lugte ein Paar abgewetzter Budapester hervor wie Hörner. Im Vorbeigehen schenkte er ihnen keine weitere Beachtung. An der Nordwand öffnete er die Tür zur Feuerleiter. Fakt war: Er wusste von vornherein, dass es eine gab, nachdem er eines sinnlosen Abends im August 1978 an der Tür gelehnt und irgendeinen Deal in der Gasse unterhalb beobachtet hatte. Damals war er wegen eines neuen Medikaments, das Vaters scheinheiliger Psychiater ihm verschrieben hatte, frustriert gewesen und wütend hinterher in eine der Kabinen gegangen, um sich hinzusetzen – trotz des hochgeklappten Klodeckels. Es war ruhig gewesen in jener Nacht und immer noch drückend warm, als Francis Madsen Haid, nach wie vor ohne richtigen Arsch in der Hose, der jetzt im kalkweißen Donnerbalken hing, sich wiederholt das Heft eines Taschenmessers gegen die Stirn geschlagen hatte, während er Stimmen hörte. Diese hatten jedoch echten Menschen gehört, die zusammengekommen waren, um abwechselnd durch den Türspalt zu stieren, als hätte Haid sich einen von der Palme gewedelt oder so.

Bis siebenundzwanzig hatte er mitgezählt, dann einfach weitergemacht. Buchführung war müßig; das Blut hatte ihm sprichwörtlich alle Schläge ins Gesicht geschrieben.

Später bei einem Kaffee im *Mammy's* war jener Officer vom District State Street – Rizzi, wenn er sich recht entsann – an seinen Tisch gekommen, um ihn wortgewandt wie alle Männer in der blauen Uniform der Stadt zu fragen, was *verfickt noch mal* er zuvor hatte beweisen wollen. Haid war natürlich ganz klar gewesen, was der Kerl meinte ... aber zurück zur Gegenwart: Die Tür stand offen und er im Wind, sodass ihm sein Haar wild um das Gesicht peitschte.

„Mach zu, du Wichser! Habt ihr daheim Säcke an den Türen?"

Haid drehte sich zu der Zelle um, unter der die Schuhe hervorschauten.

„Kann man denn hier nicht scheißen, ohne sich die Rosette abzufrieren? Mach die Schotten dicht und danke, Motherfucker!"

Haid war versucht, durch den Spalt zu spähen. Er antwortete nicht.

„Worauf wartest du? Schwul oder was?“

Seine Faust verkrampfte und entspannte sich abwechselnd. Vater hatte ihm erklärt, wie man mit solchen Leuten umzugehen hat. Der Typ war bestimmt ein Schwarzer von der Maxwell Street. Jetzt trumpfte Haid auf: „Sir, du würdest einen Schwulen nicht erkennen, wenn er schon so tief drinsteckt, dass er dich am Gaumen kitzelt.“ Beim Hinuntergehen nahm er drei Stufen auf einmal.

Arbeiter des städtischen Straßenbauamtes fanden die Überreste von Wilma Jerrickson am nächsten Morgen um 6:45 Uhr.

*

Nur einen Block weiter nördlich bemusterte American Dream sich selbst in den Schachbrettkacheln auf der Toilette des *Nolan Void*. Sein Gesicht verbarg er hinter einem unförmigen Etwas, einer Skimaske mit miserabel abgesteppten Sichtlöchern. Über mehreren langen Unterhemden und Sweatshirts trug er einen Schulterimmobilisator, achtete jedoch darauf, dass er die Arme frei bewegen konnte. Das Ding war mittlerweile dreckig grau, doch Reve Towne hatte ihm im vorangegangenen Monat hinten eine amerikanische Flagge aufgenäht. Vorn auf der äußeren Kleidungsschicht, einem grauen Pulli, stand in roten Buchstaben *Hell's Kitchen NYC*. Neben der Gelenkorthese zog er gelegentlich auch Fingerschienen an. Alle diese Klamotten und Einzelteile bezeichnete er als Rüstung. Es war ausdrücklich kein Kostüm; das zogen Möchtegern-Superhelden in Phantasiestädten wie Gotham an. In Chicago, jener allzu realen Stadt der abgründigen Verzweiflung und aufgegebenen Hoffnung, die so direkt greifbar und schmerzhaft war wie ein toter Verwandter und dessen regloser Anblick, trug man eine Rüstung, um zu überleben. Kein Kostüm. Niemals.

Ohne den eingebildeten oder tatsächlichen Schutz der Orthesen glotzte man schnell von der 12. Straße aus umringt von Bussen, Bahnen und Fußgängern in den Himmel wie ein Fisch am Haken. Todgeweiht zur Welt gekommen. Schönes Amerika.

Er warf einen Blick auf das Urinal links, dessen Abfluss von Würfelhusten verstopft war, den irgendjemand dort herausgewürgt hatte. Er starrte wie gebannt hinein auf zwei gekräuselte Schamhaare, als sei die Perspektive eine gegensätzliche, und er beobachtete zwei Raben, die unermüdlich über ihm kreisten – an einem friedlichen, WC-Stein-blauen Himmel. Schließlich ging er hinaus in die Bar und beachtete die Blicke der Leute nicht weiter. Verflucht, manchmal musste man, um wirklich etwas zu sehen, selbst gesehen werden.

Kapitel 19

Für Victor Tremulis waren diese Räumlichkeiten der architektonische Traum eines Frank Lloyd Wright. Keine Einzelheit entging ihm, als er den Kopf immerzu um 180 Grad hin und her bewegte, während er die Hände in den Hosentaschen behielt. Nichts ließ er sich entgehen. Wo blieb Mike Surfer?

Er hatte ein gewöhnliches Wohnhaus erwartet, wie sie die Presse in ihren Berichten aus dem angeblich wahren Leben darstellte, wenn es um Stätten für vorübergehend Obdachlose ging. Rick Soll hatte mehrere Artikel über die Suppenküchen in der Gegend um Madison und Halsted verfasst, von denen

Victor wirklich begeistert gewesen war. Dass Zeitungsreporter so persönlich texten durften, sah man nicht häufig. Er schrieb nicht den Standardquark, von wegen so etwas könne uns allen passieren und so weiter.

In den Fenstern las man keine Bibelsprüche in abgeschmacktem Neonrot, nirgendwo an der Fassade hingen Kreuze oder Tafeln mit der Aufschrift, Kriegsveteranen seien herzlich willkommen. Zum Vergleich: Vor der Pacific Garden Mission auf der South State schaukelte ein gewaltiges Kreuz, auf dem *Christus starb für eure Sünden* stand, und an der alten Kino-Leuchttafel des DeRamus auf der Poe Street prangten Zitate aus dem Neuen Testament. Tremulis hatte es begriffen: Hier suchte niemand Seelenheil. Keinem Bewohner stand der Sinn danach, als frommer Gläubiger wiedergeboren zu werden. Jeder Einzelne von ihnen war behindert. Besonders Menschen, bei denen dies von Geburt an der Fall war, wussten sehr gut, dass sie nur eine Chance hatten, ihr Leben in die richtige Bahn zu lenken. Er wäre jede Wette eingegangen, dass niemand hier Alkoholprobleme kannte. Als Kriegsgefangene in zum Schlachtfeld umfunktionierten Körpern waren sie schlimm genug dran. Da konnte er auch von sich selbst sprechen; man brauchte keinen mit Stichen übersäten Arm oder Schrumpfnieren. Nein, vielen Dank auch.

Abgesehen von den Tafeln, die er eben nach der Unterhaltung mit Nutman am Tisch vorne gesehen hatte, faszinierten Tremulis die drei Figuren an der Wand gegenüber neben dem Fahrstuhl. Die Parzen. Schicksalsgöttinnen. *Unglaublich!* Er trat näher, um sie genauer zu betrachten. Wie war das noch mal? Klotho spinnt den Lebensfaden der Menschen, und Lachesis bemisst die Länge. Beide besaßen geschickte Hände und fast liebreizende Gesichter. Die dritte hingegen, Atropos die Unabwendbare, hatte den Mund weit zum Schrei aufgerissen. Es hätte Tremulis nicht gewundert, wenn die Öffnung von den Bewohnern als Aschenbecher zweckentfremdet worden wäre.

Er bemerkte, dass er jetzt im Aufenthaltsraum auf dem Hauptgang stand. Eine Handvoll anderer Männer war bereits anwesend. Auf einem Tablett neben den Sitzgelegenheiten stand eine mit Eis gefüllte Aluwanne, in der Pepsi-Flaschen kühlten. Ein Mann mit längerem, kastanienbraunem Haar saß am Ende einer Couch. Zuerst dachte Tremulis an einen Buddhisten im Lotussitz, doch dann bemerkte er, dass die Hosenbeine leer und lose um seine Oberschenkel gewickelt waren. Daneben hockte ein Blonder mit schwarzer Plastikbrille. Er hatte keine Arme und trug ein weißes Hemd mit Fliege; Victor fragte sich, ob es eine zum Anstecken war. Ein älterer Herr in einem Sessel mit senkrechter Rückenlehne hörte ihnen gespannt zu.

Links von den dreien spielten zwei weitere Pool an einem Tisch mit rotem Filz. Nach seinen Unterhaltungen mit Mike erkannte er den Rothaarigen als Karl, und der mit der Gehhilfe hieß Etchison. Von den Bücherregalen hinter ihnen hingen Grünlilien herab. Bevor Karl stieß, knackte er mit den Fingern, was sich anhörte, als reiße man Wachspapier von einer Kiste aus dem Feinkostladen. Die Eingangstür flog auf, und herein kam ein vertrautes Gesicht von der Straße.

„Brother Preacher Man!“, rief Karl. „Alter Weihrauchschnüffler, komm rein!“

Etch stellte seinem Mitbewohner unauffällig ein Rad seiner Gehhilfe auf den Fuß, damit er einen gepflegteren Ton anschlug.

„Etch, ich muss ...“ Karl unterbrach sich selbst und zog die

Lippen zu einem strahlend gelben Lächeln zurück. „Die drei ist versenkt."

Tremulis verfolgte ihre Partie weiter.

*

Nutman schaute von seinem Lansdale-Roman auf, als der Schatten des Predigers auf die Seiten fiel. Im Übrigen roch er sein Rasierwasser. Aqua Velva. Nachdem er das Buch mit dem Binderücken nach oben auf einen Aschenbecher des *Cry-Eye* gelegt hatte, einer Kneipe auf der Nordseite des Flusses, las Brother Preacher Man den Titel *Nightrunners*. Worüber die Leute so schrieben ... Nutman glaubte wegen der etwas krampfigen Miene, der Reverend habe Blähungen. „Kalt heute Nacht, was?"

„Ja, Colin. Bitterkalt." Er langte in die Brusttasche seines Mantels. „Das habe ich oben beim Theater gefunden. Gehört wohl der einen Frau hier bei euch."

„Ich werd's ihr zukommen lassen." Nutman legte es auf einen Stapel Zeitungen. Obenauf prangte die *Dziennik Chicagoski*.

„Grüß Michael von mir."

„Mach ich, Reverend", versprach Nutman, als der Mann bereits zur Tür ging. Er drückte den elektronischen Öffner, woraufhin das Schloss aufsprang.

Tremulis war wieder zurück zu den Männern auf der Couch gegangen statt zu Nutman, weil er dem Prediger nicht über den Weg laufen wollte. Wo blieb Mike? Er fand das alles zu schräg. Die Männer unterhielten sich über die Morde des Erlösers.

„Als wären wir nicht arm genug dran", bemerkte der Ältere.

„Die Cops kriegen ihn. Wer solche Sachen anstellt wie er mit dem Kerl aus dem Cass, schießt sich irgendwann selbst ins

Knie“, erwiderte der Blonde und streckte zur Betonung den rechten Schulterstumpf nach vorn. „Oh, das war nicht der letzte Mord, glaub mir.“

„Überleg mal, O’Neil.“ Der Beinlose richtete sich an den Blondschopf. „Es ist eher unwahrscheinlich, dass der Killer zur falschen Zeit am falschen Ort ist, im Gegensatz zu den Opfern.“

„Aber darauf spekulieren sie auch nicht, wenn sie den Kerl schnappen wollen, Szasz.“ O’Neil sprach den Namen falsch aus, aber Tremulis konnte sich denken, wie der Mann richtig hieß. Sein Polnisch hatte sich früher bei Buchstabierwettbewerben als Vorteil erwiesen.

Alle Augen richteten sich nun auf den Fahrstuhl, denn Surfer fuhr gerade heraus und am Getränkeautomaten vorbei auf sie zu.

„Mike, bring mir ’ne Flasche mit“, sagte der Älteste in der Runde.

Mit einer Flasche Whisky in der Hand nahm er Tremulis zum ersten Mal bewusst wahr. Er musterte ihn von oben bis unten und wurde unnötig laut, da er weder Beinschienen noch andere Stützhilfen sehen konnte. „Schlag mich tot! Ein Käsebrot im aufrechten Gang lässt sich zu uns herab. Weißer Mann verfolgt Krüppel im Stuhl.“ Er starrte Tremulis unverfroren abschätzig an. „Muss kräftig sein, wenn er ’nen Flammenwerfer festhalten will.“

Der Alte erinnerte Victor an seine Mutter; die Augen beider schüchterten alles und jeden mit Blicken ein. War’s das jetzt wieder? Eine weitere Gruppe, die seine Behinderung nicht erkannte und ihn deshalb nicht als Ebenbürtigen erachtete. Er kehrte ihnen den Rücken und ging weg. Ihre Stimmen, auch Mikes, wurden zu einem Gewirr.

„Ich finde, das mit dem Flammenwerfer ist ziemlich aus der Luft gegriffen, Chuso."

„War das dein Kumpel, Mike?"

„Blut. Es gab kein Blut, Mann."

„Mike?"

„Du bist manchmal ein echtes Arschloch, Chuso, ich sag's dir."

„Nicht gleich hysterisch werden."

„Ach, hör auf!"

Tremulis ging weiter schnurstracks auf die Tür zu. Wem wollte er etwas vormachen in der Überzeugung, er würde hier reinpassen? Mann, was hatte er sich zum Trottel gemacht! Er war so nervös, dass er pinkeln musste. Er hoffte ... nein, eigentlich war es ihm scheißegal, dass sie mitkriegten, wie er in der Tür des Männerklos hinter einem der Billardtische verschwand. Er achtete nicht auf Etchison und Karl. So entging ihm, dass American Dream mit Reve Towne hereinkam.

Kapitel 20

Francis Madsen lag zu Hause und lauschte einer Kassette mit Songs von Buddy Holly. Er war allein, sprach aber mit Vater. Der lächelte andauernd, da er die Pein überstanden hatte, seine ganz persönliche. Lächelte, weil er gar nicht anders konnte, denn sein Kopf war von der Unterlippe an aufwärts verschwunden, übergegangen in seinen Sohn. *Das ist mein Leib, der für euch hingegeben wird.*

„Es war wirklich knapp, Dad", gestand Haid ehrfürchtig. „Ich musste mir selbst in den Arsch treten. Bewegung, Bewegung ... ansonsten hätte ich's vermasselt. *Seil ab oder schieb dich von der Schüssel,* wie du es ausgedrückt hast, immer wenn wir Strip-Poker gespielt haben, weißt du noch?" Er lachte, als er sich an seine erste Entrückung und die darauf folgende Darmentleerung erinnerte. *Seil ab oder schieb dich von der Schüssel.* Müde war er, kicherte herum im Schlafzimmer mit dem Mann, den er liebte. Jener erste Sünder hatte sich aus ihm ergossen wie schwarzes Gold. Auf Öl gebohrt. *Ehe man sich's versieht, ist man Millionär.*

Er durfte lachen. Die Presse hatte ihm vor Augen geführt, dass er die beiden Ersten nicht verdauen konnte, weil sie Diebe waren. Unsinn, eigentlich hatte Vater es ihm erzählt. *Muss ich ständig die Fakten durcheinanderbringen?*

Die Zeitungen behaupteten, irgendein Irrer zersäge überall in der Stadt Behinderte. Zwar beging er Fehler, doch daraus konnte man lernen. Selbst Jesus war nicht perfekt. Tatsächlich wollte Vater nur den guten Teil der Diebe in den Himmel aufnehmen, der noch nicht hoffnungslos verloren war.

„Oh, und dieses Mal musste ich tanzen, Dad." Haid blickte schwelgerisch zu den Kruzifixen an der Wand, schmuckes Silber als Symbol der Vaterliebe. Einst hatte der fettige Schopf des Mannes die Sicht versperrt. „Ja, tanzen. Den ersten und letzten Veitstanz. Der war gut, was?"

Seine Gedanken schweiften zurück zu *Massie's Bar* an der Ecke Damen und Augusta Boulevard. Jeder andere Mensch in Chicago und dem Rest des Landes verband jenen Tag, den 20. Januar 1981, mit der Befreiung amerikanischer Geiseln im Iran. Haid dachte hingegen an das Bekenntnis von Jeffrey DiMusi, er habe den Brand verursacht, bei dem so viele seiner Altersgenossen umgekommen waren. Rückblickend konnte er den Gestank des Feuers nur schwerlich abrufen, wohingegen der faulige Duft der Überreste seines Onkels Vince –

von Vater – ihm anhaltend die Nase kitzelte. Er fragte sich, wann die Nachbarn am Tooker Place anfangen würden, sich deswegen zu beschweren – falls überhaupt jemals.

„Ja, der war gut“, wiederholte er leise. Vince Janssen hätte ihm beipflichtend zugezwinkert, wären seine Augen noch da gewesen.

*

Später ging Haid wieder zur Toilette, weil sein Magen rebellierte. Das Mittel, das er gegen Sodbrennen nahm und direkt aus der Flasche von Walgreens trank, klebte als trockene Kruste an Lippen und Kinn. Die alte Frau hatte ein redliches Leben geführt; kein bisschen von ihr kam wieder heraus. Trotzdem drückte er fest, damit seine Eingeweide sich beruhigten. Dabei grunzte er und presste seinen behäbigen Hintern so kräftig gegen die Keramik, dass er die Klobrille gut und gern hätte abreißen können. Kurz rumorte es. Etwas bahnte sich an, wenn auch nur ein Kügelchen.

Haid ließ den Kopf hängen, sodass der Kreuzanhänger seiner Halskette sich vom Hemd löste und vor ihm baumelte. Auch daran klebte Saft, nachdem er fertig war. Er schlief mit heruntergelassenen Hosen. Vater zeigte ihm, wo er die Hände hinzulegen hatte. An eine Stelle, die sie beide gut kannten.

Kapitel 21

Tremulis wusste nicht, was er von dem Kerl halten sollte, der die Toilette des Marclinn nach ihm betrat. Seine erste Bemerkung lautete: „Trinken Sie bloß nicht aus dem Wasserhahn.“

Er drehte sich um und machte sich angesichts der dämlichen Skimaske auf etwas Aberwitziges gefasst.

„Krankheitsprävention ist genauso wichtig wie Protektion gegen den Abschaum und die Junkies von der Straße, die ihre Großmama an den Metzger verkaufen würden, um ihr verkommenes Dasein einen weiteren Tag im Drogenrausch fristen zu dürfen." Der Satz kam in einem Atemzug, woraus Tremulis schlussfolgerte, dass der junge Mann nicht rauchte.

„Äh ... genau." Er schob sich langsam zur Tür, allerdings nicht, weil er sich fürchtete. War das nicht der Typ, von dem sie manchmal in den Zeitungen berichteten? Die Glühbirne über dem Waschbecken schaukelte hin und her, sodass sein Schatten wie einlullend an den Wänden tanzte. Die Artikel erwähnten indes nie, dass dieser Mensch redete wie ein schlechter Imitator von Adam West als Batman.

Victor erinnerte sich, dass ein Cop im Interview behauptet hatte, er sei mit Zerebralparese zur Welt gekommen und einige Körperteile wären verkümmert. Jedenfalls hinkte er merklich, wobei Tremulis die Actionfiguren der DC-Comichelden von vor ein paar Jahren einfielen. Jeder Charakter besaß eine besondere Fähigkeit, etwa den nuklearen Kraftschlag oder einen computergesteuerten Superkick. Er stellte sich den hier üppig ausgestattet in Plastikverpackung mit Funktionsbeschreibung in dreidimensionaler Schrift vor: *Drücke die Schultern des American Dream zusammen und sieh zu, wie er authentisch humpelt!* Sogleich schämte er sich für diese Idee. Vielleicht half ihm die Verkleidung ein wenig über sein Leiden hinweg. In den Siebzigern hatten DC in ihren Heften mit einer Illustration Werbung in eigener Sache gemacht, die einen von Neal Adams gezeichneten Superman inmitten einer Schar behinderter Kinder zeigte. Wie hätte Tremulis nach drei Jahrzehnten als Comicfan außerdem die Doom Patrol vergessen können? Die Mitglieder dieser Liga haderten stets mit ihren körperlichen Abnormitäten. In seinem ersten Erwachsenentraum hatte übrigens Elastic Girl Rita Farr eine Rolle gespielt, die sich hundert Fuß langmachen konnte und lavendelfarbene Stiefel unter einem rot-weißen Kleid trug. Wie sich der Alltag vieler heimatloser oder an einen Rollstuhl gefesselter Menschen gestaltet hätte, wenn sie nicht mit Batman und seinesgleichen in ihren Lebenskampf gezogen wären, wollte sich Victor nicht ausmalen.

American Dream schaute in den Spiegel und schnitt kurz eine Grimasse. Tremulis sah die gelborange Heizdecke, die ihm locker um den Hals gebunden als Umhang diente. Er wandte den Blick nicht von dem Glas ab, als er sich vorstellte. „Ich bin American Dream, auch bekannt als Evan Shustak ohne zweiten Vornamen."

Tremulis war sich nicht sicher, ob diese Information ihm galt; vielleicht führte der Kerl auch einen schizophrenen Dialog. Er bewegte sich langsam zum Ausgang, während der andere gründlich sein Zahnfleisch am Unterkiefer untersuchte. Gerade hatte er die Tür einen Spaltbreit geöffnet – allerdings ohne einen Blick auf Reve Townes fohlenhafte Schenkel zu erhaschen –, als ein Fluch durchdringend wie der Furz eines Darmkranken durch den Raum hallte.

American Dream fasste ihm an die Schulter. „Moment." Er flüsterte. „Wir sind noch nicht fertig hier. Mike Surfer hat mir erzählt, wer Sie sind." Tremulis kam nicht dazu, eine falsche Identität vorzuschützen, denn sein Gegenüber fuhr sogleich fort: „Warten Sie eine Sekunde." Er ächzte, als er das obere Sweatshirt abstreifte. *Hell's Kitchen NYC* in Rot auf Grau wie das Bekenntnis *Verhaftet mich, bevor ich erneut töte* mit Lippenstift auf Spiegelglas. Ein Collegestudent hatte so etwas 1946 geschrieben und dann eine Sechsjährige zerstückelt. William Heirens und Suzanne Degnan, auf ewig vereint. Darunter trug Shustak ein marineblaues T-Shirt mit dem Aufdruck *Blueberry Hill, St. Louis*. „Es ist wichtig, die Leute glauben zu lassen, man komme aus einem anderen Bundesstaat", orakelte er.

Victor wollte es sich zu Herzen nehmen, wenn das nächste lange Verkaufswochenende bei K-Mart anstand. Hinten war Evan das Shirt aus der Hose gerutscht, sodass man seine Haut sah, verfärbt und runzlig wie die eines lebenslänglich Einsitzenden. In den Gürtelschlaufen seiner Jeans steckte ein ausgefranstes Seil. Die dunklen Flecken stammten entweder von Blut oder Kot. Festgehalten wurde es von einem Doppelknoten an der Hüfte. Tremulis konnte sich gut vorstellen, wie das Ding an der Haut schürfte. An allen Halterungen baumelten Plastiktüten wie Pendel, und diese unverzichtbaren Küchenhelfer waren fast alle prall gefüllt mit unzähligen Pillen oder Lutschtabletten wie die Backen eines Nüsse sammelnden Eichhörnchens.

Shustak strich sich die Kleider glatt. „Ich vertraue darauf, Sie gefahrlos einweihen zu können." Damit trippelte er wie auf Eiern zur Tür und öffnete sie wieder ein Stück. Diesmal erblickte Tremulis Reve Towne und war sofort hingerissen.

„Ich kann mich auf Sie verlassen, nicht wahr?"

„Klar, sicher doch. Dieses Mädchen dort draußen ..."

„Ich stelle sie Ihnen vor, aber denken Sie nicht einmal daran, irgendjemandem ein Sterbenswort ... vor allem nicht dem fürchterlichen Mann von der Achten. Ach, Sie werden sich natürlich nicht von diesem üblen Schurken einschüchtern lassen. Ihnen messe ich mehr Schneid zu als Hinz und Kunz."

„Ach was. Danke." Tremulis kam sich vor, als frage ihn ein Mann auf verlassener Straße mit einem Messer, ob er Cubs- oder Sox-Fan sei.

„Sie sind Mike Surfers Freund", fuhr er fort. „Er verbürgt sich für sie."

Wer zum Henker war der Mann von der Achten? Die Gegend um diese Straße erstreckte sich über zwei Blocks, um Himmels willen.

„Ich beschütze die Stadt vor sich selbst und stehe für die Unschuldigen ein. Erinnern Sie mich daran, dass ich in einer Viertelstunde mein Haldol zu mir nehmen muss. Darf ich Ihnen das *Du* anbieten, wenn's recht ist? Ich glaube, der Gedanke an meinen Erzfeind hat mich wieder ganz kabbelig gemacht."

„Ihr Erzfeind?"

„Der fürchterliche Mann von der Achten natürlich. Manchmal, wenn die Nächte besonders düster sind und die lasterhaften Versuchungen im Schein der Neonröhren besonders infektiös, dann glaube ich, nur seinetwegen zu existieren." Er fasste sich an die Schlinge. „Mein Waffengürtel. Batman brauchte ebenfalls immer einen, sogar als Frank Miller ihn vor vielen Jahren am Ende seiner Laufbahn zum Dunklen Ritter machte. Eine kugelsichere Weste trug er sowie rasiermesserscharfe Batarangs, die er aus dem Handgelenk werfen konnte. Das ist es, womit wir in Zukunft rechnen müssen." Er nickte kurz und ernstlich zur Bekräftigung dieser Offenbarung. Dann fummelte er beidhändig an einem der Beutel, bis er eine blutrote Tablette zwischen den Fingern hatte. „Gegen den Stress", erklärte er und schluckte sie, ohne nachzuspülen.

Letzteres, so schätzte Tremulis, sollte man auch erwarten von einer ernsthaften Geißel des Verbrechens; in einem monatlich erscheinenden Comic wäre American Dream dazu gezwungen, ausschließlich zwischen den Ausgaben auf die Toilette zu gehen.

„Eisenkapseln“, bemerkte Shustak weiterhin.

Tremulis kam sich vor wie der Krankenpfleger des Helden. *In der Zwischenzeit ... im altehrwürdigen Haus Marclinn!* Er wäre überrascht gewesen, hätte er von Blind Justice erfahren, dem ehemaligen imaginären Mitstreiter von American Dream.

„Heute Nacht muss ich die Augen offenhalten. Szasz versucht ständig, mich zum Sitzen zu bewegen, um mich in die Geheimnisse der Zen-Meditation einzuweisen, aber ich halte meine eigene Disziplin für dezisiver. Hüten würde ich mich, seinen Glauben zu kompromittieren, aber Chicago ist eben nicht der Ferne Osten. Selbst Indiana liegt eine halbe Ewigkeit entfernt. Außerdem sind der Schmerz und ich alte Bekannte.“

„Was willst du mir hier begreiflich machen?“ Tremulis bemühte sich, einen geruhsamen Ton beizubehalten.

„Dass ich deine Hilfe brauche, um den Erlöser zu stellen.“

Kapitel 22

„Mike Surfer liest gerne Kriminalromane.“ American Dream verließ die Toilette gemeinsam mit Tremulis. „Ich komme viel herum, spitze die Ohren und finde Dinge heraus, die ihm verborgen bleiben. Er hat einen Wasserkopf, weißt du?“

„Ja“, bestätigte Victor und suchte den Raum nach dem Mädchen ab, das er vorhin gesehen hatte. Surfer rollte heran, wobei sein Shunt auf und ab wippte wie einer jener Plastikvögel, die man an Trinkgläser steckte. Ihm wurde bewusst, dass er überhaupt keine Ahnung davon hatte, wie man Beziehungen führte und Freundschaft schloss. Vielleicht hätte er sich Mikes Freunden zu Anfang ordentlich vorstellen sollen. Jetzt stand er wie der letzte Trottel da, während der Schwarze durch den Raum auf ihn zu fuhr mit einem Plastikstecker im vor lauter Anstrengung angeschwollenen Hals.

„Schön, dass du es geschafft hast, herzukommen!“ Er wirkte fahrig. Sein Finger zitterte, als er ihn auf den Shunt drückte, um sich verständlich zu machen. „Wollte eigentlich nicht so lange oben bleiben. Ich kam gerade runter, da meinte Colin, du seist auf dem Klo.“

Tremulis hatte den Eindruck, der Mann habe geweint.

„Hab eins von Reggie Givens Lottoheften in die Finger gekriegt“, entschuldigte sich Surfer, wie um Victors Frage vorwegzunehmen. „Er war schon auf und davon, als die den ersten Toten gefunden haben. Je länger ich darüber nachdenke, desto mehr Angst hab ich, er ist diesem Erlöser auf den Leim gegangen. Sollte die alten Polizeischinken wieder lesen; hebt die Stimmung.“ Obwohl das Ende des Satzes in einem Gurgeln unterging, gelang ihm noch ein schiefes Lächeln.

Tremulis vermutete, Surfer habe etwas getrunken, so schnell, wie er den Freund vergaß, dessentwegen er gerade eben noch so besorgt gewesen war. Andererseits konnte es auch an irgendwelchen Medikamenten liegen.

„Sag mal, hat Evan dir eigentlich schon Reve vorgestellt?“

„Wollte ich gerade, Mike.“

Jetzt, da er ihn auch mit Surfer vergleichen konnte, bemerkte Tremulis, wie jung Shustak noch war. Er betrachtete ihn und fragte sich, wo er die Skimaske verstaut hatte.

„Sie ist die einzige Frau heute Abend, weil Gramma bei ihrer Sippe ist und Cat Townsend für ’ne Woche wieder in Ohio.“

Surfers Mundwinkel verklebten. „Da hast du sie, hinten bei der Stereoanlage."

Victor schaute hinüber. Reve Towne steckte gerade eine Kassette in einen gewaltigen Ghettoblaster beziehungsweise eine Boombox, wie Landeier die Geräte nannten, die noch nie etwas von der Großstadt gehört hatten. Er versuchte, unbeeindruckt zu wirken, doch dummerweise galt sein erster Gedanke der Möglichkeit, mit ihr auszugehen, weil er ein Kumpel von Mike und American Dream war. Passend zum Motto der Feier erklang nun *Surf City* von Jan & Dean: *Let's race all the way, to Deadman's Curve ...* Tremulis ertappte sich beim Mitsummen und ging zaghaft mit.

American Dream bemerkte, dass Reve ihre Jacke noch nicht ausgezogen hatte. „Wo ist mein Benimm?", fragte er in bedauerndem Ton, wie Victor es noch nicht gehört hatte. „Ich hätte dir aus deinem Gewand helfen sollen." Er ging auf sie zu, woraufhin Tremulis zur Seite trat, bis Surfer ihm mit einem Wink bedeutete: „Nur zu, Junge."

Evan holte mit dem Arm aus, den sein Schulterpanzer behinderte. „Reve Towne, darf ich vorstellen? Victor ..."

„Tremble. Vic Tremble", sagte er ihm vor, und American Dream nahm es dankend an. Dann ließ er sich ihre Jacke geben und brachte sie mit verrutschtem Umhang an den Schreibtisch beim Eingang.

„Nett, dich kennenzulernen", erwiderte Reve.

Tremulis zauderte, und der Moment war dahin. Typisch für ihn. Er starrte auf die handlichen Brüste unter ihrem T-Shirt, als sie zu den Billardtischen zeigte. Reve hatte einen Pagenschnitt, wie man ihn in dieser Saison überall in den Modezeitschriften sah. Eine türkisfarbene Spange aus Plastik hob sich stark gegen ihr glänzend schwarzes Haar ab. Dabei dachte Tremulis an ein Flussufer bei Nacht, eine Szene wie auf Ansichtskarten. Mit ihrem Hintern konnte er jedoch keinen Vergleich bemühen, den nicht schon hundert andere Kerle zuvor gezogen hatten. Nelson Algren hätte ihn fatal genannt, Elmore Leonard vermutlich lapidar eine süße Kirsche. Victor Tremulis hingegen hatte alle Poren voll zu tun, Schweiß abzusondern.

Der Wandspiegel neben den drei Parzen ermöglichte ihm, sie von vorne zu sehen. Auf ihrem weißen Shirt grinste der Joker in Grün und Weiß. In diesem Jahr feierte Batman seinen fünfzigsten Geburtstag, und Jack Nicholson würde den Erzfeind des Rächers auf der Leinwand verkörpern, also galt der Grünhaarige mit der irren Kalkleiste momentan als heiße Ware. Dennoch hätte Tremulis gern gewusst, ob sie das Leibchen nur trug, um American Dream einen Gefallen zu tun. Die fiese Visage war linksseitig ausgerichtet, sodass Reves Brust den spitzen Haaransatz zusätzlich betonte. Rechts war das Motiv mit bunten Hahas ausgefüllt. Die Augen des Jokers platzten fast vor roten Adern, die der jungen Frau hingegen waren braun und zeugten von Heiterkeit. Tremulis konnte sich vorstellen, dass sie Kontaktlinsen trug.

Reve wechselte das Tape, und statt Strandparty herrschte nun Cocktailstimmung. Sinatra fabulierte etwas vom steten Sommerwind, während sich mehrere Haarsträhnen aus der Spange lösten und über ihre gekräuselte Stirn fielen. Die Kassette war wohl einer der allgegenwärtigen Best-Of-Irgendwas-Sampler, da auch The Rivieras Süßholz raspelten und Spaß haben wollten in ihrer California Sun. Reve hätte fürwahr fabelhaft ausgesehen am Oak Street Beach, aber hier drin schindete sie nicht weniger Eindruck, und aus unerfindlichem Grund hörte Tremulis das Geräusch in Zeitlupe losgehender

Fotoblitze. Sie hatte sich weder geschminkt noch die langen Fingernägel mit Lack verschandelt.

Gegenüber schlug O'Neil seine Armstümpfe im Takt gegen die Sofakissen. Mike war unterdessen nach vorne zu Nutman gefahren, um seinen Shunt durchzupusten.

„Where the days are short and the nights are long, and they walk, and I walk ..."

Reve lautete ihr Name also, ausgesprochen *Ri-wai*. Das musste er sich hinter die Ohren schreiben; der Name musste sitzen. Lange, von der Stadtlandschaft gestärkte und wohlgeformte Beine in verwaschenen Jeans. Wunderschöne Beine am Strand, dunkel gebräunt, wie er ahnte. Auch wenn sie vorerst noch blass sein mochten: In der ersten Maiwoche würde sich das ändern. Er selbst konnte mit dem rechten Arm in der Sonne nichts reißen; die dreieckige Narbe, die seine Babysitterin verschuldet hatte, wurde während der Sommermonate nur zu einem blassen Fleck auf unwesentlich dunklerer Haut.

Jetzt geriet er in Wallung, beäugte nicht mehr ihre Brüste, nach der sich jede Tänzerin verzehrt hätte, sondern ein verkümmertes, runzliges Hirngespinst, das an ihrer rechten Schulter baumelte und eigentlich ihr Arm hätte sein sollen. Muskeln und Fleisch sahen wie geschrumpft aus, als hätte man sie zu lange in der Mikrowelle gelassen. Wie Eiskappen in öder Tundra ragte der Großteil der rauen Ansatzfläche des Oberarmknochens hervor, walzenförmig und mit gräulicher Haut überzogen. Genauso in Beschlag genommen war Victor von der Phantasie, wie sich ihr gleichfalls missgebildeter Unterarm krümmte, sodass die Hand daran wie eine bloße Kralle aussah. Das Glied zuckte im Abstand von etwa fünf Sekunden und fuhr nach oben, um das Schlüsselbein zu berühren, was den Eindruck vermittelte, sie versuche zaghaft, das Gesicht des

Jokers wegzuwischen. Tremulis verliebte sich in diesen Anblick, und als sie dann zu ihm aufschaute, hoffte er, dass er nicht rot wurde.

Die Innenstadt draußen war zur Kältekammer geworden, der Wind in ihr Zentrum gefahren, um einen Hort für die Nacht zu finden. Die Straßen leerten sich, abgesehen von Kleinkriminellen und Drogenhändlern. Im Marclinn indes ließ man es sich bei anhaltender California Sun gut gehen.

Kapitel 23

Tremulis war stolz, nur weil er es geschafft hatte, eine Konversation vom Zaun zu brechen. Jetzt ging er zu Surfer hinüber, doch das Gespräch verlief stockend, weil Mike anscheinend traurig war, während Tremulis nicht aufhören konnte, an Reve zu denken, besonders seit er ihre Missbildung gesehen hatte. Schlussendlich verabschiedete sich Surfer und fuhr zu den Lilien, um ein wenig zu ruhen. Victor ärgerte sich darüber, dass er genau dies nicht konnte – entspannen.

American Dream trat mit dem Mädchen vor den Billardtisch, an dem Etch und Karl mit einer Partie Cutthroat zugange waren. Der Chronist des Marclinn zupfte an seinem melierten Bart und zog die rechte Augenbraue hoch, während der Rotschopf die Neun im rechten Eck versenkte. Tremulis trat näher. Der Duft auf Reves Haut ließ ihn geradezu hyperventilieren. Ihr schwarzer Schopf bedeutete ihm die Nacht, die Augen Zwillingsgestirne, die ihn besänftigten und davon abhielten, zur Toilette zu rennen. Sprach sie, wandte er das Gesicht ab und konzentrierte sich auf eine Hängepflanze. Dann zurück zu ihrem Gesicht. Immer wieder dieses Gesicht ...

„Irgendwann müssen wir beide einmal gemeinsam auf Nachtstreife gehen", steckte American Dream ihm beiläufig.

„Toll, dass du Mike geholfen hast", warf Reve ein. Sie klang ausgelassen, obwohl die Jüngeren nüchtern blieben. Nichtsdestoweniger berauschte bereits die Atmosphäre allein, wie so oft im winterlichen Chicago, wenn man drinnen zusammenkam. Ihre Stimme klang nach Saisoneröffnung im Baseballstadion Wrigley Field, voller Zuversicht gegen alle Unbill; die Cubs waren immerhin zum letzten Mal Meister geworden, als die USA Hiroshima und Nagasaki bombardiert hatten. Lange hatte er keine einzige behinderte Frau gesehen – permanent entstellt, wohlgemerkt. Allmählich vermutete er, sie sperrten sich daheim in verschlafenen Vorstadtsiedlungen ein.

„Mike hat gemeint, du hättest ein Problem mit deinen Muskeln", begann sie.

„Ich ... hatte ziemlich zu schlucken deswegen." Er ließ den Kopf hängen wie ein Problemschüler, der vor den Direktor treten musste, weil er den Schulhof mit Schneebällen unsicher gemacht hatte. „Meine Ärzte enthalten mir eine vollständige Diagnose vor. Rückenschmerzen, Zuckungen im Hals, solche Sachen. So ähnlich wie ..." Er wollte es nicht mit dem Leiden vergleichen, das er ihr im Geiste andichtete.

„Wahrscheinlich wussten die Schlaumeier selbst nicht, was sie davon halten sollten, und haben dich an einen Psychoanalytiker verwiesen, um ihre eigene Unfähigkeit zu kaschieren", rief American Dream vom Tisch aus. „Ging mir mehr oder weniger genauso." Der Kostümierte kratzte sich rasch fünfmal am linken Handgelenk unter der Orthese, was wie ein billiger Kamm im Haar eines Toten während der Präparation beim Bestatter klang.

Er hatte den Nagel auf den Kopf getroffen, aber musste er

das tun, indem er sich mit ihm verglich? „Ein Neurologe in Berwyn hat mich 1984 einer Computertomografie unterzogen und die Symptome als psychosomatisch bezeichnet, nur um mir dann eine Rechnung von 480 Dollar aufs Auge zu drücken." Tremulis fand, dass er jetzt, da er ohnehin bereits tief genug drinsteckte, nicht mehr hinter dem Berg halten musste. Auch war es egal, wie viele Abgründe Reve entdeckte; er hatte so oder so nicht die geringste Chance, bei ihr zu landen.

„Ich besuche nach wie vor einen Psychiater", erwiderte American Dream. Tremulis hätte lieber gewusst, wie er es aushielt, ununterbrochen diese Teile an den Händen zu tragen. Woher bezog er überhaupt die notwendige Kohle? „Der Staat spendiert mir eine Invalidenrente", hängte er wie auf Kommando an, also noch eine Frage: Konnte er hellsehen? „Mein Kopfdoktor heißt Kal-El Wagner und unterhält eine Praxis im Garland Building drüben auf der Wabash." Das war Supermans Name auf seinem Heimatplaneten Krypton. Nun denn, zumindest nannte er den Seelenklempner nicht Elvis.

Reve wandte sich an ihn: „Wie wirkt sich dein Problem im Umgang mit anderen Menschen aus? Bestimmt haben dir schon genug Leute gesagt, dass dein Gebrechen weniger auffällig ist, etwa im Vergleich zu Mike oder auch Colin. Ich habe auch nicht den Eindruck, dass du es an die große Glocke hängst."

Warte nur, bis wir draußen sind und ich mir selbst die Ellbogen in die Rippen ramme, hätte er fast gesagt.

„Ist dir die Frage unangenehm?"

„Ich stehe ständig auf der Kippe." Es half ihm, sich erneut vorzustellen, sie habe einen spastischen Arm. „Pass auf, am besten erkläre ich es so: Du greifst nach einem Glas Mayonnaise im Kühlschrank, befürchtest augenblicklich, der Deckel sei nicht richtig aufgedreht und das Glas ginge zu Bruch. Dann die Erleichterung, denn du weißt, dass es fest verschlossen ist und nicht fallen wird. Kein Kleckern, keine Scherben. Ich fühle mich hingegen ohne Unterlass so wie in jener Schrecksekunde." Kaum zu fassen, dass er das ohne Stottern hervorgebracht hatte.

„Jetzt halt mich fest!", kiekste Reve mit weit aufgerissenen Augen. „Was für ein genialer Vergleich!"

„So bin ich eben gepolt", behauptete er. „Hilft mir in schwierigen Zeiten. Ist ein Drahtseilakt."

„Alles auch eine Frage der Größe des Glases", philosophierte American Dream, indem er wohl fernöstliche Mystik mit Konsumverständnis verknüpfte.

„Nette Analogie", lobte Reve, um sich gleich wieder an Tremulis zu wenden. „Interessant, das mit dem Drahtseil. Ich selbst glaube andauernd, ich falle aus einem Hochhaus, dann höre ich den Wind durch meine Kleider sausen, und je näher die Erde kommt, desto deutlicher sehe ich all die Gesichter und Hüte, die vom Aufschlagpunkt zurückweichen, damit meine Innereien sie nicht bespritzen."

Sie verzog das Gesicht, und Tremulis war sich nicht sicher, ob vor Ekel oder weil sie bedauerte, es überhaupt erst zur Sprache gebracht zu haben. Er war froh, dass er sich nicht traute, seine tatsächlichen Ansichten zu offenbaren – dass er glaubte, Gott hielte ihm eine geladene .44er an die Schläfe und zwinge ihn dazu, der Welt einen Blowjob zu verpassen. Sobald die Erde oder seinethalben auch nur Chicago endlich abspritzte, würde der Gute Hirte keine weitere Verwendung mehr für ihn finden und ihm trotzdem das schäbige Stricherhirn wegblasen.

Mike Surfer schaute in seine Richtung und dachte wahrscheinlich, der Käse sei nach diesem Wortwechsel endgültig gefrühstückt, als die anderen sich geschlossen umdrehten. Da bemerkte jedoch auch er die beiden Cops, die eingetreten waren. Das Tape spielte gerade *Lake Shore Drive* von Aliotta, Haynes & Jeremiah; der Gassenhauer hatte das vertraute Geräusch der Türautomatik übertönt. Die besondere Tragik dieser Szene bestand darin, dass alle Anwesenden glaubten, die Männer seien aufgekreuzt, weil sich jemand über irgendwelchen Lärm beschwert hatte.

Kapitel 24

Rizzi und Morisette waren auf Henry Jerricksons Anruf hin losgezogen. Grammas Neffe hatte sie nicht vor dem Theater gefunden und angenommen, die Witterung sei ihr zu arg gewesen. Also war er zu seiner Wohnung im Monticello Building zurückgekehrt, hatte sich die Freitagabendkomödien auf ABC angesehen und drei Flaschen Amstel Light getrunken, ehe ihm Schuldgefühle gekommen waren. So hatte er im Heim anrufen und nachhaken wollen, weshalb Tantchen abkömmlich gewesen war. Allerdings hatte er feststellen müssen, dass er nach so viel Smalltalk über ihr Leben dort, zumal er öfter als einmal nur flüchtig zugehört hatte, einfach nicht auf den Namen des Hauses kam. Mackey oder MacLachlan gab es auf der Randolph Street laut Vermittlung jedenfalls nicht. Nach einem kurzen Blick in die Gelben Seiten hatte er eingesehen, dass er eine Menge Zeit mit dem Durchgehen der Listen für Wohnheime, Pensionen und Hotels verplempern konnte. Zudem lief um Viertel vor zehn *Hautnah verfolgt* auf HBO, und er hatte gehört, Diane Lane zeige in dem Streifen ihr Gehänge. So hatte er die Nummer des Bürgertelefons für den Bezirk um State

Street mit dem Gedanken gewählt, es könne nicht schaden, den Rollstuhl seiner Verwandten zu erwähnen, weil dieser Serienmörder immer noch umging. Er hatte darum gebeten, die Streifen auf der Randolph sollten nach dem Rechten sehen. Schließlich köpfte er eine weitere Flasche Amstel Light und sah sich besagten Film über einen besessenen Frauenkiller an.

Lange Rede, kurzer Sinn: Nach zehn wurden die beiden Polizisten im Marclinn vorstellig. Lester Rizzi übernahm das Wort, weil Morisette die sauberere Handschrift hatte. Ersterer zeigte lichtes, graues Haar und eine Frisur, die man ihm scheinbar bei Black & Decker auf der North Avenue gefräst hatte. Abgesehen von einem Grübchen am Kinn war sein Kopf ein glatter Quader. Wenn er seine schmalen Lippen schürzte, sah der Mund aus wie eine Stichwunde. Die rechte Hand behielt er in der Tasche seiner Lederjacke, während er sprach, und nach jeder Frage gestikulierte er wild mit der anderen wie ein neurotischer Komiker.

Al Morisettes schwarzer Schopf trug noch keine Anzeichen von Grau und duftete nach Haargel. Er war der Ältere der beiden; Chicagoer Cops ließen sich durchaus anhand ihres Aussehens auf ein bestimmtes Alter abschätzen, aber ihre Haarfarbe spielte dabei eine untergeordnete Rolle, genauso wie die Geschichten, die sie erzählen konnten, sowie ihr Donut- und Kaffeekonsum. Nein, man erkannte es an ihren Augen. Angreifbar waren sie in ihrem Job zuallererst dort, nicht etwa an der Halsschlagader. Die Augen mussten allzu häufig in Schnapsgläser starren, ganz zu schweigen von den Kanonen, die man ihnen vorhielt.

Der ältere Cop war bleich und kaum stoppelig im Gesicht; ein Comiczeichner hätte die Mundpartie großzügig schraffiert. Seine schwarzen Augen schauten immerzu gehetzt drein und jedem hinterher, während er sein Notizbuch in makelloser Schrift zukleisterte. Tremulis fand, dass ihm Morisette, hätte er die Marke verloren, die an seiner rechten Brusttasche prangte, und vielleicht noch einen Krawattenschal über seinem Hemdkragen angezogen, wie Lon Chaney in einem beliebigen Dreißigerjahre-Film aus den Universal Studios vorgekommen wäre. Angst vor dem Einschlafen. Angst vor dem Vollmond, der die Stadt, in der er arbeitete, noch unberechenbarer machte.

Tremulis führte Rizzis graues Haar ferner darauf zurück, dass der Cop derart viel Sinnlosigkeit in dieser Stadt gesehen hatte, dass er versuchte, möglichst rasch alt zu werden, um in den Ruhestand zu treten.

„Wohnt eine gewisse Wilma Jerrickson in Ihrem Heim?", fragte der Beamte.

Die meisten Bewohner waren näher getreten oder nach vorn gerollt. Hätten sie ein Rennen veranstaltet, wäre Surfer knapp Dritter hinter Lucas Winter geworden. Als Rizzi die Frage stellte, hielt er an. Seine Hand legte sich wie magnetisch angezogen auf den Shunt. „Gott, Gramma ist was zugestoßen!"

„Reden Sie schon!", bat Colin Nutman hinter dem Schreibtisch. „Worum geht es?"

Tremulis, Reve und American Dream rückten noch näher. Das Mädchen berührte die Handgriffe von Mikes Stuhl. Rizzi musterte sie kurz, dann richtete er sich an Evan: „Was soll der Aufzug?"

„Officer, auf Menschen wie mir ist diese Stadt gebaut", posaunte dieser, als stimme er gleich die Nationalhymne im Stadion an.

Rizzi, der American Dream bereits ein paar Monate zuvor auf Streife mit Ben Christopher begegnet war, warf seinem Kollegen einen seiner patentierten Stadtbulle-zieh-dir-das-rein-Blicke zu, derweil seine Zunge auf Erkundungsreise am unteren Zahnfleischrand ging.

Alle warteten darauf, dass er es aussprach: „Ich bin American Dream." Hinter dem Kostümträger sah Reve Towne zuerst Victor an, dann Mike. Tremulis hing an Evans Lippen, während Mike zitterte, weil er es ahnte – genauso wie sie.

„Sie machen uns Ihre Aufwartung, weil Sie den Erlöser zur Rechenschaft ziehen möchten", sprach American Dream schließlich.

Morisette setzte den Stift an, schrieb aber nichts.

„Müssen Sie unbedingt reden wie ein Theaterschauspieler?", erwiderte Rizzi, während er sich im Raum umschaute.

Tremulis vermutete, der Mann hielt – warum auch immer – irgendjemanden unter ihnen für verdächtig. Dann folgte er seinen Blicken und sah Surfer, der gerade im Begriff war, völlig abzuschalten. Er hatte häufig genug versucht, sich in eine alternative Wirklichkeit zu flüchten, war also ziemlich geübt darin. Chuso, der Victor zur Begrüßung abgekanzelt hatte, blieb taktvoll wie immer: „Haben vorhin erst über den Wichser mit dem Feuerkolben gelabert."

„Schätze", begann Rizzi, der den Blick seines Partners erneut suchte, „der nette Empfang hier bedeutet, dass die Frau zu ihren Mitbewohnerinnen gehörte."

„Gehört", berichtigte Morisette, allerdings nicht schnell genug. „Wir haben keinen Hinweis ..."

„Bitte, sie ist doch nicht ..." Surfers Röcheln war kaum hörbarer als das eines Bußfertigen während der Letzten Ölung. Lucas Winter legte ihm zuerst eine Hand auf die Schulter.

Nutman stieß einen lauten Seufzer aus. „Ist es ein Herzinfarkt? Sie ist gestürzt und ..."

„Nun, möglicherweise ist das der Fall, aber ..." Morisette wollte den Schwarzen beruhigen. Er fühlte sich mies, weil er versuchte, den mutmaßlichen Tod einer Frau angenehmer für sie alle klingen zu lassen, indem er eine Herzattacke vorschob.

„... und sie bekommt die Hüfte geklammert und wir können sie im Henrontin besuchen und Jesus, oh bitte ..." Mehr Worte bekam Surfer nicht heraus. Speichel schäumte aus der Öffnung am Hals und seinen Mundwinkeln.

„Also, wir sollten ganz vorne beginnen, okay?" Rizzi drehte sich zu Morisette um, als wäre dieser Gerichtsschreiber und er Oberstaatsanwalt. Er spürte intuitiv, dass der Erlöser gerade wieder auf der Pirsch war. Diese unwirtlichen Nächte mochte er anscheinend, weil er darauf aus war, besonders Unentwegte zu strafen. „Wir erhielten einen Anruf von diesem Mann. Wilma Jerrickson war ... ist angeblich seine Tante."

Tremulis dachte bei dem Wort wieder an Dante.

„Ist ihr Neffe." Surfers Mund bewegte sich wie frisch mit Sekundenkleber verschlossen.

„Genau. Ganz, ganz, ganz genau." Rizzi klang, als schleppe er eine Kiste voller *genau* die Treppe hinunter und ließe sie fallen. So zumindest spann Victor es sich zurecht. „Lassen Sie mich bitte fortfahren."

Nutman trug sein Scherflein bei. „Fingerspitzengefühl ist nicht Ihre Stärke, was?"

„Begreifen Sie doch", entgegnete Morisette. „Da draußen läuft ein verdammter Serienkiller herum."

„Und ich verstehe sehr gut, dass Sie alle große Stücke auf Unabhängigkeit halten", sprach Rizzi zu Ende, wie er es auch beabsichtigt hatte. „Aber hat niemand von Ihnen auch nur kurz daran gedacht, gemeinsam mit ihr draußen zu warten? Das ist der springende Punkt; ihr Neffe glaubte, sie hätte es sich wegen des Wetters anders überlegt. Erst hinterher hielt er es für angebracht, sich nach ihr zu erkundigen."

„Sie hat nicht vor dem Theater gesessen?", fragte Nutman, ihm fiel das Büchlein ein, das der Prediger abgegeben hatte.

„Wir haben uns noch einmal vergewissert, bevor wir herkamen. Kein Stuhl. Nichts", führte Morisette aus. „Die junge Frau, der das *Deadline* gehört, hat uns gesagt, Jerrickson wohne hier."

Reve hatte eine Dose Miller High Life aus einem der Schränke genommen und öffnete sie mit einem lauten Zischen, sodass alle zusammenzuckten. Tremulis dachte, sie sei für Mike, doch Reve selbst war es, die drei kurze Schlucke nahm. Wieso schwiegen sie sich jetzt gegenseitig an? Mike sollte sich wieder zu Wort melden. Hatte er denn nichts weiter zu sagen?

„Gramma wollte draußen nie jemanden um sich haben, weil sie es als Ruhezeit auffasste", begann der Schwarze endlich. „Aber ich schwöre bei Gott, zur Rushhour hockte sie genau an der Stelle dort an der Ecke!"

„Stimmt das?", hakte Rizzi nach, als wüssten sie es vielleicht besser.

„Bringen Sie mich bloß nicht dazu, Sie alle einzeln zu verhören", mahnte Morisette. Er hatte sich auf Tremulis, Evan und Reve eingeschossen. „Gehen Sie denn überhaupt nie vor die Tür?"

Victor war niedergeschlagen; die drei galten als Verbrecher, weil sie keine offensichtliche Behinderung hatten.

„Vielleicht sollte mal wer auf der State nach ihr schauen." Etch hatte gesprochen, was er als stilles Wasser sehr selten tat. „Kann doch sein, dass sie Weihnachtseinkäufe gemacht und darüber die Zeit vergessen hat."

Rizzi hörte ihm nicht zu. „Wir sind unter anderem hergekommen, um herauszufinden, wie sie heute angezogen war."

Während der Diskussion ging die Tür auf, und herein kam Blackstone Shatner, den im Viertel niemand sonderlich mochte. Er grummelte vor sich hin, während eine Bö Zeitungspapier über den Teppich im Foyer wehte. „Hab sie gesehen, ja!" Er sprach von Screaming Mimi, einer zahnlosen Prostituierten, aber die Cops bezogen es auf Wilma.

„Wann und wo?", fragte Rizzi.

„Na wo wohl? Da draußen." Shatner war verdattert, weil er keine Polizisten erwartet hatte. „Uhrzeit, Schmutzfink!", blaffte Rizzi.

Blackstone grinste, damit sich jeder des fortgeschrittenen Stadiums seines Zahnfleischschwunds versichern konnte. „Hmm ... Ich glaub, es war so zwischen zwölf und null Uhr!" Er bekam vor lauter Lachen kaum Luft.

„Sei bloß froh, dass wir nicht Hand anlegen dürfen, Freundchen", ätzte Rizzi.

Morisette hatte fein säuberlich notiert, wie die alte Frau angezogen gewesen war. Dann hielten sie es für das Beste, abzurücken. Shatner stolperte über seine eigenen Füße, während er versuchte, vor ihnen hinauszugehen.

„Was sollen wir jetzt tun?", fragte Reve, als sie wieder unter sich waren.

„Weißt du, sie haben recht", erwiderte American Dream.

„Womit? Dass wir uns hier in 'nem Elfenbeinturm eingenistet haben?"

Evan verneinte Slappys Bemerkung, dann nahm er sich kurz Zeit, sie alle nacheinander anzuschauen. „Er hat recht damit, dass wir glauben, der Erlöser könne uns hier im Heim nichts anhaben. Keiner von uns glaubt das."

„Amen“, flüsterte jemand. Nicht Tremulis, aber es hatte ihm auf der Zunge gelegen.

*

Zehn Minuten später standen sie zu dritt in der Gasse. Ihre Schatten fielen unter dem Licht in alle vier Richtungen. Tremulis bot Reve an, sie an der Hand zu nehmen, während sie durch den Matsch wateten. Dass sie einwilligte, überraschte ihn dann allerdings doch.

„Ich erblicke nichts“, sprach American Dream und hauchte sich in die Handflächen. „Welche Hypothese ersinnst du, Vic?“

„Ich? Ich habe sie doch kaum gekannt.“ *Mist!* Etwas Gescheiteres fiel ihm vor Reve nicht ein?

„Ev.“ Die junge Frau zeigte den Weg hinunter bis zur Einfahrt in die Randolph Street. Die Tür des Trailways-Busbahnhofs war in blau-rotem Neon ausgeleuchtet. „Vielleicht hat sie gefroren und wärmt sich jetzt dort auf.“

Wenige Minuten, und die drei fanden Wilma Jerricksons Rollstuhl. Noch etwas später schüttelten Rizzi und Morisette die Köpfe, da keiner der gut zwölf Leute, die auf Busse nach Bellair und Louisville warteten, sich entsinnen konnte, wie es dazu gekommen war, dass niemand mehr auf dem Sitz hockte. Am nächsten Morgen entdeckten Müllmänner, die die Tonnen hinter dem *Deadline* leerten, den verkohlten Fuß der Frau, die man als *Gramma* gekannt hatte.

Teil II

1988/89
Die letzten und die ersten Tage

Kapitel 25

Wochen vergingen. So geschieht es immer, wenn es um unbedeutende Einzelschicksale geht. Ein neuer County Officer wurde ernannt, und Miss A traf Miss B an der Wahlurne in der Nähe der Wohlfahrtsstätte der Knights of Columbus auf der Kingsbury. Gott, wann hatten sie sich das letzte Mal gesehen? Muss zur Hochzeit der Mavros gewesen sein. Paul lief Jim über den Weg und hielt es für gegeben, dass sein alter Pendlerfreund den Bürojob im Dirksen Building gekriegt hatte, fand dann jedoch überrascht heraus, dass Jim sich gerade von einer Salmonellenvergiftung erholte, die er sich während eines Skiurlaubs in Wisconsin eingefangen hatte. Und hey, wusste Jim eigentlich, dass Fred Gingrus beim Autofahren einen epileptischen Anfall bekommen hatte und tödlich verunglückte, als er vom Edens Expressway stürzte?

Sicher doch.

Im März 1989 sollte es zu einer außerordentlichen Bürgermeisterwahl in Chicago kommen, was man zunächst angefochten hatte, nachdem Harold Washington zu Thanksgiving hinter seinem Schreibtisch an einem Infarkt gestorben war. Ein bekannter Massenprediger schickte einem gewissen Dr. Michael Surles, dem schätzenswerten Dr. D. Etchison sowie den übrigen respektierten Spezialisten im Marclinn einen Brief, wobei er Porto einsparte, weil er sich an *Mediziner* richtete. In dem Schreiben bat er um eine Spende der lieben Herren Chirurgen – oder was auch immer sie dokterten – für den anstehenden Gerichtsprozess von Oliver North im Zuge der Iran-Contra-Affäre. Wilma Jerrickson, die auf ihrem maschinell erstellten und selbstklebenden Label aus dubiosen Gründen keinen Doktortitel besaß, erhielt posthum die gleiche Petition. Colin Nutman entsorgte sie ganz prosaisch im Papierkorb.

Am 14. Dezember wurde Erwin *Smooth Tee* Truvillion festgenommen, weil er mit Diebesgut gehandelt hatte. Er plädierte auf nicht schuldig und behauptete, die Cops hätten ihn gezwungen, die Klunker als geklaut anzugeben, obwohl das Zeug sauber war, und überhaupt habe der eine Saftsack, Conover hieß er, dem guten *Tee* gehörig das Fressbrett poliert. Richter Earl Straylock glaubte, während Erwins Aussage Hirnkrämpfe zu erleiden. Später in jener Nacht durfte *Tee* das Gefängnis verlassen. Reverend Latimore war seiner Seele gnädig gewesen und hatte ihm aus der Patsche geholfen.

Am 16. des Monats fand man an der Unterführung Salt Street einen teilweise verwesten Leichnam. Der gerichtsmedizinische Assistent Bervid gab Unterkühlung als mögliche Todesursache an. Was wie bewusste Zerstücklung aussah, sei wohl in Wirklichkeit streunenden Hunden geschuldet, die den Toten gerissen hatten, ehe er steif war. Ferner entdeckte man in jener Woche einen Rollstuhl in der Nähe des Pfarrheims Our Lady of The Lake auf der Sheridan Road. Das Morddezernat Area 4 war sich jedoch sicher, dass der Killer nur das Stadtzentrum unsicher machte. Nichts an besagtem Stuhl deutete darauf hin, dass er in jüngster Zeit benutzt worden wäre.

Die Temperaturen fielen als Vorzeichen dessen, was sich weiterhin anbahnte, auf minus 35° C. Obwohl alle Involvierten – auch die Straßenpolizisten inklusive der Detectives Daves und Petitt – das Bein zuordnen konnten, das man am 10. Dezember in der Einfahrt zum Benton Place aufgelesen hatte, flog der obere Rechtsmediziner von Cook County einen Anthropologen aus Indianapolis ein, der Untersuchungen im Leichenhaus an der Harrison Street durchführen sollte.

Die Bewohner des Marclinn hielten einen provisorischen Gottesdienst ab, und Mike Surfer zündete die ganze Woche lang jeden Tag eine Weihkerze vor der Statue der Heiligen Dymphna an der Westwand des St. Sixtus an.

Die wahrscheinlich bitterste, weil unpersönlichste Aktion folgte jedoch erst am 20. Dezember, als die Stadt 24,4 Millionen Dollar Subventionen für drei ohnehin betuchte Bauträger lockermachte, die in dem Block, zu dem das Marclinn gehörte, einen Komplex hochziehen sollten. Dies war der teuerste Anreiz zur Stadterneuerung in der Geschichte Chicagos. Im Kern bestand das von Architekt Helmut Jahn konzipierte Gebäude, das Büro- und Geschäftsräume beherbergen sollte, aus einer Glaskonstruktion, die das Kaufhaus Marshall Field sichtbar mit der Picasso-Skulptur am Daley Plaza verbinden würde. Die zuständigen Firmen verbürgten sich für die Umsiedlung aller Anlieger in den Bereich, den das Städtebauamt als Block 37 bezeichnete. Bereits 1983 hatte man dahingehende Pläne in Washington abgesegnet.

Mike Surfer verkraftete es nicht: zuerst Gramma, dann das Heim. Die Stadt wollte also gar nicht erst darauf warten, dass der Erlöser sie alle dahinraffte. Er hörte auf, seinen Shunt dreimal täglich zu säubern, und ließ sich von Evan Shustak auch keine Reinigungspipetten mehr aus der Apotheke mitbringen.

Drei Tage vor Weihnachten fand man einen am Rollstuhl festgefrorenen Leichnam in der Nähe der Lincoln-Statue im Grant Park. Er war körperlich unversehrt, bis der Fotograf der Spurensicherung seinen Blitz fallen ließ und so einen Finger abbrach. Das Leben geht immer weiter, ob man will oder nicht.

*

An Heiligabend sah Victor Tremulis – so hieß er nach wie vor auf Honore Street – *Dienst in Vietnam* und *Hunter*, trank mehrere Dosen Pepsi und stritt sich mit seiner Mutter, die immer wieder die gleiche Leier abspulte: „Wann suchst du dir endlich einen Job, mit dem du richtig Geld verdienst?"

In den Spätnachrichten berichtete man von einem weiteren älteren Rollstuhlfahrer, der in der Nähe des Hotels Leland zwischen South Wabash und der 14. Straße verschwunden war. Man würde ihn nach einer ausgiebigen Sauftour am folgenden Tag betrunken im Rollstuhl schwankend wiedersehen, doch dass er vorübergehend untergetaucht war, hatte zur Folge, dass eine Nachrichtensprecherin einmal mehr eine Bitte an den Erlöser richtete, keine weiteren Behinderten in der Loop umzubringen.

Dass sie die Perlenkette andauernd durch die Finger gleiten ließ, half ihr beim Beten und beruhigte ihr Gewissen. Tremulis beobachtete die Frau mit den gebleichten Haaren häufig, genauso wie andere von ihrer Sorte. Sie gehörte zu denjenigen, die vorhersagten, was der Stadt widerfahren sollte, und sich dennoch bemüßigt sahen, Witze darüber zu reißen.

Vielleicht fand er einen Ausweg aus seiner eigenen Misere, indem er diesen Erlöser jagte. Mitte dreißig war er jetzt, und immer noch lebte er wohlbehütet bei seinen Eltern in einer Wohnsiedlung, deren Mietpreise der Staat vorgab. Eine herrschsüchtige Mutter, ein viel arbeitender und noch mehr trinkender Vater. In seinen wildesten Phantasien bezog er ein Apartment mit Reve; am zweitbesten war es wohl, wenn er dem Erlöser in die Hände fiel. Das Leben, das er gegenwärtig führte, hätte exakt so im psychologischen Gutachten von unbekannten Mördern wie dem Zodiac oder dem Typen in der heutigen Ausgabe der *Tribune* gestanden, der sich damit brüsten konnte, in New Bedford in Massachusetts Prostituierte kaltgemacht zu haben.

Söhne, die wie die Maden im Speck lebten, bis ihr alter Herr den Geist aufgab und der Pöbel mit dem Finger auf seine Schlampenmutter zeigen konnte, als er Ted Bundy nacheiferte und die studierenden Töchter der konservativen Mittelschicht des Landes dezimierte. So jedenfalls las es sich auf den Buchrücken im Neuerscheinungen-Regal bei *Kroch's and Brentano's*. Die verrottenden Leichen entlang der Interstate hätten es ähnlich beschrieben, wenn sie mit ihrem ultimativen Wissen noch irgendwie laut geworden wären.

Auf der *Dziennik Chicagoski* vom Tag nach der Feier auf der unteren Ablage des Couchtischs las er: *Znaleziono zw?oki kobiety*, was schlicht und ergreifend bedeutete: *Frau ermordet aufgefunden*. Hatte Wilma Jerrickson Kinder? Ihre Leiche war sogar eindeutig identifizierbar gewesen. Kein Begräbnis.

Victors Vater war weder eine verkappte Schwuchtel noch ein Pädophiler, der im Zimmer seiner eigenen Kleinen wütete. Diedre und der Alte waren weder Yuppies noch Hippies und auch keine Nachtschwärmer oder Tagträumer. Nein, in erster Linie waren sie liebe Menschen, die mit dem zurechtkamen, was Gott ihnen vor die Füße geschmissen hatte, ein der Tradition verhaftetes Paar polnischer Immigranten aus zweiter Generation, das seinen verirrten Sohn nicht verstand.

Während eines Spots für das neue Michelob-Bier dachte er wieder an die Nachrichtensprecherin, die ihr wehleidiges Bittgesuch im angemessen nüchternen Ton zu Ende formuliert hatte wie irgendein wiedergeborener oder anderweitig geläuterter Platzhalter bei Geraldo Rivera oder Oprah Winfrey. Auch beim nächsten Kurzfilm zu Lucky-Dog-Hundefutter ließ sie ihn nicht los. Dann sann Tremulis über sein häusliches

Leben und die zu dünn gesäten Schichten im *Hard Rock Café* nach, wo kein Schwein auch nur fünf Cent auf ihn gab. Wie schafften es Menschen wie Mike Surfer, Schicksalsschläge zu überstehen und dabei jeden verdammten Tag mit Zuversicht aufzustehen? Sie alle im Marclinn.

Szasz etwa hatte seine Beine bei einem Zugunglück 1974 verloren, O'Neil die Arme im Libanon, als eine Bombe in der US-Botschaft hochgegangen war. So jedenfalls hatte man es Victor erzählt. Er fragte sich, ob jüngere Behinderte noch unentwegter waren. Den Armlosen mit der Brille hatte er nie Prothesen tragen sehen. Vielleicht war sein Vater ein Militär und hielt die Flagge der Borniertheit hoch, *Semper fidelis!* und all das.

Colin Nutmans Geschichte hörte sich scheeler an. Sein Dad war 1956 am Luftwaffenstützpunkt Bentwaters stationiert gewesen und irgendeiner absonderlichen Strahlungsart ausgesetzt worden, als er in seinem Venom-Nachtjäger über Suffolk donnerte. Erst im dritten Schwangerschaftsmonat seiner Frau Mable erfuhr er davon.

Was geschah mit den Leuten, die nicht im Marclinn Unterschlupf gefunden hatten? Wo war Blackstone Shatner geblieben oder Reggie Givens, der es keine drei Tage am Stück im Heim aushielt, ohne seine Gaunereien abzuziehen? Mike hatte ihn mehrmals erwähnt, und Colin war wie die meisten anderen der Ansicht, der Killer habe ihn erwischt. Was hatte Reve wohl im Laufe ihrer Kindheit derart geprägt, dass sie nun mit den Freaks abhing? Ja, genau das waren sie alle. Und was hatte Evan Shustak geritten, sich als American Dream zum Gespött zu machen? Vor allem interessierte Victor Tremulis jedoch, welcher Vater jemanden wie den Erlöser mit Stolz seinen Sohn nannte.

Kapitel 26

Aus dem Patrouillenbuch von American Dream:

Samstag, 24. Dezember 1988:
Seit Tragödie vom 10.12. nur noch darauf aus, Erlöser z. finden!
8:15 Uhr
16. District kontaktiert, Chicago Avenue. Nachtschicht k. Zeichen v. Killer. Gespr. m. Officer Ileana Cantu. Kenne Namen vermutl. noch v. Anwaltsmord E1 Lake Street i. Sommer.
8:20 Uhr
Unglaubl. Story v. Lynch: U-Bahn-Mord gestern Nacht. Capt. O'Malley hat sie ihm erzählt. Kaum z. fassen selbst n. allem, w. gesch. ist.

*

„Haben 'nen Typen irgendwo unten an der Roosevelt Street gefunden, muss geplatzt sein oder so."

„Ohne Scheiß?", fragte Lynch. Wenn das American Dream hörte. Vielleicht spendierte er ihm ein bisschen Kleingeld für Stoff. „Geplatzt?"

„Genau."

„Geplatzt", wiederholte Lynch

„Tomaten in den Ohren oder was? Nochmal für dich Junkie zum Mitschreiben: Bumm hat's gemacht."

„Shit, das haut echt alle Latten aus dem Zaun." Lynch versicherte dem *Captain* noch, er werde ganz bestimmt für den richtigen Kandidaten einstehen bei den Bürgermeisterwahlen, ehe O'Malley weiterzog.

Wenige Minuten später tauchte American Dream auf, der gerade seine Runde im Connors Park drehte. Sie unterhielten sich vor einer Reihe leer stehender Häuser, die einmal teure Stripschuppen beherbergt hatten. Damals in den Siebzigern war American Dream der Polizei keine große Hilfe im Kampf gegen derlei Unerhörtes gewesen, weil er das zulässige Mindestalter zum Alkoholkonsum noch nicht erreicht hatte. Jetzt lauschte er Lynch und erinnerte sich an das verlockende Neonlicht von *The Candy Store* und *Selina's Kit Kat Club*, während der schwarze Mann wild mit seinen langen, dünnen Fingern gestikulierte. Die Verzweiflung, die man damals auf den Straßen hatte riechen können, war eine andere gewesen als jetzt.

„Kam heute Morgen erst im Radio und hat's nicht in die Zeitungen geschafft", erklärte Lynch. „Wird echt Zeit, dass du dir 'nen Walkman zulegst."

„Das haben wir doch schon x-mal durchgekaut, mein Recke", entgegnete American Dream. „Das würde meine Verbrechensbekämpfungstaktik unterminieren."

„Oder wie wäre es mit ..." Lynch sprühte vor Ideenreichtum.

„Ich verlasse mich weiter auf deine Beflissenheit, Lynch, und du kennst ja die Einstellung der Polizei mir gegenüber."

„Jepp." Lynch beließ es dabei. „Glaubst du, es war der Typ, den sie Erlöser nennen?", rief er Shustak hinterher, der ihn wohl nicht mehr hörte. „Hey, sag schon!"

*

11:00 Uhr
Wütend u. gekränkt, weil Polizei mich nicht ü. U-Bahn-Mord informierte. Evtl. nichts mit Erlöser z. tun. Wie krank ist d. Welt?

12:20 Uhr
Sitze i. Marino Park, warte auf Nachricht. Rush Street verlassen. Mann geht vorbei u. singt: „Got me a newborn son. Gonna buy my newborn son a gun."
12:30 Uhr
Wer hat mich auf d. Welt gebracht, i. d. Stadt? Woher kommt d. Welt i. mir?

Kapitel 27

Zehn Stunden zuvor auf der U-Bahn-Linie State Street, irgendwo zwischen Monroe und Roosevelt:

Er stolzierte die Treppe der Dearborn Station hinab wie Elvis zu seinen besten Zeiten, übermütig wie ein Dreikäsehoch, der vor dem Spiegel zum ersten Mal laut ein böses Schimpfwort aufsagt. Vater hatte ihm eingegeben, es sei an der Zeit, die Bahn abzusuchen. Schluss mit dem Herumschleichen bei minus 30° C und ähnlich unnötigem Stress.

Haid hasste die U-Bahn, ausgenommen vielleicht im Flughafenbereich, wo die Bürgermeisterin die Haltestellen der Ausbaustrecke O'Hare nach James Doyle, William Fahey und Richard O'Brian benannt hatte, um ebenjene drei Cops zu ehren, die im Februar 1982 umgebracht worden waren – die letzten beiden auf der Beerdigung des ersten.

Der lange Tunnel, der die Strecke zwischen Jefferson Park und O'Hare mit der 95. Howard verband, war leer. Vielleicht lag es daran, dass die Stadt an der Oberfläche zum Eisschrank geworden war. Doch nein, vermutlich handelte es sich bloß um einen jener besonderen Augenblicke: stockender Betrieb zu mitternächtlicher Zeit. Die Fahrkartenverkäuferin schenkte ihm keine Beachtung, als er kurz seinen Spezialkundenausweis gegen ihr Fenster drückte wie eine Hundemarke. Vier Briefe hatte Vaters Neurologe an die Chicago Transit Authority schreiben müssen, ehe ihm das Kärtchen vor vier Jahren gestattet worden war. In dieser Stadt war man nicht körperlich oder geistig behindert, sondern Spezialkunde. Irrer Scheiß.

Wie auch immer: Zwischen den Gebäuden und den öffentlichen Verkehrslinien gab es Verbindungstunnel, sogenannte Pedways. Ein solcher verband auch die West-Nordwest-Route mit der Nord-Süd-Achse auf der Höhe der Gasse zwischen Dearborn und State Street. Tagsüber wimmelte es darin vor Pendlern aus der Nordstadt, die sich bloß einen Block Fußweg zu ihren Banken und Büros auf der West Loop sparten. Gegen Abend krochen Musiker und Schnorrer hervor, um Klagelieder für jenen Teil der Bevölkerung zu spielen, der nachts die Straßen für sich beanspruchte, Clubgänger und Selbstdarsteller. Haid hatte nicht selten auch Rollstuhlfahrer in diesem Tunnel gesehen.

Zu dumm, dass er heute Nacht leer war. Was nun? Einfach weitergehen. Hielt warm. In der Gegend um Monroe Street wollte er die Röhre verlassen, doch zuvor betrat er die Toilette hinter der Rolltreppe, die nach oben führte. Urinpfützen auf den Betonstufen. Ein paar Leute saßen auf einer Holzbank neben dem Zeitungskiosk eines Hindu, wo man nur Zigaretten und Speckhefte kaufen konnte. Ein Bildschirm über dem Laden schob Kippenwerbung zwischen nutzlose Infos und die Abfahrtszeiten der Busse. Entlang der Schienen gab es zwischen Pfeilern und Baracken eine Menge Elend zu bezeugen, von dem diejenigen, denen es scheißegal war, solange sie nicht hineingezogen wurden, sicheren Abstand hielten. Über den

Schienen Richtung Norden hingen Plakate des Penthouse-Mädchens des Jahres und von Bill Murrays Streifen *Die Geister, die ich rief.* Links sah Haid zwei Blocks weiter die Lichter der Haltestelle Washington Street. Dort war ein Mann, den er als Lex Bastoni kennenlernen würde.

*

Er fiel ihm im Schatten eines Wartungsschuppens auf, ein Weißer mit schwarzen Locken und blauer Jeans, deren Knie abgewetzt waren. Ein Schild mit Nikotinflecken am unteren Rand hing etwas versetzt über ihm und wies den Weg zu den Zügen Richtung Howard. Haid hatte immer gedacht, die weißen Krüppel versteckten sich in Stadtteilen wie Hinsdale oder Buffalo Grove; jedenfalls lungerten sie nicht auf den Straßen herum, wenn sie downtown waren. Als dieser Mann sich als Lex Bastoni vorstellte und ihm dic Hand mit langen, gepflegten Fingernägeln anbot, fragte der Erlöser sich, was der Kerl ihm beichten wollte.

„Heiße Frank." Eine einzelne Seite einer weggeworfenen Zeitschrift flatterte vom Bahnsteig auf die Schienen der E1. Darauf mahnte eine junge Frau, die man auch aus dem Fernsehen kannte, man solle niemanden seines Aussehens wegen diskriminieren. Das Blatt flatterte herum, sodass sie die Schiene küsste. Haid sah zu, dann sprach er weiter. „So spät noch unterwegs?" Als hätte der Typ eine feste Bleibe. Flacher konnte man kein Gespräch vom Zaun brechen.

Bastonis Hände waren rau und aufgesprungen. Den üblichen Pappbecher ließ er missen. „Komm nirgendwo unter", bestätigte er schließlich mit belegter Stimme und versuchte sich wenig engagiert an einem Lächeln.

„Geht mir auch so“, behauptete Haid. „Welche Story hast du auf Lager? Das ist es doch, was uns voneinander unterscheidet: Jeder kann eine andere verzapfen.“

„Ist doch bei jedem die gleiche gottverdammte Geschichte“, widersprach Lex und zuckte mit den Schultern, um wenig genauer zu werden. „Ob Rechtsverdreher, Bettler oder Leute wie du und ich.“

„Fluch besser nicht im Namen des Herrn“, gab Haid zu bedenken und trat direkt vor den Stuhl. Der war taubenblau und wohl noch nicht lange im Gebrauch; die Räder sahen aus, als wäre er gerade erst aus dem Geschäft gerollt.

Ein Stück weit von ihnen entfernt kamen ein paar kaum dem Teenageralter Entwachsene die defekte Rolltreppe herunter. Sie gingen zum nächsten Steig, von dem aus sie Haid und Bastoni nicht sehen würden. „Ach, versuch nicht, mich zu bekehren“, erwiderte Letzterer müde.

„Liegt nicht in meiner Absicht.“ Wahr gesprochen. Der Mann nahm es gleichgültig entgegen. Einer der Jungen, die drüben warteten, schaltete ein Kofferradio ein. Der Sender spielte die nimmermüden Klassiker aus den frühen Siebzigern. „Ich lauf einfach ziellos herum“, fuhr Haid fort, „und halt mich aus der Kälte, so gut es geht.“

Bastoni schaute hinüber zu der Gruppe mit der Plärrkiste.

Frank hatte sich gefasst und wollte mit seinem Werk beginnen. „Oh, hey.“ Er streckte die Hände von sich, sodass man die bläulich schimmernden Reste der Salbe an den Kuppen der jeweils ersten drei Finger sah. „Werde dir nicht weiter auf den Sack gehen, echt.“

Bastoni wirkte weder neugierig noch misstrauisch, genauso wie Dolezal neulich hinter dem Cass Hotel. Ein Blick, einfach nur fix und fertig mit allem. Haid heischte Verständnis: „Grüble zu viel, wenn ich losziehe." Oh ja, vor allem über das, was Vater von ihm verlangte.

„Kann ich nachvollziehen", antwortete Bastoni, als seien sie schon ewig miteinander befreundet.

Obwohl mehrere Bahnen aus beiden Richtungen ankamen, blieben die Jugendlichen an der Haltestelle. Haid bezweifelte, dass sie Probleme mit dem Grübeln hatten und deshalb heruntergekommen waren; ließe er Bastoni allein, würden sie ihm sofort an die Gurgel gehen. *Gott helfe ihnen!*

Der Behinderte meinte, er sei vierzig und erst vor wenigen Monaten aus Detroit hergekommen. Riesenumstände hätte es gemacht, den Rollstuhl in einen Greyhound-Bus zu hieven. Haid erzählte aus seinem Leben und wie sinnlos es seit dem Tod seines Onkels sei; wenigstens habe er ihm eine Erbschaft hinterlassen, um über die Runden zu kommen.

Die Mienen der Reisenden veränderten sich. Nachtschichtarbeiter und sogar die beschwipsten Szenegänger wurden distanzierter, je näher der Morgen rückte, als rufe allein der Gedanke ans Tageslicht die knöchern grinsenden, falschen Besserwisser zurück auf den Plan, die am Tage das Straßenbild prägten. Letztlich ging es dem gewollt coolen Volk keinen Deut besser als denjenigen, die ranklotzten: In dieser Stadt bekam niemand etwas geschenkt.

Im Radio lief ein Spot für Cool Ranch Doritos mit Jay Leno, hinterher Aerosmiths *Sweet Emotion*, einer jener unzerstörbaren Oldies. Bastoni überraschte Haid mit einer Flasche Canadian Club, und wie seit Jahr und Tag war es der Alkohol, der den armen Sünder bekennen ließ. Der Erlöser legte es später so aus, der Mann hätte es auf Rettung angelegt; weshalb wäre er sonst so redselig gewesen?

Bastoni beugte sich vor und schnitt eine schräge Fratze wie

die Ringkämpfer, die sich vor laufender Kamera die Fresse polieren ließen. Dann erzählte er, er sei an den Stuhl gebunden, seit eine Polizistin namens Koja ihn in Royal Oak angeschossen hatte. „Alles nur, weil ich an ein paar Leuten rumgeschnippelt hab. Weißt doch, wie's läuft, wenn man einen im Tee hat."

Haid verneinte. „Ich hatte nur den einen oder anderen Büßer."

„Was?", fragte Bastoni, und als Haid keine Antwort gab, bekam er plötzlich gehörige Kopfschmerzen. Der Mann war zweifellos böse und hatte die Quittung dafür bekommen. Trotzdem brüstete er sich mit seinen Missetaten aus einer vermeintlich glorreichen Zeit. Haid schwankte vor und zurück. Welche der Stimmen, die er hörte, war seine eigene?

„Hey, alles klar mit dir?" Bastoni streckte sich nach ihm aus und grapschte seine Jacke. Den plötzlichen Ruck hatte er nicht erwartet, und umso verblüffter waren beide, als die Hand des Sitzenden bis zur Wurzel in Haids Brust stecken blieb. Genauso rasch hatte er sie wieder herausgezogen.

Haid stand nun wieder fest auf beiden Beinen. Er wusste, dass Bastonis Seele abgestoßen wurde, weil sie nicht rein war. Der Rollstuhlfahrer seinerseits hatte zuerst geglaubt, die Schatten spielten ihm einen Streich, doch dann begannen die Schmerzen – leicht verzögert zwar, aber sehr intensiv, als kippte ihm jemand siedendes Wasser über die Flosse. Er riss den Mund wie zum Schreien auf, aber Haid hielt ihn rechtzeitig zu, indem er die Hand über den Unterkiefer legte. Seine Finger verschmolzen mit dem Jochbein, ehe er sich entzog und nach der nunmehr leeren Buddel Whisky langte, die beinahe zu Bruch gegangen wäre. Bastonis Gesicht war kalkweiß geworden.

Am anderen Ende des Bahnsteigs tirilierte Danny O'Keefe, Good Time Charlie habe den Blues, weil alle Welt nach Los Angeles gezogen sei: „There's not a soul I know around. Everybody's leavin town." Dazu rülpste jemand, wie um dem Crooner beizupflichten.

Dreißig Sekunden dauerte die Entrückung schon, und noch hatte niemand etwas bemerkt. Vielleicht lag es an dem Song oder dem altbewährten, gesunden Menschenverstand: ureigene Chicagoer Scheuklappenmentalität als Patentrezept. Bastoni gab ein gequältes Geräusch von sich, ehe ihm ein Stück Zunge auf den Schoß fiel wie bröckliger Lehm. Dann blinzelte er und machte Anstalten, die Wegfahrsperre des Stuhls zu lösen. Die linke Hand konnte er noch bewegen, während die rechte, die er zuvor ausgestreckt hatte, schlaff liegen blieb wie ein Fisch am Rande der Foster Avenue, wenn das Wasser des Sees wieder einmal besonders sauber war. Haid hielt sich an beiden Schultern des Mannes fest, drückte ihn zurück in den Stuhl und gegen die Wand. Die Sehnen an seinen Handgelenken traten hervor, die Fingerknöchel wurden weiß.

Bastonis Leib bebte lautlos, und Haid hatte Schwierigkeiten, klar zu sehen. Ein Gurgeln, und die Augäpfel des Mannes blähten sich, bevor sich das Weiß in eine giftgrüne Masse verwandelte. Sein Gesicht war völlig trocken, wohingegen Haid fast dahinfloss in seiner Outdoor-Wildlederjacke. Die Haut unterhalb von Bastonis Lidern sprang auf, und die Äderchen leuchteten noch blauer. Sein offener Mund qualmte.

„Im Namen des Vaters", sprach Haid. Dann drehte jemand die Musik lauter.

*

Die einleitende Bassfigur des Stücks umspielte die beiden Männer wie der metaphorische Nebel eines vergessenen Dichters, echote von den nach Urin stinkenden Kacheln durch die klammen Gänge hinein in die Ewigkeit – oder wenigstens bis auf den Steig der Bahn zur Haltestelle Lake Transfer. Dann gesellte sich der Rest der Rhythmusgruppe hinzu, als gelte es, ein Omelette aus Augäpfeln anzurühren: *Klatsch. Klatsch. Klatsch.* „When I die and they lay me to rest ..."

Haid machte sich die Unbeschwertheit von Norman Greenbaums *Spirit In the Sky* zunutze, wie er es von den Tänzerinnen kannte, die Vince Janssen durch das Fenster des *Lehmann Court Club* angestarrt hatte, während sie ihre Turnübungen durchzogen. „Gonna go to the place that's the best ..." Auch zu Bruce Springsteens *Pink Cadillac* hatten sie die Beine breitgemacht.

Bastoni musste sterben, doch Zeit, um für seine Seele zu beten, hatte Haid noch. „Vater unser, der du bist im Himmel", fuhr er fort.

„When I lay me down to die, goin' up to that spirit in the sky ..."

Wie eine Felskruste sprang das Gesicht des Krüppels auf. „Bitte, Vater!", flehte der Erlöser.

Zwei Männer, die aus dem Schnellzug Richtung Norden ausgestiegen waren, stritten sich. „Dreckswichser! Guck zu, dass du Land gewinnst." Gut zu wissen, dass es Leute gab, die sich noch so gewählt artikulieren konnten.

Bastoni sträubte sich gegen seine Entrückung. Er konnte nicht loslassen. Da brach sein Brustkorb auf, und das Gesicht zerbröselte wie Knetmasse in der Sonne, während die abfahrende Bahn den Song übertönte. Das Fleisch riss immer weiter auf, rot und schwarz klafften die Wunden, bis Lex Bastoni platzte. Seine Organe barsten, Schleim wallte auf und ergoss sich an der Wand. Die Leute drehten sich um und sahen, wie Bastonis Körper in sich zusammenfiel, wobei Teile am Kinn des Erlösers hängen blieben. Haid indes war nicht mehr Herr seiner selbst.

Die Explosion hatte ihm ärgere Kopfschmerzen denn je bereitet, aber nicht nur ihn traf es unvorbereitet. Die Umstehenden kreischten und hielten sich die Schädel. Zuerst schnitt der Kerl Behinderte auf oder röstete sie vermutlich noch im Rollstuhl, aber jetzt sprengte er sie in die Luft. Dass davon jetzt auch einmal etwas auf ihn zurückfiel, war nur gerecht.

Er brüllte laut, sowohl um sich selbst aufzurappeln, als auch zum Schrecken der Zeugen, und schleuderte den Stuhl mit Bastonis Überresten vor die einfahrende Bahn Richtung Südstadt. Der Schaffner hielt sich die Augen zu, als schämte er sich vor einer nackten Frau.

Haid rannte tobend davon. Gesichter flogen vorbei ... *hier und da und dort drüben schau doch Händeringen Hydrauliköl Parfüm vielleicht Chantilly oder Seewind Druckerschwärze laufen Blut getrocknet wütend irgendwen ausgeknockt egal Wagentür zischt auf schnell weiter Wehklagen Tränen Blick gen Himmel doch kein Gott nur Lüftungsschächte Deckenraster State Street ...*

Francis Madsen Haid hastete schreiend die Treppe hinauf, dann durch das Drehkreuz und über die Gasse, die der Stadtrat Marble Place getauft hatte. Er rutschte auf dem Eis aus und kippte vornüber, rappelte sich auf und sah seinen heiß dampfenden Atem vor dem Gesicht. An einem dunkelgrünen Müllcontainer, dessen leeres Inneres so einladend wirkte wie eine Venusfliegenfalle, blieb er stehen und ging wieder in die Knie. Er krümmte sich, schnaufte und erbrach sich wie ein Werwolf bei der ersten Verwandlung.

Kapitel 28

Jackson Daves hielt beim Tippen des Wortes *Verstümmelung* inne. Der Ausdruck allein erzeugte Brechreiz. Wie feige und gleichzeitig brutal war dieser Erlöser? Ersteres stand ohne Widerrede fest, weil er sich an obdachlosen Behinderten vergriff. Bislang hatte niemand etwas diesbezüglich Widersprüchliches verlautbart, und kein einziger völlig gesunder Normalo war von der Straße gekratzt worden, der wenigstens eine reale Chance gehabt hätte, seinem Schlächter die Stirn zu bieten.

1946 war William Heirens das Handwerk gelegt worden, nachdem er die sechsjährige Suzanne zerstückelt und in einem Abwasserschacht auf der Kenmore Avenue entsorgt hatte. Jetzt im Frühjahr war sein achtundzwanzigster Antrag auf Begnadigung abgewiesen worden.

Der Erlöser – hätte sich dieses aalglatte Blondchen in den Nachrichten diesen idiotischen Namen bloß verkniffen, zumal vor laufender Kamera – war genauso feige wie jener Student von der Chicagoer Uni, der seine Strafe an der langen Leine auf einem Gefängnisbauernhof in Verona abstotterte. Wie in aller Welt sollte sich jemand verteidigen, der an einen Rollstuhl gefesselt war? Weshalb dieser Hass gegen solche Menschen?

Bei diesen Überlegungen war Daves' zweifingerige Pavane auf der Tastatur ins Stocken geraten. Sein Stuhl knarzte, als er sich zurücklehnte und seufzte. Dabei lief ihm ein Schauer über den Rücken wie immer in solchen Fällen, über die er Gott sei Dank selten stolperte. Der Detective blinzelte und kratzte sich mit dem kleinen Finger am äußeren Augenwinkel. Seine Nagelhaut zeugte beileibe nicht von gewissenhafter Maniküre, obwohl er keine Schmutzränder hatte; Daves schabte Tintenreste und

Grind mehrmals am Tag heraus, wozu er bunte Plastikzahnstocher aus dem *Geena Reno's* benutzte, einer Bar, in der es Feinkostsandwiches zum Mitnehmen in Plastikfolie gab. Dies sowie der regelmäßige Griff in den Schritt zur Überprüfung, ob sein Reißverschluss nicht offenstand, waren die einzigen beiden Neurosen des Beamten – abgesehen von dem Zwang, diesen Serienmörder an den Pranger stellen zu müssen.

Der Büroboden war grün-schwarz gefliest. Kollege Petitt sprach drüben mit einem Streifenpolizisten namens Lieder, während er sich gegen die beige Wand gegenüber der lackierten Holztür stützte. Auf deren geriffelter Scheibe stand in schwarzen Lettern der Zuständigkeitsbereich ihrer Wache. *19. District.* Lieder zupfte sich am rußgrauen Schnurrbart. Hinter ihm, neben einem schwarzen Aktenschrank mit vier Schubladen, hing ein Poster mit den zehn meistgesuchten Verbrechern Chicagos, jeweils Name und Gesicht. Eddie Weems gehörte dazu, der im September drei Mitglieder der Latin Kings, allesamt auch wahrlich keine Waisenknaben, erschossen hatte. Der Erlöser musste sich mit einer lobenden Erwähnung, wie Daves selbst es ausdrückte, am unteren Rand des Anschlags begnügen.

Der Cop wirbelte auf seinem Schreibtischstuhl herum und betrachtete einen Kunstdruck zu *Phantom der Oper*, allerdings nicht die aktuelle Produktion von Andrew Lloyd Webber, sondern eine unentschlossen wirkende Studie des jungen Douglas Klauba in Braun- und Grüntönen. Das Plakat hing ebenfalls neben dem Aktenschrank, ungefähr über dem Steckfach, das man ihm für seinen Krempel zugeteilt hatte. Wenn man in dieser Stadt weder schriftstellerisch noch als bildender Künstler etwas taugte und dennoch ihrer bizarren Schönheit zugetan war, wurde man Polizist. Kurz fragte er sich, ob Ileana Cantu aus genau diesem Grund gerade die Akademie besuchte – um Chicago mit den Augen eines Malers wie Klauba zu sehen. Insgeheim verzehrte Daves sich bereits seit Wochen während des Trainings nach jener Beamtin des Chicago-District.

Schließlich widmete er sich wieder seinen Notizen neben der manuellen Schreibmaschine, einer Smith-Corona Corsair Deluxe. Der Kram ergab überhaupt keinen Sinn. Er hatte sich mit Bervid vom Büro des County kurzgeschlossen und Einzelheiten über die Leichenteile von Dolezal, Jerrickson sowie dem Unbekannten aus der U-Bahn erhalten. Der Rechtsmediziner war mehrere Minuten mit der Niederschrift beschäftigt gewesen. Das Ergebnis? Nun ja, eigentlich hatte er aggressivere Stoffe vermutet, etwa Salz- oder Schwefelsäure, doch stattdessen belief es sich größtenteils auf chemisch inaktive Substanzen, höchstwahrscheinlich aus Bengay- oder Mentholsalbe, wie man sie in der Alternativmedizin verwendete. Ersteres bestätigte sich nach einem Anruf beim Pharmakonzern Pfizer auf der East Street in Manhattan.

Wie zum Teufel kriegte der Killer das hin? Er ging mit der Präzision eines – *ja, verdammt* – Jack the Ripper oder Ed Gein vor und benutzte bloß schmerzlindernden Kräuterkram. Heilige Scheiße!

Kapitel 29

Während American Dream am Weihnachtsabend die beschönigten Details des Mordes an der U-Bahn-Haltestelle State Street im Radio hörte, gingen Vic Tremble und Reve Towne einer Spur nach, die Grammas Mörder entlarven konnte. Colin Nutman war bei einer nach Erntedank längst überfälligen Aufräumaktion wieder auf das Büchlein gestoßen, das der Straßenprediger am Abend von Mikes Party abgegeben hatte. In der Nacht, in der Wilma Jerrickson umgebracht worden war. Er hatte es Surfer gezeigt, der immer noch durch das Tal der Tränen rollte. Ihm war daran gelegen, dass es Reve oder Evan zukam.

Gerade stapfte Tremulis durch die Tür des Marclinn, als Reve die Seite mit dem Urhebervermerk von Frank Haids Buch der Psalmen umblätterte. Innerlich wollte er aufjauchzen vor Freude, sie hier anzutreffen. Er stellte sich vor, Reve leide unter dem Tourette-Syndrom und zucke andauernd aufgrund eines unerbittlichen Ticks.

„Vic Tremble", grüßte sie, während er näher kam „Wie geht es dir? Frohes Fest im Voraus!" Sie zeigte ihm das Buch und erklärte, was es damit auf sich hatte.

„Glaubst du, der Killer hat es verloren?", fragte er.

Sie zog unwissend die Schultern an.

„Hat Mike es gesehen?"

„Jepp." Reve überflog die Seiten weiter und fasste sich ins Haar. „Wilma hat es nicht gehört, meint er." Sie reichte es ihm, als er darum bat.

Tremulis hatte sich so unrettbar in seinem Luftschloss verlaufen, dass er einen Moment lang innehielt und den schwarzen Einband nach einem Knick absuchte, den eine Gelähmte unweigerlich am Buchrücken hinterlassen hätte. Er wünschte sich so sehr, sie wäre missgebildet. Jeder seiner eigenen Schmöker besaß diese verräterischen Stauchungen, die auf einen Leser hindeuteten, der stets ohne Feingefühl zupackte. Historiker einer fernen Zukunft würden genau wissen, was er verschlungen hatte, von Nelson Algren bis zu Chet Williamson. „Psalmen." Er sprach es aus, einfach um etwas zu sagen.

„Gramma war römisch-katholisch, und das Buch würde von Franziskanern gedruckt."

„Wenn es also dem Mörder gehört, Reve ..."

„Genau." Sie streckte ihm den Zeigefinger entgegen. „Er tötet Behinderte. Evan meinte, der Kerl sei ein Möchtegern-Retter."

„Reve, er schlachtet wehrlose Menschen ab!"

„Willkommen in Chicago." Sie warf ihm einen mürrischen Blick zu. „Was hast du erwartet?"

„Okay, es ist, wie es ist." Tremulis verschränkte die Arme hinter dem Rücken, sodass er die Ellbogen umfassen konnte. Reve drückte sich einen Finger in die Handfläche wie eine Zigarette im Aschenbecher, gleichwohl ohne sie zu knicken natürlich. „Sie mussten vielleicht nicht leiden", fuhr sie fort. „Was Evan meint, ist ..."

„Reve, jemandem die Qual ersparen und sie sanft töten. Scheiße, niemand konnte sich wehren! Das ist das Schlimme." Er stellte sich lieber vor, sie sei ein Krüppel, weil sie auf diese Weise stark anmutete. Hätte er sie im Geiste ausgezogen, wäre sie verwundbar gewesen, wehrlos wie die Opfer.

„Trotzdem geht er nach einem Muster vor, so vage der Zusammenhang auch ist", hielt Reve dagegen. „Die Rollstühle. Vielleicht tut er es, weil er glaubt, es diene dem Allgemeinwohl. Nur die Frage, wo die Leichen geblieben sind, geht mir ziemlich an die Nieren."

„Reve, weißt du, wie das klingt?"

„Ja, das weiß ich, Vic." Sie nahm ihre Hände vom Shirt, da fiel ihm zum ersten Mal auf, dass das Motiv die Comic-Stripperin Omaha zeigte. „Dieses Schmierblatt *Phases* aus dem Norden vergleicht den Typen mit dem Zyanid-Mörder, der Aspirin mit Blausäure versetzt hat, um Himmels willen!"

„Hey, hab ich auch schon gesehen. Deshalb musst du mir nicht an die Gurgel gehen." Tremulis wollte locker aus der Hüfte schießen wie die Figuren in einem Roman von William Relling Jr. und zum Ausdruck bringen, wie sehr er diesen nach wie vor unbekannten Giftmischer hasste. Seinetwegen hatte man nämlich im September 1982 begonnen, Medikamentendosen mit Sicherheitssiegeln zu versehen, was Victor bei seiner täglichen Einfuhr zur Folter geworden war.

„Vic, dir ist doch klar, dass ich nichts dergleichen vorhabe."

Als sie dann seine Hand berührte, war er fest entschlossen, den Erlöser zu schnappen, wobei er sich fragte, ob Reve auch Evan Shustak zu solch irrsinnigem Tatendrang provozierte.

„Ich habe es nicht ernst gemeint", versicherte er. „Ich hatte schon immer einen Hang zur Gewalt. Nicht wie ein aggressiver Betrunkener oder verklemmter Schizo, nein." Er kratzte sich unbewusst am Kopf. Ob sie seinen Schweiß durch den Pulli roch, wenn er den Arm hochhob? „Die Leute, mit denen ich im Laufe der Jahre gearbeitet habe, aber auch meine Familie – sie alle halten mir vor, dass ich unter Strom stehe, doch sie selbst sind es auch, die immer wieder dafür sorgen, dass ich ausraste. Sie fordern es heraus und nehmen es voll in Kauf." Er schluckte, weil sein Mund ausgetrocknet war; noch eine Gemeinsamkeit zwischen ihm und Mike Surfer. „Oder wie wäre es hiermit, Reve!" Nun da er erst einmal in Fahrt gekommen war, ließ er sich nicht bremsen. „Erinnerst du dich? Der Arzt unten in Decatur oder so, dessen Sohn mit Downsyndrom zur Welt kam."

Reve nickte.

„Er warf den Kleinen auf den Boden und brach ihm damit den Schädel. Noch im Krankenhaus zwischen all den anderen Neugeborenen, und die Öffentlichkeit ließ es ihm durchgehen.

Die Jury sprach ihn frei und faselte etwas von Unzurechnungsfähigkeit. Meine Mutter und meine Schwester hielten das für plausibel, wohingegen Dad kein Verständnis dafür hat, dass ich den dämlichen Kistenschlepper im Hard Rock Café manchmal am liebsten erwürgen würde."

Reve schaute ihn milde statt grimmig an, wie er eigentlich befürchtet hatte. „Wird die Öffentlichkeit also auch den Erlöser akzeptieren?"

Victor überließ die Antwort der Stille. Gemeinsam warfen sie einen neuerlichen Blick auf die Psalmen, als hielten sie das Tagebuch des Mörders in der Hand. Ein Lesezeichen – eine Quittung, um genau zu sein – markierte ein Bußgebet.

„Ich war eine Weile auf einer katholischen Schule", bemerkte Reve. „Jeden Freitag schloss der Unterricht mit diesem Spruch."

Tremulis blätterte weiter. Eine Seite war absichtlich mit einem Eselsohr versehen. Darauf stand der Teil eines Psalms, während die Gegenseite ein Gemälde des jungen Heiligen Veit zeigte.

„Moment mal!", fuhr Reve dazwischen und griff noch einmal nach der Quittung. „Die könnte aus St. Sixtus stammen." Der Belegzettel war gewiss schon blass ausgedruckt worden und verzeichnete nur Preise inklusive Verkaufssteuer: zwei Dollar neunundneunzig Cent hatte das Buch gekostet.

„Drüben auf der Madison? Kenn ich. Dort hab ich übrigens Mike getroffen."

„Dann kennst du auch die Irre mit dem Kopftuch?"

„Ja. Völlig durch den Wind."

„Ich hab Mike einmal ein Buch von dort mitgebracht", führte Reve aus. „*Metallene Himmelstrompeten*. Vom Titel fühlte er sich an Rollstühle erinnert. Daher kommt mir der Kassenbon so bekannt vor." Sie strich sich die Haare zurück.

Tremulis wünschte sich, seine Eltern könnten genauso stolz auf die Krankheit ihres Sohnes sein wie Mike Surfer auf seine. Der Mann ließ ihn glauben, sein eigener chronischer Schmerz sei eine Gabe der Götter der Qual und Glückseligkeit. Er hatte ihm fast sein ganzes Erwachsenenleben lang zu schaffen gemacht. Nein, eigentlich litt er schon immer darunter; Victor konnte sich nicht wirklich daran erinnern, dass es je anders gewesen wäre.

Er schaute Reve an, dann wieder das Buch. „Warum noch warten? Gehen wir."

*

Sie nahmen die kleine Straße hinter dem Versicherungsgebäude der Title Company Richtung Süden. Alte Zeitungen, platt gedrückter Papiermüll von McDonald's sowie gefrorenes Erbrochenes und Urinpfützen beschrieben ein originelles Muster als Erinnerung an vergangene Nächte. Tremulis zeigte Reve den überdachten Weg an der Westseite der Kirche, der als Parkplatz für Motorräder fungierte, und wunderte sich, dass ihm dies zuvor nie aufgefallen war. Eine befremdliche Vorstellung: Franziskanermönche mit Chopper, deren Talare im Wind flatterten.

An der Ecke fragte er einen Schlipsträger im Dreireiher, der gerade den Helm aufsetzte, was genau es damit auf sich hatte. Der Mann erwiderte, er parke seinen Ofen schon seit drei Jahren an der Stelle, und dieses Hobby sorge für etwas Aufregung in seinem schnöden Schreibtischdasein. Die Kettenraucherin war von ihrem Stammplatz an der Schwelle von St. Sixtus verschwunden. Sowohl Reve als auch Victor waren zum ersten Mal hier, ohne ihr über den Weg zu laufen. Sie lag immer dort auf der Lauer und steckte sich eine Fluppe nach der anderen – Lucky Strike, wie Reve glaubte – in den Mund, während sie gleichzeitig alles und jeden anfuhr beziehungsweise in Rauchwolken hüllte. Auch die Kälte hatte sie bislang nicht davon abgehalten. Die beiden dachten, der Erlöser habe seine Suche nach Opfern ausgeweitet.

Der Souvenirladen der Kirche befand sich im Vorraum links neben dem Weihwasserbecken, das die Gemeindemitglieder häufig zum Auffüllen ihrer Plastikflaschen missbrauchten. Tremulis fiel zuerst auf, dass Reve beim Eintreten nicht davon ablassen konnte, sich mit dem Wasser zu bekreuzigen. Er tauchte die Hand gewohnheitsmäßig in die Schale, berührte jedoch nicht seine Stirn, sondern den Hals mit zwei Fingern wie eine Frau, die Parfüm auftrug. Dies waren die Stellen, an denen die Muskelspannungen Victor besonders zusetzten; die Zuckungen wollten nicht aufhören.

Gleich vor dem Verkaufsstand zeigte ihnen eine beigefarbene Statue des namensgebenden Heiligen weise das Friedenszeichen. In der Bude hinter der hüfthohen Glastheke stand ein mexikanischer Knabe im schwarzen Rollkragenpullover und las eine katholische Monatszeitung. Ein Silbermedaillon des Lazarus, patrón des pobres, hing recht weit oben an seiner Brust.

Reve ging zu ihm und zog das Büchlein so abgeklärt aus der Gesäßtasche ihrer Gitano-Jeans wie ein Dealer, der mit Barem herausrückte. Sie beschränkte sich auf das Wesentliche, Buch in der einen, Quittung in der anderen Hand: „Hi. Ist das hier gekauft worden?“ Der Knabe wusste nicht, wie er reagieren sollte. Vielleicht hatte der Pastor ihm die zwei auf den Hals gehetzt, um zu prüfen, ob er seine Arbeit ordentlich machte. Tat er wirklich.

„Gewiss doch, Lady“, bekräftige er mit der Chicagoer Latinos ureigenen Höflichkeit, wenn sie sich nicht in ihrer Muttersprache ausdrücken konnten. „Wenn Sie möchten, zeige ich Ihnen ähnliche Artikel, die Sie interessieren dürften." Jetzt strahlte er, wie es nur junge Hüpfer tun, die gerade ihren ersten Job angenommen haben.

Reve schlug das Angebot aus, während Tremulis an einer Skapuliermedaille fummelte, die Papst Johannes Paul II. gesegnet hatte. Dann dankten sie dem Jungen.

„Hallo, Reve!"

Erschrocken drehten sich beide gleichzeitig um. Die Stimme gehörte einem Priester, der neben der Treppe zum Jugendraum in den Katakomben stand.

„Hallo, Vater!" Reve sah Vic an. „Das ist Vater Dennis. Vater ... Victor Tremble."

Tremulis schämte sich, weil er ihr diesen Namen angegeben hatte. Der Geistliche bot ihm die Hand an, und Tremulis hätte nicht damit gerechnet, dass sie sich so rau anfühlte. Sie nickten einander zu.

„Sind Sie neu in unserer Gemeinde, Sohn?" Vater Dennis war Anfang vierzig. Sein blondes Haar ergraute bereits, und wie Victor bemerkte, als sie hinter ihm hergingen, hinkte er stark. Reve erklärte ihm später, er habe Arthritis.

„Nein, Sir. Ich bin schon einmal hier gewesen."

„Oh, ich kann Sie nirgendwo einordnen. Vielleicht gerade hergezogen? Dearborn Park?" Er lächelte. „Ich mag es, die Herkunft der Menschen zu erraten, wie andere es mit Sternzeichen tun."

„Nein, Sir ... äh, Vater." Victor klang heiser. „Meine Familie wohnt in Wicker Park an der Honore."

„Wie klein die Welt doch ist. Vor Jahren hielt ich Bibelstunden in St. Fidelus ab, weiter oben auf der Washtenaw Avenue."

„Vater, Vic ist ein Freund von Mike Surfer“, bemerkte Reve leise.

Der Priester erinnerte sich an seine Schäfchen wie Geschäftsleute an die Eigenarten und Vorlieben ihrer Kundschaft. Vater Dennis stellte sich vor, dass Gottes Sohn, würde er heute wiedergeboren, wohl auch eine Visitenkarte bräuchte: *J. Christus. Ich sterbe, damit Sie leben können.*

„Bin ihm sogar hier begegnet“, erläuterte Tremulis und schaute sich wie ein gerade eingetroffener Partygast um. „Ich fühle mich wirklich behütet hier. Sogar ...“ Er ließ das Wort verhallen.

„*Sogar* was?“, fragte der Pastor.

Reve übernahm, da Victor anscheinend unbehaglich zumute war, und zog das Buch wieder hervor. „Wir haben das hier gefunden ... oder besser gesagt der Wanderprediger, der ein wenig aussieht wie Eddie Murphy. Er gab es im Marclinn ab, nachdem er es dort aufgelesen hatte, wo Gramma, also Wilma Jerrickson ...“ Der Name verklang gleichsam wie das Schnaufen eines Sargträgers, der eine sterbliche Hülle hinablässt und damit der letzte Lebende bleibt, der Hand an sie gelegt hat.

„Die Polizei tut, was in ihrer Macht steht“, behauptete Vater Dennis. „Einer der Beamten bereitete mich nach dem ersten Mord darauf vor, es würden weitere folgen.“ Er zeigte auf das Buch in Reves Händen. „Diese sind so weit verbreitet wie Hotels mit dem Namen Gideon. Wir verkaufen sie schon seit Jahren.“ Er fragte nicht, weshalb sie das Stück noch nicht an die Behörden weitergereicht hatten.

*

Als sie später an der Bank of America auf der LaSalle vorbeigingen, nahm Reve Victor an die Hand und packte fest zu, um ihn auf die andere Straßenseite zu ziehen, da sich ein Auto noch bei Gelb über die Ampel mogelte. Sie betraten ein McDonald's zwischen der Randolph Street und Wells, wo sie eine Weile das Gesprächsthema wechselten, während sie Burger mit Pommes und je einen Riesenbecher Coke verdrückten.

Kapitel 30

American Dream rammte den Hörer des öffentlichen Telefons auf die Gabel, ganz offensichtlich jedoch weniger aus Wut, sondern weil er nervös war. Dieser Detective Daves ließ immer noch nicht mit sich reden, und jemand anderen an die Strippe zu kriegen, entweder vom Chicago-District oder im Hauptquartier James Riordan, schien nahezu unmöglich. Es war noch relativ früh an Heiligabend, und er stand in voller Montur an der dritten Telefonzelle von rechts in einer Reihe von sieben, nahe der Kreuzung von State und Division Street im Nordosten. Links gab es ein Restaurant namens *Monday's*, rechts eine mit *Hotsie Totsie* ziemlich eindeutig benannte Kneipe.

Die gefühlte Temperatur bei Wind betrug nun annähernd minus 25° C. Falls überhaupt noch irgendjemand sein Haus festlich geschmückt hatte, verschluckte der stahlgraue Himmel alles Licht, wenngleich nicht in den Bars. Zu den liebsten Kunden gehörten diejenigen, die soffen, Weihnachtslieder grölten und ihr Geld auf den Putz hauten, um alsdann irgendwo auf der Schnellstraße ihren BMW zu Schrott zu fahren. Ruhet sanft, werte Gentlemen.

American Dream jedoch interessierte sich weder für diese Etablissements noch irgendwelchen Adventsflitter. Die Heizdecke des Helden hatte sich an der Spitze aufgerollt, und das Gewicht der Isolierfolie verhinderte, dass sie dramatisch im Wind flatterte. Auf einer Tafel am Rinnstein stand *Der Weihnachtsmann speist nebenan*, und auf der anderen Straßenseite erkannte er hinter einem Baugerüst eine gigantische Flasche Michelob Dry, die an die Mauer eines Bistros und Wohngebäudes auf der Rush Street gekleistert worden war.

Zum zweiten Mal an diesem frühen Abend war er losgezogen: Den Anruf hatte er hier getätigt, weil er gerade aus East Division Hausnummer dreißig gekommen war, wo Skinny Minny wohnte, ein uralt aussehender Überlebender des Vietnamkriegs. In Wirklichkeit hieß er Andy Krejca, und sein Leben war eine einzige Aneinanderreihung von Lug, Trug und Schwindel. Aktuell trug er die unechte Narbe einer unechten Schnittwunde zur Schau. Dazu tat er Folgendes: Er stellte sich unschuldig irgendwo auf und gab irgendwann vor, eine gestresste Sekretärin hätte ihn auf dem Weg zum Mittagessen auf Kopfhöhe mit ihrem Schirm erwischt. Wohl nur Walter Payton hätte sich während der Regenzeit, die in Chicago eigentlich das ganze Jahr über andauerte, ohne Schirm zu Fuß durch die Innenstadt bewegt. Oft genug bewahrte ein Yard Abstand die Arglosen jedoch davor, für Krejcas hypothetische Arztkosten aufkommen zu müssen.

Skinny war allerdings nicht zu Hause gewesen. American Dream verdächtigte ihn, sich mit dem Killer zu treffen, weil sie ja beide Verbrechen begingen. Evan war der Ansicht, alle Kriminellen seien miteinander per *du* und würden sich nach ihrem Tagewerk vielleicht im *Binyon's* oder dem *Standard Club* auf einen Drink treffen.

Er musste andere Kontakte spielen lassen. Einen ehemaligen Elvis-Imitator kannte er ja noch, der im großen Stil mit Mitteln handelte, die der King selbst zu Lebzeiten konsumiert hatte. Zudem plante American Dream, Vic Tremble dem Mädchen mit der Missbildung vorzustellen, das die Glücksspieler „Mondschatten Januskopf" nannten.

Er versuchte, der Kälte zu trotzen, indem er die Arme tief in die Taschen seiner Jacke steckte. Das lindgrüne Ding hatte er günstig in einem Laden für Gebrauchtklamotten abgegriffen.

„Hey, Mister!"

Es war die Stimme einer älteren Frau, die direkt hinter der Ecke stehen musste. American Dream wusste gleich, dass dort etwas im Busch war. Klar, keine große Sache; er war einfach mit diesem fabelhaften Instinkt ausgestattet. Er sah einen dürren Mann mit schiefen, schwarzen Zähnen und Goldplomben, an dessen schmieriger Flosse eine weiße Handtasche baumelte, an einem Kiosk vorbeilaufen. Die Frau – vertrockneter Typ mit gefärbtem Haar zum Kaschieren ihres Alters – fluchte wie ein Ghettobruder auf Litauisch, und American Dream nahm sofort die Verfolgung auf. *Nur Auswärtige schreien noch, wenn so etwas geschieht*, dachte er bei sich.

Der Dieb trug diese neuen Basketballstiefel, die man aufpumpen konnte; *Bodensatzbeschleuniger* nannte Officer Rizzi sie. Die beiden Männer rannten an *Elliot's Nest* auf der Bellevue vorbei, und als sie die Rush erreichten, wurde Evans Pein unerträglich. Alle weiteren Straßen und Abzweigungen verschwammen, doch er nahm an, der Langfinger mache sich Richtung Sozialbauten Cabrini-Green aus dem Staub.

Der Verfolgte – dreiundzwanzig Jahre alt und schon seit neun Stunden auf dem Herointrip – sah sich kein einziges Mal nach seinem Widersacher um. Das Farbenspiel am Himmel erinnerte nun ein wenig an ungewaschene Boxershorts. Zu dumm, dass der Junkie auch nicht merkte, dass sich ein gewisser Tyrone Fuka im Lieferwagen näherte. Er streifte ihn, sodass er herumwirbelte und auf dem Beton niederging. Dann erbrach er eine milchige Flüssigkeit.

American Dream keuchte schwer, als er ihn erreichte, und es war ihm völlig schnuppe, dass dem Mistkerl der Saft aus der Nase quoll. Den Schmerz hatte er sich ganz allein selbst zuzuschreiben; geboren worden war er damit nicht. Die Handtasche lag offen auf dem Gehsteig; wie ein fetter Wurm ragte eine Tube Polident heraus. Sie befanden sich vor einer Bar namens *Hat Dance*, Adresse 325 West Huron. Die Gesichter hinter den Fenstern wurden zu vollständigen Menschen im Eingang. Auf einem Schild über Shustak stand: *Sie führte die Gabel an ihren verzückenden Schmollmund und erlaubte dem Geschmacksabenteuer augenblicklich, sich zu entfalten, doch dann ...*

... packte der Junkie ihn am Fuß. American Dream sah ihn von oben herab an, während er die verdreckten Schuhe streichelte, als übe er für eine Papstaudienz.

Sie beide, jeder für sich und jeder auf seine Weise, hangelten sich Tag für Tag durchs Leben.

*

Tremulis saß im Begrüßungsbereich des christlichen Jugendvereins Lawson zwischen den Haltestellen Dearborn und Chicago. Er wartete auf Evan, weil sie ihr weiteres Vorgehen besprechen wollten. Bald schlug es acht. Shustak verspätete sich. Victor wärmte sich die Hände an einem Becher Kaffee, den er im Burger King nebenan gekauft hatte, und dachte an Reve. Als er sie zum ersten Mal gesehen hatte, war sie ungeschminkt gewesen, ohne aber wie ein Vampir auszusehen. Das taten viele, die dazu gezwungen waren, den Winter am Rust Belt zu verbringen, dem Industriemoloch im Nordosten der Vereinigten Staaten.

Nebenbei bemerkt: Victors immerzu in die Ferne starrenden Augen waren denen des Junkies vor dem *Hat Dance* gar nicht unähnlich. Sie beide waren verloren und suchten verzweifelt nach etwas, um die Leere zu füllen.

Um Viertel nach acht stellte er sich vor, wie er Reve heiratete und gemeinsam mit ihr den letzten Zug an die Küste nahm.

„Out there a-havin' fun, in that warm California sun ..."

Das fiel ihm nur ein, weil Evan auf sich warten ließ.

Tremulis war seit jeher auf einen bestimmten Frauentyp festgelegt: Er mochte solche, die ihr Gesicht nicht in einem Glas neben der Haustür aufbewahrten beziehungsweise in mehreren Gläsern, Röhrchen und Fünftagesboxen. Sie durften ein wenig Graberde unter den Fingernägeln haben und brauchten keine Anstalten zu machen, selbige zu entfernen.

Obwohl der Kaffee mittlerweile kalt war, trank er aus. Ein Mann saß weiter unten im Gang und las die Schwulenzeitung der Stadt, die *Windy City Times*. Reve Towne ließ ihn an eine Schauspielerin aus dieser Fernsehserie denken, die wie so einige momentan den Vietnamkrieg behandelte. Jene Frau hatte auch nicht mehr als basisches Make-up aufgetragen, zierte sich nicht vor Alkohol und konnte heulen, bis ihr der Rotz aus der Nase über den Mund lief. Er erinnerte sich an ihren Namen und den ihres filmischen Alter Ego auf die gleiche Weise, wie er die letzten Titelmädchen des Playboy beziehungsweise Penthouse aufsagen konnte; andernfalls hätte er sie zu bloßen Fleischobjekten herabgesetzt. Er hoffte, die Schauspielerin nie nackt sehen zu müssen.

Um zwanzig nach acht war er selbst in Vietnam und ließ sich von Reve verarzten. Er verstand gerade die Welt nicht mehr und hatte zu allem Überdruss dicke Eier.

Als American Dream endlich aufkreuzte und von dem Junkie erzählte, dachte Tremulis: *Mann, ich bin nicht der Einzige, der phantasiert, um mit seinem Leben fertig zu werden.*

Kapitel 31

„Am ersten Weihnachtstag, da schenkt die Liebste mir ..."

Nun, wie ein weiserer Mann einst sagte: *Shit happens!*

Surfer nahm pünktlich zum Sonnenaufgang seinen Feiertagstrunk zu sich. Er war nicht wärmer geworden, obwohl die Nachrichten genau dies behauptet hatten – der Winter natürlich, nicht Mikes Wachmacher. Anders hatte er es nicht erwartet, weil seine Knieschmerzen dem widersprochen hätten. Der Wetterfrosch von Chicagos Channel Nine hieß Jerry McBride. Gramma hatte ihn immer Jelly genannt.

„Mir egal, dass es kalt bleibt", warf er in den Raum, um die Stille der Einsamkeit zu durchbrechen. „Die Schneemassen müssen erst fallen, die mich davon abhalten, auf die Brücke zu fahren." Er hörte sich kämpferisch an wie Ed McBains Detective Louis Carella kurz vor dem Showdown mit dem Deaf Man. Romanfiguren mussten stets das Notwendige tun, und genauso war es auch im echten, prallen Leben: Das Ende sollte man selbst bestimmen dürfen.

Auftritt Mike Surfer, der an die Madison Square Bridge hinter der Civic Opera dachte. Regelmäßig war er in den letzten Monaten dort hingefahren, um all jenen Menschen nachzuhängen, die er überlebt hatte: Madee'ya und ihren Lippen, die so schön gewesen waren, dass es wehtat, ganz zu schweigen von ihren Augen; seit Neuestem Gramma mit ihrem morgendlichen Wodka zum Wachwerden; seinem Trinkgefährten Reg Givens, der ebenfalls wahrscheinlich schon länger hinüber war. Wie würden Reve, Evan und sein neuer Freund Vic damit umgehen? Vielleicht konnte er auf diese Weise etwas erreichen, wenn die Zeitungen es brachten. Vielleicht machte der Erlöser einen Patzer und man schaffte es, ihn zu stellen.

Er ließ diese toten Menschen Revue passieren, als sei sein eigenes Überleben eine Sünde. Nun würde er die große Welle in die Ewigkeit reiten, wie auch immer diese für einen Selbstmörder aussehen mochte, aber das war ihm gleich. Er kehrte dem Marclinn in der Früh den Rücken, während Santa Claus mit seinem Schlitten vermutlich noch hoch in den Lüften schwebte. Colin Nutman schlummerte am Schreibtisch im Foyer. Surfer rollte nach Westen und bog dann nach Süden ab in die verlassenen Betoncanyons der Stadtverwaltungsbüros entlang der Clark Street.

Das United Artist Theater kündigte einen Streifen mit Tom Cruise an, außerdem etwas aus dem Leben von Ral Donner und Brian Hodges aktuellen Horrorschocker. Mike zog seinen Schal fester um den Shunt. Die Straßen waren noch leer. Mit welchem Recht hatte er geglaubt, er könne Gramma beschützen? Den starken Strahlemann hatte er vor allen gespielt. Und wofür? Wilma hatte ihn geliebt. Doch war er mit ihr gefahren, um auf ihren Neffen zu warten?

Nein!

Vor der Mayor's Row blieb er stehen, um irgendeinen Dreck von seinem rechten Reifen zu kratzen. In Chicago fiel im Winter entweder tonnenweise Schnee, oder es war so brutal kalt, dass das bisschen Weiß, das rieselte, nach Osten hin in die

Indiana Street geweht wurde. Ja, so schien es auch jetzt wieder zu sein. Ein paar weiße Schlieren auf den Gehwegen und Straßen, aber mehr nicht.

Weiter über die Clark zum Daley Plaza. Achtzehn Stockwerke hoch war der Weihnachtsbaum, aber die roten und gelben Lichter gingen erst am Morgen an. *Gleich nach Osten am Picasso vorbei.* Als er die Skulptur passiert hatte, sah er in einer der Nischen an der Rückseite etwas funkeln, tat es jedoch schnell als Müll ab, der von irgendeinem Bandenkrieg oder einem Straßenfest übrig geblieben war.

Einige Streifenpolizisten begegneten ihm, unter ihnen der beleibte Jeff Macas und Nan Hite, der Winzling mit dem dunklen Haar, das ihm Reve Townes interessante Frisur wieder vor Augen rief. Sie alle grüßten und wünschten ein frohes Fest.

Je weiter Surfer fuhr, desto intensiver wurde der Geruch des Flusswassers. *Nun nur noch über die LaSalle geradeaus nach Westen.* Der Himmel war diesig wie immer, solange der Tag noch nicht richtig hereingebrochen war, als fotografierte man ihn mit einem leicht getönten Filter am Objektiv.

Die Madison war in der Gegend um East Wacker so steil, dass er sich zuerst am Brückengeländer weiterziehen musste, dann an den verrosteten Streben des brusthohen Metallzauns auf der dem Wasser zugewandten Seite des Bürgersteigs. Ein einzelner Schweißtropfen lief Surfers Stirn hinunter, die heute keine Mütze bedeckte. Gerade hielt er sich an einer Metalltafel fest; sie gemahnte an die Einweihung der Brücke 1932 durch Bürgermeister William Hale Thompson. Er hielt inne, um durchzuatmen und seinen Schal zu lockern. Die Schläuche, beschlagen an einem so frostigen Morgen, verstärkten sein Röcheln noch. Ein Blick nach oben zeigte ihm einen roten

Kasten mit weißem Rettungsring hinter einer Glasscheibe, auf dem in Schwarz auch auf Spanisch stand, wozu er gut war: Salvavidas.

Das Grau am Firmament nahm nun den Ton von Schmutzwasser an. Er raffte seine verbliebene Kraft zusammen – den Starrsinn, der ihn überhaupt so lange am Leben gehalten hatte – und fragte sich, wann genau es jene fatale Wendung genommen hatte, nach der alles kaputtgegangen war. Für Gramma war er stets der Fels in der Brandung gewesen, weil er seine Emotionen zügeln konnte wie Kommissare in Krimis, die nichts mehr schockierte. Oder wie die Cops im richtigen Leben, die Säuglinge in Mikrowellen fanden. Das war zwar in Phoenix geschehen, aber trotzdem. In einem der letzten Bücher, die Wilma ihm ausgeliehen hatte, mussten die Detectives des 87. Bezirks tote Collegestudentinnen von Laternenmasten schneiden. Ein Mordbrenner, der Behinderte anzündete, das hatte allerdings noch niemand gesehen. Männer im Rollstuhl. Und Frauen. Nur ihren Fuß hatten sie gefunden ...

Bald würde der Verkehr zunehmen, wenn die ersten Leute zur Greyhound-Haltestelle in DesPlaines fuhren. *Jetzt oder nie!* Er packte die kalten Metallsprossen des Geländers und stellte sich vor, dass er von der anderen Seite aus wie ein Zwerg hinter Gittern aussehen mochte, der sich nach Freiheit sehnte. Sich hochzuziehen kostete weitere Anstrengungen. Die Prothese rutschte aus dem Schnitt in seinem Hals und baumelte am Klettband. Er keuchte schwer, als er aufrechter stand als je zuvor – aufrechter selbst als damals, als er seine Beine noch gebrauchen konnte und Madee'ya im Arm hielt, während sie ihre Beine um seine Hüften geschlungen hatte. Auf dem Flur waren sie in den Clinch gegangen, und Mike hatte ihr all seine Liebe gegeben, so standhaft auf dem harten Holzboden, während ihre Lippen überall gewesen waren, in seinem Gesicht und am stoppeligen Hals.

Er mochte aus dem letzten Loch pfeifen, doch Weinen stand nicht zur Debatte. Jetzt musste er sich nur noch nach vorn fallen lassen wie ein Betrunkener vom Barhocker. Das war Givens im *Hard Times* passiert. Gramma ...

Er kippte vornüber. Am Ufer war der Wind noch frischer, und seine Knie knackten, als er die Beine durchdrückte. Der Stuhl rollte den Berg hinunter Richtung Wacker Drive. Jetzt war er tatsächlich ein Surfer beim Hang Ten: alle Zehen am Rande des Abgrunds.

Das Wasser spritzte hoch, erwartete ihn bereits. Ob Kälte und Dunkelheit auch die Opfer des Erlösers beherrschten, wenn sie starben?

Niemand hörte es platschen.

Kapitel 32

Tremulis rief gleich nach dem Aufstehen im Marclinn an. Seine Mutter hasste es, wenn er persönliche Angelegenheiten am Telefon abwickelte, zumal sie selbst darauf wartete, dass eine ihrer Freundinnen durchklingelte, alles ebenfalls Hausfrauen mittleren Alters, die während der Feiertage nichts mit sich anzufangen wussten. Also ging er ins *Busy Bee* unter den Schienen zwischen North Street und Milwaukee Avenue, kaufte sich eine Pirogge mit Erdnussbutter und trat zum Telefon gleich am Eingang. Der alte Chuso ging ran. Victor wollte mit Mike sprechen.

„Nicht da. Bist der Typ, der so fix auf den Beinen ist ... Vixtor, gelle?"

„Victor, ja. Weißt du, wo er steckt?" Es war Weihnachten, also hatte niemand im Stadtzentrum geöffnet. „Oder ist Evan Shustak im Haus?"

„Hör zu, du ..." Chuso nuschelte in den Hörer. „Wir gehen dir doch voll am Arsch vorbei hier. Wenn du das Mädel so dringend ficken willst, dann tu es, aber lass uns in Frieden. Geh Mike nicht auf den Sack! Er hat genug Dreck gefressen." Damit legte er auf.

Tremulis ganzer Körper war angespannt, während die Bedienung jeden mit *Dzie? dobry!* verabschiedete. Über der Zelle hing Silberlametta, es roch nach Eierlikör, Bierwurst und Schinken. Er erinnerte sich schmerzlich an Weihnachten im vergangenen Jahr, als die Minuten dahingetropft waren wie siedendes Fett in eine offene Wunde. In der Küche hatte er sich Mutters elektrischen Rührbesen über die Hand gehalten und das Kabel eingesteckt. Ein Fingernagel war abgerissen, und Victor hatte sich wieder gefangen. Davor, sich mit einem Tacker in die Kniekehlen zu schießen, um dann mit dem Heftklammerentferner an den Sehnen zu ziehen, schreckte er nach wie vor zurück. Wäre Mike bloß daheim.

Am Vorabend hatte Evan vorgeschlagen, sich mit Victor als Köder anzubieten, jeweils im Rollstuhl, und Mike hätte sie dabei *beraten* sollen, damit er wieder das Gefühl bekam, gebraucht zu werden. Er konnte von Glück reden, dass Reve nicht dem Opfertyp des Killers entsprach.

Immer wieder Reve ... Hatte Chuso wirklich recht?

Er ging zurück nach Hause, um sich eine Standpauke von Diedre Tremulis anzuhören, von wegen ihr nutzloser Sohn treibe sich viel zu häufig bei seinen farbigen Freunden herum.

*

Um Viertel nach vier kam der Anruf: verlassener Rollstuhl zwischen Madison und Wacker. Fünf Minuten später waren Morisette und Rizzi bereits vor Ort, der Rest der Ermittler rauschte nach und nach ein, da nicht wenige sich vom Festschmaus zu Hause loseisen mussten. Man untersuchte den Stuhl auf Fingerabdrücke und stellte einen alten Schal als Beweisstück sicher. Diesmal wollte die Polizei nichts dem Zufall überlassen, auch weil man gefrorenen Speichel an der Armlehne entdeckt hatte. Der Stuhl war von Everest & Jennings hergestellt worden und kam Morisette bekannt vor. Er war müde. Der Fotograf machte seine Arbeit. So wie der Stuhl zum Stehen gekommen war, zog niemand in Erwägung, oben auf der Brücke nachzuschauen, zumal kein Schnee lag, weshalb man auch keine Reifenspuren sah. Selten wirkte die Straße so leblos.

„Und allen noch einen geruhsamen Abend", schloss Rizzi, rieb sich die Hände und blies hinein.

Kapitel 33

Am nächsten kam man einer sakralen Weihnachtsatmosphäre am Washington Square, wo die steifen Hände der Heilssoldaten symbolisch das Brot brachen. An die Geschäfte der Delaware Street grenzte einerseits ein Parkgelände und im Süden direkt hinter dem Tooker Place ein Laden für Armeebedarf. Gegen Abend kamen die Obdachlosen von der Nordseite des Flusses zusammen und bildeten eine Schlange wie beim Arbeitsamt. Frauen befanden sich wenige darunter, und man stand dicht an dicht, als müsse das geballte Elend zusammenfließen.

Ihr Festmahl bestand aus Minestrone, in faustgroßen Brocken abgerissenem Brot aus der Hauptbäckerei der Gonella-Kette drüben auf der Levee Street sowie Fruchtsaftgetränken je nach Gusto. Weiterhin anwesend während dieser karitativen Feierstunde waren Reve Towne, Evan Shustak sowie die beiden Polizeibeamten Aaron Mather und Dean Conover von District 16. Shustak trug ein einfaches grünes Shirt und schwarze Hosen. Vater Marvin Malone, Pastor der Holy Name Cathedral und seit drei Jahren Ausrichter dieser Veranstaltung, hatte dezent zu bedenken gegeben, die Armen könnten Angst bekommen, wenn Evan als American Dream Staat machte.

In den Räumlichkeiten der Heilsarmee war es recht warm, weshalb Reve schlicht ihre Gitano-Jeans trug, in die sie ein taubenblaues T-Shirt mit dem Schriftzug der Bar *Elliot's Nest* gesteckt hatte. Die beiden Cops zogen die Lederjacken aus.

Wie im Marclinn sprach man sich auch unter den Heilssoldaten mit Spitznamen an. Evan unterhielt sich eine Weile mit einem Vietnamsoldaten, den sie D Minus Rex nannten, und zuvor hatten sie einen gewissen Simon Pieman kennengelernt, der sein Dasein damit zubrachte, die Aluminiumschalen weggeworfener Kuchenverpackungen zu hamstern. Die beiden Polizisten waren während der Schicht hergekommen und hatten Shustak und Towne wiedererkannt. Beim Anblick von Reves handlichen Brüsten klangen auch für Conover die Glocken nie süßer. Mather trat vor das Fenster und sah darin einen schwermütigen Faltenhund – sich selbst. Er empfand sein Gesicht in einer Scheibe bei Nacht als weit grauenhafter, als wenn er es im Badezimmerspiegel unter der Halogenlampe betrachtete. Viele Chicagoer Betriebe leuchteten ihre Parkplätze mit Halogen aus, damit sich die Kids fernhielten. Man glaubte wohl, sie wollten nicht sehen, wie hässlich sie waren, aber wie dem auch sei: Nichts kam ihm trostloser vor, als an Heiligabend vor einem Fenster zu stehen, das sein Gesicht auf der Dunkelheit von Bughouse zeigte.

Shustak gesellte sich zu ihm, gefolgt von Reve, nachdem sie ein wenig bei der Essensverteilung geholfen hatte. Sie zog Conover an wie ein Magnet den Stahl.

„Es gibt nichts, was ich Ihnen sagen könnte, das Sie nicht schon in den Zeitungen gelesen haben", sagte Mather.

Conover strich sich durch den Bart und fügte hinzu, indem er vor allem Reve anstarrte: „Wir alle haben während der Ausbildung Videos gesehen von Cops, die Angriffe mit Stichwaffen überlebt haben. Zwei Minuten Film, und sie zeigten einen aus Houston mit einem Stilett im Ohr. Zack."

Für Evan war das eine Steilvorlage. „Sie glauben wirklich, er schneidet seine Opfer und brennt die Wunden mit Säure aus?"

„Hier." Mather reichte ihm eine Kopie von Daves' Bericht. „Das habe ich Ihnen noch nicht gezeigt."

„Nein, tatsächlich nicht." Die Gelegenheit zum Lesen bekam er jedoch nicht, weil just in diesem Augenblick draußen ein Nachrichtenbus vorfuhr.

*

Die blonde Reporterin schälte sich aus der Seitentür des Wagens, als sei sie ein unschuldiges Ding in Not, das glimpflich zu entkommen versucht, wie man es zu oft in klassischen Slasher-Streifen sieht. Ein dunkelhaariger Mann asiatischen Typs folgte mit einer Handkamera. Während das Team aufbaute, traten einige Obdachlose ans Fenster. Eine ältere Frau mit einer Faschingsperücke – einige der Stadtstreicher kannten sie als Chilly Lilly aus Decatur – winkte in die Kamera, als laufe das Band bereits. Die Korrespondentin jedoch ließ sich noch frisieren und von einem Assistenten Lipgloss auftragen.

„Wir Cops sind ein harter Verein“, erklärte Mather Shustak, „aber jetzt haben wir es mit jemandem zu tun, der einfach zu gerissen für uns ist.“

Zu gerissen für dich vielleicht, Bruder, dachte Conover und hätte dabei gern einen Blick auf Reves entblößten Busen erhascht.

Die Nachrichtenfrau hatte bezaubernd blondes Haar und so hinreißende Wangenknochen, dass Männer wie Frauen dafür getötet hätten. Sie hielt sich mit einem braunen Parka warm, dessen Pelzkragen sich farblich kaum von ihren Strähnen abhob, sodass sie sich zur Löwin gerieren konnte, die schon seit fünf Jahren im Chicagoer Lokalfernsehen wilderte. So musste sie auch ihren Text nicht üben, zumal sie im Grunde genommen den gleichen Sermon – jede einzelne rührselige Zeile – während der letzten fünf Sendungen zu Heiligabend von sich gegeben hatte. Sowieso waren die Worte austauschbar. *Gewogenheit gegenüber dem Nächsten* und dergleichen mehr. Je fester man Scheiße gegen die Wand warf, desto wahrscheinlicher blieb etwas kleben. *Speis und Trank statt Zank, Wohltaten statt Bluttaten.* Letzteren gedachte die Gute wie jedes Mal, wenn sie die Mitfühlende spielte, indem sie sich an die Vergewaltigungsopfer im County wandte, nachdenklich zeigte, angesichts der Opfer eines Autobahnmörders und so weiter und so fort. Hach, so ging es auf diesem Planeten nun einmal zu, schrecklich aber auch. *Wenigstens pickt der Erlöser sich seine Pappenheimer nicht unter geschlechtlichen Gesichtspunkten heraus.* Nun gut, das war jetzt eine prosaische, gleichgültige Art, Frauenmord anzudeuten.

Die Herzensdame schloss ihre mit blauen Kontaktlinsen aufgehübschten Äuglein und stimmte eine gefühlsduselige Weise an. „Gott, der Herr, hat sie gezählet, dass ihm auch nicht eines fehlet ..."

*

„Wie wäre es mit Lockvögeln?", fragte Evan, worauf Conover erwiderte: „Jemanden von uns?" Als seien solche Praktiken bislang gänzlich unüblich gewesen.

„Warum nicht sogar Begleitschutz?", schlug Reve vor. „Wie für die Schwesternschülerinnen bei den Presbyterianern."

Oh, dir würde ich liebend gern Begleitschutz geben, lechzte Conover.

Mather wurde unruhig und räusperte sich. „Die Kollegen vom Morddezernat reißen sich die Ärsche auf wegen dieser Sache, aber das läuft hier nicht wie in *Police Story*. Ich weiß nicht, wie ich es sonst ausdrücken soll, aber einen schlechten Krimi drehen wir nicht."

Wie zur Bestätigung des Gesagten setzte die Konkurrenz das Nachrichtenteam draußen gerade darüber in Kenntnis, dass der Erlöser vermutlich im Westen der Loop zugeschlagen hatte.

*

„Hier spricht Clarice Grimaldi von WHHL News Radio 69. Allem Anschein nach hat der sogenannte Erlöser ein weiteres Opfer eingefordert. Hier auf dem South Wacker Drive in der Nähe des Civic Opera House, wo ein leerer Rollstuhl ..."

Die Hörer waren gebannt – klar, an einem solchen Tag gab es ansonsten wenig Aufregendes zu vermelden.

*

„Melinda Chancelade aus dem Morddezernat Area 4. Mit mir spricht Detective Lieutenant Jackson Daves von der Abteilung Gewaltverbrechen." Die Dunkelhaarige drängte Daves ihr Mikrofon auf, sodass der dicke Schaumstoffdämpfer sein Gesicht nahezu gänzlich ausblendete.

Er rieb sich die Augen. „Zuerst einmal, Miss, muss ich betonen, dass es vermessen wäre, voreilige Schlüsse zu ziehen. Fakt ist: Wir haben einen herrenlosen Rollstuhl gefunden ..."

„An Heiligabend."

„Ja, an Heiligabend. Mehr gibt es aber nicht zu sagen."

Die Frau stocherte weiter. „Keine Leiche, wie auch zuletzt."

„Ja, gut." Daves kam sich vor wie beim Verhör mit Joe Dragnet aus *Polizeibericht*, bloß hätte Jack Webbs *Nur die Fakten, Ma'am* dann nicht gepasst. Die Nachrichtendame nutzte die Gelegenheit und führte aus: „Tatsächlich hat der Erlöser stets eine abscheuliche Spur hinterlassen, ein Körperteil seines Opfers."

Daves kratzte sich an der Kehle wie ein Mann in einem Werbespot für Halsschmerztabletten.

„Rechnen Sie also damit, dass der Mörder noch vor Neujahr ein weiteres Mal zuschlägt?"

Daves rollte genervt mit den Augen, und der Sender musste seine anschließende Antwort herausschneiden.

*

Mather erfuhr es per Funkspruch: Daves wollte mit jedem morderfahrenen Bullen sprechen, und zufälligerweise hatten nicht wenige gerade Dienst. „Beruft 'ne Denkrunde ein“, bemerkte Mather. „Jetzt gibt's Druck von oben.“

„Endlich“, seufzte Reve. „Nichts gegen Sie.“

„Schon in Ordnung, Baby“, antwortete Conover für seinen Partner.

Die vier waren zum Einsatzwagen vor der betreffenden Adresse am Tooker Place gegangen. Shustak führte aus, die Sackgasse sei nach Dr. Robert Newton Tooker benannt worden, einem Spezialisten für Kinderkrankheiten, der die Schule für Homöopathie in Chicago gegründet hatte. Als die blonde Journalistin vorstellig wurde, hatte er bereits seine Gelenkschienen sowie die Skimaske mit hinten aufgenähter Nationalflagge angezogen. Auch ohne Mikrofon war die Frau in Kampfstimmung, als könne sie ein angeklagtes Mitglied des Stadtrats auf seine sprichwörtlichen Leichen im Keller stoßen. Sie hatte es sofort auf Shustak abgesehen. Das Polizeiduo ließ es geschehen; indem sie sich in ihre Kiste setzten, waren sie fein raus.

„Behindert und mit Spleen, ich bin American Dream“, sagte Evan brav auf. „Wir haben uns ans Revers des gefürchtetsten Schlächters geheftet, der den ruchlosen Mann von der Achten abgelöst hat.“

„Äh ... ja.“ Sie wartete auf weitere Reaktionen, vorzugsweise vonseiten der Cops. Dann zuckte sie gleichgültig und kehrte zu ihrem Team zurück.

Shustak stieg nach Reve hinten ein. „Die Klatschnudel wären wir los.“

Conover war froh, dass sein Kollege zugestimmt hatte, die beiden mitzunehmen. Mann, jetzt konnte er ihr den ganzen Abend in den Schritt starren.

Evan schaute aus dem Fenster auf den Tooker Place. Dort

hinten fummelte gerade jemand an der Klinke einer Erdgeschosswohnung, der ihm in seiner Schwerfälligkeit vertraut vorkam. Der Mann wandte sich von der Tür ab, nur um sich sofort wieder umzudrehen, wohl weil er die Streife gesehen hatte. In diesem kurzen Moment begegneten sich ihre Blicke. Gut möglich, dass Frank Haid und Evan Shustak einander bekannt vorkamen.

Kapitel 34

Haid hielt es für das Beste – auch und gerade aus Höflichkeit –, seinen Weihnachtshappen im Schlafzimmer bei der verwesenden Leiche von Vater zu sich zu nehmen.

„Ich kann es wirklich nicht leiden, wenn du mich Madsen nennst!“, ereiferte er sich, während er auf dem Teller herumstocherte. „Das war Mutters Mädchenname. Ich heiße Haid.“ Er stopfte sich eine Gabel Hamburgerfleisch in den Mund, und als er sie wieder herauszog, tropfte etwas Ketchup von einer Zinke. Kauend sprach er weiter: „Vater?“ Haid wünschte sich, die Augen von ... Gern hätte er Vince Janssen direkt in die Augen geschaut, aber das war nun natürlich ein Ding der Unmöglichkeit.

„Kennst du den Jungen, der in dem großen Wohnhaus lebt? Du weißt schon, der mit den krummen Haxen. Na ja, egal. Jede Wette, dass seine Mama zu Silvester auf die Piste geht.“ Francis meinte Devin Verbeerst, der an Hyperurikose litt. Er war etwas über zwanzig und lebte mit seiner Mutter zusammen in der Elm Street. Sie arbeitete als Bedienung nur einen Block weiter auf der Rush.

„Mom hat mich auch ständig allein gelassen. Ja, ich weiß,

sie war deine Schwester." Am liebsten hätte er die Gabel auf den Kadaver geschmissen. „Flittchen hast du sie ja so manches Mal geschimpft, Vater, aber sag mal: Wie oft hast *du* Frauen als Fotzen bezeichnet?"

Die Beleuchtung im Raum war gediegen; die Flammen der Kerzen, hellblau und gelb wie Babykotze, spielten mit den Schatten der Silberkreuze auf der Eichenkommode und an der Wand, deren Tapete abblätterte, ein altmodisches Muster aus einem vergessenen Jahrzehnt. Das Flackern störte auch Silberfische und anderes Viehzeug, das über den fast kopflosen Leichnam von Vince Janssen krabbelte. Vater.

Die Beinahe-Enthauptung von Onkel Vince, die sein Kinn hervorstehen ließ wie das von Kirk Douglas, derweil ihm der Schädelinhalt von der Unterlippe tropfte wie die Schminke eines abartigen Clowns, war im vergangenen September folgendermaßen geschehen: Janssen war voll gewesen wie die U-Bahn zur Stoßzeit und hatte sich mit der Hand an seinen *Cheerios*, wie er sein Gemächt nannte, im Sessel sitzend auf den Abend gefreut. Vage hatte er mit seinen Triefaugen verfolgt, wie die Cubs gegen Philadelphia baden gingen, während er alles freudig bejubelte, selbst einen Werbefilm für Katzenstreu, indem er mit den Beinstümpfen wackelte; seine Hände mussten ja die Flasche festhalten.

Anders als in Haids Träumen war Vince Janssen beinamputiert aus der Klinik entlassen worden. Ursache: Wundbrand. Reihenweise hatten ihm die Ärzte in den Jahren davor prophezeit, der Alkohol werde ihn umbringen. Heimgekommen war er im Juni. Einen Monat später hatte er einen Unfall mit seinem Stuhl gehabt, und dabei war er mit dem Ohr am Gitteraufsatz eines Standventilators hängen geblieben. Die getrockneten Blutspritzer klebten immer noch an dem beigen

Rahmen. Im September hatte das Laub draußen die gleiche Farbe. Die beiden waren den ganzen Nachmittag zusammen gewesen, und Janssen hatte sich wohl entweder beim Husten vornübergebeugt oder er wollte sich den Schweiß aus dem Gesicht wischen; jedenfalls saß Frank direkt vor ihm und zum Greifen nah, sodass Vince Janssens Kopf, ehe er sich's versah, auf der Höhe der Brustwarzen gegen Haids Oberkörper schlug. Sein Shirt von Ocean Pacific begann zu wabern, und dann auch der Schädel, bevor er in der Brust verschwand. Haid blickte unverständig an sich hinunter, da beschlich ihn auf einmal eine seltsame Erinnerung an Feuerwehrleute und Mädchen ohne Augenlider aus längst vergangener Kindheit. In jenen letzten Sekunden hörte er seinen vermeintlichen Vater gurgeln, aber was der Mann ihm noch vermitteln wollte, fand er nie heraus.

Etwas Kaltes bewegte sich auf Haids Haut unter dem fleischfarbenen T-Shirt. Langsam dämmerte ihm, dass es Vaters Unterlippe sein musste, die seine haarlose Brust streifte. Zu Anfang nach seiner Operation, während der Sommer sich noch verabschiedete, war Janssens Sprechvermögen nur langsam zurückgekehrt. Er hatte gewusst, dass Frank alles tun würde, um Vater zu befriedigen. Im November nun war Frank Haid zum Retter geworden.

Eben um Vater zu befriedigen.

*

Nach dem Festmahl betete er für Dad und alle anderen Seelen in ihm. Der Psalm, den er dazu ausgewählt hatte – aus einem neuen Buch; wo war bloß das alte geblieben? –, gehörte als Letzte der sieben Horen zu den Nachtgebeten. Die

Worte sollten nach Sonnenuntergang gesprochen werden, an einem Donnerstag zwar, aber das musste Dad Haid nachsehen, da er sich wirklich darum bemüht hatte, etwas Passendes zu finden. Er richtete seine Worte an den leeren Raum; möglicherweise hörten die Silberfische im Hohlraum von Janssens Kiefer vorübergehend auf, sich zu vermehren, um zu lauschen.

„Gottes Geschöpfe, kommt zuhauf ..." Haid räusperte sich. „Vergangene Gnaden schüren zukünftige Hoffnung." Es hörte sich an wie das Klicken des Kügelchens in einer Sprühdose. Vor diesem Part hatte er stets am meisten Angst. „Lass beschämt werden, lass vergehen, die wider meine Seele sind. Lass mit Hohn und Schande bedeckt werden, die mein Unglück suchen. Ich aber will beständig harren und all dein Lob vermehren. Mein Mund soll erzählen deine Gerechtigkeit, den ganzen Tag deine Rettung, denn ich weiß sie nicht zu zählen."

Haid unterbrach sich, um mit kindlichem Interesse eine Illustration des Harfe spielenden Christus zu bestaunen. Unterdessen wanden sich die Maden in Vaters Mundraum.

„Ich werde kommen mit den Machttaten des Herrn Jehova, werde gedenken deiner Gerechtigkeit, deiner allein. Gott! Du hast mich gelehrt von meiner Jugend an, und bis hierher habe ich deine Wundertaten verkündet. Und auch bis zum Alter und bis zum Greisentum verlass mich nicht, oh Gott, bis ich verkünde deinen Arm dem künftigen Geschlecht, allen, die da kommen werden, deine Macht. Und deine Gerechtigkeit, oh Gott, reicht bis zur Höhe; du, der du große Dinge getan hast, oh Gott, wer ist wie du? Du, der du uns viele Bedrängnisse und Übel hast sehen lassen, du wirst uns wieder beleben, und uns wieder heraufführen aus den Tiefen der Erde. Du wirst meine Größe mehren, und du wirst dich wenden und mich trösten. Auch will ich dich preisen mit der Harfe, ja, deine Wahrheit, mein Gott! ... Ich will dir Psalmen singen mit der Laute, du Heiliger Israels! Jubeln werden meine Lippen ... auch meine Zunge wird von ... deiner ... Gerechtigkeitredendennnnnn ...“

Die Worte verschmolzen zu einem unverständlichen Brei. So oder so inhaltsleeres Geschwafel. Haid hielt den letzten Laut, bis das Näseln verklang. Ehe er weitersprach, warf er einen Blick auf die Kruzifixe. Das Silberkreuz hing direkt über Vaters Haarwasserflasche. Für ihn zumindest ergab alles, was er gesagt hatte, einen Sinn, als ob die Apostel oder wer auch immer die Bibel verbrochen hatte, allein für ihn getextet hätten. Er stellte sich vor, aus Wundmalen in den Handflächen zu bluten, während er die Zeilen, die nur für ihn geschrieben worden waren, mit dem Finger verfolgte.

Er endete mit dem einzigen Kyrie Eleison, das er sich auswendig merken konnte: „Ehre sei dem Vater, dem Sohn und dem Heiligen Geist.“ Schließlich bekreuzigte er sich zum lautstarken Gewimmel der Würmer. „Wie im Himmel, so auf Erden. Jetzt und in Ewigkeit. Amen.“

*

Nun folgte der schwierigste Teil. Haid trat vor und streckte sich nach dem entstellten Leichnam aus. Den Gestank war er längst gewohnt. Das Gebiss am Unterkiefer war noch vollständig erhalten, die Lippe verschrumpelt. Etwas krabbelte aus seinem Gesichtskreis. Wie schon häufiger schälte er einen Fetzen grauer Haut vom verbliebenen Teil von Vaters Wange. Nachdem er es auf seine Zunge gelegt hatte, machte er erneut das Kreuzzeichen.

Im Herzen hörte er es wieder: „Das ist mein Leib, der für euch hingegeben wird.“

Kapitel 35

Brainstorming hatte Reve Towne regelmäßig am Campus der Universität von Illinois in der Polk Street betrieben. Professor Simmons ließ sie stets im Halbkreis zusammensitzen, um dann ein Verb ins Rund zu werfen – zumeist für Colleen Kimetyk, auf die er stand – und damit wiederum ein Substantiv zu provozieren. So hatten sie ihre unheimlich tollen Geschichten entwickelt, die Teilnehmer der Schreibwerkstatt 102.

Evan Shustak kannte sich bestens in seinem jeden Monat größer werdenden Comicuniversum aus, mit den Abenteuern des Half-Century Man und der Vestalin, die im hohen Stadthaus von Power City gemeinsam mit dem Rodeo Clown und Vogelmiere Pläne schmiedete, um ihren Todfeind Original Sinner zu besiegen.

Brainstorming kam bei der Kriminalpolizei immer dann zur Geltung, wenn in der Stadt alles drunter und drüber ging.

Mather und Conover fuhren auf den leeren Parkplatz hinter dem Versicherungsgebäude von United am Haddock Place. Zwei Streifen von der First warteten bereits, und nicht weit weg stand auch Detective Remy Petitts Dodge Polara Baujahr '71. Sie trafen sich im *Loudon's Dog Days*, der Lieblingskneipe von Petitt und Daves direkt neben dem *Nolan Void.*

„Die Hausband heißt *The Widows of Whitechapel*", wusste auch Conover. „Sind nur Girls und spielen Heavy Metal. Jede hat den Namen eines der Opfer von Jack The Ripper angenommen."

Shustak behielt den Kerl im Auge, und zwar gekonnt verstohlen wie jemand, der heimlich auf eine Dunkelhaarige im Bus starrte, weil ihm ein Schatten über ihrem Mund aufgefallen war, bei dem es sich womöglich um einen Schnurrbart handelte.

In der Bar teilte Daves brandneue Aktenordner unter seinen Kollegen aus. „Das ist es, womit wir uns herumschlagen, meine Herren." Wie er sich die müden Augen rieb, sah er aus wie ein Kind im Kampf gegen den Sandmann. „Zuerst einmal: Rizzi, Morisette, ihr kennt ihn bereits." Damit stellte er ihnen den jungen Perry Contant vor. Er hatte einen sandfarbenen Schnurrbart und trug ein Kassengestell, das schwer nach Fliegerbrille aussah.

„Das sind Reve Towne und Evan Shustak. Sie kennen einige der Behinderten aus dem Heim in der Randolph Street."

Als Conover Reve einen Tick zu lange anstarrte, wurde Rizzi darauf aufmerksam. „Wir haben sie in der Nacht kennengelernt, als wir die Frau vom Pflaster gekratzt haben." Rizzi drückte sich gewählt wie immer aus. „Wenn du dich einmal den Akten widmen würdest ... okay, Louisville?" Er ignorierte Conovers Verhalten.

„Contant hier und Ben Christopher waren nicht direkt an den Untersuchungen beteiligt, haben aber den toten Herumtreiber auf der Salt Street gefunden, also können wir uns bestens über Unterschiede und so austauschen."

Daves rutschte auf dem Sitz herum.

„Petitt kennt ihr vermutlich alle." Er wartete darauf, dass der bärtige Glatzkopf sich selbst vorstellte. Der Detective trug während seiner Drogenrazzien immer einen Cowboyhut mit breiter Krempe, und jedermann im District Grand Central kannte ihn als Baton Rouge, was sich auf seinen Geburtsort in Louisiana bezog.

„Christopher ist dieses Wochenende nicht in der Stadt", bemerkte Contant.

„Zieht gerade 'ne Kreuzfahrt durch, der Sack", fügte Rizzi hinzu.

Contant stimmte ganz schief die Titelmelodie von *Love Boat* an.

„Ein echtes Liebesboot, bei dem Körperumfang", spöttelte Rizzi.

„Leute, bitte", warf Morisette leise ein.

„Schon gut", erwiderte Rizzi. „Aber es ist Weihnachten, und wir schlagen uns mit einem weiteren Serienmörder herum, also sollten wir locker bleiben, bis uns das Lachen sowieso vergeht."

Dagegen hatte niemand etwas einzuwenden. Morisette und Mather packten ihre eigenen Notizblöcke aus, und bei aller erzwungenen Heiterkeit blätterte jeder ernsthaft in dem cremeweißen Ordner, den er von Daves bekommen hatte.

„Wer zuerst?", platzte Daves heraus.

„Glaubst du, der Typ ist schwul?", fragte Morisette.

„Weil er nur Männer umgebracht hat, meinst du?"

Mather schaute von den Papieren hoch. „Und die alte Frau als Mutterbild."

„Gut, Al", bemerkte Daves. „Jetzt will ich Namen hören, Personenbeschreibungen ... einfach alles, okay? Reve und Evan, Sie sind herzlich eingeladen."

Das Treffen dauerte bis in die frühen Morgenstunden.

*

Towne, Reve Bega: *Sieg der Vernunft mit American Dream. Seine größten Abenteuer.* Annihilation Press. 1997.

Teil III

Bluttage

Kapitel 36

Jene entsetzliche Zeit scheint eine Ewigkeit zurückzuliegen. Die Zeit des Erwachens, wie einer meiner Tutoren an der Universität einst schrieb, in der wir alle viel über uns selbst lernten. Einige zu viel oder zu spät, da sie bereits der Verdammnis anheimgefallen waren. Mancher konnte nicht mit diesem Wissen leben, und anderen blieb keine Wahl, als trotzdem weiterzumachen.

Der Heiligabend, an dem die Polizisten zusammenkamen, mutete unwirklich an. Evan japste geradezu nach Luft, weil er nicht glauben konnte, dass die Officers etwas auf seine Meinung gaben, besonders da er Rizzi und Christopher schon seit 1987 kannte, als sie ihn auf der Suche eines Katzendiebes ausgelacht hatten, den er den *Schlaflosen* genannt hatte.

Detective Lieutenant Daves ging die Listen der Behörden durch, die das Department auf den Fall angesetzt hatte. Eigentlich hätte der Fall nach dem ersten Opfer des Serientäters benannt werden sollen, also Robert Dolezal, doch nachdem die Ereignisse um den Tod von Quita McLean 1982 bereits von den Medien zu den Schnellzugmorden verunglimpft worden waren, stand auf den Arbeitsmappen nun schlicht in großen Druckbuchstaben: ERLÖSER.

*

„Lu, wie die Fernsehaffen auf der Wabash auf deine Bemerkungen angesprungen sind, war ganz toll."

Shustak wies Reve leise darauf hin, dass Rizzi das Wort *Lieutenant* gern abkürzte.

„Ja, ja. Ganz gewiss." Daves grummelte, als stecke ein Golfball in seinem Hals. „Haben bisher ja nur davon profitiert." Damit meinte er, der großspurige Spitzname habe den Killer zumindest nicht noch übermütiger gemacht.

„Verblüffend, dass die im Rathaus erst nach dem Medienzirkus von heute Abend allmählich Hebel in Bewegung setzen", sprach Morisette ohne den geringsten Anschein von Müdigkeit, während er seinen blauen Stift hochhielt.

„Gewiss." Daves Lieblingswort, wenn er niemandem widersprechen wollte. „Scheint so, dass denen ein wenig die Flatter geht vor den Wahlen im Februar."

„Glaubt ihr, wir dürfen unseren nächsten Bürgermeister Junior nennen?" Contant grinste.

„Den versteh ich jetzt nicht", gestand Petitt, der Südstaatenrebell, da ihm Richard Daley Sr. kein Begriff war.

„Ich erklär's dir, wenn wir diesen Scheiß vom Tisch geschafft haben", versprach Daves.

Rizzi kratzte sich am Bauch. „Die Wahlen, ja. Aber auch der Umstand, dass die Opfer in der Regel obdachlos waren."

„Bingo." Daves betätigte den Abzug einer imaginären Kanone.

Evan schaltete sich mit einem kühnen Vergleich ein. „Denken Sie daran, wie oft die Gesetzeshüter Gacy und Ayler inquiriert haben. Ihre Opfer waren ausnahmslos homosexuell. Als Richard Speck hingegen neun Schwesternschülerinnen aus der Hautevolee – sehen Sie über mein schlechtes Italienisch hinweg – hingerichtet hat, zerrte man ihn zackig vor den Richter und brummte ihm seine gerechte Strafe auf. Wenn Sie mir bitte auch diese Ausdrucksweise verzeihen möchten."

Die Männer grinsten.

„Gacy haben wir anhand eines Kassenbelegs für einen Fotofilm im Papierkorb seines letzten Opfers festgenagelt. Contant hatte vor zehn Jahren im Norden der Stadt gemeinsam mit Sanford, Leland und Stormin Norman an der Serie geknabbert. Ayler dagegen hat nie zugegeben, Donnie Bridges zerstückelt zu haben, obwohl er sein Apartment in Albany Park quasi mit dem Blut des Jungen gestrichen hat."

„Ein Kerl, der vierzig Millionen im Lotto gewonnen hatte, wohnte einen Block weiter", fügte Rizzi an. „In unmittelbarer Nachbarschaft eines Mannes, den man der Folter und des Mordes an mehreren Knaben in drei Bundesstaaten verdächtigt hatte."

„Ich glaube, dieser Erlöser lässt sich nicht mit alldem vergleichen", sagte Daves.

„Haben wir schon über das Thema Säure gesprochen?" Morisette blieb unermüdlich. „Der Typ könnte in seinem Job mit Chemikalien zu tun haben. Pazdra vom County hat eine Liste von Tätigkeiten zusammengestellt, bei der diese Art von Kaustikum zum Einsatz kommt. Bervid von den Leichenschnipplern meinte, der Anthropologe aus Indiana – Williamson heißt er – habe die Zusammensetzung der Spurenstoffe aus der U-Bahn und von der Wabash Avenue aufgeschlüsselt und ..."

„Lu", unterbrach Rizzi. „Mir fällt gerade der Wichser aus den Plattenbauten ein, der dem Baby seiner Braut Rattengift eingeflößt und dann probiert hat, 'ne Molkerei deshalb vor Gericht zu zerren."

Conover zwinkerte Mather zu. „Denn nur die Milch macht's."

„Dich schockt auch gar nichts, wie?", brauste Daves auf. „Zurück zum Wesentlichen: Dieser Stoff verfärbt das Metall nur, wirkt aber nicht zersetzend."

„Was die Theorie mit dem Flammenwerfer hinfällig macht", schlussfolgerte Rizzi.

„Richtig", pflichtete Daves bei. „Das Metall war sowieso nicht geschmolzen."

Conover meldete sich wieder: „Petitt, du bist so still."

„Ich frage mich die ganze Zeit, mit was wir es genau zu tun haben", brummte der Mann aus den Sümpfen.

„Du meinst wohl: mit wem?"

„Nein, Conover", widersprach Petitt ganz ohne Sarkasmus. „Ich komme aus der Gegend um New Orleans, wo man sich immer noch von Letiche erzählt, einem Sumpfmonster. Also nein, Sir Wachtmeister Conover, ich meine ein *Was*."

Danach schwiegen alle eine Weile.

*

Aus d. Protokoll von American Dream:

25./26. Dezember 1988 (Forts.)
Musik v. Voidods z. laut. Zuviel um d. Ohren. Officer Mather bewegt Hand w. Kettenraucher. Conover fährt sich d. Gesicht w. m. Psychiater. Lt. Daves müde, sieht aus w. Geist, aber nett, weil lässt mich mitschr.
Bisher: 30 Pers. verhört? Auflistung n. nöt., weil alles bei mir abgesp., obw. lange her.
Für später (auf Suche n. Mann v. d. Achten): Hilfe v. Biorhythmus-Exp., Astrol. u. Verhaltensforsch. Darlanne Candel v. Universität NW, Evanston.
Vida Stonescu, Krankenschw. i. Childermas Research (selbst 1x, 2x dagew.), telef. m. Daves wg. Junge. Wohnort zw. Augusta u. Wolcott. Daves imitiert „Ohguhstah", n. böse gem., nur w. Stimmung s. düster.
Junge v. Frau beigebracht, w. z. gehen n. Verbrenn. b. Feuer i.

Schule. Albträume, Angst v. Rollstuhl. War eingekl. Unter Treppengel. b. Brand? Vida weiß n. genau. Morisette schlau, erinnert Feuer i. St. Vitus Winter 1958.
Wenige überlebt außer Junge.

*

„Sie hat das so dargestellt“, begann Daves. Er musste noch erklären, weshalb die Geschichte am Ende ins Reich der Fabeln verwiesen wurde. „Vida war damals Anfang dreißig und arbeitete in der Reha des alten Krankenhauses zwischen der 18. Straße und Paulina. Childermas war eine der Hauptkliniken damals.“

„Ich kannte den Laden“, warf Contant ein. „An den verschiedenfarbigen Linien auf den Fluren konnte man sich orientieren, falls man sich nicht auskannte. Miefte immer nach Vaseline.“

„Dann hast du dich zu lange auf der Verbrennungsstation aufgehalten“, sprach Daves weiter. „Stonescu kümmerte sich mit einem Dr. Maclay um die Kinder aus der Gemeindeschule. Dank ihr lernten sie wieder, ihre Gliedmaßen zu bewegen, ihr wisst schon: Muskeltraining und all das.“

„Du denkst also ...“, bemerkte Contant, und dann Rizzi: „Der Killer könnte vielleicht ...“

„Moment.“ Daves hob die Hand. „Ab hier wird's haarig, weshalb ich ehrlich gesagt denke, wir sollten die Story mit Vorsicht genießen. Die Frau meinte, sie habe ihn auf dem Hof mit einem toten Vogel in der Hand gesehen.“ Daves sprach mit tiefer Stimme und machte ein Doppelkinn, als müsse er kurz aufstoßen. „Dann soll der Kleine in die Luft geguckt und sich den Vogel in die Brust gedrückt haben.“

„Klingt echt wirr“, bemerkte Rizzi.

„Ja und?“ Conover verstand nicht.

„Noch mal“, fuhr Daves fort. „In die Brust. Vöglein ade. Spurlos verschwunden.“

„Na ja, die ganze Chose ist sowieso verdreht genug“, relativierte Morisette, „und vielleicht hat sie nur gesehen, wie er das Tier in seine Jacke gesteckt hat.“

„Sehr unwahrscheinlich, wenn du mich fragst“, erwiderte Daves. „Vida sagte, es sei Sommer gewesen.“

„Der Sommer hier entspricht den Wintern in Baton Rouge“, verglich Petitt.

„Trotzdem.“ Daves blieb bei seinem Standpunkt.

Shustak räusperte sich, ehe er eine auch für Reve überraschend gescheite Frage stellte: „Konnte sie sich denn an den Namen des Jungen erinnern?“

„Wenn's nicht in den Papieren steht ... Nein, tut es nicht.“ Daves blätterte in seinem Ordner. „Ah, doch. Hier: Haid ... Hayes? Nein, Haid.“ Er buchstabierte es penibel für sie alle. „Nach diesem Märchen wollte uns ein Typ weismachen, ein Dämon stecke dahinter, den er *Fadeaway Charlie* nannte.“

Rizzi sagte: „Genauso haarsträubend wie die Behauptung dieser unabhängigen Zeitung aus dem Norden, der Erlöser sei 'ne Reinkarnation des Zyanid-Mörders.“

Contant grinste. „Komisch, dass noch keiner auf Speck oder William Heirens gekommen ist.“

Keiner von ihnen ahnte, wie nahe sie der Lösung genähert waren.

Kapitel 37

American Dream fand den Namen der Frau im Telefonbuch von Ameritech. Als er die Nummer dahinter anrief, ging niemand ran. Zehn Mal ließ er es läuten, denn vielleicht hatte sie ja Arthritis oder so. Danach fuhr er mit der Bahn zu ihrer Wohnung. Von der Haltestelle aus, an der er aus dem Bus Richtung Damen Avenue stieg, waren es nur wenige Blocks bis zu dem dreigeschossigen Haus. Schließlich stand er davor wie ein schüchterner Kerl, der den Mut zusammennehmen musste, um seine Flamme anzurufen.

Evan hoffte, dass Reve etwas über den Brand in der Schule herausfand. In seinem Kostüm fühlte er sich sicher und traute sich mehr. Wie die Betrunkenen auf der Division im Schlaf oder die Junkies vom Washington Square im Dauerwachzustand: Er spürte keinerlei Schmerzen.

*

Aus dem Patrouillenbuch von American Dream:

Donnerstag, 27. Dezember 1988:
11:30 Uhr
Quasi unmögl., Frau z. finden. Reve mehr Glück? Neid auf. Vic Tremble, weil Familie z. Weihnachten. Meine Familie: Alle Menschen in d. elenden Stadt.
11:50 Uhr
State Street Bus. Ausruhen. Punkt 12 Treffen m. Reve i. Marclinn.

*

„Musste am Burger King anhalten, um mir die Nase zu putzen", erklärte American Dream. „Ging nicht anders, weil sie gelaufen ist. Hätte ja auf den Kragen tropfen können. Im Sommer stinkst du nach Schweiß, im Winter riechst du deinen eigenen Rotz."

Die beiden saßen im Foyer des Wohnheims, und Reve fragte sich zum hundertsten Mal, ob sie nur deshalb von Evan Shustak fasziniert war, weil sie irgendwann einmal über ihn schreiben wollte. Sie legte ihm sanft die Hand auf den Arm. „Ein paar Dinge, Ev."

Er entgegnete: „Hatte kein Glück auf der Suche nach dieser Frau."

„Macht nichts. Aber jetzt hör zu, ich war in der Bibliothek ... Nein, zuerst das noch: An der Ecke bin ich Slappy Van der Putten begegnet. Er behauptet, ein paar Leute wollten ausziehen und in die Südstadt zurückkehren."

„Vielleicht halten sie den Erlöser für einen feigen Weißen, der sich davor scheut, jemanden auf dem South Drexel Boulevard anzugreifen."

„Ich denke, was er meint, Evan, ist, dass der Killer der Einfachheit halber in der Innenstadt bleibt. Die Menschen hier sind so festgefahren in ihrer Arbeit, dass sie nichts weniger interessiert als ihre Mitmenschen, geschweige denn, dass sie irgendetwas bezeugen wollen, wenn sie dabei riskieren, ihren Zug zu verpassen."

„Sie schauen einfach weg", erwiderte American Dream. „Die Erde befindet sich im steten Wandel. Meine Rüstung wird mir zum Leichentuch gereichen, wenn die kommende Generation ein Bollwerk auf meinen Gebeinen errichtet."

„Halblang, Evan. Lass mich ausreden.“

„Entschuldigung, Reve. Sicher.“ Er verbat sich, den Kopf hängen zu lassen.

„Slappy meinte außerdem, Vic sei deiner Idee sehr zugetan, Köder auszulegen.“

„Victor ist wieder downtown?“

„Nein, ist schon ein paar Tage her. Laut Slappy sprach Mike sich bis zuletzt dagegen aus.“

„Weißt du“, erwiderte Shustak, während er einen Moment lang ins Leere starrte, „ich könnte mich mit Ben Murdy in Verbindung setzen. Er hat Freunde mit Polio und weiß, wo wir gebrauchte Stühle herbekommen.“

„Glaubst du, Vic spielt mit?“

„Er stimmt meiner Idee doch zu, wie du sagst.“

„Ja, gut.“ Reve hatte nie ernsthaft befürchtet, Evan wolle sich selbst mit Tremulis als Köder anbieten, ohne die Polizei zu informieren. Dessen ungeachtet brannte sie aber darauf, ihm auch noch den Rest zu erzählen. „Pass auf, das hab ich in der Bibliothek gefunden.“ Sie strahlte, als sie einen Packen Kopien aus ihrem Rucksack zog. „Sieh es dir an. Stand die Woche danach im *Life Magazine.*“

American Dream hielt Seiten der Ausgabe vom 15. Dezember 1958 in den Händen. Ein Blatt der Boulevardzeitschrift zierte in Schwarz-Weiß ein Feuerwehrmann mit einem Jungen im Arm. Das Kind hätte tot oder lebendig sein können, denn sein Haar war zur Gänze verbrannt. Der Mann sah mit seiner schmerzhaft verzerrten Miene aus wie ein Kriegsarzt im Lazarett. Die Unterschrift kommentierte: „Gramgebeugt trägt Brandbekämpfer Thomas Schmidt, selbst Vater zweier Kinder, den neunjährigen Francis Haid aus der anhaltenden Feuersbrunst.“

Francis Haid.

Brand in Chicagoer Schule fordert 98 Leben.

Die Nation fühlt mit.

Francis Haid.

Hektisch wie ein entlarvter Spitzel, der Rechenschaft ablegen muss, ehe man ihn mit Schlagringen bearbeitet, offenbarte American Dream Reve, was er an Heiligabend erlebt hatte: der Mann vor dem Haus am Tooker Place, der Blickwechsel, die Unterhaltung mit der Journalistin.

„Ich kenne das Gesicht von der State Street", schloss er.

Reve sollte sich später daran erinnern, dass ihr in jener Minute alles ein wenig zu rasch vonstattenging. Als Nächstes kamen Rizzi und Morisette durch den Eingang. „Wir vermuteten, jemanden von euch hier zu treffen", begann Rizzi. „Wir haben die Ergebnisse der Spurenanalyse."

„Abgeglichen mit der Militärdatenbank", fügte Morisette hinzu. „Reve, Evan ... die Fingerabdrücke an dem Rollstuhl vor der Oper gehören zu Michael Surles."

*

Der Schock, die Leere steckte ihnen allen in den Knochen. Zwanzig Minuten vergingen, bis Victor Tremulis hereinstürzte. Mike Surfer war bereits Gegenstand aller aktuellen Zwischenmeldungen.

„Das gibt es nicht! Ich wusste zu keinem Zeitpunkt, dass der Mann überhaupt nicht mehr hier war, verdammte Scheiße!" Er brüllte wie ein Bankräuber vor dem Schalter.

„Vic." Reve lief zu ihm und fasste ihn an der Schulter. „Niemand hat gemerkt, dass er weg war. Jeder im Heim dachte, er sei, wie während der letzten beiden Wochen, immer noch auf seinem Zimmer. Er machte ja auch nicht auf, wenn man klopfte."

„Weil er nicht dagewesen ist."

„Was?"

„Weil er schon seit zwei Wochen verschwunden ist." Tremulis entzog sich ihr. „Reve, Mike Surfer ist tot. Der Killer hat ihn erwischt."

Sie zuckte zusammen. Dann schwiegen alle. Die am Billardtisch hatten aufgehört. Etch, Szasz und Karl saßen da wie die berühmten drei Affen: nichts hören, nichts sehen, nichts sagen. Colin Nutman wischte imaginären Staub von seinem Schreibtisch.

*

Sie waren zu dritt im *Loudon's Dog Days* und tranken Cola aus großen Gläsern. Tremulis hatte gerade zu hoffen gegeben, dass Mike Surfer vielleicht doch noch lebte, da man bisher keine Leiche gefunden hatte.

„Wir haben mit Morisette gesprochen", antwortete Reve. „Die vorläufigen Ergebnisse der Forensik lassen bisher nicht darauf schließen, dass wieder etwas von dieser Säure zum Einsatz kam."

Evan zog den Bericht aus der Tasche, nachdem Tremulis ihn fragend angeschaut hatte. „Wäre es nicht möglich, dass Mike ganz allein sein wollte und sich auf eigene Faust davongemacht hat?"

Reve wusste selbst, dass es eben nicht möglich war. „Gekrochen wäre er sicher nicht."

Hinter Victor hatte ein junges Mädchen seinen Walkman extrem laut gestellt, weshalb er sich am liebsten umgedreht und ihr gesagt hätte, sie solle das Scheißding ausmachen, weil er sowieso nicht das Vergnügen haben würde, sie als frühzeitig taub Gewordene wiederzusehen.

„Mike ist tot, Reve", sprach American Dream. „Wir wissen es und er auch."

Tremulis hätte ihn gern gefragt, ob er damit den Erlöser oder Surfer selbst meinte. Reve hingegen nahm an, Evan wolle sagen, Gott wisse, dass Mike tot ist.

Und irgendwie hatten sie alle recht.

Kapitel 38

Nach seinem Stundengebet trat Vater Dennis wieder hinaus zur Kanzel. Keiner der anderen Franziskaner sprach viel mit ihm in letzter Zeit, nicht einmal der neu hinzugestoßene Vater Gary. Ja, Gary ... Ach, diese Naivität, wie ein Erstsemester am College, der glaubt, *Moby Dick* und *Der scharlachrote Buchstabe* seien hieb- und stichfest belegbar bis in alle Zeiten die besten literarischen Werke, die je geschrieben wurden.

Alle wussten, dass Vater Dennis nicht mehr mit dem Herzen bei der Sache war. Seine rhetorischen Kniffe und die Vergleiche ... keine Ausrufezeichen, sondern bloß ein halb garer Versuch, einen Punkt zu machen. Seinem Brevier fehlte die Seele. Gott möge ihm helfen.

Und dann diese Stille. Ruhig war es geworden in den Bankreihen, weil die Menschen der Straße fernblieben – genau genommen diejenigen, die in der Kirche Obdach suchten. Vater Dennis erwartete wirklich jedes Jahr im Winter Zeitungsartikel – selten groß aufgezogen, eher als Platzhalter – über massenweise erfrorene Stadtstreicher, deren Blut der Alkohol ein wenig zu stark verdünnt hatte, um dann von der Polizei im Grant Park von den Bänken geeist zu werden, steif wie ein aufgeschlagenes Buch. Auch dachte er an die Frauen unter ihnen, die in St. Anthony dafür beteten, dass ihre schwarz angelaufenen Finger nur halb amputiert werden mussten.

Was nun noch hinzugekommen war? Ein größeres Übel, zu dem er durchaus einen Bezug hatte. Wer in seinem Metier wollte nicht dafür sorgen, dass alles Leid ein Ende fand? Was war nur aus ihm geworden? Er bat darum, ihre Pein möge schnell vorübergehen.

Was man auch tat, so war doch alles verkehrt.

Er las das Gebet zum kommenden Neujahrstag durch:

Eröffnung: Lasset uns beten. Vater, durch den Stern, dem die Weisen gefolgt sind, hast du am heutigen Tag den Heidenvölkern deinen Sohn offenbart.

Alternative Eröffnung: Allmächtiger Gott, dein einziger Sohn, vor aller Zeit aus dir geboren, ist in unserem Fleisch sichtbar erschienen.

Vater Dennis wollte weinen und konnte nicht.

*

Nick Desmond saß am Eingang von *Murdy's*. Sein erschöpftes Antlitz war in Weihnachtsfarben ausgeleuchtet, da die überwiegend chiliroten Lämpchen in der Frontscheibe ihn anstrahlten. Das An-Aus ließ den Barkeeper zwar Sterne sehen, doch nirgendwo sonst in der Gegend, vor keinem der anliegenden Gebäude, herrschte eine so festliche Atmosphäre. Wie es im Gold Coast District aussah oder auch nur dreißig Stockwerke oberhalb, wusste er natürlich nicht. Hier unten auf der North Wabash war es jedoch in jedem Fall so kalt, dass einem die

Klöten abfroren. Das bisschen Schnee, das im Laufe des Monats gefallen war, reflektierte kaum etwas von der Sonne, falls diese sich überhaupt einmal blicken ließ. Während die Seeburg-Jukebox unaufhörlich die immer gleichen Schnulzen für besoffene Alleingelassene spielte, dachte Nick Desmond, dass vielleicht nicht nur seine Eier erkaltet waren, sondern auch sein Herz.

Murdy's war im Gegensatz zu *M.C.'s* am Diversey Parkway, das ebenfalls seinem Chef Ben gehörte, eine Kneipe für Heteros. Die Gästeschar rekrutierte sich aus Handelsreisenden und Kongressteilnehmern, die vornehmlich in den Hotels Allerton oder Delaware eingekehrt waren.

Gerade lief Dion, der zur Wanderklampfe fragte, ob jemand seinen alten Freund John gesehen habe, als die drei hereinkamen. Tremulis hielt Reve die Tür auf und sah dabei aus wie ein glücklicher Hundewelpe. Reve hatte sich cremefarbene Stulpen über die Jeans gezogen, erntete jedoch weder anerkennende Pfiffe von den Tischen, noch drehte sich jemand an der Theke nach ihr um. Ein Kerl im Polyesteranzug warf Käsebällchen hoch und versuchte, sie mit dem Mund zu schnappen. Es war wieder einer jener besonders sinnlosen Abende.

Da er schon eine Weile ignoriert worden war, formulierte Dion sein Gesuch auf Freund Bobby um, und Tremulis fragte sich, welches Augenpaar das Lied im von der Weihnachtsbeleuchtung erhellten Rund ausgewählt hatte. Während ihres Gesprächs mit dem Barkeeper, bei dem Evan auffällig ruhig blieb, konnte er nicht von Desmonds überdimensionierter Nase wegschauen. *Könnte sich überzeugend als Kokser outen, der Kerl.*

Murdy war augenscheinlich nicht in der Stadt. Ins sonnige Los Angeles hatte es den zwergenhaften Typen verschlagen. Dort machte er Probeaufnahmen für eine Produktion von Jay

Tarses, in der Dabney Coleman ein Inkassobüro in Miami führte, während Murdy den Gerichtszusteller spielte. Als Desmond hinter die Theke zurückkehrte, um jemanden zu bedienen, entschuldigte sich Shustak kurz Richtung Klo. In der Zwischenzeit führten Tremulis und Reve eines der wenigen tiefsinnigen Gespräche für die Zeit ihrer Bekanntschaft.

Chuck Berry trauerte um Nadine. Ein Bierglas fiel um, begleitet von tosendem Applaus.

„Er hält sich für einen von Gottes Gnaden", erklärte Reve. „Evan ist so schweigsam, weil er Betrunkene verachtet. Und Junkies. Die einzige Art von Schmerz, die sie körperlich ertragen müssen, sind Entzugserscheinungen."

„Seinetwegen habe ich Schuldgefühle", antwortete Victor.

„Warum das?"

„Reve, ich merke einfach, dass ich nie an ihm kratzen werde. Außerdem mache ich mir ununterbrochen Vorwürfe wegen Mike, auch wenn es sich saudumm anhört, ich weiß, ganz zu schweigen von meiner beschissenen Einstellung manchmal. Ich ..."

„Viele Menschen haben Probleme, aus sich herauszugehen, Vic." Sie legte die Stirn in Falten. „Ich zum Beispiel. Und du bist das genaue Gegenteil." Dann legte sie ihre Hände auf seine. Schwer kamen sie ihm vor. Das Mädchen mit den Betonhänden.

„Ich wünschte, meine Alten hätten Verständnis dafür", schnaufte er. „Ja, so spricht jemand, der immer noch bei seinen Eltern wohnt."

Als ihr Freund zurückkam, unterbrachen sie sich. Shustak ließ sich nieder, fummelte in seiner Jackentasche nach einer Tablette und rollte sie auf der Zunge in den Mund. Tremulis dachte an einen Flegel damals auf der High School, den sie auf der Toilette fast mit einem Joint erwischt hätten. Evan erklärte, er habe nicht riskieren wollen, die Tablette auf dem schmutzigen Boden im Scheißhaus fallen zu lassen. „Paracetamol", ergänzte er.

Betretene Stille. Victor sah seine Mutter vor sich, die, seit er denken konnte, jeden Morgen zuallererst drei Excedrin gegen Migräne schluckte, damit der Kaffee auch richtig schön kickte. Während irgendeiner Seifenoper beziehungsweise dem Bibelfernsehen am Wochenende warf sie drei weitere ein und fing an, ihm auf den Sack zu gehen. Schließlich wurde ihm klar, wie wenig er von Reve wusste und sie von ihm.

Fremd wären sie sich geblieben und hätten ihr Leben nebeneinander verlebt, ohne sich je wirklich zu begegnen, genauso wie ein Killer und seine ahnungslose Nachbarin. Ein Zusammenkommen wäre fatal. Was mochte sie glauben oder antworten, wenn er ihr die Missbildungen schilderte, die er sich an ihrem Körper vorstellte? Geschwüre am Hals zum Daran-Lecken, wo ein Normalverliebter sich einen Knutschfleck erhoffte. Was würde sie davon halten, dass er sich in kalten Nächten selbst verletzte, um etwas Seelenwärme zu spüren?

Gene Vincent trällerte etwas von dem Mann, der Liberty Valance erschossen hat, und jener Sheriff, der tapferste von allen, hielt sich offenbar im Raum auf. Zumindest grölte jemand den Refrain mit.

Tremulis bemerkte, dass Shustaks Augen feucht waren und seine Finger steif, als er sie gegen den Schenkel schlug. Auch er war nicht gefeit gegen diese Temperaturen. Ein Blick zu Reve. Was trieb er überhaupt noch in Chicago? Leben auf der Flucht, wie von Quinn Martin ersonnen. Und jetzt den Werbespot für Abführmittel, bitte. Oder soll Victor Tremulis, genannt Vic Tremble, einfach weiterrennen?

Shustaks leeres Starren entging auch Reve nicht. Sie begriff, wie angestrengt er sich bei alledem konzentrierte. So behutsam wie für einen Spastiker möglich kramte er in seiner Tasche nach der zweiten Pille. Tremulis las das Plakat eines Comedy-Duos namens Mitch Abschaum & Max Meerschaum, die am 29. Dezember – also heute Abend – im *The Funny Firm* auftraten. Hinter der Theke drehte sich eine Art Mini-Riesenrad. Verschrumpelte Hotdog-Würstchen baumelten an Metallhaken wie aufgeblasene Kondome.

„... dass deine Familie deine Probleme nicht versteht."

Anscheinend redete Reve gerade mit ihm. Der erste Teil war ihm entgangen, also wusste er nicht, ob es eine Frage gewesen war. Shustak gluckste, als er das Medikament trocken schluckte. Wieso orderte er nichts zu trinken? Weil er es sich so auferlegt hatte. Als sei es anständiger, mit einer Sportsocke zu masturbieren, oder besonders schlau, sich mit der Rasierklinge Muster in die Augenlider zu ritzen. Er selbst hatte das beim Ehemaligentreffen zum zehnjährigen Jubiläum ihres High-School-Abschlusses gemacht.

„Sie wissen ja, dass ich Zuckungen hab", äußerte er schließlich in der Hoffnung, dass es Sinn ergab. „Das wollen sie aber nicht anerkennen, weil sie der Meinung sind, ich könnte sie abstellen, wenn ich wirklich wollte."

Das schmerzverzerrte Lächeln war ganz Victor, während er so sprach, und Reve sollte diese etwas andere Grinsekatze ihr Leben lang nicht vergessen, vor allem nach dem, was später noch geschehen würde. So lächelte jemand, der bloß daran denken musste, dass etwas wehtat, dem das schiere Gefühl bereits reichte, so wie sie sich selbst vor dem Anblick eines Mädchens gesträubt hatte, das sich in einem von Anfang an vorhersehbaren Horrorfilm die Brüste kneten ließ.

Über dreißig und noch in Mamas Bude hausen, nur weil man sich im eigenen Körper gefangen fühlte. Dieser Gedanke kam beiden gleichzeitig, wenn auch jeweils unter anderen emotionalen Vorzeichen. Eineinhalb Jahre gab sie sich nun mit diesen Menschen ab und hatte viel dabei gelernt. Reve dachte an einen alten Song, ausgerechnet von Talkmaster Mike Douglas, und musste ein Lächeln unterdrücken, das Victor bestimmt falsch aufgefasst hätte. *The Men In My Little Girl's Life*. Der Text drehte sich um einen Vater, der verwinden musste, dass seine Tochter erwachsen wurde. *Dad, there's a boy outside, his name is Rod. He wants to play in our backyard. Can he, Daddy?*

Shustak war vernünftiger als manch anderer, doch der Schmerz trieb ihn bis zum Äußersten. Tremulis wiederum fühlte sich schlecht, weil er, wie er glaubte, seine eigene Schmerzgrenze schneller erreichte, als man es von ihm erwartete. Im Vergleich dazu war Mike Surfer zyklothym gewesen, ein relativ ausgeglichener Typ wie die meisten. Wann und wie immer es passiert war: Die Menschen lebten so eng zusammen und waren einander dennoch ferner denn je. Die Bewohner des Marclinn hatten Mikes Verschwinden hingenommen wie Sterbebegleiter den steten Durchgangsverkehr unter ihren Patienten.

„Hyperaktiv nannten sie mich als Kind", erläuterte Tremulis den beiden, „weil ich andauernd den Kühlschrank oder die Fliegengittertür zuschlug, aber das hat mich nur noch mehr aufgestachelt. Stets hieß es, ich solle mich beruhigen, das Patentrezept seit meiner Geburt. Und meine Milch hab ich immer verschüttet ..."

„War dein Vater auch so?", fragte Reve.

„Wenn es nach ihm geht, bin ich ein Jammerlappen."

„Ich erinnere mich nicht an meine Eltern. Wirklich null." Weiter führte Evan dies nicht aus.

Tremulis nahm an, Reve kenne die ganze Geschichte bereits. „Manchmal", fuhr er selbst schließlich fort, „als ich noch ein Kind war, nannte Dad mich einen *kleinen Teufel.*"

„Teufel, gutes Stichwort." Shustak krächzte immer noch ein wenig, nachdem er die Tabletten mit nichts hinuntergespült hatte. „Haid ist hier nie gesehen worden. Habe Desmond gefragt, als ich von der Toilette kam. Er kennt ihn aber vom Washington Square."

Reve zweifelte. „Weshalb ist er sich da so sicher?"

„Reve, dort trifft man zwar eine Menge Säufer mit Wahnvorstellungen, wenn es dunkel wird, aber wahrscheinlich nur einen Mann, der laute Wortgefechte mit dem Herrgott führt." Sogleich erzählte er, Desmond habe Haid irgendwann kurz vor Halloween belauscht. „Außerdem macht er ständig Kreuzzeichen ... also Haid jetzt."

Dion drehte eine Ehrenrunde im Plattenschrank, um seinen Kumpel John zu suchen, vielleicht auch Bobby, Emerson, Lake and Palmer, Hinz, Kunz sowie die beiden Anarchisten Sacco und Vanzetti.

Reve fasste es besonders treffend zusammen, indem sie sich auf den Erlöser bezog: „Als hielte er sich gleichzeitig für den Vater, den Sohn und den Heiligen Geist." Sie meinte jedoch nicht spezifisch Haid.

„Oder für Richter, Geschworene und Henker", fügte Tremulis hinzu.

Die einsamen Trinker klatschten sich weiter mit melancholischem Liedgut ab. Die Welt als schwarze Scheibe mit buntem, aber verblasstem Label.

Kapitel 39

Später sollte Haid sich der Ironie dahinter bewusst werden. Hätte ihn jemand gefragt, von wem er dazu angestiftet worden war, den Jungen zu nehmen, wäre ihm nur eine Antwort eingefallen: „Ich habe es im Namen der Muttergottes getan." Nichts weiter.

*

Es war elf Uhr in der Neujahrsnacht, und er stand vor dem Reihenhaus, in dem Devin Verbeerst wohnte. Hier im Norden ging die Straße in den Dearborn Parkway über. Die meisten Anwesen mit Gärtchen und Eingangsweg waren von Zäunen aus Gusseisen umgeben. Die Tore waren elektrisch verriegelt; man erhielt also nur per Knopfdruck Einlass, es sei denn, das Schloss war kaputt wie vor Hausnummer 1111 Elm Street. Vince Janssen hatte die Witwe gekannt, und Haid wusste, dass das Tor schon lange defekt war. Neben der Klingel standen die Namen Gerberding, Osier und Verbeerst. Mutter und Sohn lebten demnach im Dachgeschoss.

Was er von Vater über die Frau wusste, gab ihm die Gewissheit, sie heute Nacht nicht im Haus anzutreffen. Devin Verbeerst war genau genommen vierundzwanzig und litt wie gesagt unter Hyperurikose. Haid trat ins Erdgeschoss, ohne sich noch einmal umzudrehen. Leute mit dieser Stoffwechselkrankheit – in der Regel Männer – neigten zu autoaggressivem Verhalten und mussten bisweilen angebunden werden. Devin waren zudem die Vorderzähne gezogen worden, nachdem er seine Oberlippe durchgebissen hatte. In den beiden anderen Apartments war es still.

Die Witwe Verbeerst hatte Vater erzählt, das Leiden ihres Sohnes sei vor allem deshalb schlimm, weil er zu viel darüber wusste. Schnell und lautlos überlistete Haid das Türschloss von Nummer 3F mit einem von Vaters vielen Tricks. Direkt links auf dem Flur war die Küche, das Wohnzimmer gegenüber. Dort glomm der Fernseher, warf den verzerrten Schatten eines Rollstuhls gegen Wand und Decke. *Jesus!* Er hatte einiges erwartet. Mit vielem hatte er gerechnet, doch als er den jungen Krüppel sah, blieb Haid die Luft weg. Der schwarz-weiße RCA-Bildschirm an der Wand nach Westen hin stellte die einzige Lichtquelle im Raum dar. Ein Film der Marx Brothers lief gerade, wie immer auf Kanal 9 zu Silvester. Siebenundzwanzig Minuten nach elf zeigte die Uhr über dem Fernseher an. Er musste sich bewegen, um den Gram abzuschütteln.

Die Schatten tänzelten wie irr über Devins Gesicht, was mitverantwortlich war für Haids kurzzeitige Schockstarre. Die Zahnlücken ließen ihn aussehen wie eine gackernde, geifernde Märchenhexe oder Voodoozauberin aus New Orleans. Im Film verarschte Groucho gerade eine Gruppe vornehmer Leute. Devin gab ein Brummen von sich, vielleicht ein Lachen. Eine Minute verging. Harpo hupte.

Verbeerst wirkte ehrlich verzückt, während er glotzte und mit dem Oberkiefer über die Lippen darunter schabte. Drei Kissen lagen auf seinem Schoß, Kindheitserinnerungen an *Die Prinzessin auf der Erbse*. Darunter verlief vom Bauch aus ein Schlauch zu einem halb durchsichtigen Beutel, der an der Achse des rechten Reifens pulsierte. Das Plastik war von innen bespritzt, wobei Haid Vaters Spucknapf in den Sinn kam.

In der Werbeunterbrechung listete ein lokales Autohaus seine Vorzüge auf: „Sie sparen in jedem Fall …“

Haid stand nun vor der armseligen Gestalt. Seine Augen

gewöhnten sich nur langsam an die Umgebung des Fernsehers. Abgesehen von einem gelben Nachtlicht über dem Waschbecken in der Küche, entrückt wie ein Signalfeuer auf dem Michigansee, war es vollkommen dunkel in der Wohnung. Er schaute den Jungen abschätzig an. Seine Knöchel waren am Trittbrett festgebunden. Haid beugte sich vor und nahm das erste Kissen, dann das zweite. Gerade ging der Film weiter, als er das dritte zu den anderen auf den Boden legte. Dann blickte er in Devins nussbraune Augen. Der Junge versuchte zu sprechen, sabberte und gluckste jedoch nur. Haid trat näher und bekam einen Höllenschreck, als sein Gegenüber doch noch etwas Verständliches hervorbrachte, ein Nuscheln, kaum schlimmer als das eines Arbeiters nach ein paar Feierabendbieren zu viel.

„Geht es ewig so weiter?" fragte er. Haid verstand es trotz des lang gezogenen *Ws*. Antworten konnte er noch nicht. Stattdessen fasste er das Regal hinter dem Jungen ins Auge beziehungsweise die Schachteln darauf. Spielzeug vom Batman und Robin sowie Holzbausteine und einige Gesellschaftsspiele. Alles bestimmt noch aus gesunden Zeiten. Musste es wirklich ewig so weitergehen?

„Nein", antwortete er endlich, und Devin Verbeerst erschlaffte mit einem tiefen, anhaltenden Brummen. Ohne die Kissen als Stütze sackte der träge Schädel nach vorn gegen Haids Brust, die Jacke zwischen seinen lichten Zahnreihen. Das Leder raschelte, als Haid sich ausstreckte, um den Jungen zu umarmen. Er legte ihm die Hände um den Hals und verschränkte die Finger auf dem Höcker im Genick. Dann drückte er zu, drang unter die Haut.

Haid atmete tief durch, denn einmal mehr war er am heikelsten Punkt angelangt. „Gott will, dass du nach Hause kommst, Sohn."

Das Stöhnen des Jungen erstarb abrupt wie der Lärm einer Stereoanlage, sobald man den Stecker zog.

*

Er erlaubte sich eine weitere Verschnaufpause, doch als er aufschaute, stand dort die Witwe Verbeerst und starrte ihn an. Er glaubte, sein Herz müsse explodieren. Was hatte sie gesehen? Sie stand im hellen Bad – in dem Raum, den er übergangen hatte. *Verdammt!* Reglosigkeit im schlicht weißen Nachthemd, nicht älter als vierzig und von hinten bestrahlt. Dass sie breitbeinig erstarrt war, spielte im Augenblick keine Rolle für sie.

Haid sagte nichts, und ihre Augen stellten keine Fragen. Die Sekunden wurden länger, unerträglicher. Sie schien etwas hinter ihm zu fokussieren. Er drehte sich um und sah ein Bild von Devin im Baseballtrikot. Ein dunkler Fleck beschmutzte den rot-weiß gestreiften Stoff an genau der Stelle, wo Jahre später der Schlauch eines Kolostomiebeutels aus seinem Unterbauch ragen sollte.

Die Frau, Devins Mutter ... sie hatte wohl etwas gesagt, ganz leise. War ihm vorgekommen wie: *Raus!*

Geräusche aus dem anderen Raum. Dem Schlafzimmer?

Der Flur war leer, als er endlich sprach: „Ich habe Ihren Sohn erlöst." Dann ging er hinüber und sah sie auf dem Bett. Den Kopf hatte sie im Kissen vergraben, aber Gott sei Dank nicht die Polizei angerufen. Sie schluchzte in kurzen Schüben.

„Ich sagte, ich habe Ihren Sohn erlöst."

Sie wimmerte weiter, lauter nunmehr.

Schnell und wie in Trance ging er zur Wohnungstür. Der letzte Eindruck, den er von der Frau mitnahm, war der Anblick der Hornhaut unter ihren Füßen, während sie ausgestreckt dalag. Stellte sie sich so an, um bei der Polizei überzeugender zu wirken? Gewiss, sie würde die Bullen doch anrufen, oder?

Raus sollte er, hatte sie gesagt. Daran bestand kein Zweifel. So verließ er die Wohnung ohne Sirenengeheul, falls es überhaupt dazu kommen würde. Er dachte weiter an die nackten Sohlen der Witwe und auch an das Bild, das sie in ihrer Reaktion am Ende vielleicht bestätigt hatte. Haid würde sich an das Lächeln des Jungen im Leibchen der Little League erinnern, solange er noch lebte.

Kapitel 40

Tremulis traf sich mit Reve und Shustak in der Buchhandlung *Navarro's*, North Broadway 2909. Ben Murdys andere Kneipe *M.C.'s* befand sich einen Block weiter unterhalb im Gebäude Nummer 2850. Es war Freitag, der sechste Januar 1989.

Als Victor aus dem Bus 36 stieg, schaute er auf den nassen Gehsteig, wo die wenigen Schneeflocken des Vorabends geschmolzen waren, denn bei abflauendem Wind wurde es nachts sogar wärmer. In den Pfützen vor ihm spiegelte sich ein gewaltiges Wohnhaus auf der Oakdale wider, und ein übergroßer Filzmarker machte mit einem *Heben Sie hervor, was wichtig ist* auf seinen Hersteller aufmerksam.

Die Temperaturen schwankten nach wie vor um den Gefrierpunkt, und da die Sonne schien, hatte Tremulis den Reißverschluss seiner grauen Jacke bereits aufgezogen, noch ehe er in den Laden trat. Ein Türglöckchen schrillte wie plagende Erinnerungen im Geiste eines Wahnsinnigen.

Shustak trug wieder sein Hell's-Kitchen-Sweatshirt, dieses Mal über einer schwarzen Cordhose. Eine erbsengrüne Jacke hielt er zusammengefaltet in der Faust. Reve hatte eine blaue Bluse an, einen schwarzen Rock und dazu passende Stiefel. Das stylishe Outfit hätte ihn beinahe darüber hinwegsehen lassen, dass sie wegen der Metallplatte an ihrem Becken hinkte. Nein, wieder nur ein Traum. Sie hielt Daemon Winter-Bostons neuesten Zen-Bestseller in der Hand und reichte ihn Tremulis, als er darum bat. Wieder faszinierten ihn ihre makellosen Fingernägel, und sogleich schwebte er erneut auf Wolke sieben. Er wollte alle Menschen und Gegenstände in seinem Umfeld verunstaltet beziehungsweise seinen eigenen Leib geschändet wissen, um sich selbst verstehen zu lernen. So pochte sein schwaches Herz nur, wenn die Frau, für die er gegenwärtig Feuer und Flamme war – denn vor Reve Towne hatte es auch schon andere gegeben –, sich nicht hinter Kosmetika versteckte.

Tremulis schlug den Wälzer irgendwo in der Mitte auf. Ein Zitat Heraklits: *Panta rhei*. Dabei dachte er an alles, was ihn zum Begriff *Fließen* einfiel: den Chicago River, Essigsäure, Blut, Urin ...

Evan kaufte nichts. „Ich lese aus Gesichtern", ließ er die junge Frau an der Kasse wissen, obwohl sie nicht gefragt hatte.

*

Das also war das *M. C.'s*, eingequetscht zwischen der Autowerkstatt *Broadway Surf* und *Sammon Studios*, einem Filmproduzenten. Die mit Chromleisten verschönerte Fassade in Schwarz und Pink machte weit mehr her als andere Schwulenbars in der Gegend um North Halsted, etwa das *Christopher Street* oder *Eric's*. Ben Murdy selbst beschrieb es so: „Das *M. C.'s* ist ein Tanzclub mit Videounterhaltung und anderen praktischen Annehmlichkeiten. Ich brüste mich damit, dass wir die Musik leise genug halten, damit unsere Kundschaft sich nicht schreiend unterhalten muss."

Sechs Jahre zuvor hatte der Schuppen noch *Absinthias's* geheißen, ein echtes Rattenloch, und vor allem abgehalfterte, lebensmüde Bier-und-sonst-nichts-Trinker angezogen. Nach der Übernahme hatte Murdy einzig das weiße Vordach behalten. Gegenüber ragten die Apartmenthäuser Green Briar und Commodore auf. Im Penthouse des Letzteren hatte in den Zwanzigern Al Capones Gespielin gewohnt. Dementsprechend teuer war die Suite auch heute noch mit über zweitausend Dollar pro Monat. Vom Keller der beiden Gebäude aus führte ein Fluchttunnel die Surf Street entlang, und ein paar Blocks weiter auf der Lincoln Avenue blinkte die Anzeigetafel des Biograph Theater der stummen Front des *Red Lion Pub* auf der anderen Straßenseite entgegen.

Die drei nahmen an einem Tisch mit Blick auf die zahlreichen Bildschirme über der Theke Platz, die Musikvideos zeigten. Rund ein Dutzend Männer sahen sich mehr oder weniger aufmerksam *Bela Lugosi's Dead* von Bauhaus an. Der Tresen nahm gut die halbe Länge des Erdgeschosses entlang der Nordwand ein, oberflächlich schwarz poliert, mit von hinten beleuchteten Glasblöcken darunter. Im Obergeschoss gab es Kerle zum Anfassen und eine erhöhte Tanzfläche. Jedes Mal, wenn einer der Türsteher am Ende der Treppe öffnete, hörten sie *We Are Family* von Sister Sledge. Jeder dieser Typen ähnelte mit seinen Geheimratsecken Hulk Hogan und trug ein Smokinghemd mit Spitzen sowie rosa oder türkisfarbener Fliege. Tremulis fühlte sich unwohl, da der eine oder andere in seine Richtung blickte.

Evan saß gleich unter einem Warhol-Kunstdruck, Murdys Porträt in grellen Blau- und Grüntönen. Er nippte an einem

Canada Dry, das als Willkommenstrunk auf Kosten des Hauses ging. Victor hockte rechts neben ihm, schaute auf die Theke beziehungsweise die Bildschirme und trank eine Bacardi Cola. Er missinterpretierte das Verhalten der Männer dahin gehend, dass sie ihn möglicherweise attraktiv fänden, weil sein zurückweichendes Haar der Frisur der strammen Security-Typen entsprach. Reve begnügte sich mit einem Gin Tonic Marke Gilbey's.

„Hallöchen!" Ben Murdy winkte ihnen mit einer Carlton 100 Menthol in der Hand zu, die ihr kurzes Leben bereits zur Hälfte abgebrannt hatte. *Lebhaft* als Attribut beschrieb diesen Mann wohl am besten: Er war ein Jahr älter als Tremulis und schlenkerte seltsam synchron mit den Gliedern wie die Charaktere in *Der Zauberer von Oz*. Dabei war er größer als ein Zwerg, besaß jedoch die Anmut von Judy Garland oder auch Ray Bolger, während sich sein messerscharfer Verstand und die Gerissenheit perfekt auf den alten Zauberer selbst münzen ließen.

Murdy stellte sich vor den Stuhl gegenüber von Reve. Er trug eine gebleichte Jeans, die immer noch stärker zum Schwarzen als zum Blauen tendierte, sowie ein schwarzes T-Shirt mit der Aufschrift: *Ich bin okay. Das Arschloch bist du.* Entgegen seiner Statur hatte er eine breite Brust und kräftige Oberarme, für die man bereitwillig – um im Jargon der Szene um North Halsted zu bleiben – den Schinken hingehalten hätte. Ehe er sich breitbeinig hinsetzte, blies er noch etwas Qualm aus.

„Dein Haar sieht heller aus", bemerkte Shustak.

„Leben und färben lassen", entgegnete Murdy, als sei Evan sein erster Hetero beziehungsweise zumindest der erste, mit dem er auch sprach. Einer der wandelnden Schränke hatte ihn gehört und stöhnte, während ein anderer gekünstelt den Kopf schüttelte und sich entrüstete: „Einmal blond, und es bleibt dabei."

„Aber, aber", fuhr Murdy fort. „Schuld daran ist nicht die Sonne in der – Zitat: Stadt der Englein und Blümchen. Zitat Ende. Ich meine, zieh dir das mal rein: Da bin ich auf dieser piefigen Party in Beverly Glen in der Gegend, wo Harry Hamlin wohnt, und dieser ... Schmock von Central Casting, sternhagelvoll, kommt an und meint so, Danny DeVito hätte es besser drauf als ich. Du weißt, ich war für Tarses dort, oder?" Er pausierte, zog aber nicht an seinem Glimmstängel.

„Desmond hat es erwähnt", antwortete Reve steif.

„Wie dem auch sei, Mann, wie dem auch sei. Geena Davis hat mir dort an Ort und Stelle die Funzeln gefärbt, weil uns beiden sterbenslangweilig war." Er verkniff sich den Rest der Story.

Tremulis hörte eine Bassfigur von oben, die ihn an einen unterlaufenen, aufgebohrten Zehennagel erinnerte.

„Ihr jagt also diesen gruseligen Erlöser?" Diese Bemerkung beziehungsweise der damit einhergehende krasse Themen- und Stimmungswechsel erschütterte sie alle drei gleichermaßen.

Shustak stieß gegen sein Getränk. „Ja", bestätigte er schließlich. „Wir wissen, wer er ist."

„Glauben wir zumindest", berichtigte Tremulis, denn so war es ja auch.

„Wenn ich euch was sagen darf", sprach Murdy weiter. „Hui, ich stecke ja immer noch in diesem Westküsten-Lala. Hab ich echt gerade das Wort *gruselig* benutzt? Tut mir leid." Seine Zigarette war ausgegangen. „Will sowieso weniger rauchen", erklärte er laut, als müsse er sich rechtfertigen.

Shustak bestellte einen zweiten Softdrink, und der Kellner brachte gleich eine ganze Runde sowie einen Martini mit zwei Oliven für Murdy. Er nippte daran und leckte sich unbewusst das Zahnfleisch am Oberkiefer, wobei Victor kurz die blaue Ader unter seiner Zunge sah, ehe er in sein eigenes Glas starrte.

Shustak verklickerte Murdy, ihm sei eine neue Masche in den Sinn gekommen, die er testen wolle, sobald er wieder auf irgendwelchen Abschaum stieß. „Ich bin eine neue Droge. Probier mich."

„Oh, das mag ich. Echt jetzt!", betonte Murdy nicht ohne einen gehörigen Schuss Ironie.

*

Die Nacht wurde lang wie eine einsame Fahrt mit der U-Bahn, und Tremulis hatte immerhin genug Alkohol im Blut, um in Erwägung zu ziehen, die Augen etwa eine Milliarde Sekunden fest zuzudrücken, bis er einen Ständer bekam. Murdy meinte, sein Bekannter Milton Castle oben aus Bowmanville könne ein paar gebrauchte Rollstühle auftreiben. Victor empfahl sich in Richtung Toilette. Warum zur Hölle ging der Kerl auf Evans Hirngespinste ein? Vielleicht war auch er wütend, weil Homosexuelle wie Behinderte in die ewig gleichen Schubladen gesteckt wurden. Falls der Erlöser sich auch an seiner Minderheit verging, würde die Öffentlichkeit ihnen obendrein noch die häufigen Partnerwechsel ankreiden, genauso wie man ihnen Aids in die Schuhe schob. Andererseits: War es nicht auch sein eigenes Hirngespinst, den Killer zu stellen?

Was aber würden sie tun, wenn er ihnen tatsächlich mit seinen Folterwerkzeugen auf den Pelz rückte? Sich bekreuzigen? Ihn abknallen oder umrennen? Nachdem er sich erleichtert hatte, starrte er auf sein schlaffes Glied. Am Automaten über den Urinalen konnte man Mentor-Kondome ziehen, und jemand hatte mit einem Lackstift einen Spruch aus Nelson Algrens *Der Mann mit dem goldenen Arm* verewigt: *Man muss es im Handgelenk haben.* Er spürte, dass er all dies aus einem guten Grund tat – um Eindruck bei Reve zu schinden. Der Gedanke ließ ihn schaudern.

Nachdem er den Reißverschluss hochgezogen hatte, kehrte er an den Tisch zurück. Zu Reve. Wohl wissend, dass der einzige warme Fleck, auf dem er je schlafen sollte, von seinem eigenen Blut stammen würde.

Kapitel 41

Kein Licht im Marclinn? Das Foyer war leer wie der Aufnahmeraum eines Krankenhauses in einer unfallfreien Nacht. Gut, Nutman hatte sich nicht davongemacht, aber er schlief wie so oft hinter dem Schreibtisch. In der Spätfilmreihe *Theater der Nachteulen* auf Kanal 7 unterbrach gerade ein Werbeblock *Zombies On Broadway.* Zuerst behauptete ein Anwalt, er nehme jedem Bankrott den Schrecken, und dann eine Reihe Mädchen, sie würden nur auf einen Anruf unter ihrer Party-Hotline warten: *Null, null, neun – Cheryl wird's freu'n ...*

Nachdem Evan und Victor Reve in ein Taxi gesetzt und den Fahrer angewiesen hatten, sie nach Hause in die Ohio Street zu fahren, waren sie froh, endlich wieder ins Warme zu kommen. Tremulis würde nie nachvollziehen, wie etwa Blackstone Shatner auf der Straße überlebte. Zu Zeiten wie dieser begriff er nicht, wie er je hatte auf die Idee kommen können, das Leben eines Obdachlosen sei auf irgendeine Weise glamourös. Seine Finger kamen ihm vor wie vereiste Zweige, und unter sein linkes Schulterblatt schien jemand einen Spaten gesteckt zu haben, um nun kräftig zu hebeln. Wie Shustak sich fühlte, wollte er gar nicht erst wissen.

*

Es hatte sie zermürbt – was am Tag geschehen war, die Aussicht auf die kommenden Ereignisse, einfach alles. Reve Towne hätte im Stehen einschlafen können. Sie wohnte schon seit drei Jahren in einem kleinen Studio in den Grand Ohio Apartments. Das lange Gebäude ähnelte einem Amtrak-Zug, aber ihre Vermieter, die Bartolis, waren nette Leute.

Reve war sogar zu müde, um ihren Kassettenspieler einzuschalten. Roxy Music stimmten sie normalerweise aufs Schlummern ein, doch jetzt zog sie sich einfach aus und ging hinüber zum Schrankbett, das sie seit vier Tagen nicht mehr gerichtet hatte. Den Anrufbeantworter hörte sie nicht ab – oder heuerte möglicherweise irgendjemand in der Flaute nach Weihnachten Freelancer an und suchte genau sie? Reves Studienkredit würde ihr über den Sommer helfen, wobei sie ja weiterhin mit dem Gedanken spielte, Geschichten über Evans Abenteuer als American Dream zu schreiben, die sie dann Peggy Nadramia vom *Grue Magazine* in New York zukommen lassen wollte.

Im weißen Schlüpfer und olivfarbenen T-Shirt vergrub sie die Zehen im kreischend roten Wohnzimmerteppich, als sei das zottelige Ding brandneu und erst am Nachmittag verlegt worden. Wie im Takt von *The Stroll* von The Diamonds schwankte sie vor und zurück. Nach einer Weile hin und her fiel sie ins Bett – nicht darauf, weil es längst zu tief durchhing. Während andere Schäfchen und sexuelle Eroberungen – tatsächliche oder erlogene – zählten, ging Reve die Titel der Bücher im Kopf durch, die sie zu schreiben gedachte:

Schwache Leuchten in windigen Städten: Der Serienmörder im heutigen Amerika.

Speck-ulationen: Richard Speck mit eigenen und in den Mund gelegten Worten.

Sieg der Vernunft mit American Dream II. Ein werdender Held.

Konnte sie auch über Vic Tremble schreiben? Oder den Erlöser? Sie bezweifelte es, weil es bedeutete, zu viel von sich selbst preiszugeben. Der Raum roch nach Insektenkugeln und O'Boise-Kartoffelchips. Binnen Minuten war Reve eingeschlafen.

Victor hätte es erregt, sie durch die Nase schnarchen zu hören.

*

Evan Shustak hatte auf einer Liege neben Tremulis Platz genommen. Der Mann mit dem Hang zur Selbstverletzung betrachtete seine Umgebung im matten Schein der Magikist-Lippen draußen auf der Randolph Street. Sie ließen auch das Plastik des bundesstaatlichen Behindertenausweises schimmern, der auf einem Schränkchen zwischen den beiden Bettgestellen lag, daneben ein paar Münzen und rosafarbene, längliche Pillen. Das Geld war kupfern und sah aus wie Blutstropfen von dem Neonmund am Gebäude gegenüber. Ein Superman-Poster an der Wand gedachte an das Internationale Jahr der Behinderten 1981. Daneben hielt eine einzelne blaue Reißzwecke einen Bewerbungsflyer der Chicagoer Guardian Angels fest – und ausgerechnet ein Plakat von *Angriff der 20-Meter-Frau.*

Victor sah hinüber zu Shustak, der leise sein Nachtgebet aufsagte. Seine eigenen Bitten an die Götter der Qual und Glückseligkeit beinhalteten stets die Zeile: „Für meine Verwandten und Freunde; ich will ihnen den Schmerz nehmen."

Das Zimmer hatte noch mehr zu bieten, verstreut am Boden etwa Fiberglasmanschetten und Gelenkschienen, Verbandsrollen, leere Medikamentenflaschen und Heftpflaster. Das alles gehörte zu ... ja, zu was? American Dreams Ausrüstung? Verkleidung? Wie auch immer. Unter Tremulis' Liege bewahrte Evan seine Comics auf. Green Lantern. T.H.U.N.D.E.R. Agents und Dick Briefers Frankenstein sowie Phantom Lady und The Holy Terror, beide aus den Vierzigern. Shustak hatte erklärt, er sei an wertvolle Hefte von Barry Allen Bonasera von All-American Comics gelangt. Angeblich hatte er einen Diebstahl vereitelt, und die Ikone sei hinterher bereit gewesen, zum Dank einen Teil der Archivbestände abzugeben.

Tremulis dachte wieder an Reve und wie schnell ihm der Abschiedsgruß vorhin über die Lippen gekommen war. Vielleicht würde es 1989 ein angenehmeres Weihnachten und Neujahr für sie beide – für sie alle drei geben.

„Ich und Reve, wir sind mal intim geworden."

Shustaks Flüstern schockierte Victor. „Was?", fragte er und versuchte dabei, seine Unruhe zu verbergen. Er nahm an, der Kerl habe nur laut seine Phantasien geäußert.

„Ja doch." Shustak sprach mit dem Blick zur Decke. „Sie hat mich ohne Armschienen gesehen."

*

Vor dem Einschlafen hing Evan weiter seinen eigenen Gedanken nach. Am Abend war American Dream in der Gegend um

Van Buren unter den Schienen niedergeschossen worden. Er hatte sich jedoch wacker geschlagen und war würdevoll abgetreten. Aufstehen würde er nicht mehr. Niemals.

So gelang es Shustak, zur Ruhe zu kommen.

Kapitel 42

In jener Nacht gebot Vaters Stimme, aus welchen Gründen auch immer, den Rollstuhl umzudrehen, damit die kopflose Leiche vor dem John F. Kennedys Schwarz-Weiß-Foto saß, das über der Glover-Haarwasserflasche und Sloan's Gelenksalbe hing. Vergeblich versuchte Haid mehrere Minuten lang, Vaters verweste Hände von den Stuhllehnen zu ziehen, ohne Finger abzubrechen. Schließlich trat er dahinter, als wolle er den Sitzenden mit einer Umarmung überraschen, und versuchte, nicht an das Zeug zu denken, das in seinem Schädel wucherte. Dann betete er. „Neige dein Ohr, Herr, und zeige dich auf unser Flehen hin der Seele deines Dieners John gnädig, den du zu dir befohlen hast, um ihn in Frieden und Licht an deine Seite zu setzen, damit er sich der Gemeinschaft der Heiligen anschließt, durch Christus, unseren Herrn. In Ewigkeit. Amen."

Haid mochte den Ausdruck *zu dir befohlen*, aber nachdem Vater ihm aufgetragen hatte, das Totengebet noch vierundzwanzig Mal zu wiederholen, weil Kennedy in Erinnerung bleiben musste, brach der Baum von einem Mann erschöpft und unter Tränen zusammen.

Kapitel 43

Ben Murdy kam doch nicht so einfach an ausrangierte Rollstühle, versprach Evan jedoch, sie bis zum Ende der kommenden Woche bereitzustellen. Shustak machte die Verzögerung nichts aus, denn American Dream hatte alle Hände voll zu tun. Oberste Priorität: das mögliche Jagdrevier des Erlösers abzirkeln.

So kam es, dass er und Vic Tremble bitterlich frierend in einer Gasse im Norden standen. Es war Samstagabend, der 7. Januar. Die Abfalltonnen in der Umgebung quollen über von ausgedientem Weihnachtskram, ausgedorrten Bäumen, zerbrochenen Kugeln und Dutzenden Karten mit hinfälligen Worten der Erbauung.

Nach längerer Stille unter Zähneklappern ergriff Victor das Wort: „Ich verstehe immer noch nicht ganz, was uns das hier bringen soll." Die Halogenlaternen, die die Eugenie Street wie eine Haarfraktur durchzogen, gaben den Gesichtern der beiden jungen Männer einen geisterhaften Anstrich. American Dream trug eine fleischfarbene Skimaske, passend zum Rest seines Aufzugs. Der Schatten eines Wohnhauses warf sich im Vorbeigehen über seinen Kopf wie Krebs, der in die Knochen streute. „Außer dreckigen Jacken und Scheiße an den Fingern."

„Ich trage meine Rüstung", bemerkte American Dream, „wie dir aufgefallen sein müsste."

„Ja, klar. Richtig." Während er meckerte, tropfte ihm Wasser von einer Dachrinne auf die rechte Wange. „Das beantwortet aber die Frage nicht."

Shustak kratzte sich einmal mehr am rechten Handgelenk und sprach roboterhaft: „Falls Frank Haid der Erlöser ist, und wir zwei sind uns dahingehend verdammt sicher, fürchtet er sich sehr wahrscheinlich vor Frauen, wie mir Detective Daves von der Mordkommission berichtete."

„Hältst du das nicht für ein Klischee?"

„Vic, unser beider Existenz ist ein Klischee." Er ließ es altklug und geheimnisvoll klingen, während sie ihren Parcours vorbei an schwarzen Müllbergen fortsetzten. „Lass es dir noch einmal durch den Kopf gehen: Alle bekannten Opfer seit Mitte November waren mit Ausnahme von Wilma Jerrickson männlich."

„Vielleicht hat er einen Mutterkomplex", mutmaßte Tremble.

„Möglicherweise, obschon ich es als Muttergotteskomplex definieren würde."

„Ach, hör auf!", schnaubte Victor. „Die Frau war siebzig, und falls du denkst, sie sei 'ne alte Jungfer gewesen, bist du wirklich naiv, was Frauen angeht."

„Du hast die Artikel aus *Life* über das Feuer in der katholischen Grundschule, das er als Kind erlebte, gelesen." American Dream schaute hinauf zum Himmel, als würde er dort inmitten der dunkelroten Kleckse zwischen den Wolken St. Vitus in Flammen erkennen. „Ich meine damit, dass es für ihn einer religiösen Erfahrung gleichkommt."

„Und weißt du, was dieser Cop Rizzi meinen würde?", erwiderte Tremulis. „Du kannst mir viel erzählen, wenn der Tag lang ist."

Der Wind drehte, als sie Crilly Court überquerten. Aus dem *Exit Club* hinter ihnen auf der Wells dröhnte Punkrock. Alles in ihrer Umgebung, fand Tremble, selbst die Ratte, die gerade mit wie in vergeblicher Hoffnung weit aufgerissenen Augen an einer Schachtel aus Styropor von McDonald's knabberte, war andauernd auf der Flucht. Man hoffte ständig darauf, dass sich etwas veränderte. Die Banker und Sekretärinnen im Geschäftsviertel kamen ihm vor wie einzelne Neutrinos im Partikelbeschleuniger von Fermilab drüben in Batavia. Jawohl, alles raste in halsbrecherischer Geschwindigkeit dahin, während die Suche nach dem Mann, der Mike Surfer umgebracht hatte, sich wie Kaugummi zog. Die Suche nach dem Erlöser. Wieder schaute Victor auf die kümmerlichen Überbleibsel weihnachtlicher Heiterkeit und wurde sich bewusst, dass er die Feiertage selbst kaum wahrgenommen hatte.

Die Polizei versuchte ihr Bestes, doch als Shustak in seiner Heldeninkarnation mit Haids Namen im Präsidium aufkreuzte, wiesen sie ihn höflich ab. Daves war kein Kommissar Gordon, und Evan nur das Spottbild eines Rächers, nicht Batman. Selbstjustizler wie Bernard Goetz, New Yorks Subway Vigilante, hatte es in Chicago nie gegeben. Hier vergriffen sich Serienmörder an Wehrlosen in Rollstühlen oder an Homosexuellen. Die Stadt der breiten Schultern, so hatte Carl Sandburg Chicago in den Vierzigern genannt. *Zusammengesunken wegen eines verkümmerten Rückgrats*, war Tremble geneigt hinzuzufügen.

„Warum sollte er dort auftauchen, wo wir hingehen? Sind wir bald da?"

„Gleich. Ein Haus in der Mohawk Street. Eine Prostituierte."

„Jetzt verarschst du mich, oder?" Tremble blieb stehen. „Und du willst mir weismachen, du wüsstest genau, wo er als Nächstes zuschlägt?"

American Dream wandte sich seinem Freund zu. Sein Mund war ein schmaler Strich unter der Maske. „In diesem Geschäft gibt es für jeden Topf einen Deckel. Sie arbeitet unter dem

Namen *Mondschatten Januskopf* und ist behindert, wenn man es so ausdrücken will."

Es wurde hell, als sie aus der Gasse traten. Schwaches Rotlicht ergoss sich über die Mohawk Street und Evans Gesicht wie ein geplatztes Blutgerinnsel.

„Zudem ist sie die bestbezahlte Hure der Stadt." Mit einem Nicken bedeutete er Tremble, ihm weiter ins Helle zu folgen.

„Du meinst, sie verdient mehr als alle anderen Callgirls und ist ..."

„Genau, Vic."

Am Ende eines vergitterten Gehwegs stießen sie auf eine Treppe. Eine an die Oberfläche beförderte Hölle. Dieses Bild sollte auch Victor in den Sinn kommen, sobald er die Holzstufen hinaufgegangen war. Vorerst aber besaß er noch eine allzu gutgläubige Vorstellung davon, was genau Menschen zu gewissen Taten bewegen mochte.

„Alle Serienkiller, über die ich gelesen habe, besaßen nicht mehr Geld als ich im Moment", bemerkte er nach kurzem Nachdenken. Im diesigen Licht musste er die Augen zusammenkneifen; weder hatte irgendjemand seine Initialen ins Geländer geritzt noch Glaubensbekenntnisse anderer Art verewigt.

„Es gibt Ausnahmen", erwiderte American Dream auf der dritten Stufe. „Gacy verdiente ordentlich mit seinem Heimwerkerunternehmen, und Christopher Wilder zahlte bar auf seinem Mordfeldzug durch die Staaten."

Tremble war der zur Glatze neigende Kerl ein Begriff, der Fingernägel gekaut und in einer Tankstelle in New Hampshire sein Ende gefunden hatte. „Ausnahmen", wiederholte er. „Gacy wusste dank seiner Arbeit sehr gut, wie man mit einer Schaufel umging und betonierte."

Sie gingen weiter. *Pogo der Clown hatte doch einen Lieblings-Countrysong, wie hieß der noch? Ach ja: I'm Walking The Floor Over You von Ernest Tubb.* Wie konnte Tremble das vergessen?

Sie erreichten den zweiten Absatz. Durch die Spalte eines Rollos drang grelles Licht, während das Fenster im zweiten Stock ein sanfteres abgab; blau, um genau zu sein, wahrscheinlich von einem Fernseher. Die Geräuschkulisse war gediegen an diesem Abend, und American Dream sprach in die Dunkelheit hinein: „Da wären wir."

Die Bemerkung ließ Victor an ein erhöhtes Liebesnest denken, von dem aus Pärchen die Stadt bei Nacht überblickten. Während er noch darüber nachsann, wie es wäre, einen fahrtüchtigen Körper zu haben, nicht mehr zucken zu müssen und eine Frau im eigenen Auto zärtlich zu berühren, starrte Evan nach oben. Ihm ging es jedoch nicht um den ungesund dunkelroten bis schwarzen Januarhimmel, an dem auch die hellsten Sterne kaum einen Stich hatten gegen die verdreckte Luft. Nein, die Düsterkeit, das wusste er, beherbergte Mondschatten Januskopf, und der Doppelname allein deutete an, dass sie etwas Besonderes war.

Eine erwachsene Frau war sie und im Geiste doch ein Kind, das eher zur rechten Zeit quäkte als normal redete. Sie verlangte – beziehungsweise Mama Tomei tat es – bis zu fünftausend Dollar für den ultimativen One-Night-Stand. Die reichsten Freier fanden sich in diesem baufälligen Backsteinhaus auf der North Mohawk ein, genauso Chicagoer Türken, die Prostituierte auf dem Höhepunkt schwer verletzten oder umbrachten, und zwar jede Woche eine neue. Mama Tomei akzeptierte Visa, Mastercard und American Express für diesen Service. Der Großteil ihrer Erträge floss wahrscheinlich in plastische und orthopädische Chirurgie.

Der ultimative One-Night-Stand. American Dream hatte lange darüber gebrütet und war zu dem Schluss gekommen, dass Selbstmord im Vergleich dazu knapp auf dem zweiten Platz rangierte. Die Klettverschlüsse an Trembles Handgelenken kratzten am Holzgeländer und schufen vor seinem inneren Auge das Bild eines Mädchens, das sich vor ihm seines Schlüpfers entledigte, was gleichwohl nie geschehen war. Dann klopfte der Maskierte zweimal, hielt einen Herzschlag lang inne und wiederholte den Vorgang. Handelte es sich um ein Geheimzeichen, oder war Shustaks Arm etwa müde geworden?

Ein Gitter umschloss den Vorbau. Nach Norden hin sah Tremble eine Klappe an der Drahtwand, an der gekräuseltes Fliegenpapier klebte. Am gefegten Boden lagen Zeitschriften, aber ob es Pornos waren, erkannte er nicht; da er ja ein wenig über die erwartete Kundschaft erfahren hatte, konnten es genauso gut Ausgaben des *U.S. News & World Report* sein. Letztlich schaute er zu Evan auf.

American Dream schien sich nicht um die Einzelheiten der Umgebung zu kümmern, da ihm seine Lebensordnung strikte Gedankentrennung innerhalb seines beschränkten Geistes auferlegte. Also beschäftigten ihn seit einigen Wochen – schon bevor Mike Surfer verschwunden und vermutlich vom Erlöser getötet worden war – ausschließlich der Mörder sowie die Frage, wie er ihn stellen konnte. Während sie warteten, dass jemand öffnete, stellte sich Tremulis vor, dass ein zusammengekniffenes Auge vom Spion wich wie im Hauptquartier des El-Rukn-Kartells auf dem Drexel Boulevard.

Endlich ging die Tür auf, ganz sachte. Eine Frau trat hervor, die so fragil wirkte, dass Evan im Schein der Küchenlampe – zwei konzentrische Weißlichtröhren – aussah wie ein Bilderbuch-Wrestler. Sie war allerhöchstens eins sechzig groß. Tremble hatte erwartet ... ach, er wusste es selbst nicht mehr. Ihre Brauen hatte sie mit einem Stift nach oben verlängert, was ihr den Anschein einer Comicfigur gab, die mit irrem Blick an einer toten Ratte zupfte und *Liebt mich, liebt mich nicht ...* murmelte.

„Evan, du bist es!", sprach sie stattdessen mit schwach polnischem Akzent – litauisch war ebenfalls vorstellbar – und strahlte.

Victor verstand es immer noch nicht: Der Kerl hielt sich für eine Art Superman, und trotzdem kannten Gott und die Welt seine ach so geheime Identität. Nun gut, vielleicht dachten sie das bloß und er ebenfalls, was dann wohl der größte Witz hinter American Dream gewesen wäre.

Auch sie hatte schwielige Hände, wie er bemerkte, als sie ihm eine reichte. „Und du Vic Tremble. Ich heiße Mama Tomei. Nennt mich Mama."

„Ist mir ein Vergnügen." Sie roch nach Fleisch aus dem Mund. Nun streckte sie den Arm einladend weit zur Besichtigung von Draculas Schloss aus, und sie traten auf rissigen Linolboden, Farbton ausgekotzte Erbsensuppe. Auf einer beigefarbenen Kommode stand ein schwarz-weißer Emerson-Bildschirm mit Antenne auf zwei Uhr. Gerade befahl Barney Miller seinen Detectives Wojciehowicz und Dietrich, sich um einen Raubüberfall auf Manhattans Bleecker Street zu kümmern.

„Bitte", sagte die Frau, indem sie sich in einen Sessel fallenließ, „nehmt Platz."

„Du siehst frisch aus wie ehedem, obwohl diese Metropole alles Lebendige siechen lässt", schwadronierte American Dream und hockte sich vor den Fernseher.

„Und du bist ganz Kavalier." Sie steckte Servietten in einen dafür vorgesehenen Halter, eine stilisierte Schaumschnabelente. Die Fingernägel hatte sie gelblich rot lackiert, aber die Farbe war bereits überall abgeplatzt. Victor saß ihr gegenüber. Das Tischtuch zwischen ihnen war eine einzige Schraffur aus Pastelltönen.

„Neues Parfüm?“, fragte Evan.

Mama Tomei verneinte leise. „Meine Tochter ... sie hat einen Kunden. Es war nicht vorgesehen ...“ Die Worte versiegten.

„Oh“, entgegnete er schlicht. „Wir haben unten kein Auto gesehen.“

Tremble hätte ihn gern gefragt, ob ihm Taxis ein Begriff waren.

„Kann ich euch etwas zu trinken anbieten? Hochlandkaffee. Besseren gibt es nicht.“ Sie drehte den Sessel und fing an, mit dem Rücken zu ihren Besuchern auf der Arbeitsplatte zu hantieren.

Allmählich reicht's, dachte Victor, derweil er immer mehr beige Männchen auf der Tischdecke entdeckte, die Maiskolbenpfeife rauchten. „Mit Kaffee und Humor kommt man dem Stress zuvor, was?“, brummte er leise genug, damit American Dream ihn nicht hörte.

*

Alle drei tranken gerade die zweite Tasse, und Tremble hatte ein wenig über die Bewohner des Rainey Marclinn House geplänkelt. Ihn beschlich genauso wie Evan das Gefühl, der Erlöser habe es speziell auf diese Leute abgesehen, denn seit den ersten zersetzten Leichen im November waren alle Opfer beziehungsweise deren Rollstühle in der dortigen Umgebung gefunden worden.

Während der Diskussion musste American Dream die Maske über den Mund ziehen, um leichter trinken zu können, ehe er den Grund wiederholte, weshalb sie gekommen waren: „Ich oder besser gesagt wir glauben zu wissen, wer der Erlöser ist. Das sagte ich gestern bereits am Telefon."

„Mein Gott, ja." Mama Tomei hielt sich die Hand vor den Mund. Diedre Tremulis tat dies auch, wenn sie die Abendnachrichten sah, wobei sie an ihrem Rosenkranz fummelte und leise für Hollywoodstars oder die First Lady bei ihrer anstehenden Schilddrüsenoperation betete. „Ist doch der Mann, der die Leute verbrennt und zersägt. Was leben wir in einer schrecklichen Welt!" Jede Wette, dass sie zu der Sorte gehörte, die Wetterumschwünge auf die Apollo-Mondlandung eine Generation zuvor zurückführte.

„Ich würde sagen, dahinter steckt mehr als Zündeln und Schnippeln." American Dream schlug mit der flachen Hand auf den Tisch. „Ich kann mich einfach nicht in seine Gedanken hineinversetzen." Er fingerte an seiner Maske.

Victor verspürte Druck auf der Stirn. Die Musik im Abspann von *Barney Miller* hörte er nur vage. Daraufhin bereitete der Ansager auf die nächste spannende Folge von *Polizeirevier Hill Street* vor, in der Joyce Davenport sich an ihre erste Begegnung mit Frank Furillo erinnern würde. Surfer hatte Polizeiserien am meisten geliebt, und mit diesem Einfall musste er einen latenten Brechreiz unterdrücken, der so ungelegen kam wie eine vorzeitige Ejakulation. Er räusperte sich. „Entschuldigung, Mrs ... äh, Mama. Ich muss aufs Klo."

Sie zeigte ihm die erste Tür links auf dem dunklen Flur. Über dem Spülbecken in der Küche hing ein Spiegel, in dem er im Vorbeigehen den grauen Ansatz in seinem Blondschopf sah. Wie Spinnweben.

*

Obwohl die Wände im Flur kahl waren, traute er sich nicht, allzu genau irgendwo hinzusehen, weil er auf weiß Gott welche Abscheulichkeiten stoßen konnte. So tastete er sich blind bis zu der Nische vor, in der er die Tür vermutete. Der Boden war mit Teppich ausgelegt. Während American Dream mit dröhnender Stimme seine seltsamen Theorien in der Küche ausbreitete, tanzten gespenstisch Äste vor den Erkerfenstern der Wohnung. Der Kerl – nein, *sie beide* klammerten sich an Strohhalme. Sie täten wohl besser daran, es den Cops zu überlassen. Rizzi hatte versprochen, man werde am Ball bleiben, ob weitere Leichenteile in Rollstühlen auftauchten oder nicht. Dass dies auch mit der Bürgermeisterwahl in zwei Monaten zusammenhing, war natürlich müßig zu erwähnen.

Immer noch enthielt Evan ihm vor, weshalb er es als logisch erachtete, dass der Erlöser hierher kommen würde. Es gab eine Menge billigere Beischlafmöglichkeiten, sowohl in der Stadt als auch in Fallon Ridge oder Calumet City, was er selbst schon einige Male mit eigenen Augen in den Go-Go-Palästen bezeugt hatte. Endlich, das Bad. Immer noch war er so nervös, dass sich sein Strahl splittete. Die Klobrille war gerissen und mit gelbem Isolierband verklebt worden. Als er fertig war und den Sitz mit Papier abgewischt hatte, das er sich in die Hosentasche steckte, öffnete er wieder die Tür und starrte an die Wand gegenüber. Matt bernsteinfarbenes Licht schwelte vom Treppenabsatz her. Oben ein leises Stöhnen. Eine Frau.

Er brauchte kaum eine Sekunde, um sich zu entscheiden. Bevor er die Badezimmertür schloss, schaltete er das Licht erneut ein, damit Mama Tomei annahm, es dauere länger, weil er Verstopfungen habe. Auf halbem Weg die Treppe hinauf fiel ihm dann ein, dass er schon abgedrückt hatte; hoffentlich war es ihnen nicht aufgefallen. Zwölf Stufen zählte Victor – noch eine seiner Zwangsneurosen, und war es nicht lustig, dass American Dream eine Heldenliga mit genau diesem Namen gründen wollte? –, ehe er mit einer Rechtsdrehung oben ankam. Dort starrten ihn ein halbes Dutzend Hundeporträts an. Der typisch mitleidige Dackelblick, den Victor als Oberzyniker auch stets im Gesicht der alten Frau zu erkennen glaubte, die in St. Sixtus den Kreuzweg zu beten vorgab, während sie in Wirklichkeit nur um einen Lottogewinn bat.

Er orientierte sich an dem gelblichen Licht, bis er in den Abgrund blicken musste. Der Flur beschrieb ein L, und dahinter war es dunkel. Die Zimmertür stand nur einen Spaltbreit auf, doch dies genügte, um das Profil der Frau von den Knien an aufwärts zu sehen. Sie war nackt.

Mondschatten und Januskopf. Während es am Raum nichts auszusetzen gab, hatte die Liegende – Mama Tomeis Tochter – einen zweiten Kopf, der aus ihrem mageren Brustkorb wuchs. Ihre Haut war so blass, dass Tremulis sich fragte, ob sie jemals Freiluft geatmet hatte. Das Gesicht war nicht hübsch; hohe Wangenknochen und dichtes Haar mit spitzem Ansatz. Zu ihrer krummen Nase passte der Mund, der so schief stand wie eine Büroklammer, die ein Koffeinsüchtiger verbogen hatte. Ein Laut, der aus ihrem tiefsten Inneren zu kommen schien, sowie ihre verzogene Fratze machten Tremulis bewusst, dass sie nicht allein im Zimmer war. Das Grunzen klang nun ganz anders wie zuvor, als er noch im Bad gestanden hatte. Fünf Riesen drückte Chicagos Elite dafür ab?

Der Kopf, natürlich! Deswegen taten sie es. Er trug ebenfalls weibliche Züge. Das schwarze Haar war licht zwischen den

Brüsten von Mama Tomeis Zögling, die somit aussahen wie Kissen. Tremble hatte zu Hause ein Buch über Deformierte. Darin gab es unter anderem ein Bild einer Schwarzen, aus deren Unterbauch teilweise ein zweiter Rumpf sowie Beine wuchsen. Mit sechsundzwanzig soll sie gestorben sein. Als das Köpfchen jetzt zur Seite sackte und an ihrem linken Ellbogen ruhte, musste er sich die Faust in den Mund stecken und würgen. Allerdings bemerkte sie ihn nicht. Die dumpf grauen Augen hatte sie nach hinten gerollt, sodass man quasi nur das Weiße darin sah; es wirkte jedoch fast genauso schmutzüberzogen. Wie der Schädel so in der Armbeuge des Mädchens lag, tropfte ihm orangefarbener Speichel vom herabhängenden Kiefer. In diesem Moment stöhnte sie ein zweites Mal erregt auf.

Aus dem Teil des Zimmers, den er nicht einsah, trat eine schlanke, gebräunte Gestalt an den Fuß des Bettes. Sie war ebenfalls splitterfasernackt, aber was hatte er sonst erwartet? Wie verzaubert betrachtete er die weiche Mähne und ihre straffen Brüste, doch dann erkannte er den Körper wieder: Victor hatte ihn sich vorgestellt, von ihr geträumt während der Abendnachrichten. Es war die Moderatorin, die den Erlöser so engagiert angebettelt hatte, von unschuldigen Krüppeln abzulassen. Jetzt beobachtete Tremble, wie diese Frau, die manchen zu Tränen rührte und die Einschaltquoten ihres Senders in die Höhe trieb, ihre masturbatorische Pflicht vollendete. Ihr Daumen sowie alle Finger außer dem kleinen glänzten. Die Nägel waren klar lackiert wie im Fernsehen, und ihre Hand bewegte sich geübt wie die einer Person, die es gewohnt war, vor den Augen der Öffentlichkeit Seiten umzublättern.

Als sie mit gierigem Blick zwischen den Beinen des Mädchens niederkniete, schloss Victor die Augen und fasste sich an die Stirn. Mit dem kleinen Finger fühlte er seinen Puls an der Schläfe. Erst der Schrei ließ ihn erneut hinsehen. Die Nachrichtensprecherin hatte das Gesicht zwischen den Schenkeln vergraben und grunzte jetzt laut auf, da sie einen Orgasmus bekam. Der mutierte Kopf zeigte keinerlei Lebenszeichen, falls er überhaupt je dazu fähig gewesen war – nicht einmal, als die Frau ihn mit beiden Händen am Hals packte und zudrückte wie bei einer dieser gepolsterten Anti-Stress-Puppen.

Das edle, blonde Haar – wochentags zu sehen um fünf, sechs und zehn – peitschte hin und her, während sie ungestüm mit dem Kopf zwischen den Beinen der Missgestalteten wütete, als ob sie aufzustehen versuchte und es ginge nicht. Sie schien zu nuscheln, wetterte vielleicht gegen einen ehemaligen Liebhaber oder keuchte sogar unverständlich den Namen des Senderchefs in Silben gegen das schwitzende Fleisch. Was auch immer sie sagte, ihre Stimme wurde lauter, als sie die klaglos manikürten Fingernägel ins Jochbein des Kopffortsatzes trieb. Das Gesicht verfärbte sich rasch dunkelrot, und der Geifer war versiegt.

Mama Tomeis Tochter warf ihren richtigen Kopf von links nach rechts und kniff die Augen fest zusammen, entweder vor Schmerz oder Lust. Die Nachrichtensprecherin fingerte an der Mundpartie des Schädels, als stünde dort etwas in Blindenschrift. Als sie den Tremble zugewandten Mundwinkel aufzog, riss die Haut in einer roten Linie bis zum Ohr ein. Die Wunde blutete jedoch kaum; was austrat, glich vielmehr rötlichem Nasenschleim.

Mit der anderen Hand zog sie an der Zunge des Dings, um sie gleich wieder zurück in den Mund schnellen zu lassen. Dann tasteten die Finger das ganze Gesicht ab, weshalb Tremble erneut an eine Blinde dachte, die dieses Mal aber versuchte, Emotionen zu lesen. Das Stöhnen des Mädchens wurde ebenfalls lauter und weniger kehlig. Die Nachrichtensprecherin schaute auf und richtete ihre Daumen aus, ehe ihr Stöhnen eins wurde mit dem der Tochter. Dann quetschte sie dem Schädel die Augen aus. Die Flüssigkeit lief an den fahlen Wangen hinunter wie rohe Eier, teilweise auch in die Ohren.

Nachdem die Frau zweimal gegen die Bettkante gestoßen war, schaute sie wieder hoch und schnaufte ein Dankeschön – nicht für das Mädchen, sondern den kaputten Schädel.

Tremble konnte nicht mehr.

*

Ihr zu Recht verdächtigter Frank Haid war nie hergekommen, um die Dienste von Mondschatten Januskopf in Anspruch zu nehmen, aber Vic Tremble konnte nachvollziehen, weshalb American Dream zu dieser Idee kam. Stichwort Buße.

Nach Mitternacht, auf dem Rückweg in die relativ sichere Armitage Avenue, erklärte Shustak leise: „Der Kopf ist tot. Deshalb kann sie solche Beträge verlangen und wird von Mama genötigt."

*

Tremble starrte in die Schaufenster: *Friseursalon Natalie's*, ein Hinweisschild vor dem *Club Ennui*, man schenke nun auch Leinenkugel-Bier aus, und daneben ein Flyer, der für eine Horroranthologie zum Thema Elvis warb, sowie eine Reihe zweistöckiger Wohnhäuser mit abwechselnd Plastikpalmen, Kreuzen oder Wahlkampffotos von Richard M. Daley Jr. hinter den Scheiben. Entlang der Wells Street bot sich ein wechselndes Bild aus Straßencafés und Nutten. Er dachte immer wieder an das Gesicht der Nachrichtensprecherin. Wie oft noch?

„Sie dürfen mit dem Kopf anstellen, was sie wollen. Strangulieren, alles Mögliche."

Er hörte American Dream passiv zu, als sie die State Street erreichten.

„Mit dem Geld der Kundschaft werden Haut und Knochen wieder gerichtet. Die Augen sind unecht. Fiberglas. Ein Kerl namens Timpone schickt sie aus New York. Mama Tomei hat gesagt, in letzter Zeit seien die Leute besonders begierig auf die Augen."

Schweigend warteten sie auf den Bus in die Innenstadt.

Kapitel 44

Als Haid die Treppe im Südosten der Grand Avenue zwischen der State Street und der Dearborn hochging, blies der Wind mit durchschnittlich dreißig Meilen pro Stunde vom See her. In der Nähe einer der Brücken, die die Loop mit dem Rest der Stadt verbanden, drehte ein Team Szenen für einen Film über eine Mörderpuppe, die ganz offensichtlich Chucky hieß, wie man am Gesang des Menschenauflaufs hören konnte. Haid erkannte die Scheinwerfer und Heizlüfter, obwohl sich dies alles mehrere Blocks weit entfernt abspielte.

Dem fiktiven Drama schenkte er ansonsten keine weitere Beachtung mehr. Da Vaters Aura ihn wärmte, musste er nicht frieren, wozu gewiss auch die lange Unterwäsche sowie sein High-School-Pullover unter der Wildlederjacke beitrugen. Das Oberteil hatte schon Vince Janssen gehört, der in jungen Jahren zur Peabody gegangen war; sein persönlicher Schriftzug auf dem Rücken lautete: *Vorwärts und hoch die Tassen.*

Als er einen Hund bellen hörte, fragte er sich, ob die im Film sich von einer Töle vor der Mörderpuppe retten ließen. In den Vorberichten im Fernsehen war darüber keine Rede gewesen. Mit dem Bellen im Ohr hatte er ein Déjà-vu-Erlebnis; es entstaubte etwas im Dickicht seiner grauen Zellen: „Du sollst keine anderen Köter neben mir haben.“

Es war weder Vaters Stimme noch seine eigene. Sie war ihm erstmals vor ein paar Monaten zurück ins Gedächtnis gekommen, als er noch von Angesicht zu Angesicht mit Dad gesprochen hatte. Hinterher war er mit den übrigen Antidepressiva – weißen Desipramin-Kapseln – zur Überführung Flechette Street gegangen und hatte sie hinuntergeworfen. Wie Zähnchen, die man einem Heranwachsenden wegen einer ganz, ganz bösen Missetat ausgeschlagen hatte, waren Dr. Bruinooges ach so fabelhafte Wundermittel über Goose Island herniedergegangen. Die lange verstummte Stimme hatte sich wieder ... Mit einem Mal begriff er. Wie ein geduldiger Weiser faltete er die Hände. Insgeheim hatte der Feuerwehrmann ihm 1958 zugeflüstert: *Du sollst keine anderen Götter neben mir haben!* Verdammt gut zu wissen!

In *Mr. Grand's Park-N-Eat* legte er eine Pause für einen Hotdog mit einer Dose Whistle Cola ein, in die er mit Vaters Okay einen großzügigen Schuss Whisky goss; Seagram's V.O., aber natürlich nur für einen Tick mehr Wärme. Er trank und verzehrte den Phosphatriemen auf dem Weg nach Süden. Eine Hochbahn sauste zwischen den Gebäuden auf der Franklin Street vorbei, zwei Mexikaner diskutierten über einen Gewerkschaftsstreit.

Den Fluss überquerte er auf der Dearborn. Nur einen Block hinter ihm hatte Devin Verbeerst gewohnt; mochten er und seine Mutter nun im ewigen Himmelreich leben. *Drum lasset uns feiern die Wunder des Lebens ...* Ein Taxi von Star-Spangled raste bei Gelb über die Ampel, und der Fahrer zeigte Haid den Stinkefinger, weil er ihn beinahe überfahren hätte. Hinter dem Einkaufszentrum tappte er durch das Dunkel einer Elendsmeile, die man gegenwärtig mit Yuppie-Lofts aufzuwerten versuchte. Das Kino Michael Todd an der Ecke Lake und Dearborn, in dem man sich so skurrile Streifen wie *Fantasex Island* für fünf Dollar Einlauf ... äh, Eintritt hatte anschauen können, war von einem besonders kreativen Namensgeber zu Dearborn Station umgetauft worden. Hier konnten sich Aufsteigerpärchen, die nichts mit Lichtspielhäusern wie Facets Multimedia oder dem Fine Arts Theater zu schaffen hatten, auch einmal an den prekären Rand der Loop begeben und um zwölf Steine erleichtern lassen, um die Welt durch Woody Allens Augen zu sehen, bevor sie zu Wochenanfang erneut ihre Machtspielchen aufnahmen beziehungsweise in Schlips und Kragen Töne spuckten, als hätten sie auch nur die geringste Ahnung von der Realität, vom gnadenlosen Einerlei, vom Leben und Verrecken in Chicago.

Früher konnte man Ghettos oder Slums noch aus der Gleichung tilgen oder das Ergebnis runden, wenn ein schwarzer Mann mit Invacare-Rollstuhl seine Sozialversicherungsnummer einmal zu oft vergessen hatte. Das war zur Amtszeit von Nixon gewesen, dem Präsidenten mit dem Klugscheißergrinsen und dem stets farblich abgestimmten Halstuch über seinem Sakko, der Weinschorle mit Diätlimonade trank wie eine Figur aus einem missratenen Roman von J. D. Salinger. An der Wurzel der Probleme hatte sich seitdem wirklich nichts geändert.

Manchmal wusste Frank nicht, welcher Frage er überhaupt nachspürte, wiewohl eines feststand: Er schätzte das Leben genauso wie das Jenseits. Vor einunddreißig Jahren hatte es sich ihm mehrere Minuten lang eröffnet dort im Fegefeuer, aus dem er auferstanden war als Gottessohn, und Jesus hatte geweint, weil Francis Haid nicht geblieben war. Auferlegt hatte der Gekreuzigte ihm jedoch, sein Leben bis zum Ende der Überbringung zu widmen, auf dass andere vor ihm das Paradies erfuhren. In einer Welt, in der so viele täglich sinnlos starben, schenkte er dem Tod eine Bedeutung.

Allerdings nicht jetzt, denn er streifte bloß sein Revier ab. Ohnehin war niemand im Stuhl unterwegs heute Nacht. Vater wäre allein gewesen, hätte Haid sich nicht mit ihm unterhalten. Richtung Daley Plaza fanden sich weitere Kinos, die die aktuellen Großtaten von Rambo und Jason Vorhees zeigten. Blut und Pisse. Der Geschmack einer neuen Generation. Zu schade, dass die Rechte für diesen Slogan bei Pepsi lagen.

Egal. Haid hatte sein eigenes Motto: *Das ist mein Leib.*

*

Die Rollstühle waren ansehnlich, doch das sollte sich ändern. Murdy hatte einige Beziehungen spielen lassen müssen, um die Dinger zu kriegen; weder Shustak noch Tremulis sollten je erfahren, dass er achthundert Dollar in bar dafür hingelegt hatte. Everest & Jennings, ein pechschwarzer für Evan und Victors in Doevin Blue, wie es auf dem Datenblatt stand; es entsprach dem kräftigen Blau von Lufterfrischern.

Tremulis fühlte sich schuldig, weil Mike Surfer den Komfort, den diese Modelle versprachen, nie genossen hatte: Kunstlederpolster, nahtlos vorgeformte 24-Zoll-Felgen mit Speichen aus Komposit hinten sowie Achtzoll-Laufrollen *für einen sportiven Look* vorne, abnehmbare Fußbank und Butterfly-Gurt. *Krankenhauslook war gestern*, buhlte der Werbetext.

Shustak ließ sich hineinfallen und fuhr mit den Händen über das Reifenprofil. Ein wirklich bequemer Stuhl. Hätte man ihm noch eines dieser Massagekissen für sein Kreuz untergeschoben, wäre er wohl nie wieder aufgestanden. „Sehen zu neu aus." Das hätte er nicht sagen müssen.

„Wir reiten sie durch die Gasse und lassen sie einen Tag draußen stehen oder so, zerkratzen und verstecken sie unter Decken. Diesen Bastard Haid werden wir nach Strich und Faden leimen." Tremulis hoffte es inständig und fragte sich zugleich, welche Narben sie davontragen würden.

*

Palästina: Morde an Homos und Kommis!

Der Aufstand der Steine führt zum Bürgerkrieg!

Khomeini und der Papst

¿Si Dios es tan grande cucarachas y chi-chis?

Was?

Tremulis schaute auf den kleinen Hof des Marclinn und den Unrat direkt davor. Er wurde scheinbar regelmäßig ausgekehrt, von Nutman oder vielleicht sogar von Reve. Die Graffiti jedenfalls waren bemerkenswert. Da weite Teile davon nach Jahr und Tag verblassten, schien der Sprayer längst für andere Ideale einzustehen. Victor las weiter und warf einen genaueren Blick auf abgerissene, weiße Flyer:

Wenn du rauchst, raucht auch dein Kind.

Aidsinfizierte bekommen aidsinfizierte Kinder.

Alle Farben sind schwarz, obwohl el remedo para sida está muy ajeno prevención está alredor de la esquina.

Freie Bahn zu Neujahr von acht bis sechs. Unterstützt von Budweiser.

„Hier sind sie sicher", sagte Evan.

An den Hof grenzten Callan's Flowers, die Spielhalle Treasure Chest sowie ein leer stehendes Gebäude, das allmählich verfiel.

„Bist du bereit, Vic?", fragte er.

„Ja." Das Bild der Prostituierten mit der Missbildung stand Victor immer noch lebhaft vor Augen, ließ sich genauso wenig verdrängen wir ein Schuss, den man sich zur falschen Zeit am falschen Ort einfing. Längst war ihm nicht mehr danach, über die unergründlichen Wege der Götter der Qual und Glückseligkeit zu grübeln. Stattdessen gestattete er ihnen ihre Widersprüchlichkeiten.

„Dies ist meine Welt", posaunte Shustak. „Wo ich stehe, da bin ich."

Tremulis hatte nie das Gegenteil behauptet.

*

Reve Towne saß auf ihrem Schrankbett und verzog das Gesicht bei dem Gedanken an das, was ihr zuvor am Tag widerfahren war. Bei Dean Conover auf der Wache Chicago Avenue hatte sie eine Liste der Zeugen und Potenziellen, wie die Polizei es nannte, abholen wollen, nur um dabei förmlich mit den Augen ausgezogen zu werden. Während Evan und Victor ihr Ding mit den Rollstühlen durchzogen, wollte sie mit einigen dieser Leute sprechen. *Jesus*, dachte sie, *hoffentlich tun sie nicht das Falsche oder packen es überhastet an!* Allerdings wusste sie genau, dass es längst kein Zurück mehr gab.

Sie wippte vor und zurück, während sie ihre Zehen massierte und weiterblätterte. Conover hatte sein Holster gestreichelt, als ob sie dies anmachen würde. So stand er auf der gleichen

Stufe wie die Typen, die im Sommer die Straße auf und ab fuhren, um ihre Anlagen an der Ampel besonders laut aufzudrehen; bei REO Speedwagons 157 Riverside Avenue wurde wohl keine normale Frau feucht im Schritt. Und als Conover sie darauf hingewiesen hatte, er brauche keine Kevlar-Weste, weil er genug Hornhaut am ganzen Körper hatte, um den Kugeln zu trotzen, wäre ihr fast das Frühstück hochgekommen.

Dass nach einer solch lang anhaltenden Mordserie so wenige Indizien zusammengekommen waren, wollte Reve einfach nicht in den Kopf gehen. Es war so wie damals, als Ed Gein oben in Plainfield in Wisconsin getötet hatte, einer Stadt, deren Gesamtbevölkerung man in den untersten sieben Stockwerken jedes beliebigen Gebäudes im Chicagoer Zentrum hätte unterbringen können. Keinem Menschen war bewusst gewesen, dass Gein Gräber ausgehoben und Gürtel aus Hautteilen gefertigt hatte, weil dort niemand auf den anderen achtgab. In diesem Fall gestaltete es sich genauso, wenngleich als Update auf die späten Achtziger.

Ob der Erlöser seiner Perversion weiterhin freien Lauf lassen würde, bis er einen entscheidenden Fehler machte? Vielleicht kam er auch zufällig bei einem Verkehrsunfall ums Leben oder wurde wegen einer anderen Straftat hochgenommen. Ihr Vater war Polizist und 1972 an der Fahndung nach dem jungen DeSouza beteiligt gewesen. Ein Kerl, den man während der Zweihundertjahrfeier wegen Trunkenheit und aggressiven Verhaltens festgenommen hatte, erzählte dem Sheriff des Faribault County aus heiterem Himmel von all diesen hohlen Bäumen, in denen tote Knaben steckten, dreizehn Leichen an der Zahl, darunter auch der Gesuchte.

Würden Evan und Vic auf den Killer stoßen? War das eine realistische Vorstellung? Konnten sie das Überraschungsmoment, ihre Beine quasi als Handkarte im schnellen Todespoker nutzen? Würden sie schnell genug davonlaufen vor dem, womit der Erlöser sie bedrängte?

Sie wusste es nicht. Konnte es nicht wissen.

Kapitel 45

Haid überquerte die Clark Street bei roter Ampel; so spät mittwochabends waren die Straßen sowieso völlig leer. Die Schönheit und Stille der Winternacht war den Junkies und Kleinganoven vorbehalten. Der Orgasmus des Augenblicks wurde den anderen brüsk entrissen wie die Goldkette einer Sekretärin, die eigentlich gar keine Überstunden hatte machen wollen. Der Schmuck jedoch würde im Drogenrausch in der Gasse zwischen Marclinn und Burger King feilgeboten, während die Nacht nur für die da war, die ihr trotzten – eben Penner und Bandenmitglieder, die den Mond auf ihre Stilette spießten oder Sterne vom Himmel schossen.

Auch mit Frank sollte es bald vorbei sein, doch Märtyrer fürchteten sich nicht vor dem Tod. Die Stadt mochten diejenigen behalten, die ständig auf Drogen waren, dafür aber noch nie im Leben wahrhaftigen Schmerz gespürt hatten. Diebe und Schläger hatten zwei kräftige Beine, doch statt dort auf die Pirsch zu gehen, wo sie sich für ihre Beute anstrengen mussten, wählten sie Bahnabteile. Haid dagegen wollte in Vaters Fußstapfen treten.

„An der Miró-Skulptur sollen sie mich kreuzigen", wisperte er verschwörerisch, während er das Kunstwerk am Brunswick Building auf der Washington betrachtete. Die ausgestreckten Arme ließen es eher aussehen wie ein für einen

Science Fiction-Film abgewiesenes Monster als ein Kreuz, aber Haid behielt die Idee im Kopf genauso wie Vater, dessen Schädel er teilweise verinnerlicht hatte und der ihm den Weg zum Paradies beschrieb.

Nun kehrte er um zur Plaza und dem Picasso. Wenn man es darauf anlegte, konnte man einen Vergleich ziehen zwischen Mirós *Frau* und Picassos *Kopf einer Frau*: Die beiden standen einander im Duell gegenüber, die geprügelte Hure einer mutierten Löwin.

„Du darfst meine Hure sein", sprach Haid zu Mirós Werk und tippte sich an den imaginären Hut. Vater fand das Verhalten seines Sohnes höchst amüsant. Wie zu Lebzeiten bemühte Haid sich auch weiterhin, ihn zu beeindrucken.

Juli 1965

„Francis Madsen, es ist nichts Verwerfliches, wenn zwei Männer gleichzeitig ins Klo pissen. Zier dich nicht so, Junge.

Ist doch nur Fleisch.

Fleisch von meinem Fleisch.

Fass ruhig an, wenn du willst, Francis. Ja, weiter so.

Das ist mein Leib, der für euch hingegeben wird.

Weißt du, Sohn, langsam mauserst du dich."

Betrüger, Junkies, Nutten und Feiglinge, die Besoffene ausraubten. Deswegen konnte er die ersten Seelen auch nicht retten. Vater hatte sich nur der Teile ihrer Seele angenommen, die von der Sünde noch unbefleckt gewesen waren.

Zug Nummer 20 Richtung Madison brauste vorbei, leer wie die Gedanken nach dem sexuellen Höhepunkt. Das Geräusch wirkte wie dem Rest der Welt enthoben. Die Luft war kalt, und ja, ihn fröstelte durchaus ein wenig wegen des nassen Kopfes. Mit jeder Strähne glänzte er dank Vaters Haarwasser. Ein Bus war der Länge nach mit dem Schriftzug von AT&T Español beklebt, darunter der Spruch: *Solo digitá a la operada.*

„Deckswerbung! Dreckslatinos!“ Vater fluchte voreingenommen wie eh und je in ihm. Längst war er zu seinem zweiten Herzschlag geworden.

*

Er war verunsichert. Was sollte dieses Blinken? Sieh her, Onkel Vince. Der Widerhall einer knabenhaften Stimme auf der frisch eingeweihten Verbrennungsstation des Lutheran Deaconess Hospitals zwischen der Haddon und der Leavitt Street. Stanislaus Miklas hieß der verantwortliche Chefarzt. Den schwarzen Fleck auf den Röntgenbildern von Haids Gehirn konnte er sich nicht erklären.

Der Erlöser sah Vince Janssen wieder weinen, doch tat er dies, weil der Traum seiner Schwester von einem gesunden Kind zerplatzt war, oder erfreute er sich schlicht seiner eigenen abartigen Neigungen? Er hatte die unerträglichen Narben offengelegt.

Zögernd trat er näher. Haid glaubte, dass dieses unstete metallische Flackern ein Pistolenlauf war, den ein Bohnenfresser locker flockig auf ihn richtete. Davor hatte Vater ihn immer gewarnt, nachdem sich in der Gegend um den Humboldt Park eine neue Mehrheit herausgeschält hatte. Den Niggern konnte man es nicht ankreiden, doch nach Martin Luther Kings Tod waren die Alteingesessenen geflohen.

Noch näher ran. Er ging im Halbkreis hinter dem Picasso herum, den Wind im Gesicht und Vater im Herzen, ein Verlangen in seiner Seele. *Im Namen des Vaters, des Sohnes und des Heiligen ...*

– Schreckens –

... *Geistes. Amen.*

Nun stand er vor der Einbuchtung hinten am Sockel der Skulptur. Den Pfeilern des Daley Centers und dem verglimmenden Neon von der Randolph Street hatte er den Rücken gekehrt. Er wartete, bis der Schwarze mit der Militärjacke vorbeigegangen war, der die ewig gleichen Goldketten verkaufen wollte. Nur zu, erzähl ihnen, woher sie stammen und wie einfach der Diebstahl war – oder wann du auf die schiefe Bahn geraten bist und es bis zuletzt angeblich überhaupt nicht gemerkt hast.

Die Nachrichten vom Vortag blies ihm der Wind als Asche um die Füße, während er einen weiteren Schritt wagte. Wer war zu solch später Stunde noch unterwegs? Welcher Krüppel war zu solch später Stunde noch unterwegs? Im Himmel tickten keine Uhren – wie in Las Vegas. Haid musterte ihn gründlich, während Vater einfach nur eine neue Seele verlangte.

Vier Mülltonnen standen um die Skulptur herum wie Wächter. Die Frontseite dieses braunen Etwas aus brüniertem Stahl ragte in einem Winkel von ungefähr dreißig Grad in die Höhe, wenn er sich nicht verschätzte. Das Funkeln, das Vaters Neugier auf sich gezogen hatte, kam aus der Einbuchtung. Dass Haid darin einen lebendigen Menschen entdecken würde, war nicht einmal ungewöhnlich. Das Licht hatte sein Rollstuhl reflektiert, aber die Geschichte, mit der er aufwartete, war alles andere als alltäglich.

Haid beugte sich vor. Seine Augen gewöhnten sich gerade an die Dunkelheit, als der Mann ihn mit einer dieser Minitaschenlampen anstrahlte, die man kurzzeitig als Werbegag zu jeder Schachtel Kool-Zigaretten bekam. Der ach so furchtlose Erlöser bekam einen Riesenschrecken. So wie der Kerl dort kauerte, erkannte man sein Gesicht ganz deutlich, das stoppelige Kinn wie der Rücken eines Stachelschweins im Halbschatten, die schwarzen Augenringe ähnlich einer Teerspur. Vater war neugierig, genauso wie Haid. „Hallo?"

Die Stimme des Eingezwängten klang gebrechlich. Er schien keine Knochen im Leib zu haben. „Bin bewaffnet, klar? Komm also nicht auf dumme Gedanken." Die Drohung klang so überzeugend wie Oliver North vor Gericht wegen Iran-Contra.

„Ich bin kein Verbrecher." Haid musste sich das Lachen verkneifen. Von North zu Nixon. „Ich ... wundere mich bloß."

„Nun, dazu gibt es keinen Grund", entgegnete die matte Stimme. Sein Lämpchen blinkte. „Ich heiße Martin. Martin Last. Nimm Platz, und ich erzähl dir von den Aliens."

Haid kniete sich hin und kroch in die Nische. Was hatte er schon zu verlieren? In dem abgeschotteten Winkel war es gleich wärmer. Der Mann roch, als bade er regelmäßig in Rasierwasser. Martin Last hatte sich die Taschenlampe auf die Brust gelegt, sodass seine Nasenlöcher wie Höhleneingänge aussahen und die Augenbrauen wie Flammen, bloß dunkelfarbig. Er war in alte Decken gehüllt und ernährte sich anscheinend von Slim-Jim-Würstchensnacks, die sich neben einem silbernen Flachmann stapelten.

Der zusammengeklappte Rollstuhl lag zwischen ihnen wie ein Schutzwall für Last. Haid rutschte um ihn herum. Die Haut um seine Augen legte sich in Falten, als er sie interessiert zusammenkniff. „Von wem willst du mir erzählen?"

*

Wie sich herausstellte, war Martin Last fünfundzwanzig, gelähmt und durchgeknallt, wenn man ihn so reden hörte. Für seine Behinderung machte er kleine graue Wesen von einem Planeten verantwortlich, der vierzig Lichtjahre von der Erde entfernt im Sternbild Reticulum kreiste, dem Netz.

„Meine Mutter war ihr Leben lang agoraphobisch“, sagte er mit vollem Ernst. „Ein Psychiater im Michael Reese Hospital hat ihr eingeredet, ihr sei im Sommer 1963 auf dem Parkplatz des Riverview etwas zugestoßen.“

Dieser Vergnügungspark hatte sich im Nordwesten der Stadt zwischen Western, Belmont Avenue und Roscoe sowie dem Fluss erstreckt. ’68 hatte man ihn geschlossen; jetzt standen dort Striplokale sowie die technische Hochschule DeVry.

„Sie war damals schwanger mit mir, wurde also nicht vergewaltigt oder so.“

Haid glaubte ihm, denn schwangere Frauen zu vergewaltigen war in Chicago erst während der letzten Jahre in Mode gekommen. Last hielt wieder inne, als sei er sich nicht sicher, ob er fortfahren sollte. Dann fiel er jedoch mit der Tür ins Haus.

„Die Aliens ... die Grauen ... haben sie berührt und mich damit vor den Augen ihres Gottes unrein gemacht. Sie beobachten mich immer noch, und dieser Platz hier ist der Einzige, an dem ich sicher bin.“ Er schaute Haid grämlich an.

Haid seinerseits wusste nicht, ob das, was der Junge verzapfte, mit ihm und Vater zusammenhing. Was meinte er mit den Augen *ihres* Gottes? Die Vorstellung von Außerirdischen ließ er sich noch gefallen, denn in den Zeitschriften, die Vater immer aus dem Supermarkt mitgebracht hatte, gab es vergleichbare Geschichten. Allerdings gab es nur einen einzigen Gott, einen wirklichen Vater, der Vertrauen und Wohltat spendete in seiner Liebe für alle Geschöpfe, ob groß oder klein.

„Du sagst, du wohnst hier?“ Die Räuberpistolen in dieser

Stadt klangen doch alle recht ähnlich, und nur wenige Herumtreiber gaben sich tatsächlich Mühe, ihre Lebensentwürfe originell klingen zu lassen. Mit beinahe vierzig hatte Haid bisher geglaubt, alles zumindest einmal gesehen zu haben. In solchen Angelegenheiten schien er sich ständig zu täuschen.

„Ja", versicherte der Kerl. Ein Zucken ließ seine Züge beben. „Sie führten einen Stab in ihre Gebärmutter ein, wobei ich nicht weiß, ob sie mich absichtlich verkrüppeln wollten. Jedenfalls ist etwas in die Plazenta eingedrungen."

„Du wohnst hier?" Haid musste die Frage wieder stellen, weil er glaubte, sie beim ersten Mal nur im Kopf formuliert zu haben.

„Nicht ständig." Damit schwieg Last und sann über seine Vergangenheit nach, wie Haid vermutete. Hoffentlich tat er dies laut. „Ich war eine Steißgeburt. Kein Einzelfall; spricht sich halt herum, dass diese Welt mit Vorsicht zu genießen ist." Sein Lachen klang nach Raucherhusten. „Dabei sind meine Beine in Mitleidenschaft gezogen worden, und Mutter gab sich selbst die Schuld dafür, weil sie diese Störung hatte. Damals gab es noch keine Talkshows, in denen man Leuten wie ihr ein Forum gab, also Agoraphobikern. Damit meine ich nicht Entführte. Keine Begegnung der vierten Art, vielleicht der fünften. CIV, CV, was weiß ich."

Haid verstand nur Bahnhof und kannte diese Codes nicht, obwohl er *Unheimliche Begegnung der dritten Art* gesehen hatte. Gern hätte er etwas ähnlich Bizarres, Rätselhaftes von grünen Männchen und fliegenden Untertassen erwidert.

„Beim Einkaufen im Lynch-Giddings stieß Mutter auf dieses Buch über Alien-Besucher. Sie hat mir erzählt, welche Angst ihr die Gesichter mit den großen Augen machten." Er brach ab und atmete ruckartig ein. „Sie war besessen von dem, was sie darin las. Letztes Jahr nahm sie Quecksilberchlorid zu sich und starb; seitdem lebe ich hier."

Haid machte den Mund auf, jedoch in erster Linie, um sich zu räuspern, als Martin Last in ein heiseres Wispern verfiel. „Ich glaube, die Grauen sind wütend, weil ich zugelassen habe, dass Mutter starb, bevor sie mit ihr fertig waren."

Der Erlöser dachte an seine eigene verkorkste Kindheit.

„Wenigstens verstehe ich jetzt, weshalb ich als kleiner Junge ständig Nasenbluten hatte", fügte Last hinzu. „Das Buch erklärt, wie Sex mit Aliens funktioniert. Als sie herausfanden, dass ich schwache Beine haben würde, durfte Mutter mich behalten." Er starrte Haid lange an, ohne zu blinzeln. „Die Grauen sind für die Wiedervereinigung Deutschlands verantwortlich und die Spannungen im Mittleren Osten. Man wird das Kriegsrecht ausrufen und die Länder irgendwann Saudi-Amerika nennen. Hier finden sie mich nicht."

Haid wusste nicht genau, wen er zuletzt mit *sie* gemeint hatte. Auch Vater schwieg sich darüber aus. „Ich glaube dir", versicherte er dem jungen Mann schließlich.

„Echt?" Last ließ sich nach hinten sacken, während er frostigen Atem aushauchte.

„Glaubst du an Gott?", fragte Haid weiter. „An unseren einen Vater?"

„Gerade krabbeln rote Monsterspinnen am Daley Building herunter, aber die sehen mich hier nicht. Im Trumbull Park wäre ich ihnen ausgeliefert."

Haid rückte näher, als Vater ihm seinen Wunsch verständlich machte. Der überstehende Sockel der Skulptur drückte ihm die Haare platt. Er nahm seine Kraft zusammen. „Im Namen des Vaters."

„Die schwingen ganz anders als wir." Last war nunmehr in

seine eigene Welt abgedriftet. „Hat mit Einsteins einheitlicher Feldtheorie zu tun."

Haid streckte sich aus, um die Schultern des Liegenden zu packen. Als seine Hände warm wurden, hoffte er, dass es in diesem Verschlag ein wenig leichter vonstattengehen würde.

„Deren Schiffe bewegen sich so, während unser Tarnkappenbomber so fliegt. In dem Buch steht, dass die Grauen sich in einem ausgetrockneten Seebecken in Nevada eingenistet haben."

„Eine faszinierende Geschichte", bemerkte der Erlöser und zog ihn an sich. „Wie die Heilige Schrift."

Als sie Brust an Brust lagen, verschwamm er kurz vor Haids Augen, einmal mehr wohl wegen der Taschenlampe. Er musste weiter hineinkriechen, wobei er Martin vor sich herschob. Umso stärker fühlte er sich wie ein menschlicher Schneepflug, da der Körper des Jungen bereits zerfiel und beim Drücken teilweise neben Haid liegen blieb.

„Mir ist so warm. Blutet meine Nase?" Das äußerte er in dem Moment, da sich die Hände des Erlösers um seine Wirbelsäule schlossen. Das Wesen des Jungen verdichtete sich und erfüllte ihn mit Wonne, obwohl er ihn letztlich umarmen und küssen musste, um die Entrückung zu vollenden.

Danach schlief Haid unter Picassos Kunstwerk ein.

Satt.

Kapitel 46

Evan Shustak hatte Schmerzen. Heftige Schmerzen. Der Grund? Er hatte nichts mehr, was ihm Linderung verschaffte; seine Heizdecke, deren Bänder ausgefranst waren, aber immer noch hielten, fehlte; Gelenkorthesen und Sweatshirt waren fort, genauso wie die Beutel voller Pillen und Pastillen. Sein Kostüm war Evans Schmerzmittel. Oft dachte er über die Unzahl der Placebos nach, derer sich heutzutage nahezu jeder Mensch bediente, von Erfolg versprechender Geschäftsmode Marke Anne Klein bis zu Air-Jordan-Basketballschuhen, die Sozialhilfeempfänger aus ihrem Kosmos entheben sollten.

Andererseits war es durchaus nützlich, dass er nun leiden musste, denn mit einem gequälten Gesichtsausdruck gab er ein weit überzeugenderes Opfer für den Erlöser ab. Shustak war bis auf Weiteres nicht American Dream. Er hatte die rechte Schulter nach vorn gezogen und grinste verkrampft mit einem andauernden Zucken im linken Mundwinkel. Zumindest in einem Schuh spannte er die Zehen an, weil er nicht so fest geschnürt war wie der andere.

Das alte Lied verklang niemals, eine gottlose Knochenpolka auf der Klaviatur des Geistes.

Mit einer Hand klammerte er sich fest an die hellbraune Decke über seinen Knien. Doktor Wagner hätte gesagt, die Heizdecke und anderen Utensilien seien sein Vorwand, um nicht wahnsinnig zu werden. Es handelte sich nicht um unmittelbare Linderung, sondern um symbolische: Die Uniform befreite ihn von seinen menschlichen Unzulänglichkeiten. Die Stadt tilgte Shustaks Arztrechnungen aus dem Fond seiner Krankenversicherung bei Springfield Insurances; der Staat im Großen kam dafür auf, dass Alkoholiker und andere Gammler ihre Zeit auf den Straßen totschlugen, und zwar ohne Aussicht auf Besserung.

Reve hatte ihn in der Nähe des *Cryin' Dime* im Schatten des Rathauses allein gelassen. Im Osten konnte er das Marclinn sehen. Eine abwechselnd neonblau und rot blinkende Gitarre mit dem Old-Style-Logo blendete ihn. Shustak hielt sich bedeckt, als könne irgendein Gast im Alkoholnebel auf ihn aufmerksam werden; Zero Stanley und Slappy Van der Putten sollten seine Operation nicht vereiteln, wie er selbst erklärt hatte. Seit mehreren Tagen schon wuchs sein Bart. Skinny Minny Krejca hatte ihm gezeigt, wie er eine üble Schnittwunde über dem Auge vortäuschen konnte, und obendrein waren seine Haare anders gekämmt.

Murdys Angestellter Nick Desmond hatte ein grobes Bild von dem Kerl nachgezeichnet, der ihm hinter dem Cass Hotel aufgefallen war. Reve zeigte es gerade unter den Schlüsselfiguren im Erlöser-Fall herum. Um sechs Uhr abends an diesem 20. Januar hatte sie ihn dort sitzen lassen, um gegen neun mit ein paar Sandwiches zurückzukommen. Als er die Tür eines Perkins-Taxis zuschlagen hörte, wurde sein ganzer Körper steif. Durchaus beabsichtigt.

*

In der Nähe der U-Bahn-Haltestelle Lake Transfer übte Tremulis, auf den Hinterrädern zu wenden. Er sollte unten bleiben, während Evan die Straßen überblickte. Seit Dezember hatte der Erlöser nicht mehr zugeschlagen, weshalb die Detectives Daves und Petitt annahmen, er habe sich der zunehmenden Kälte wegen sozusagen zum Winterschlaf angeschickt – oder er nahm sich in wärmeren Gefilden eine Auszeit. Petitt hatte sogar ein Rundschreiben zur Warnung an alle Polizeistellen in den Städten entlang der Greyhound-Buslinie von Chicago bis New Orleans aufgegeben.

So umsichtig dies auch war, so wenig interessierte es Tremulis, der schon davon träumte, wie sehr Reve ihn bewundern und lieben würde, nachdem er, der Jedermann Vic Tremble, den bösen Killer überführt hatte. Er setzte seine Zweirad-Kunststücke fort und stellte sich vor, dem Erlöser mit den Laufrollen über den Hals zu fahren; sein volles Gewicht sollte dafür sorgen, dass das Schwein unter qualvollen Zuckungen verreckte. Victor dachte an die Prostituierte Mondschatten Januskopf und wurde sich bewusst, dass Töten in der Tat Befriedigung verschaffen konnte.

Je länger er diese Kapriolen veranstaltete, desto mehr Leute wurden auf ihn aufmerksam, was den Saxofonisten neben dem Zeitungskiosk verärgerte, der gerade einmal siebenunddreißig Cent und einen Busfahrschein gesammelt hatte, seit Tremulis aufgetaucht war.

Kapitel 47

Reve Towne hielt einen Stapel der Porträts in beiden Händen, weil es zu kalt war, um jedes Mal, wenn sie auf einen Rolli traf, ein einzelnes Blatt aus der Tasche zu ziehen. So händigte sie jedem drei oder vier davon aus – und das musste sie, denn es wimmelte wahrlich von Behinderten in der Stadt. Seltsamerweise, wie Reve fand, und das nicht einmal mit Hinblick auf eine mutmaßliche Panik vor dem Mörder, sondern der Kälte wegen; wer bei dieser Witterung ruhig sitzen musste, dem gefror doch das Blut in den Adern.

So oder so brachte sie also unzählige Flyer unter das Volk. Die Leutchen hielten sich immerzu in der Masse auf und waren zumeist ohnehin auf dem Weg zu den Orten, die sie ihr Zuhause nannten; vor der Feierabendzeit sollten sie längst in Sicherheit sein.

Reve und Evan hatten die Kinko's-Druckereien auf der Wells

und der Isola mit Kopien versorgt. Jetzt war sie froh über die Kälte, denn Eisregen wie üblich im Chicagoer Januar war bei diesen Temperaturen nicht zu befürchten. Wenn sie möglichst viele Rollstuhlfahrer mit Zetteln eingedeckt hatte, würde sie den Rest an Laternenmasten auf der Einkaufsmeile kleben. Obwohl die Cops keinen Grund dafür sahen, Frank Haid zu verdächtigen, war es gut, dass sie nichts von ihrer Autorität eingebüßt hatten. Mehrere ihrer Bekannten – darunter Mike Surfers Freund Chubby Lovell, der zu Reves Bestürzung mittlerweile ebenfalls an einen Stuhl gefesselt war – hatten erzählt, sie seien von Rizzi und Morisette strikt dazu angehalten worden, entweder bei der Gesellschaft für Kriegsveteranen im Chicago Building an der Madison zu bleiben oder oben im Seventh Street Hotel.

Zum hundertsten Mal fragte sich Reve, ob es richtig war, einen einzelnen Mann in einer Millionenstadt ausfindig machen zu wollen, selbst wenn sie immerhin den Namen kannten. Sie fischten im Trüben, doch andererseits ging es der Polizei nicht besser. Gut, Frank Haid benahm sich verrückt und war in der Gegend gesehen worden, wo man einen der ersten Rollstühle gefunden hatte, aber rechtfertigte dies bereits, ihn eher zu verdächtigen als sonst jemanden? Die Cops hatten eine Liste Mutmaßlicher zusammengestellt, von denen bereits einige im Laufe der vergangenen Wochen inhaftiert worden waren. Den Mord zuletzt unter den Schienen zwischen der 23. Straße und der Pulaski Road hatte gewiss ein Nachahmungstäter zu verantworten, aber wie auch immer: Frank Haid stand auch auf dieser Liste.

Das änderte nichts daran, dass Reve den Gedanken nicht loswurde, sie könnten einem Unschuldigen nachstellen. Dabei fiel ihr ein verschollenes Kapitel Chicagoer Kriminalgeschichte ein: Ein geisteskranker Schwarzer, der sich zur Zeit der Axtmorde im Sommer 1973 zufällig im Grant Park aufgehalten hatte, war vor Gericht als Täter verurteilt worden. Der tatsächliche Killer sollte sich gut acht Jahre später stellen, alldieweil der Unschuldige eingesessen hatte. Sie beide waren auf ihre Art religiös geworden. Reve machte sich Sorgen, was geschehen würde, wenn Evan und Vic dem schlüpfrigen Erlöser begegneten.

Die kanariengelben Zettel zeigten ungefähr Haids Züge. Nick Desmonds hatte ein relativ brauchbares Bleistiftbild gezeichnet und die zerfurchte Stirn des Mannes deutlich hervorgehoben. Darunter standen Reves Worte in Druckschrift: *Sind Sie diesem Mann begegnet? Er könnte der Serienmörder Erlöser sein! Auch Sie schweben in Lebensgefahr!* Sie wusste genau, dass sie am Arsch war, falls die Polizei sie beim Verbreiten der Blätter erwischte, und sollte sie auf Conover stoßen ... nun, dann war ihr Arsch nur eines der Körperteile, auf die sie achtgeben musste.

Unter dem Text hatte Reve die Namen aller Unterschlupfmöglichkeiten aufgezählt, die ihr eingefallen waren:

Hotel Lasalle, 215 West Washington
Hotel Morton, 538 South Dearborn
Metropolis, 211 West Couch
Marclinn, 29 West Randolph
Seventh Street Hotel, 2 East Balbo
Pacific Garden, 646 South State
Hotel Dahlia, 39 West Norton
St. Francis Center, 122 West Kinzie
Benedict Flats, 100 West Ontario

Einmal musste sie sich im Bordeaux Restaurant verstecken, damit Rizzi und Morisette sie nicht mit den Flyern sahen, obwohl die beiden Streifenbullen vermutlich sofort checkten, wer das Konterfei des Erlösers publik machte. Reve erwog, den Fernsehsendern das Bild ebenfalls zukommen zu lassen. Kanal 7, der immerhin zu ABC gehörte, lag ganz in der Nähe zwischen der State und der Lake Street.

Im Stadttheater gastierte gerade das Musical *Der Mann von La Mancha*, und nach Wilma Jerricksons Tod vor knapp zwei Monaten hatte in der Gasse ein Wettbüro neben einem Bagel-Imbiss seine Pforten geöffnet. Vor der Brücke auf die New Orleans Street gab sie einem Rastafari einen Zettel. Dessen Armreife waren von der feuchten Kälte des Flusses beschlagen, und er dankte für ihr Engagement, indem er Gottes Segen über sie aussprach. Weiter im Norden stieß sie auf einen kleinen Mann mit Laufgestell, der *Hab gar nicht abdrücken wollen* stotterte und damit wohl einen anderen Mord gestand. Reve sah weder ihn noch den Gottesfürchtigen je wieder und fragte sich später oft, ob sie dem Killer wohl in die Hände gefallen waren. Die Zahl der Opfer bei Mordserien ließ sich häufig nur schätzen.

Was war eigentlich schlimmer: All die Leute, die mitten im Winter draußen frieren mussten, oder die breite Mittelschicht, die sie ignorierte wie Nichtsnutze, die Werbung für die Neueröffnung einer Burgerbude verteilten? Zwischen Kingsbury und Isola kauerte eine alte Frau mit doppeltem Mundschutz in verschiedenen Farben neben einem hochkant stehenden Einkaufswagen. Darauf lagen fest mit Seil zusammengebundene weiße Müllsäcke. Durch die Schnüre sah es nach einer lebendigen Knolle aus, was auch für die Frau selbst in ihren zahllosen Lagen Kleidung galt. In der Nähe des südlichen Wolkenkratzers des Illinois Centers sah Reve einen Schwarzen, der nicht unbedingt blind sein mochte, in jedem Fall aber nicht wusste, was um ihn herum geschah. Er hatte einen ungepflegten Beatnik-Kinnbart und klapperte mit einem roten Plastikbecher von *Irving's*, einem Hotdog-Restaurant. Als sie zu ihm kam, erkannte sie, dass das Gefäß immerhin halb voll war, größtenteils mit Kleingeld. Vermutlich waren die meisten Leute skeptisch, da seine offenbar doch nicht so blinden Augen einigen Girls folgten, die Stulpen über ihren Bluejeans trugen. Nachdem sie an ihm vorbeigegangen war, hörte sie ein dumpfes Klacken, als eine weitere leichtgläubige Seele einen Vierteldollar spendete.

Beim Buchladen auf der Michigan Avenue kniete ein anderer Mann in einer Position, die seine Beine wie ein zusammengedrücktes Akkordeon aussehen ließ. Er trug einen grauen Handwerksoverall und einen mitternachtsblauen Parka mit orangefarbenem Saum an der Kapuze. Mit den Kleidern schien er darauf hinweisen zu wollen, dass er früher tatsächlich einem ehrlichen Job nachgegangen war. Als sie vor ihn trat und ihm einen Flyer reichte, las sie auf der Brusttasche des Overalls eine Adresse mit Postleitzahl in alter Schreibweise, wie sie sie wahrscheinlich zuletzt in einem von Evans Comics – den Werbeanzeigen für die Schuhmarke Mason – oder auf Gag-Krawatten mit Leuchtreklame gesehen hatte.

Dann fiel Reve eine Frau mit eingefallenem Gesicht auf, die etwas von der Rückkehr Christi stammelte, und eine zweite mit einem Säugling auf ihren mit Einstichen übersäten Armen. Sie krähte geradezu, wenn sie die Worte zusammenbekam und zwischen ihren krummen Zähnen hervorstieß: „Mein Baby braucht Essen!"

Auf der State nahe dem Stevens Building unterhielt sich ein Kerl mit roten Socken und nur einem Schuh mit einer zierlichen Kurierin im Gothic-Look. Er trug einen Dreireiher aus

Kammgarn und zog ein Burberry-Oberteil unter dem einen Fuß nach, während er sie und jeden anderen anflehte, der zuhören mochte, er brauche zehn Dollar, um ein Fax in der Lobby der Pathway Bank aufzugeben.

Echte Menschen, echte Leben ...

*

Dean Conover hatte dienstfrei und beobachtete vom vordersten Tisch im *Nolan Void* aus, wie Reve auf der Straße hin und her ging, während er an einem Blended Bourbon nippte. Außerdem erzählte er Mather, der ein weiteres Bier orderte, gerade einen Witz. Er selbst trug ein Chambray-Hemd, sein Kollege ein marineblaues T-Shirt mit dem Polizeislogan *Freunde und Helfer* sowie dem Zusatz *... falls wir Bock drauf haben.*

„Hab noch einen auf Lager", bemerkte Conover und fasste sich geistesabwesend in den Schritt, als Reve draußen weiterging. Jetzt unterhielt sie sich mit ein paar Krüppeln, die das Gebiet um die Baustelle des neuen Stouffer Hotels zu ihren Jagdgründen erkoren hatten. Viele Leute warteten nachmittags zu dieser Zeit auf Busse, die vom Wacker Drive abfuhren.

„Lass dich nicht aufhalten." Mather konnte ihn sowieso nicht bremsen.

Conover legte wie üblich los: „Pass auf: Zwei Anwälte fliegen aus 'ner schmucken Stadt – Detroit oder so – zurück zum O'Hare. Einer ist Jude, und ihre Kiste gerät beim Anflug über dem See in Turbulenzen, sodass alle glauben, es geht zu Ende mit ihnen. Ach, fast vergessen: Der Jude ist Brillenträger. Jedenfalls geht die Landung glatt, und der Typ bekreuzigt sich, woraufhin der Katholik dumm guckt ..."

„Sieh mal." Mather hatte keine Lust mehr auf die Pointe und

klopfte an die Scheibe. „Ist doch Reve Towne. Was sie wohl austeilt?“

„Mann, die ist auch heiß, wenn sie Schläge austeilt!“ Conover sprach zu laut und fügte mit anzüglicher Begeisterung hinzu: „Würde ich gern mal durchwalken.“ Seinen Witz hatte er darüber vergessen.

Zum Glück, wie Mather fand.

Kapitel 48

Am Abend nach der Totenmesse saßen sie zu dritt im *Nolan Void.* Tremulis sah sich unter den Gästen um, überwiegend Dreiergruppen. Was hatte es bloß mit dieser Zahl auf sich? Einer der Rausschmeißer im *Hard Rock Café* hatte eine Karte in seiner Geldmappe, auf deren Vorderseite *Bitte wählen: 1, 2, 3, 4* stand. Hintendrauf las man dann: *Wenn du 3 genommen hast, bist du ein Lustmolch.* Tatsächlich stimmte es, dass die meisten Leute sich so entschieden.

Vater, Sohn und Heiliger Geist. Nichts sehen, nichts hören, nichts sagen.

Es war Montag, der 23. Januar, und Serientäter Ted Bundy packte gerade vor der Polizei aus – Frauenmorde in Colorado und Idaho –, um die Hinrichtung hinauszuzögern, die am folgenden Tag schließlich doch erfolgen sollte.

Inmitten der bierseligen Stimmung der Gelegenheits- und Vollzeitsäufer an den Tischen ringsum waren sie vermutlich die einzigen drei Pessimisten. Tremulis und Shustak saßen immer noch in den Stühlen von Everest & Jennings, woran sie vorerst nichts ändern wollten. Sie schauten sich den Prozess in der Glotze an, als erwarteten sie, den Erlöser auf dem Schirm zu entdecken, wenn er einem Bruder im Geiste die letzte Ehre erwies – ein Killer quasi, der sich noch einmal zur Vergewisserung über einen Sarg beugte. Man sah Bundy abwechselnd in drei verschiedenen Kameraeinstellungen schwitzen, auf zwei kleinen Mattscheiben an den Enden der Theke sowie einer großen über der Jukebox und dem Joker-Poker-Spielautomaten. Die Geräte vibrierten jedes Mal wie bei Donnerwetter, wenn eine Bahn auf der Lake Street vorbeifuhr, und niemand schien im Geringsten darum besorgt, dass eines von der Decke fallen könnte.

Normalerweise hätte die Kneipe ein Spiel der Hawks auf SportsVision laufen lassen, doch der heutige Abend galt allein CNN und allerlei Witzen der Sorte *Anschnallen ist Vorschrift, Ted.* Plakate am Tresen kündigten einen Auftritt der Band Skinhead Jesus Joe & Fever Beings für das kommende Wochenende an. Drei Dollar Eintritt, Mindestverzehr zwei Drinks. Der Ton war ausgeschaltet, da Bundys Drangsal auch so offenkundig wurde. Schon in der High School hatte Tremulis über ihn gelesen. Er trommelte mit den Fingern auf der Armlehne seines Stuhls, während sie gerade Schulabschlussfotos von Mädchen zeigten, die vor gut einem Jahrzehnt das Zeitliche gesegnet hatten.

Jemand warf eine Münze in die Seeburg, woraufhin The Widows of Whitechapel mit Tricks *We Tried Today* loslegten. Ausgerechnet Shustak sang den Text der Single mit, verschmitzt wie jemand in der Kirche, dem es peinlich war. Tremulis wartete darauf, dass er jeden Augenblick die Zunge zum Empfang der Hostie herausstreckte. Hinter ihnen gab die Bedienung gerade Wechselgeld heraus. „Fünf, zehn. Da hast du's, Schnuckel."

„Morgen früh wird Bundy tot sein", bemerkte Shustak,

während er an der beigen Tischdecke zupfte, die nach Rauch stank wie alles in dem Raum.

„Jawohl, und das ist verdammt gut so“, pflichtete jemand bei, der gerade auf die Toilette ging.

„Yeah, yeah, yeah“, erwiderte ein Tischnachbar, was sich anhörte, als wallten die Worte auf, ohne dass er es beabsichtigte.

„Einer weniger“, war alles, was Tremulis dazu sagte.

Reve wiederholte es und tippte an ihr Ginger Ale im Tom-Collins-Glas.

„Und wie viele da draußen wetzen bereits die Messer, während sie sich das hier ansehen?“, fragte Evan, indem er zuerst Reve und dann Victor anschaute.

Niemand antwortete, doch an der Theke meinte man, eine der umgebrachten Studentinnen, die sie gerade zeigten, sehe ganz schön schnittig aus. Jemand anderes erinnerte daran, dass sie erstens tot war und zweitens – wäre dies nicht der Fall – mittlerweile steil auf die vierzig zuginge.

Wäre, hätte, könnte ...

*

Kurz nach Mitternacht – noch lebte Terrible Ted – verließen sie das *Nolan Void.* Reve hatte in der Bar per Telefon bei Checker ein Taxi bestellt. Sie umarmte ihre beiden Gefährten und stieg hinten ein. Im Wagen roch es nach Wollwachs.

Shustak und Tremulis rollten zum Marclinn und zogen einen Schlussstrich unter den Abend. Dass sie beobachtet wurden, merkte keiner der zwei.

Der Mann, der ihnen gefolgt war, wusste über alles Bescheid. Ihr Komplott konnten sie sich abschminken. Da, schon staksten sie kerngesund auf zwei Beinen in das Wohngebäude. Glaubten die beiden etwa, sie spielten in einem schlechten Fernsehfilm mit? Er konnte diese Pseudokrüppel genau zuordnen: Sie waren Surfers Kumpel gewesen. Smooth Tee hatte es ihm erzählt, sich daraufhin seine Pläne angehört und ihm Metaqualon angeboten: „Lass jucken, Kumpel."

Der Ältere war ihm egal; nein, die Gestalt interessierte sich brennend für den anderen, den Tee American Dream genannt hatte.

*

Ted Bundy wurde am 24. Januar 1989 um 6:16 Uhr Chicagoer Ortszeit hingerichtet. Da rasierte sich Victor gerade und bekam einen Muskelkrampf, bei dem er sich einen Fetzen Haut vom Kiefer riss. Shustak sah sich die Verletzung wohlwollend an und glaubte, das trockene Blut würde den Erlöser anlocken.

Um nicht mehr an Reve denken zu müssen, verweilte Tremulis im Bad und ließ es bluten, während er mit heruntergelassenen Hosen auf dem niedrigen Becken hockte und den Kopf so ausrichtete, dass die dicken Tropfen auf seine wieder erschlaffte Morgenlatte fielen.

Kapitel 49

Die Tage flogen dahin wie Salsa-Pärchen während einer ausgelassenen Feier der Lateinamerikaner auf der South Racine Avenue. Die Wetterlage über dem Mittleren Westen hatte sich verändert; die klirrende Kälte war anhaltendem Nieselregen gewichen, der kein Ende nehmen wollte. Man ging abends zu Bett, und es regnete; am Morgen dann das gleiche Spiel. Es war so ähnlich wie Liebe für eine unerreichbare Person. Niemand konnte sich dem Nass entziehen, das die Gesichter glänzen ließ und dafür sorgte, dass die Menschen noch misstrauischer und wachsamer wurden, als sie es ohnehin bereits waren.

Dementsprechend fühlte sich Victor Tremulis, während er auf seiner Liege im Marclinn über Reve nachdachte. Im Gegensatz zum Wetter kam er sich gegeißelt vor wie von einem Platzregen, und sein Kopf schmerzte wegen all der Dinge, die er ihr so dringend sagen wollte – aber niemals würde.

Es wurde Februar, und der Frühling schien so abwegig wie Seelenfrieden für den herkömmlichen Städter. Richard M. Daley Jr. hatte realistische Chancen gegen Eugene Sawyer bei der außerordentlichen Vorwahl zum Bürgermeister. Irans Ayatollah wurde mit inneren Blutungen ins Krankenhaus eingeliefert, und in der Innenstadt ergatterte man am schnellsten ein Taxi, wenn man den Fahrern mit Salman Rushdies *Die Satanischen Verse* winkte, da es sich bei den meisten um Kameltreiber handelte, die auch Gas gaben, als bretterten sie allein durch die Kalahari.

Bloß: In der Wüste regnete es nicht.

*

Conover und Mather wussten seit Wochen, woher der Wind wehte, nachdem sie diesem fetten Schwarzen mit Silberkronen auf den Vorderzähnen – Chubby Lovell – einen von Reves Flyern aus der fleischigen Pranke genommen hatten. Das Porträt des Erlösers ließ die Behinderten auf den Straßen nicht in Ehrfurcht erstarren; noch ein verwaister Stuhl wurde abseits von Beaubien Court in der Nähe des Prudential Building gefunden, bloß keine Spur von einer Leiche oder auch nur Teilen.

Der Ledersitz war laut Kriminallabor verschmiert mit einer Mischung aus Haarwasser und Gelenksalbe.

Ganz allein durchstreifte Conover am 19. des Monats die abendliche Loop im Norden. Er hatte seine Brogan-Treter Größe zehn an und schon das zweite Paar Socken für heute, ebenfalls durchnässt. Drei Zivilisten irgendwo dort draußen wollten den Tod ihres Freundes Surfer vergelten. *Scheiß Regen!* Gott sei Dank trug er keine Brille. Die Wayfarer von Ray-Ban lag auf der Wache, zumal sich die verdammte Sonne sowieso seit einem Monat nicht mehr gezeigt hatte. Während er die Monroe überquerte, spuckte er in den Rinnstein. *Nun schau dir das an* ... Die Stadt hatte das Rentier immer noch nicht vom Dach der E1-Haltestelle an der Wabash heruntergenommen. *Vollidioten!*

Conover blickte auf zu den hellen Fenstern. Die polnischen Putzfrauen aus Bridgeport und Brighton Park bohnerten weiter, und die lichten Vierecke sahen zusammengenommen aus wie der Bildschirm eines Textcomputers, extrem vergrößert und im Negativ. Der Regen klatschte ihm ins Gesicht wie eine aufgekratzte Domina.

Beim Gedanken an Reve fielen ihm auch die Krüppel ein. Mann, was würde er tun, wenn sein Schwanz nicht mehr funktionierte? Der kleine Mann wuchs sich ganz fix zum Riesen aus, sobald er sich vorstellte, wie Towne sich breitbeinig auf ihn hockte und ihn langsam flutschen ließ, während ihr die schwarzen Zotteln ins Gesicht hingen. Aus diesem Grund hatte er auch beschlossen, diesen Bekloppten Shustak über das Girl auszufragen, worauf sie stand oder auch nicht und dergleichen. Zur Hölle! Sollte er sie rundheraus mit der Frage nach einem Date konfrontieren, würde sie ihn ohnehin abblitzen lassen. Vorhin erst war er an diesem Deppen vorbeigegangen. Wie ein Araber in der Identitätskrise hatte er ausgesehen, eingewickelt in seine kackbraune Decke in der Sackgasse mit der Spielhalle, nicht weit weg von St. Sixtus. Dort ging Mather regelmäßig zur Beichte, während Conover selbst im *The Touch* in Fallon Ridge Abbitte leistete. Amen. Die meisten Prostituierten von dort und aus den Go-Go-Bars in Calumet City hatten sich schon damit abgefunden, seinen Schweiß und sein Grunzen ertragen zu müssen.

Er stieß eine Atemwolke aus und ließ sich den Regen in die offenen Augen tropfen, ohne mit den Wimpern zu zucken, denn die klebten an seiner Haut. Fürwahr, das Wetter in Chicago eignete sich trefflich zum Nachdenken. Conover wollte Reve Towne anständig hochnehmen.

*

Smooth Tee hatte die Strecke perfekt beschrieben, und so folgte sein Komplize Shustak an der American National Bank vorbei in dieses Loch mit dem Kopfsteinpflaster, das zu *Popeye's Chicken* führte.

So, so. American Dream nannte der Typ sich, hatte Tee gesagt. *American Clown* traf es wohl besser. *Was für ein lächerlicher Trottel, echt zum Schreien, und jetzt auch noch im Rollstuhl unterwegs. Jesus! Mann, voll komisch.* Der Mann schlug theatralisch die Hände vors Gesicht. *Willst du dem bösen Mister Erlöser etwa an die Wolle? Denk einfach nicht dran. Bist jetzt 'nen Monat draußen und hast keine Arbeit. Irgendwoher muss Kohle kommen. Deine Pillen, Clown, bringen fett was rein, wart ab. Ray Lewis fickt dich, Schwuchtel. Wüsste gern, wer dir den*

Namen gegeben hat, Schwanzlutscher. Shit, ist das kalt. Schwanzlutscher.

„Süße Träume, Freundchen. Süße Träume spendier ich dir", flüsterte der Mann, als sei er ein erbarmungsloser Schläger. In Wirklichkeit war Ray Lewis bloß ein Nachtschattengewächs aus Whiting in Indiana. Als er grinste, konnte auch der Regen nichts gegen seine gelben Zähne ausrichten. „Jawohl, du lutschst meinen Schwanz."

*

Shustak stand am Rande der Verzweiflung wie jemand, der von einer einstürzenden Klippe zu entkommen suchte. Sein Schmerz wog etwas weniger schwer, weil er so deprimiert war. Es half ihm, ein Auge zuzukneifen und sich auf die Muskeln zu konzentrieren, die er dazu brauchte.

Die Idee mit Mama Tomei hatte sich also als Flop erwiesen, und das Morden ging weiter. Er konnte nicht überall gleichzeitig sein; wenigstens übernahm Vic die U-Bahn. Immer noch wusste niemand in der Stadt, wer der Erlöser war. Daves und Petitt tappten im Dunkeln. Man sollte vermuten, in einer verkommenen Zeit wie heute würde ein Verwandter oder Trinkgenosse den Killer verraten.

„Dies ist meine Welt. Wo ich stehe, da bin ich." Das hatte er Tremble kürzlich unter die Nase gerieben. Doch wo stand Frank Haid? Wo steckte der Erlöser?

Allmählich gewöhnte Evan sich an die Decke und das Gefühl, im Rollstuhl ausgeliefert zu sein, aber seine Rüstung vermisste er deshalb nicht weniger. Er klammerte sich an die Decke und sehnte sich nach einer Pille. Seine Fäuste wrangen den nassen Stoff, wobei er sich vorstellte, es sei der Hals des

Mörders, dessen geplatzte Adern sich über ihn ergossen. Das tat gut. Er wähnte sich als Krieger, und die Schlacht, in der er kämpfte, war das Februarwetter. Ein Krieger, der auf den entscheidenden Schlag wartete.

*

„American Dream, richtig?" Lewis wollte es auf diese Weise probieren, Kumpeltyp, Bruder im Geiste und all der Quark.

Shustak schaute hoch, gleichsam vorsichtig wie neugierig. Ein dankbarer Fan in einer Nacht wie dieser? Seine Verkleidung konnte doch nicht aufgeflogen sein.

„Nochmal: du, American Dream?" Jetzt grinste der Schwarze nicht mehr.

Nein, vor Evan stand nicht der Erlöser. Haid war weiß, älter und beleibter. In den letzten paar Sekunden hatte er Speichel gesammelt und nicht hinuntergeschluckt, sodass er nun aus dem Mundwinkel sabbern konnte, dickflüssiger und wärmer als das Nieseln. Unter der Decke hielt er ein Stilett fest umschlossen, halblegale Ware. Ben Murdy konnte nicht nur Rollstühle beschaffen. Speichel tropfte auf den Stoff, färbte ihn dunkel wie Blut. Dann brabbelte er unverständlich und zuckte mit den Lidern, als wollte er sie gegen einen Widerstand öffnen.

„Kannst den Scheiß bleiben lassen, Wichser, weil ich nicht mitspiele." Er trippelte auf der Stelle. Hunger und Leckskälte.

Shustak blinzelte. Reve hatte ihm erklärt, dass man manchmal besser schwieg. Sollte der Kerl sich erst einmal auskotzen. „Freak", konterte er. „Freak Feuerstein." So stämmig sah Evan unter der Decke nicht aus, oder empfand er das selbst nur so, weil der Schwarze so rappeldürr war?

„Schau an, schau an, ein Höhlenmann. Wie nennt man das, Cro-Magnum?“ Lewis sprach eher mit sich selbst als mit dem Rolli, der ihn für einen Drogensüchtigen hielt, ohne zu wissen, dass er zwei Tage lang nichts gegessen hatte und sich vor lauter Regen so langsam häutete.

„B-b-bitte.“ Damit ließ Evan die Unterlippe hängen, als sei der Speichel flüssiges Blei. Sein Gegenüber schob ihn im Stuhl zurück, nachdem der letzte übermüdete Taxifahrer der Post-Rushhour vorbeigekrochen war. Evan polterte über das Pflaster nach hinten in die Dunkelheit. Das Gebäude der Asian Bank streckte sich neben ihnen nach dem toten Himmel aus. Als der Stuhl gegen eine Laderampe für Geldtransporter stieß, erschütterte der Schmerz Shustak aufs Neue. Die Decke war vom Regen dunkelbraun geworden, und das Stilett darunter ein Fleischmesser in der Hand eines hungrigen Mannes. Noch eine Handgreiflichkeit, und er würde handeln.

Er schnellte aus dem Sitz und ließ den Schwarzen wissen: „Verkrüppelt und mit Spleen, ich bin American Dream. Erzittere, elender Halunke!“

Lewis trat vor. Im Gegenlicht war er für Evan ein bloßer Strich mitten durch die Maske eines Folterers, der ihm seine blutrote Zunge herausstreckte. Als er die entschlossene Miene des Helden sah, wich er zurück.

„Ich bin eine neue Droge“, zischte American Dream durch seine blendend weißen Zähne. „Probier mich!“

Trugbilder. All dies spielte sich nur in seiner Vorstellung ab. Die durchfallbraune Decke war ganz warm geworden, denn Shustaks Blase hatte nicht gehalten.

Ray Lewis warf einen raschen Blick auf die Hähnchenbude. „Steh total auf das Futter“, gab er an. Er war derjenige, der die Zähne bleckte.

*

„Mann, ich weiß, wer du bist." Er spuckte wütend beim Sprechen.

Evan krallte sich an die Armlehnen. Seine Knöchel färbten sich weiß – nein, eher gelblich. Das Stilett lag griffbereit in seinem Schoß.

„So sieht's aus, Kumpel: Ich bin mit Tee auf der heißen Meile, und sein Kollege Preacher hat uns von dir erzählt. Dumm gelaufen, was?" Man sah nur seine Zähne im Dunkeln und hörte an den Zischlauten, wie ungeduldig er war. Dann griff er sich an den Hosenbund; der Regen bildete Rinnsale auf seiner Haut.

Shustak hatte Schaum vor dem Mund. Immer noch glaubte er, seinem Widersacher etwas vormachen zu können, selbst als Lewis ein Messer zückte.

„Du kriegst doch Stütze vom Staat oder so. Schaffst ja sonst nichts."

Unbändiger Wille und Disziplin stählten die Fäuste von American Dream, als er den Mordbruder vermöbelte. Die Stadt würde ihm insgeheim danken, ihn jedoch öffentlich für vogelfrei erklären. In seinem Kopf lag der Erlöser am Boden und winselte um Gnade, die er selbst anderen niemals zugestand. Shustak suchte ihn nach Waffen ab und fand die Säure in einer Reiseflasche aus Plastik, wie man sie für Salzlösungen brauchte, wenn man als Kontaktlinsenträger unterwegs war. Blaugrün war die Spritztülle, und auf einem Etikett stand schlicht *Säure*. In einer der Jackeninnentaschen steckten der Miniaturbrenner sowie ein Paar Ginsu-Messer. Dann versuchte der Erlöser, sich aufzuraffen und abzuhauen, doch American Dream schlug immer wieder mit den Fäusten auf ihn ein, bis sein Schädel krachend am Boden aufschlug. „Verkrüppelt und mit Spleen, ich bin American Dream!“, spie er. „Ich hab Brei in den Armen und schlag dich zu Dynamit, Widerstand ist zwecklos!“

Natürlich, der Erlöser hatte ganz klar Angst und nässte sich ein. Im Vergleich zum gefürchteten Mann von der Achten fehlte ihm das Rückgrat. Seine Tage waren ...

Der Schwarze hatte ein Messer in der Hand.

„Du bist der Erlöser, nicht wahr?“, fragte Evan, wie es sein Held auch täte, wäre er im Versteck des Bösewichts gefangen. Seine ganze Geschichte würde dieser dann offenlegen, etwa dass ein seltsamer Meteor ihn Stimmen hören ließ, die ihn zum Anzünden und Zerhacken Behinderter verführten; vielleicht war er auch ein Zahnarzt, der sich bei einem Patienten mit Aids infiziert hatte und nun deshalb mit seinem Besteck Unschuldige umbrachte. Shustak machte sich bereit. Der Griff seines Stiletts war schwarz wie die Nacht, die Klinge unerbittlich wie der Schnitter selbst. Oder die des anderen.

„Ich der Erlöser?“ Lewis fasste sich mit den gespreizten Fingern seiner Stichhand an die Brust. Die Pose eines Hungerkünstlers.

Evan nahm in diesem letzten Moment so gut wie nichts von der Umgebung wahr, denn er hatte kaum Zeit, mit seiner Waffe auszuholen. Der Regen war nur noch als leichtes Prickeln zu spüren, vergleichbar mit einem bevorstehenden Iktus, der sich dann doch nicht einstellte.

Ray Lewis aus Whiting, Indiana, schnitt Evan Shustak aus Chicago sauber vom linken Ohrläppchen aus die Kehle durch. Die Klinge kappte einen unteren Zungenbeinmuskel, die äußere Halsschlagader und die linke Kopf-Arm-Arterie. Dreimal schlug der junge Mann mit dem Hinterkopf gegen die Mauer des Bankgebäudes. Sein Blut ergoss sich in einem Schwall über die Decke und bildete eine Pfütze, die im Dunkeln auch Bratensoße hätte sein können.

„Der böse Mister Erlöser? Ich?“ Die Vorstellung an sich begeisterte ihn so sehr, dass er es verschmerzen konnte, nur ein paar räudige Münzen in der Tasche des Bekloppten zu finden. „Und du der Superheld.“ Er lachte so laut, dass Dean Conover es auf der Madison hörte. Ray wischte sein Messer an Shustaks Stirn ab. Er hielt es für besser, den Toten liegen zu lassen und andere Geldquellen anzubohren. Eventuell war der Kerl ja doch so schlau gewesen und hatte nur das Nötigste mitgenommen.

So schritt der Mörder den Weg Richtung St. Sixtus entlang. „Ja, ja, die Guten und die Bösen.“ Wieder lachte er, unterbrach sich jedoch sofort, als sein Magen knurrte. Ein letztes Mal drehte er sich um.

„Träum weiter“, sagte er in die Stille.

Kapitel 50

Es überraschte sie beide. Conover trottete die Straße entlang und stellte sich vor, die Regentropfen seien Reve Townes Finger, die mit seinen Strähnen spielten, und ihre Zunge an seinem Hals gleich unter dem Jackenkragen. Dann hörte er die Stimmen und Lewis' Lachen – bis er vor ihm stand, das Messer noch in der Hand. Die Klinge war nass, jedoch nur vom Wasser.

Conover neigte sich gleich der Waffe zu, reagierte jedoch nicht schnell genug. Seine Augen ließen gerade von einem eingebildeten Punkt zwischen zwei himmlisch weißen Schenkeln ab, als das Messer unmittelbar unter dem Brustkorb in seinen Bauch eindrang. Lewis war nicht stark genug, um ihn hochzuheben, also brach die Klinge in Conovers Leib ab, der sofort zu Boden sackte. Fragmentarisch fielen ihm Worte zu.

Lewis befand sich seit der Sekunde, da er auf den Polizisten gestoßen war, in einem Adrenalinrausch. Erst am nächsten Tag sollte er herausfinden, dass er einen Beamten niedergestochen hatte. Jetzt rannte er über die Madison Avenue nach Westen, um sich an einem Imbiss in der Halsted Street von Evans Geld eine Flasche Alk und etwas Chili zu kaufen.

Conover lag auf dem Rücken, und dass der Regen in seine Augen tropfte, stank ihm jetzt gewaltig. Er versuchte, sich den Witz ins Gedächtnis zu rufen, den Anderson ihm am Wasserspender erzählt hatte. Der von dem Juden im Flugzeug. Hatte er die Schote nicht auch vor Mather zum Besten geben wollen?

Also gut, die Maschine landet nach den Problemchen, der eine Typ guckt sich seinen beschnittenen Kumpel mit der Brille an, der gerade das Kreuzzeichen macht. Darauf spricht er ihn an, von wegen er sei doch Jude oder so, und kriegt die Antwort: „Oh, ich hab nur nachgesehen, ob nichts fehlt – Brille, Pimmel, Brieftasche und Schlüssel.“

Conover musste schnell zur Pointe kommen, um seinen eigenen Frieden mit Gott zu schließen. Das *Im Namen des Vaters* brachte er noch heraus, doch als er zum Sohn kam, fasste er sich in den Schritt und merkte zweierlei: Erstens hatte er einen Ständer, zweitens die Hosen voll. Und dann war er tot.

Kapitel 51

Mit neunundneunzigprozentiger Wahrscheinlichkeit brachte die *Chicago Tribune* die wichtigsten News stets auf der Titelseite, in erster Linie also internationale Geschehnisse wie den Putsch in Liberia, Verhandlungen über die Geiseln im Libanon und so weiter; Lokalnachrichten mussten dazu politischer Natur sein, weil Chicago eben eine politikbewusste Stadt war, was eigentlich selbst der letzte Depp längst begriffen hatte. Der Treppenwitz während der heißen Wahlphase lautete im Zusammenhang mit mutmaßlichem Stimmbetrug: *In Cook County geht man früher und öfter zur Wahl.* Den Rest der Provinz frühstückte man ausschließlich auf den hinteren Seiten ab, dem Chicagoland-Teil.

Ausnahmen bestätigen die Regel, beispielsweise der Mord an einem Polizisten. Dean Conover war nicht im Dienst umgekommen und hätte eigentlich nicht vorne aufs Blatt gehievt werden müssen, doch man hatte einen Bezug zum Erlöser hergestellt. Dessen Fall wiederum beschäftigte die Stadt immer noch ganz besonders, zumal der Mörder unbedingt vor der Wahl einkassiert werden sollte.

Die Story über dem Falz der *Tribune* las sich am 2. Februar folgendermaßen:

Erlöser tötet Polizisten außer Dienst. Am Montagabend wurde ein Officer des 16. District im Norden der Innenstadt ermordet, offenbar bei einer Begegnung mit dem trügerischen Serientäter, der die Straßen downtown bereits seit November unsicher macht. Die Tat geschah im 150. Block um West Madison. Dean Conover, 34, war bereits tot, als man ihn im Henrontin Hospital einlieferte. Laut Malcom B. Dennison, Priester der Franziskaner-

kirche St. Sixtus in der Nähe des Tatorts, deutete alles auf einen Kampf hin. Wenige Fuß weiter stieß man auf ein zweites Opfer, einen Invaliden Ende zwanzig und vorläufig identifiziert als Evan Shustak, Adresse unbekannt. Dennison fand beide Leichen.

Vorabuntersuchungen von Frank Bervid am ersten Opfer bestätigen: Die Morde ähneln jenen, die der entsetzliche Serienmörder, durchweg an obdachlosen Rollstuhlfahrern beging. Der assistierende Gerichtsmediziner hält sich bis zum Ende der Autopsie bedeckt.

Die Zahl der bekannten Morde des vielen als „Erlöser" bekannten Täters beläuft sich hiermit auf vierzehn. „Zu hoch gegriffen", behauptet Detective Lieutenant Jackson Daves vom Morddezernat Area 3. „Es würde mich nicht wundern, wenn der Junge von einem Wiederholungstäter ermordet wurde. Vermutlich war der Officer außer Dienst schlicht im falschen Augenblick am falschen Ort." Dean Conover hat seit seiner Einstellung bei der Verkehrspolizei im Juli 1984 vierzehn ehrenvolle Erwähnungen erhalten.

Victor Tremulis schnitt niemals Artikel irgendwo aus, auch weil er nicht wusste, wann ihn vielleicht der Drang überkam, an sich selbst zu schnippeln. Also faltete er die Zeitung quer und riss den Artikel heraus. Den Fetzen heftete er an die Wand von Shustaks Zimmer gegenüber der Kopie einer Werbeanzeige für Batman-Comics aus den frühen Fünfzigern, auf der der Rächer gemeinsam mit Robin um Spenden für die Polio-Forschung bat.

Victor dachte nach. Evan Shustak, Chicagos American Dream, war vor einer Woche gestorben, und nur wenige kannten die wahren Umstände seines Lebens und Sterbens, mehr oder minder wie bei einem echten Superhelden. Der Rollstuhl, in dem er sein Ende gefunden hatte, wurde zusammen mit der beigen

Decke in einer Kammer voller Beweisstücke im Keller des Polizeihauptquartiers James J. Riordan aufbewahrt.

Ja, vermutlich war es so: Dort stand er neben Mike Surfers altem MediaComp-Stuhl – im Tode vereint – zwischen allem möglichen Krempel und sichergestellten Betäubungsmitteln. Nach diesen sehnte sich Tremulis mit jeder weiteren verstrichenen Minute mehr.

„Du hast immer daran geglaubt, dass wir ihn aufhalten können, Evan." Seine Stimme wirkte genauso ausdruckslos wie sein Gesicht im Profil. *Wir.* Das Wort verlor an Kraft, je länger es nachhallte.

Jetzt waren nur noch Reve und er übrig. Nicht einmal über Shustaks Leiche verfügten sie: Sobald die Metzger beim County damit fertig waren, bezahlte eine Tante Kim Soundso dafür, dass ihr Neffe per Flugzeug nach Tempe, Arizona, überstellt wurde. Wie passend: Die Verwandte wohnte in einer Ash Street.

Warum war jemand wie Evan überhaupt in Chicago gelandet? Eine Abschiedsfolge würde leider niemand drehen; kein Nebendarsteller würde am Stadtfriedhof vor einem Grab verweilen und in der Rückblende die geheimnisvollen Ursprünge von American Dream offenbaren.

Und mit jeder weiteren Minute, die verstrich, wurde sich Tremulis bewusst, dass er weiterhin in der vorbeiziehenden Parade mitmarschierte.

*

Reve Towne machte sich Sorgen um den jungen Mann, den sie fälschlicherweise als Vic Tremble kannte. Gut, sie ahnte, dass es sich wohl um einen Spitznamen handelte, genauso wie sie nicht daran glaubte, er werde je den Mut aufbringen, ihr den richtigen zu verraten. Und natürlich war auch sie längst nicht über Evans Tod hinweggekommen.

Von der Stadt, in der er gelebt hatte, war er im Zuge von Dean Conovers Begräbnis vergessen worden, doch sie würde sich wie Vic auf ewig an ihn erinnern, wahrscheinlich aber ein wenig schmerzlicher. Seit dem Tod fuhr Vic nicht mehr hinaus. Sie konnte es ihm nicht übel nehmen, denn verdammt – der Erlöser selbst überlegte jetzt bestimmt zweimal, ob er sich wieder auf die Pirsch begab, nachdem seine letzte Tat solche Aufmerksamkeit erregt hatte.

Während Reve allein in ihrem Wohnzimmer saß, fragte sie sich, ob Evan zu Hause in Arizona auch irgendwie als Held gegolten hatte. Dann dachte sie wieder an den Überlebenden, einen anderen Mann mit einer anderen Maske, der im Moment ein Ende fabulierte. Wovon, das wusste er selbst nicht.

Reve fuhr mit dem Bus zum Marclinn, da sie wusste, dass er dort war. Unterwegs fauchte sie ein Kerl auf der Straße an, ihr scheine angeblich die Sonne aus dem Arsch. Als sie ins Foyer des Heims trat, traf sie niemanden an. Scheinbar löste sich die verschworene Gemeinschaft weiter auf. Der Erlöser franste ihr Band aus und kappte die Fasern einzeln nacheinander. Sie blickte in die argwöhnischen Gesichter der Parzen.

Edgar Chuso hockte in einem Sessel und starrte auf die leere Mattscheibe. „Was macht menschliches Leben so leicht zunichte?“, fragte Reve laut, was den trägen Alten gewissermaßen aufschreckte. Eine gescheite Antwort fiel ihm nicht ein.

*

Tremulis sollte noch einmal hinabsteigen. Es war so kalt, dass der Erlöser sich nur in der U-Bahn herumtreiben konnte. Evan

Shustak lebte nicht mehr, und sonst gab es niemanden auf den Straßen, den er umbringen konnte. Um zu diesem Schluss zu gelangen, brauchte man keine höhere Bildung. Er würde warten.

Und so ging Victor vor: Alles in diesem Raum erinnerte an American Dream. Im Zimmer hinter dem kleinen Fenster mit Blick auf die roten Neonlippen lebten Teile von ihm weiter – genauso wie in Tremulis' Herz, und das lag nur allzu nahe. Er betrachtete die Gelenkschienen, den Mull und das Klebeband, den ganzen medizinischen Krempel in den unregelmäßigen Schatten, doch am meisten interessierten ihn die Manschetten aus Fiberglas. Er hatte vergessen, wie lange er schon schwieg; das letzte Mal gesprochen hatte er wohl mit Etch am Getränkeautomaten.

Jetzt musste er sich für den Schmerz wappnen, der vor ihm lag beziehungsweise dort unten auf ihn wartete. Selbstverstümmelung war ohne Shustak der einzige Weg, zu neuer Stärke zu finden, denn er war sogar zu feige, Reve zu bitten, ihm bis zum Ende beizustehen. Verstümmelung. Er wusste, wie er es anzupacken hatte. Chuso hatte recht gehabt: Evan war von Victor, der seinerseits nur Kunststücke in den Tunneln vollführt hatte, in die Rolle des ultimativen Helden gedrängt worden – und aus welchem Grund? Um es mit Chusos Worten zu sagen, hätte er Reve einfach zur Seite nehmen und um einen Fick aus Mitleid bitten sollen, dann hätte er sie abhaken und weiterziehen, zurück zum Spülen ins *Hard Rock Café* gehen können, um sich von Gott und der Welt Scheiße aufs Brot schmieren zu lassen.

Tremulis hatte Schindluder getrieben mit Shustaks Leben, einer seiner beiden Identitäten. „Ich bin armselig", sprach er laut. Noch einmal, dann kurzes Schweigen. Was er suchte, hatte er jetzt gefunden, und zwar genau in seiner Kragenweite. „Ich überlasse es dir, Evan“, fügte er im Nachhinein an, ungefähr wie Bruno Bicek zu seiner Taube Steffi Rostenkowski in *Nacht ohne Morgen*, einem anderen Roman von Algren.

Doch, doch, den nächsten Morgen würde er erleben, dort unten im U-Bahn-Tunnel, aber zuerst noch das hier. *Oh Gott! Jesus, gib mir Kraft.*

Die Fiberglas-Schiene – wäre er unter anderen Umständen gefragt worden, hätte er geschätzt, dass es seit Mitte des Jahrhunderts keine Gipsverbände mehr gab – war nicht aufwendiger als Pappmaschee, bloß so hart wie ... na ja, wie Fiberglas eben. Als Dreikäsehoch hatte Tremulis Kunstunterricht gehabt, wo man Ballons aufblies und dann mit Papierstreifen aus den Seiten alter *Chicago Today*-Ausgaben eingipste. Schließlich bemalte man sie mit Primär- und Sekundär-Temperafarben, und Miss Camit nannte das Ergebnis dann *Afrikamasken.*

Die Schiene passte locker um seinen Arm, wobei das verwindungssteife Gewebe zwischen Daumen und Zeigefinger verlief. Im Ganzen war sie kaum schwerer als jene Masken damals, nachdem man die Ballons zum Platzen gebracht hatte, und etwa so lang wie Handschuhe, die man zu Ballkleidern trug. Laut Evan war das Ding ein Überbleibsel von einer *Mission*, die er *Reflexionen im goldenen Overall* getauft hatte. Tremulis konnte sich nicht mehr an Einzelheiten erinnern, falls Evan ihm überhaupt jemals welche erzählt hatte. Dafür waren ihm aber die Patrouillenberichte geblieben, nicht zu vergessen seine Tagebücher. Er dachte an ein bestimmtes. Es ging um Disziplin, die stete Aneignung von Wissen, ob gut oder schlecht, nutzlos oder praktisch.

Tremulis brach der Schweiß aus; vielleicht tropfte er auch nach vorübergehender Trockenzeit weiter, als er über dieses eine Tagebuch nachsann. *Das ist mein Leib*, hatte er es betitelt. Er betrachtete das Fiberglas und bewegte versuchsweise die Muskeln, wobei er merkte, dass auch der eingefasste Arm schwitzte.

Er erinnerte sich daran, den Leichnam identifiziert zu haben; nein, Mather hatte es getan, aber zuerst den seines Partners. Höllenblues. *Das ist mein Leib.* Er schwitzte immer stärker, auch unter dem Geflecht, und es fühlte sich feucht an, muffig wie die Huren in Fallon Ridge beim Tanzen auf den Tischen des *Club Cheetah*. Nein, nein, er wollte nicht – er wollte nicht an Reve denken. *Wirf die Schiene weg wer ohne Sünde werfe den ersten Hose runter Bremsstreifen schlaffer Schwanz wie Gesichter im Foyer Hoden pappen zusammen zurückgezogen Angst vor eigenen Gedanken Arm runter Ellbogen nach außen Schwanz in freier Hand ...*

Der Baumwollüberzug kitzelte seine Penisspitze, das Vorspiel eines Derangierten. Er drückte sanft zu, sodass das tote Ding wackelte wie eine Gummipuppe beim Aufblasen. *Sachte ganz sachte Spreu vom Weizen trennen toter Fisch siehe es kommen Zeiten Karfreitagsgesicht Pinkeln vor Angst klar ohne Nährstoff nass rot nass Schiene betende Hand ...*

*

„Wette, dein Freund Vixtor ist drüben und stellt sich immer noch vor, du hättest Krüppelbeine“, sagte Chuso.

„Wie bitte?“

Der Mann stieß Reve vor den Kopf. Er stand grinsend mit einer Packung Windeln neben ihr und versperrte so fast den Weg. „Ich weiß es, oh ja“, orakelte er auf seine altkluge Weise.

Reve fragte sich, wo Slappy, Karl und die anderen steckten. Es schien, als hätten alle die Flucht vor dem Erlöser ergriffen, alle außer Vic Tremble. Der Einzige, der sie nicht geil angaffte wie ein Bauarbeiter. Der Einzige, der ...

„Wird im Zimmer des Traumtänzers sein", sprach Chuso weiter, indem er den Oberkörper wiegte und die Zähne zeigte. Es war seine Art, zu lächeln.

*

Sie klopfte an. Vielleicht war es ein Fehler oder sollte einfach so geschehen. Sie öffnete die Tür und sah Blut.

Eine kleine Pfütze, Blut am Fiberglas und an Vics Fingerspitzen rechts, mit denen er drückte. Er schnaufte und wollte aufstehen, weil ihm klar war, dass Reve nur verachten konnte, was er gerade trieb. Da seine Hose immer noch heruntergezogen war, taumelte er. Er hatte sich kaum auf den Höhepunkt zugearbeitet, öffnete den Mund und fiel nach vorn, wobei er sich die Hand brach und die Hoden quetschte.

Arsch hoch, Zähne auf dem Boden. Er wimmerte.

Solange sie lebte, sollte sie seinen Blick nicht vergessen und das, was er sagte. Vic Tremble alias Victor Tremulis sprach: „Das ist mein Leib, und ich kann damit anstellen, was ich will."

*

Reve Towne wich zurück, bis sie nicht mehr Rot, sondern nur noch tröstliches Schwarz sah, wich zurück auf den dunklen Flur wie nach dem letzten heiseren Flüstern im Zuge eines One-Night-Stand. Er sah sie nie wieder.

Epilog I

... und des Sohnes ...

„Nicht mehr gesehen also. Wie lange schon, sagst du?“

„Weiß nicht. Verliere mein Zeitgefühl hier unten. Schätze, ’s ist immer noch ziemlich kalt auf den Straßen, oder?“

„Dreckskalt wie die Augen einer Nutte, Kumpel. Irre Story, sag ich dir. Hör mal, die anderen warten auf mich im Tommy Guns auf der Wabash ...“

„Musst dich nicht erklären. Bin nicht deine Mom.“

„Gut. Na dann, halt die Ohren steif, äh ... wie heißt du noch mal?“

„Hab ich dir nich gesagt, aber danke für den Dollar.“

„War’s wert. Vielleicht sieht man sich mal wieder.“

„Vielleicht, ja.“

„Shit! Wenn ich zu spät komm, schreiben die mich ab.“

*

Und ich schreibe auf. Es wird mein letztes Tagebuch sein, und ich nenne es „Starr vor Angst“. Ich arbeite ununterbrochen daran, wie eben jetzt, und manchmal rede ich wohl auch darüber. Da bin ich mir sicher, weil die Leute sagen, ich soll die Fresse halten.

Die Schwellung unten ist abgeklungen, aber mein Handgelenk ist im Eimer. Ich trage eine von American Dreams Schienen, doch mir ist klar, dass es nicht richtig heilt. Ich hielt mein Leben immer für besonders. Damit meine ich ... Na ja, sagen wir so: Ich musste mich nie jemandem gegenüber rechtfertigen. Keiner Menschenseele. Sechsunddreißig und Single. Obwohl ich noch bei meinen

Eltern lebe – gelebt habe – und so unabhängig bin – war – wie die Typen, die sich an den Mauern des Parkplatzes zwischen der Pacific Garden Mission und 666 Lounge die Beine in den Bauch stehen.

Was habe ich sie immer beneidet. Nur Unwägbarkeiten wie das Wetter oder vorübergehender Hoffnungsverlust bremsen sie, und selbst das nicht ständig. Vor wenigen Wochen – kann sein, dass es doch Monate waren – hielt ich mich noch für überlegen wie ein Firmenboss, der seinem Konkurrenten ein krummes Ding nachweisen kann. Metaphern geistern herum wie die verlorenen Träume und Erwartungen meiner Mutter, wegen derer sie sich wahrscheinlich ununterbrochen im Grabe wälzen wird, zweifellos im Takt der Orgel.

Ich habe gelesen, es gebe kein Haus, das nicht auf Menschenknochen gebaut worden ist. Meine Vergangenheit, das Fundament der Gegenwart – ich zupfe einen Hautfetzen von meinem Finger und spreche es laut aus: „Jetzt!" –, ist ein Spiegelkabinett der Seelen. Ob lebendig oder tot: Mike, Reve, Evan ... alle fort. Übrig bin ich allein. Und der Erlöser.

Einmal habe ich mich um einen Job als Stadtclown von Elgin, Illinois, beworben. Bingo sollte ich heißen. Die Finger meiner Rechten sind ganz taub. Schätze, die berühmte Schlussszene mit Reve hab ich wirklich nach allen Regeln der Kunst vergeigt. Meine Gedanken kreisen und lassen sich weiterspinnen, Splitter oder Tumore, ganz einfach aufgebauschte Erinnerungen. Eine Dominoreihe von Girls: Donna und Sharon, deren Eltern eine Lehrbuchhandlung gehört, Natalie und die Blondine mit dem Grübchen am Kinn im Bus auf der Belmont Avenue. Ich habe von verhängnisvollen Liebschaften geträumt, aber es war bloß parasitär, und jetzt bin ich wie gesagt starr vor Angst.

Ich bin eine Art Embryo, stehe neben meinem kindlichen Selbst.

So hauche ich einem Baby Erwachsenenschuld in die Ohren und erwarte nicht, dass es sich verzückt nach mir ausstreckt. Auch wenn ich die Beine bis zum Kinn anziehe, kann ich meinen Pimmel nicht verbergen. Die Hoden kleben am rechten Oberschenkel und sind wund vom U-Bahn-Boden beziehungsweise der Misshandlung, die Reve Towne während der letzten Sekunden unseres gemeinsamen Lebens mitansehen musste.

*

Die Plakate im Tunnel werben für eine Sonderausgabe des Penthouse. Es war doch schon 1989, als ich herunterkam, oder? Jetzt esse ich Schokolade und lese Graffiti: Marcos ist ein schlechter Mensch; Niggerstadt, gleich dort entlang; Stacy fickt sie alle. Man muss es im Handgelenk haben?

In Shustaks Zimmer fand ich ein Fläschchen Stressblocker. Als ich noch oben lebte, pinkelte ich immer leuchtend gelb, wenn ich Eisen oder Betacarotin schluckte. Heute sieht's eher nach schalem Bier aus. Wenigstens zügeln die Pillen meinen Appetit. Vielleicht beinhalten sie Koffein, aber es ist mir echt zu viel, die Verpackungsbeilage zu lesen.

Vor ein paar Tagen sah ich einen der Polizisten hier unten, Mather war's, glaube ich. Ich weiß nicht mehr, ob wir uns je persönlich begegnet sind, aber an Reve muss ich wieder denken, und irgendwer sprach über ihn beziehungsweise den Toten, Conover. Jedenfalls riet Mather mir, vorsichtig zu sein, da der Erlöser sich wieder bemerkbar gemacht hatte. Muss mir entgangen sein, weil ich mir an dem Tag keine Zeitung gekauft hab, ha ha … Ich fragte ihn, wie der Kerl mit all dem Dreck am Stecken durchkommt, worauf er antwortete, es sei Dummenglück, sonst nichts; früher oder später werde er patzen.

Fast hätte ich ihm gesagt, wer ich bin, oder gefragt, wie es oben in der Stadt so war oder besser gesagt ist. Tat's dann aber doch nicht. Nebenbei meinte er noch, ich solle jemanden nach meiner Hand schauen lassen. Ich lächelte, wollte mich nett zeigen.

Eine weggeschmissene Zeitung sagt mir, heute ist der 12. März.

*

Glaubt Mather tatsächlich, der Erlöser sei normal genug, um einen Fehler zu begehen? Von Mondschatten Januskopf hat er bestimmt noch nie etwas gehört. Was er wohl sagen würde, erlaubte man ihm, die Augen des Schädels auszustechen oder sein Teil in die Höhlen zu stecken? Er bekäme einen anderen Eindruck davon, was normal ist und was nicht.

*

Ich kenne einen Autisten, einen blonden Jungen, der sich fast jeden Tag von irgendeinem Erwachsenen herbringen lässt. Er trägt stets gestreifte Oberteile, entweder in Grün- oder Blautönen. Vielleicht will er so schlanker aussehen, denn fast jeder Rollstuhlfahrer legt sich Fettpolster zu. Natürlich spricht in diesem Zusammenhang niemand von Rettungsringen.

Vom State of Illinois Building bis zur Zuglinie ICG South Shore verläuft ein unterirdischer Pedway. Direkt über mir führt er am Eingang zur U-Bahn-Haltestelle vorbei. Der Autist sitzt den ganzen Tag dort, bis sein Erzieher Feierabend hat, was ich mir zumindest so ausmale; jedenfalls dreht er immer einen gewaltigen Ghettoblaster auf. Der Junge packt dann sein Tamburin aus und schlägt es, bis ihm die Lust vergeht. Stunden können vergehen, ohne dass er ein Wort spricht. Das geht schon seit Tagen so.

Der Erlöser rückt uns dichter auf den Leib. Vorhin – die Marlboro-Uhr über dem Eingang Monroe Street zeigte Viertel nach drei an – hörte das Schellen auf.

*

War es meine sadistische Babysitterin, die mir die ersten Narben versetzte? Oder die Neurologen und Therapeuten im Childermas Research? Ich habe mich immer lustig gemacht über meinen Vater, der sich der schlichten Dinge erfreute und ehrfürchtig über neue technische Entwicklungen staunte, zum Beispiel über den Videorekorder, den ich zu Weihnachten 1972 bekam. Damit nahm er eine Folge von Hee Haw *auf und konnte zweimal über die blöden Witze lachen. Was war ich für ein Arschloch! Seine Dämonen habe ich nie wahrgenommen, und jetzt stehen sie mir näher denn je, abgründig und beharrlich.*

Ähnlich traumatisch muss Mutter meine Geburt erlebt haben. Ich war wohl das Hiroshima ihres jungen Erwachsenendaseins. Damit meine ich, dass die Nachwirkungen so viel schlimmer waren als das grelle Licht, als ich nach monatelanger Steißlage in dieser Welt aufschlug. Nullpunkt Lutheran Deaconness, heute St. Mary of Nazareth.

Sie liebt mich nicht immer gleich doll und manchmal auch nicht aufrichtig, in jedem Fall aber stärker, als dass ich es je angemessen erwidern könnte. Sie sorgt sich um mich, wenn ich durch die Straßen ziehe – zumindest hat sie das lange Zeit getan. Gott weiß, wo sie mich jetzt gerade vermutet. Ich klammere mich an meinen Füller, weil Schreiben den Charakter formt und mich von den kuhäugigen Gesichtern abgrenzt, die ihr Nullachtfünfzehn-Leben sieben Tage die Woche in diesem stadtgewordenen Schlachthaus wiederkäuen.

Vielleicht sollte ich mir besser den Hodensack mit dem Füller aufritzen, Blut lecken und auf den Tod warten.

*

„Ich brauche den Rollstuhl nicht."

„Gut so." Die Stimme gehört einem mexikanischen Arbeiter von der Maxwell Street.

„Früher hab ich Leute mit solchen Stühlen beneidet."

„Qué?"

„Nein, ich ..."

Der Mann winkt ab, als mache jemand oben auf der Straße eine rassistische Bemerkung.

*

„He, du!" Der nächste Passant.

„Wirklich, ich hab sie beneidet. Und weißt du warum?"

„Du hast Blut an den Händen."

„Stimmt, weil ich jedem meinen Schmerz vorhalten musste." Auf den Schienen gegenüber fährt eine Bahn los. Kleider flattern im Wind. „Weil sie das ganze Mitgefühl bekamen, während ich leer ausging."

„Ausreden, Mann, alles Ausreden."

„Hat meine Mutter auch immer gesagt, aber was hältst du davon? Wenn ich mich selbst nicht von den Schmerzen losmachen kann, befreie ich wenigstens die Stadt von dem Erlöser."

„Du hast echt voll einen an der Klatsche."

*

Manchmal sehe ich mich in einer Art Schmerzkontinuum. In der Unschlüssigkeit, ob man sich umbringen soll oder nicht, beginnt man zu glauben, das eigene Dasein sei in Wirklichkeit das Nachleben eines richtigen Selbstmörders. Wer weiß? Die Hintergrundmusik heute Nacht: Liebeslieder der Verdammten. Der mit dem Tamburin heißt Kanarsky.

Mit zwanzig schrappte ich mit einem Revolver über meine Zähne und drückte den Lauf gegen die Nase, dass sie aussah wie der Rüssel eines Schweins. Die Waffe gehörte unserem Nachbarn Mr Viduna, und ich fühlte mich sicher im Wissen darum, dass das Ding immer geladen war, drei Patronen mindestens.

Nie werde ich weiter hinauskommen als Fallon Ridge. Einmal flog ich aber nach Seattle oder Tucson, die Maschine stürzte ab, und ich sah ein kreischendes Gesicht neben mir. „Mom, tut mir leid, dass ich im Flieger sitze, wir gehen runter. Mom ich sterbe, Mom ich sterbe ...“

Ich bin längst tot. Mein Leben lang habe ich alles und jeden gehasst. Jetzt bin ich wirklich am Ende, ausgebrannt wie die Neonreklame von Cal's Liquors *auf der Van Buren. Ich begreife endlich, warum ein Schwarzer alle Weißen verachten kann oder weshalb Juden die Gräueltaten des Holocaust nicht vergessen können.*

Manche Menschen sind abhängig von ihrer Realität, weil sie nicht mit Drogen umgehen können. Der Letzte, den ich ansprach, gab mir eine kleine Pulle Night Train, und ich schluckte das Ding, schlug es mir an die Zähne wie die Personen aus den Geschichten, die Etch geschrieben hat.

Manchmal muss man, um wirklich etwas zu sehen, selbst gesehen werden.

Ich könnte ewig so weitermachen. So langsam ziehen die Leute sich luftiger an. Es wird wärmer. Ein Schild über den Schie-

nen setzt mich auf Englisch und Spanisch darüber in Kenntnis, dass ich mich an Türklinken nicht mit Aids infizieren kann.

*

Ein Betrunkener kommt näher. „Bist bescheuert."

„Nicht weniger als du."

„Hab schon früh mit dem Saufen angefangen."

„Meinst du, ich zieh das hier nur für dich ab?"

„Schwätz weiter. Brauch keinen Moralapostel."

„Das ist meine Haut, die für dich zerfetzt wird. Das ist meine Kacke, die für euch alle geschissen wird."

„Nur weiter so. Dir ist nicht mehr zu helfen."

*

Ein paar Tage sind vergangen. Es ist wirklich wärmer geworden, aber eine Menge Songs behaupten immer noch, alle Welt reise nach Kalifornien. Sixteen vestal virgins, leaving for the coast. The three men I admire most, the father, son and the holy ghost. Well, we're going to Surf City, where it's two girls for every boy. Let's race all the way to Deadman's Curve. They're out there having fun, in that warm California sun.

Eine Stimme hinter mir. Riecht nach Haarwasser und Gelenksalbe.

„Ich kann dir Wärme spenden."

*

Ihr Götter der Qual und Glückseligkeit bitte oh bitte gebt mir die Kraft für diese eine Sache bitte Götter der Qual und Glückseligkeit Jesus bitte Christus der du für uns am Kreuz ...

Vic Tremble – sein Name für diesen Moment – schaute über seine linke Schulter nach hinten. Der Papierfetzen, auf den er gekritzelt hatte, flatterte weiß Gott wem hinterher. Kaum dass er den Kopf drehen konnte, baute Frank Haid sich bereits vor ihm auf. Ihre Blicke begegneten sich. Blindauge auf Blauauge.

„Du bist er", wisperte Tremble furchtsam.

„Ja, mein Sohn." Haid schaute sich alles andere als unauffällig um, entdeckte aber niemanden, wegen dem er sich hätte sorgen müssen. „Hast du lange auf mich gewartet?"

„Gehen dir die Opfer aus, oder was?" Tremble versuchte Zeit zu schinden und nahm seinen Mut zusammen, vergaß den Hunger, das Blut und die Schwärze, die seinen Gesichtskreis bedrängte. Der Erlöser sah seinem Porträt sehr ähnlich. Im Gegensatz zu ihm wirkte der Killer ausgeschlafen. Er war älter, als Vic erwartet hatte. Die grauen Haare waren an den Schläfen weiß geworden, die rosige Kopfhaut nicht gebräunt. War ja erst Frühling, oder nicht? Der Erlöser trug eine hellblaue Jacke mit dem Logo der Chicago Cubs und war glatt rasiert, soweit Tremble es von unten erkennen konnte. Einige Stoppeln hatte er aber stehen lassen. Die Augen? Eiskalte Unschuld.

„Du scheinst verbittert zu sein."

Beim Sprechen stieß der Mörder mit der Zunge rechts gegen seine Oberlippe, wie Tremble bemerkte. Er trotzte Franks Blick und wartete auf eine Regung. Irgendeine. Niemand sonst war in Sichtweite, weil die Leute einen großen Bogen um ihn und seinen Rollstuhl machten. Auf der Straße oder in der U-Bahn sprach man mit sich selbst, wobei es unerheblich war, ob man sich für einen Vampir hielt oder für Dr. Jekyll. Die Masse nahm bloß wahr, dass man sie um ein paar Cent berappen wollte. Vics Masochismus und Brabbeln hielt selbst Einfaltspinsel und besonders Vorwitzige auf Abstand.

„Wie viele waren es?", fragte er fast wie ein Bauchredner, da er die Lippen kaum bewegte.

„Achtzehn Seelen weilen jetzt an Gottes Seite." Eigentlich war es Vater, der da so erhaben sprach, nicht Haid.

„Als hätten sie nur darauf gewartet." Tremble wischte sich die Nase an seiner blutigen, schmutzigen Decke ab. „Zählst du Evan und Mike und Reve und ..."

Gerade als Haid fragen wollte, wer sie alle waren, unterbrach ein Schnellzug ihre Unterhaltung.

*

So viele Gedanken gingen ihnen in diesem Augenblick durch den Kopf. Sie begegneten einander zum ersten Mal in Fleisch und Blut, ob zufällig oder nicht. Der Erlöser hätte für Tremble auch ein dicklicher Kerl sein können, der ansonsten auf der Rush Street nach etwas zum Vögeln suchte, während Haid eindeutig den nackten Psychotiker vor sich sah, dessen Seele gerettet werden musste. Eine Neigung zum Zwanghaften hatten sie beide – wie Kain und Abel, der erste Mörder und sein Opfer.

Keine weitere U-Bahn. Trembles Lallen. Wer waren diese Leute, von denen er sprach? Handelte es sich um eine ähnliche Geschichte wie die, die der Mann hinter dem Picasso ihm erzählt hatte, die Story über kleine graue Männchen mit großen, schwarzen Augen?

„Wovon redest du?", fragte er, doch der im Rollstuhl war zu tief in seiner Phantasiewelt versunken, um antworten zu können.

*

Er war lange an der Front gewesen und hatte jetzt einen Bart, der einen Tick dunkler war als sein Kopfhaar. Die Sonne ging über China Beach auf, und die hübsche Krankenschwester mit dem hennagefärbten Bob hatte ihn an den Tropf gehängt, um seine Schmerzen zu betäuben. Er fasste sich in den Schritt und griff ins Leere. Der Heiligenschein des Erlösers stellte sich als Scheinwerfer der einfahrenden Bahn heraus. Phil Collins sang gerade, etwas liege in der Luft heute Abend, begleitet von einem Schlagzeug, das nach einem rhythmisch zugeschlagenen Sargdeckel klang. Seit Wochen schon trug er die Fiberglasmanschette, hatte sich Ellbogen und Handgelenk daran wund gerieben.

Als er den Erlöser wieder anschaute, war gerade ein Augenblick vergangen, und ihm fiel *Knife's Edge* ein, dieses alte Stück von Emerson, Lake and Palmer: *Just a step, cried the sad man, take a look down at the madman, theatre kings on silver wings, fly beyond reason, from the flight of the seagull come the spread claws of the eagle.* Die Worte verschwammen, und er konzentrierte sich auf den Schlussreim: *Only fear breaks the silence, as we all kneel pray for guidance.*

Sein Cousin Denys Plichta drüben in Woodstock hatte das Lied mit seiner Band Crazy Horse Road gecovert – damals, als Drogen noch neu und ungefährlich gewesen waren. *Nur Furcht durchbricht die Stille, als wir alle niederknien und um Wegweisung bitten* ... Schon seltsam, auf welche Gedanken man kurz vor dem Tod kam. Die Vorstellung an sich, er müsse sterben, ließ ihn zusammenzucken.

Haid führte es auf Trembles Pein zurück und freute sich sehr darüber, einmal mehr in seinem Handeln bestätigt zu werden.

*

„Wie stellst du es an?“ Vic brachte den Satz mühselig in einem Rutsch hervor und wurde mit jedem Wort leiser. Sein kleiner Finger zitterte und streifte die robuste Armlehne des Stuhls, als streiche er einer Frau während des Vorspiels das Haar von der Wange. Geplänkel solcher Art ließ der letzte Kampf mit dem Erlöser – die früheren hatten alle nur in seiner Vorstellung stattgefunden – nicht zu. Tremble wusste, dass es das Finale war, doch anders als bei einem Soldaten, der den Krieg eigentlich scheute, oder einem Streifenbullen, den man an einen sozialen Brennpunkt beorderte, blieben nach wie vor Fragen offen, deren Antworten er hören wollte. Sein Herz raste wie eine E1 Richtung Nirgendwo. „Wie stellst du ...“

„Wie stelle ich was, mein Sohn?“ Haid wollte es dem Irren auf die sanfte Tour leicht machen.

„Nenn mich nicht so! Du bist ein Mörder, und mit einem Mörder verbindet mich keine Verwandtschaft!“

„Wir alle sind Brüder, mein Sohn. Bitte, lass mich dir die Hände auflegen. Ich möchte dich heilen.“

Trembles Augen suchten ihn ab, wollten die Waffe sehen, die Haid doch irgendwo versteckt haben musste. „Ja, ja.“ Tremble erinnerte sich an die Nacht im *Nolan Void*, als sie sich Bundys Prozess angesehen hatten. Wer schindete jetzt Zeit? Er wusste, dass sie beide hier und heute sterben würden. Deswegen brauchte er die Homosexualität des Killers nicht anzusprechen; der Kerl musste doch schwul sein und einen Mutterkomplex haben. Spielte den verweichlichten Sohnemann, ehe er auf die Hatz ging und tötete. Wo aber steckte seine Waffe?

„Dich heilen“, wiederholte Haid.

Ein Ruf echote von einer der Treppen einen Block weiter nördlich durch den Tunnel. Zwei Gangmitglieder lagen im Clinch, aber das betraf sie nicht, also achteten sie nicht weiter darauf. Würde der Erlöser ihn küssen, bevor er ihn erstach? Würde er gar der Wunde, die er ihm zufügte, die Lippen aufpressen? Wollte er an seinem Ohr knabbern wie Tremble selbst bei Reve? Ein Zeitaufschub war es bereits im Marclinn gewesen, als er Shustak dazu verdonnert hatte, auf der Straße zu bleiben, während er selbst in der warmen U-Bahn nach dem Erlöser Ausschau gehalten hatte.

Die Detectives Daves und Petitt hatten behauptet, der Kerl benutze eine Art Säure. Würde der Erlöser sie in sein Ohr träufeln, nachdem er daran geleckt hatte? Vielleicht sogar auf sein Geschlechtsteil? Bekam er dann noch eine Erektion? Tremble überlegte und überlegte. Die düsterste seiner Phantasien konnte wahr werden. Er gab nach: „Heile mich."

Das Licht schien hell, und die Augen des Erlösers ähnelten denen eines fürsorglichen Lehrers. Wie am ersten Schultag. „Gut." Haid sprach, als stimmte er zu, heute für das Mittagessen zu zahlen.

Teufel auch, der Typ stand dort so feierlich wie auf der Kanzel, während er darauf wartete, dass Tremble Rechenschaft ablegte – darüber, dass er ausnahmslos alles verbockt hatte. Die Decke vollgeblutet, die Hoffnungen seiner Mutter zunichtegemacht, Reve am Ende enttäuscht, verscheucht, und Mike Surfer sowie American Dream fahren gelassen. Wohin auch immer.

*

Der Moment war gekommen. Haid gab sich die Blöße und bückte sich, um die Hand auf Trembles linke Schulter zu legen. Dabei raschelte seine Jacke, deren seidiges Blau an einen herabsinkenden Frühlingshimmel gemahnte. Vic presste die aufgesprungenen Lippen zusammen, dass sie knochenweiß wurden.

Indem er daran saugte, schmeckte er die Fäulnis. Seine Gedanken rasten, denn er wollte nichts falsch machen. Als würde Reve je wieder ein Wort mit ihm wechseln.

Steckte die Säure in der gleichen Tasche wie das Messer? Klebte das Blut des Tamburinschlägers noch an der Klinge? Hatte er einen kleinen Butangas-Brenner dabei? Er nahm dies alles nur für Reve auf sich, das Nachwort eines verworrenen Liebesromans. *Seiten bitte entlang der Linie an der Kehle aufschneiden.*

Sein Leben lang war er einzig und allein von äußeren Impulsen getrieben worden. Terrible Ted hatte den Typen, der über ihn schrieb, einmal gefragt, wer sich überhaupt in hundert Jahren noch an uns erinnern werde. Der Erlöser war der Impuls, der Trembles letztes Lebenshalbjahr motiviert hatte. Das Nike-Plakat hinter ihm über den Schienen fasste es treffend zusammen: *Just do it.*

*

Er bewegte sich so schnell, dass der Killer weder Messer, Säure noch sonst etwas ziehen konnte. Junge, war die Cubs-Jacke dünn. Wo steckte sein Mordwerkzeug?

„Du bist tot, Erlöser." Tremble erhob sich. Die verblasste Decke fiel auf den Beton, und er spannte alle Zehen an, um seine Füße wieder zu spüren.

„Du ... du kannst gehen", erkannte Haid und trat zurück. Die plötzliche Wendung schien ihn einzuschüchtern. Er stand gefährlich nah an der Bahnsteigkante.

„Und noch viel mehr, du Bastard!", spuckte Tremble. „Stoßen geht auch!"

Vic holte mit dem linken Arm aus – seinem stärkeren – und

traf Haid knapp über der rechten Brustwarze. Jetzt machte *er* große Augen angesichts einer neuerlichen Wendung: Sein Arm steckte im Oberkörper des Erlösers. Nichtsdestoweniger hatten die Götter der Qual und Glückseligkeit ihn mit der Geistesgegenwart der Gefallenen ausgestattet. *Um Vergeltung zu üben, hörst du, Reve Towne?* So stützte er sich mit dem anderen Arm an der Lehne des Rollstuhls ab, und einen Augenblick lang sah es aus, als hätte ihm jemand einen Ball in den Mund gesteckt und die Lippen verklebt. Haid zumindest kam es so vor, noch ehe ihm richtig bewusst wurde, dass der Mann, dessen Arm in ihm steckte, sehr wohl gerade stehen konnte, ohne umzukippen wie dereinst die Actionfiguren in seinen ungeschickten Kinderhänden.

Tremble konnte nichts tun, außer stumm auf seinen ausgestreckten Arm zwischen den Rippen des Mörders zu starren. Es fühlte sich an, als wate er durch die verschissenen, ölverseuchten Uferwasser des Michigansees, bloß hätte er nie geglaubt, dass der Tod so kalt sei, denn diese Vorstellung gehörte in Comics und Horrormärchen. Doch, kalt war er, eiskalt und unwirtlich wie eine beleibte Hure, die ihn gelangweilt in einem Treppenhaus in Fallon Ridge anstarrte. Verschüttgegangene Erinnerungen wurden allmählich freigelegt wie durch den Eiskratzer im Auto seiner Schwester, der einen besonders breiten Griff hatte, damit man ihn mit Handschuhen benutzen konnte. Die Bilder zogen in Zeitlupe an ihm vorüber, während der Erlöser ungläubig an sich hinunterschaute. Für einen Außenstehenden sahen sie aus wie zwei Taubstumme, die sich über die weitere Entwicklung ihrer romantischen Beziehung einig werden wollten. Zwei Augenpaare, die nach dem einen unstrittigen Grund dafür suchten, den endgültigen Sprung doch nicht zu wagen.

Den verdammten Sack zuzumachen.

Tremble riskierte einen kurzen Blick zur Seite auf die schicksalhaften Schienen. Die Finger in der fremden Brust kribbelten. Er schaute dem Killer direkt in die Augen. Haid wusste nicht, wie ihm geschah, während Vic an Chinatown dachte. Er kannte da ein lauschiges Plätzchen zwischen der Alexander Street und der Wentworth, das er Reve gerne gezeigt hätte. *Ameisen.* Es fühlte sich an, als krabbelten sie über die Härchen auf seinem Handrücken.

Scheiß auf die Götter der Qual und Glückseligkeit! Scheiß auf Chinatown, die Loop und die ganze Stadt überhaupt! Wie im Himmel, so auf Erden. Dies war allein seine Geschichte. Irgendwer streckte seinen Kopf hinter einem Pfeiler hervor wie eine Leiche, die gleich aus einem aufgestellten Sarg fiel. *Fourski and twoski is shitski*, zitierte er wohl aus einer polnischen Version von *Sweet Home Chicago*, um sich gleich aus dem Staub zu machen.

Der Erlöser lächelte glückselig, als Tremble den Arm herauszog. Vic stand kurz vor der Ohnmacht, als er sah, was davon übrig geblieben war.

*

Wie Käse auf einer Ofenblechpizza Chicago-Style verschmolz sein Fleisch mit dem des Mörders. Ihm wurde wieder kalt, als es sich vom Ellbogen bis zur Hand abschälte, graues Muskelgewebe und rote Adern entblößte. *Gar nicht so unvorstellbar, das Ganze*, dachte Tremble, als die Stränge mit einem Geräusch in Haids Brust verschwanden, das einem Schmatzen verblüffend nahekam. *Ein Unfall mit einem extrem leistungsstarken Staubsauger.*

Überlegener sah der Erlöser nicht aus. Er strahlte nicht, und das Lächeln war ihm vergangen.

Was kümmert mich mein Schwur von vorhin?, fragte sich Vic, um mit angehaltenem Atem erneut zu beten: „Götter der Qual und Glückseligkeit, ein letztes Mal ..."

Haid reagierte mit wütendem Gestotter auf das Gemurmel. Vater gefiel die Vorstellung fremder Gottheiten nicht allzu sehr, aber Tremble war zu tief im Gebet versunken, als dass es ihm aufgefallen wäre, während lose Muskelfasern auf den Beton klatschten wie kleine Fische an den Docks entlang der Zwölften. Haids Augen schienen ihn zu durchbohren.

„Bastard", brummte Vic erneut und so leise, dass er es selbst nicht hörte. Er zog den abgenagten Rest seines linken Armes zurück; der einzig verbliebene Muskel daran klemmte zwischen den Knochen wie Fleisch und Knorpel an einem gegessenen Steak.

„Du sollst keine anderen Götter haben neben mir!", schrie Haid, doch das Echo sauste den Tunnel hinunter bis zur nächsten Haltestelle. Das letzte Wort brachte er nicht mehr hervor, da Trembles hinfälliger Arm ihn mit voller Wucht im Gesicht traf.

*

Gebrochene Knochen, gebrochener Wille. Tremble nahm es vollkommen gleichgültig hin, dass sein Körper sich auflöste. Er bewegte, was übrig war. Abgesehen vom Daumen und dem kleinen Finger lag alles auf dem grauen Boden, auch Splitter des Schienbeins und der Handwurzel, wie ein Mikado für die nächste Halloweenparty. Die Knochen seiner Hand baumelten an der Elle, und ein Muskelstrang, kaum breiter als ein

Zoll, schlängelte sich um das Rot-Weiß wie ein Faden, den man sich als Gedankenstütze zur Erinnerung an was auch immer um den Finger gewickelt hatte.

Fast wäre er hinterrücks umgefallen. Die Pein war wie ein Herzstich mit einer Heroinspritze, und der Erlöser brüllte entrüstet auf – ein Eiferer, der seinen Namen befleckt sah. Er hüpfte auf und ab, während das graue Shirt mitnichten löchrig war von Trembles Arm, sondern bloß leicht zerknittert, als sei der Stoff statisch aufgeladen.

Die Orthese fiel polternd vom Rollstuhl, der seinerseits gegen den Uhrzeigersinn herumwirbelte. Der Killer zuckte mit dem Oberkörper, als übe er sich im Ausdruckstanz, wobei Vic *Bossa Nova, Baby* von Elvis in den Sinn kam. Dann geriet er in Bewegung, fand sich mitten in einem Veits- oder Eiertanz wieder, so ähnlich wie auf einer Hochzeitsfeier. Da wusste er, dass er den wahren Namen des Erlösers nie erfahren sollte. Er vergaß bereits seinen eigenen. So tänzelte er auf den Mörder zu. Abschied auf Knochen. Schon war ein weiterer Zug vorbeigefahren und hatte die Überreste am Boden in alle Winde zerstreut. Tremble grapschte nach seinem zerschundenen Unterarm. Der kleine Finger seiner Rechten berührte das Handgelenk, Daumen und Zeigefinger fast die Beuge des Ellbogens.

Haid glotzte, als wohne er einer Marienerscheinung bei.

Daran hatte Tremble nie gedacht, an seinen letzten Pulsschlag hingegen schon. Würde er noch etwas hören, sobald sein Herz aufhörte, das Gehirn mit Sauerstoff zu versorgen? Das war ihm schon im Kopf herumgeschwirrt, doch so hatte er es sich nicht vorgestellt. Er schloss die rechte Hand zur Faust, während der linke Unterarm bis zur Hälfte zerbröselte. Das Geräusch der brechenden Knochen hatte gar nichts zu tun mit dem von Zweigen oder dem Knistern von Rice Krispies.

Als er den Arm sacken ließ, reichte er nur noch bis zur Taille. Immer weiter splitterte er, und die Bruchstücke rieselten wie Flusen von einem Jackett, aber es war ihm völlig einerlei. „Das ist für Evan Shustak, du Dreckskerl!" Er machte einen Ausfallschritt und schlug dem Erlöser den kaputten Arm gegen die linke Schädelseite. Zwar zielte er dabei auf das Auge, doch Hauptsache, er traf überhaupt.

Haid kreischte auf. Blut lief über seine Wange, das er weiter verschmierte, als er sich durch das Gesicht fuhr.

„Für Mike Surfer!" Wie ein Zombie senkte Vic das Haupt, stierte glasigen Blickes und holte erneut aus. Diesmal verfehlte er. Verärgert drückte er die Unterlippe mit der Zunge heraus. Knochenstücke ragten aus der Brust des Killers hervor. „Und Reve Towne", endete er, indem er nach hinten kippte.

Der Erlöser brüllte erneut, da er nun auch Blut auf seiner Brust sah, und stürzte vom Bahnsteig, jedoch nicht auf die Stromschiene.

Tremble brach zusammen und hoffte, dass dies den Tod bedeutete.

Die nächste Bahn war nicht mehr weit.

Epilog II

Die Morde hörten am 22. März mit dem Tod von Mr Tambourine Man Chris Kanarsky auf. Am 4. April wurde ein neuer Bürgermeister gewählt, und einen Monat ohne tote Behinderte später, nachdem auch das Dezernat von Area 3 nichts weiter aufgedeckt hatte, entschied der neue Pressesprecher im Stadtrat, es sei an der Zeit für eine Gedenkfeier. Da alle Opfer im Geschäftsbezirk ihr Ende gefunden hatten, sollte der Gottesdienst in St. Sixtus abgehalten werden.

*

Zuvor allerdings brachte das Tauwetter auf dem Südarm des Chicago Rivers eine Wasserleiche ans Tageslicht. „Vermutlich handelt es sich um einen Selbstmörder, der von einer der Brücken gesprungen ist", zitierte man Detective Daves am 17. des Monats in den Zeitungen. Die Taucheinheit der Feuerwehr von der Wache 324 South DesPlaines barg den aufgequollenen Körper mit einer Korbtrage, damit die gefrorenen Gliedmaßen nicht abbrachen. Ethnizität und Alter ließen sich aufgrund des Zustands des Toten nicht ermitteln. Mike Surfers Luftröhrenschnitt war im Zuge der Gasentwicklung unter der Haut unkenntlich geworden, sodass er letztendlich als 6-89-Unbekannt aktenkundig wurde.

*

Frank Haid hatte während der Wochen, in denen Gesicht und Oberkörper heilten, reichlich Zeit zum Nachdenken. Vater kam mit ihm dahin gehend überein, dass die letzte Entrückung ein Reinfall gewesen war, wiewohl er eine wichtige Lektion dabei gelernt hatte: Er konnte die Seelen aller heilen, die mit sich und der Welt fertig waren, also nicht nur Rollstuhlfahrer. Der Mann, der sich selbst den Arm abgerissen und wirre, bedeutungslose Namen geplappert hatte, war der beste Beweis dafür gewesen. Vater schien seiner Einschätzung nicht zu widersprechen.

Er bereitete sich auf die Mahnwache in St. Sixtus vor, indem er wiederholt sein Andachtsbuch sowie die Litanei vom kostbaren Blut Jesu Christi las. Vince Janssens Kadaver vernachlässigte er unterdessen ein wenig. Eine denkwürdige Messe sollte es werden. *Jawohl, elendes Heuchlerpack*, pflichtete Vater bei.

*

Dean Conover war zwei Monate zuvor auf dem Friedhof Flat Rock am Highway 60 in Eastwood, Kentucky, begraben worden. Ileana Cantu wurde Aaron Mathers neue Partnerin. Sie beide würden dem Gedächtnis zur Heilung beiwohnen, wie man den Gottesdienst ankündigte. Auch die Beamten Rizzi und Christopher, die nach ihren traumatischen Erlebnissen im Rahmen des Erlöser-Falls um eine Versetzung in den 16. District gebeten hatten, sollten in die Kirche kommen, während Daves und Petitt bereits über beide Ohren in einer Überfallserie in der Gegend um Atrium Village steckten.

Nach jedem gemeinsamen Abendessen mit der Leiche seines Onkels malte Haid sich aus, wie die Feier ablaufen sollte. Vater Madsen würde die Hände feierlich über dem Messgewand falten, bereit für das Gedächtnis zur Heilung und die dazu notwendigen Opfergaben: Arthritiker und Autisten, Schwachköpfe, Wasserköpfe sowie Krüppel mit Kinderlähmung, ALS oder multipler Sklerose. Allesamt mit belämmerten Sonntagsgesichtern. Totensonntag.

Zu Scharen würden sich die Leidenden in die Bänke drängen, während der Pastor als Lichtgestalt vor ihnen thronte. Die schiere Masse der Gläubigen sollte die Flügeltüren wie von selbst schließen. Auch wenn er sie nicht alle erlösen konnte, würde er sein Bestes versuchen. Alles, was Vater je von ihm erwartet hatte. „Lasst uns das Mysterium des Lebens preisen“, würde er von der Kanzel aus mit der Chrisamschale vor sich feierlich verkünden. Eigentlich hieß es Sterbesakrament, doch jetzt nannte man es feinfühliger *Salbung der Kranken und Notleidenden.* „Gott, vergib ihnen die Sünden, damit sie die lang ersehnte Gnade erfahren.“ Dann das Klingeln der Glöckchen, bevor ihm das erste Schaf zum Opfer fallen würde. Madsen stünde mit ausgestreckten Armen da, in wallenden Stoffbahnen wie schwarze Schwingen, und alle würden auf ein Zeichen warten, manche husten.

Mit dieser Vision vor Augen, die er bald in die Tat umsetzen wollte, sprach der Erlöser: „Lasset uns beten.“

*

Als die Götter der Qual und Glückseligkeit ihm nach einer gewissen Zeit die Sinne betäubt hatten, lebte er im baufälligen Johnson Building am Calhoun Place, bis ein Streifenpolizist ihm mit drei Schlagstockhieben zu verstehen gab, er solle sich verpflanzen. So verkroch er sich in einer überdachten Seitenstraße östlich des Schubert Theaters auf der Monroe Street. Den Rollstuhl hatte er als trauriges Zeugnis seines Scheiterns zurückgelassen, um ein erbaulicheres Souvenir mitzunehmen, genauer gesagt sogar zwei: die beigefarbene Decke sowie das verblasste Fiberglasding. Ersteres galt ihm als Symbol der Hoffnung, die Manschette als Notwendigkeit, obwohl sie von der Sonne und dem Zigarettenqualm der Raucher vergilbt war, die jeden Tag an ihm vorbeigegangen waren. Seit Monaten verwendete er sie als Verlängerung seines linken Arms, den der Killer sich einverleibt hatte. Der Ellbogenstumpf war auf wundersame Weise kauterisiert worden. Wie, das konnte er sich immer noch nicht erklären, denn durch den Schmerz beim Verlust seines Armes – die im Kampf gegen den Feind gebrochenen Knochen – ließ seine Erinnerung teilweise zu wünschen übrig, wo ihm andere Dinge klar vor Augen standen wie die leere Öffnung der Orthese, in der eigentlich seine Hand stecken sollte. Die Schiene passte wie angegossen auf den Stumpf, und er konnte unliebsame Gedanken damit in den Wind schlagen. Wenigstens etwas.

Der Baumwollüberzug war längst ergraut, und als eines Nachts eine Ratte in die Fingeröffnung kroch und an Vics Arm zu knabbern begann, ließ er es geschehen, weil er sehr lange überhaupt nichts gespürt hatte. Es war ein Sommertag, so schön, dass es wehtat, und bei so viel Sonne dachte niemand ans Ozonloch. Die Taxifahrer fluchten nicht, und der Michigansee roch ahnungsvoll nach alten, besseren Zeiten. In den Bürogebäuden ging es lebhafter zu denn je, vor allem so kurz vor Feierabend, wenn sich die Reihen der Angestellten nach und nach lichteten – und ja, dass die Chauffeure nicht fluchten, war wirklich außergewöhnlich.

Er hatte die Gasse sozusagen gleich nach der Annexion Seizure's Palace genannt, als ein Alkoholiker mittleren Alters, der billigen Bourbon und noch billigeren Teppichreiniger in sich hineingeschüttet hatte, auf das Fiberglas gepisst und gleich darauf zwei Kippen ohne Filter weggezogen hatte, um wieder zu pissen, diesmal in Trembles grinsendes Gesicht. Seine Streichholzschachtel war mit dem Namen des Caesar's Palace bedruckt gewesen, also lag das Homophon nahe: Seizure's Palace, ein anderer Ausdruck für eine Irrenanstalt. Das schönste Blau des Sommers wurde zu einer samtig roten Nacht, in der der Wind so sanft säuselte, dass man meinen konnte, er ginge den anderen Elementen fremd. Die Fahnen über dem Rathaus – Stadt, Staat und Land – flatterten vor einem unwirklichen Hintergrund wie Teppiche, die gleich hinter den Schienen der Hochbahn auf einer Terrasse in der Winthrop Avenue ausgeschüttelt wurden. Die Tunnel hingegen rochen schwach nach Salzwasser, und Straßenmusikanten mussten sich beinahe prügeln lassen, um etwas Melancholisches zu spielen. Jede Ecke umwehte der Duft von Pizza und Karamell-Popcorn, Piroggen und Hotdogs in aufgebackenen Mohnbrötchen, sei es von Dudley's, McDonald's oder aus Restaurants mit doppeldeutigen Namen, die mit Handelskammer wie Kunsthochschule gleichermaßen konform gingen.

Im Kino lief *Warmblütig* an, eine Hommage an Truman Capote und gleichzeitig Einmannshow von Ben Murdy. Reve Towne, Aaron Mather und Pleana Cantu besuchten neben Nick Desmond die Premiere, doch Tremble erkannte sie gar nicht am Eintrittskartenschalter. Sie ihn aus der Ferne ebenfalls nicht.

Bisweilen war er sehr gesprächig, gerade wenn man ihm eine Pille oder eine Münze beziehungsweise am besten beides auf einmal zusteckte. Dafür durfte man sich wirre Geschichten anhören. Die Götter der Qual und Glückseligkeit zeigten auf vielfältige Weise ihr Gesicht, behauptete er stets. Von American Dream und dem Erlöser konnte er erzählen, von Mördern und Heilern, alten Saufkumpanen und Betonpiraten, bis ihm die Augen übergingen. Eine Geschichte war besonders abstrus, selbst wenn man sich die Zeit nahm, bis zum Ende zuzuhören, was nicht einmal lang dauerte. Im Grunde genommen ging es nur um einen Mann, der sich mit der Homöopathie und den damit verbundenen Problemen herumschlug. Mancher mochte ihm glauben, weil er ständig an seinem linken Arm fummelte, die Schiene ungefähr am Handgelenk packte und mit gespreizten Fingern über die kreuzgerippte Oberfläche kratzte. Er drehte sie unaufhörlich, sodass man ahnte, er werde den Stumpf seines Ellbogens eines Tages völlig abwetzen. Während das eine Ende der Manschette schmutzig grau verkrustet war, hatte das andere einen rostroten Stich von getrocknetem Blut bekommen.

Wer sich zu ihm hingezogen fühlte, der lauschte ihm noch lange, nachdem der Vorhang im Theater gefallen war. Solange man Geld oder Tabletten springen ließ, plauderte er weiter. Blieb man bis zum Schluss, konnte man den Erzähler bei sich grummeln hören, eine von vielen Stimmen im Choral der Wahnsinnigen.

Vater Madsen mit erhobenen Armen, und dann Mike Surfers Stimme leise zwischen den Bänken:

Well, I'm goin' out west where I belong
Where the days are short and the nights are long
Where they walk and I'll walk
They twist and I'll twist
They shimmy and I'll shimmy
They fly and I'll fly
Well they're out there a'havin' fun

In that warm California sun
Well, I'm goin' out west, out on the coast
Where the California girls are really the most
Where they walk and I'll walk
They twist and I'll twist
They shimmy and I'll shimmy
They fly and I'll fly
Well they're out there a'havin' fun
In that warm California sun
Well they're out there a'havin' fun
In that warm ...